ファングー家の奇想天外な謎めいた生活

ケヴィン・ウィルソン
西田佳子 訳

西村書店

リー・アンに

謝辞

　次にあげる皆様にお礼を申し上げます。

　リー・アン・カウチとグリフ・フォダーウィング・ウィルソン、わたしの家族でいてくれてありがとう。

　ジュリー・バラーとリー・ブードロー、この作品のための尽力に感謝しています。ふたりの協力がなければ、本作は完成しなかったでしょう。

　アン・パチェット、惜しみない友情をありがとう。草稿を読んでくれたことで、この作品をどういう方向に持っていったらいいか、決めることができました。

　お母さん、お父さん、クリステン、ウェズ、ウィルソン、カウチ、フューセリア、ボルツ、ハフマン、ジェイムズ一家、愛情と思いやりをありがとう。

　原稿の一部を書いた場所であるキメルハーディング・ネルソン・センターおよびヤドーにも感謝しています。

　サウス大学とスワニー・ライターズ・カンファレンスには、執筆中、金銭的支援をいただきました。また、活気あふれるコミュニティから刺激を得ることができました。

　エッコの人々、とくにアビー・ホルスタインの尽力により、この本を世に送り出すことができました。

　パジェット・パウエル、リー・ステュワート、セシリー・パークス、サム・エスクイス、ブライアン・スミス、カーキ・ウィルキンソンをはじめとした、すべての友人に感謝を捧げます。

装画・装幀　サイトウシノ

THE FAMILY FANG
by Kevin Wilson

彼らがわたしたちを愛しつづけるさまも
わたしたちが彼らを愛しつづけるさまも
ひどくばかげている。

彼らの愛がわたしたちの負担になっていることも
どんなふうにわたしたちを苦しめているかということも
誰も想像さえしない。

わたしたちは間違いなく
両親よりよい人生を送れるはずなのに。

ウィリアム・メレディス『両親』

「それは現実ではなく舞台装置だ。それも、やけに芝居がかった舞台装置だ」

ドロシイ・B・ヒューズ『孤独な場所で』

プロローグ

罪と罰、一九八五年

ケイレブ&カミーユ・ファング

ファング夫妻はそれを〝アート〟と呼び、子どもたちは〝いたずら〟と呼ぶ。

「めちゃくちゃなことをやって、そのまま逃げていくだけじゃない」娘のアニーが両親を責める。

「そんなに単純なものじゃないわよ」ミセス・ファングがそう言って、当日の細かな行動予定表を家族全員に手渡した。

「まあ、やることは単純なんだがな」ミスター・ファングが言う。

「たしかに、それはそうね」妻が答える。

アニーと弟のバスターは、もうなにも言わなかった。四人は車でハンツヴィルに向かっているところだった。家から車で二時間もかかる場所まで出かけていくのは、知り合いがひとりでもいると困るからだ。誰にも顔を知られていないこと――それが、ファング一家のパフォーマンスにとっていちばん大切な条件だった。「あの人たち、今日はどんな悪さをしでかすんだろう」なんていう顔で見守っていられたら、準備もなにもできたものではない。

ハイウェイを飛ばしながら、父親は、ルームミラーに映った六歳の息子の顔を見た。「バスター、どうだ、やる気は出てきたか？　手順はわかってるな？」

バスターは、鉛筆書きの簡単な計画書に目をやった。母親が紙切れに書いたものだ。「ジェリービーンズをもりもり食べて、ゲラゲラ笑うんだよね？」

父親はうなずいて、うれしそうに微笑んだ。「そのとおり」

すると、母親が提案した。「ジェリービーンズをいくつか空中に放りなげたらどうかしら？」全員が賛成した。

「アニー」父親が言う。「おまえの役割は？」

アニーは窓の外を見ていた。道路に転がっている動物の死体を数えていたところだ。ここまでで、もう五匹。「あたしはチクリ屋。お店の人に知らせる。そうでしょ」

父親はにっこりした。「それから？」

アニーはあくびをして答えた。「あとはさっさと逃げるだけ」

やがて、一家はショッピングモールに到着した。準備は万端。ほんの一瞬、居合わせた人々があっけにとられて、夢でも見たのかしらと思ってくれればいい。そんな光景を演出するのが、一家の目的だった。混雑したショッピングモールに入っていき、散り散りになる。それぞれ、互いのことなど目に入らないというようにふるまった。父親はフードコートのテーブルにつき、大きな眼鏡と一体になった超小型カメラの焦点を合わせはじめた。カメラは大きな眼鏡のフレームの裏にセットしてある。これをかけるといつも、目のまわりに発疹ができてしまう。母親がモールのなかを歩きはじめた。両手を大きく振って、わき目もふらず、猛然と、堂々と、歩いている。もしかしたらちょっと頭がおかしいんだろうか、という印象をまわりの人に与えるために、そんな歩きかたをしているのだ。バスターは噴水の底にたまった一セント硬貨を拾ってはポケットに入れていた。おかげでポケットはびしょびしょ。コインがいっぱいではち切れそうだ。アニーは、安っぽいがらくたみたいなアクセサリーばかり売っている店に入り、シール式のタトゥーを買った。トイレに入って、力こぶのところにそれを貼る。バラを一輪くわえたどくろのデザインだ。めくっていたTシャツの袖を元に戻してタトゥーを隠すと、トイレの個室に入った。待っていると、腕時計のアラームが鳴った。時間だ。ファング家の四人は、大きなお菓子屋さんに向かって、ゆっくり集まりはじめた。計画どおりに騒ぎを起こすには、ひとりひとりが決められた役割をきちんと果たさなければならない。

菓子屋のなかを五分ほどぶらぶら歩きまわったあと、アニーはレジの向こうにいるティーンエージャーの店員のシャツを引っぱった。

「やあ、おじょうちゃん。お買い物かな？　高いところに手が届かないなら、手伝ってあげようか」

店員があまりにも親切なので、アニーは自分たちがこれからやることを思って、少し申し訳ないような気持ちになった。「あたし、チクるのとか好きじゃないんだけど」話しかけると、店員はわけがわからないという顔をして、腰をかがめてアニーに顔を近づけた。「ん、なんだい？」

「あたし、人のことチクるのって嫌いなんだ。でも、あの女の人、万引きじゃない？」アニーは女を指さした。女はジェリービーンズが入った大きな瓶の前に立って、銀色のスコップみたいなものを握っている。

「あの女の人かい？」店員が聞いた。アニーがうなずく。「おじょうちゃん、お手柄だよ」店員はそう言って、アニーに棒つきキャンディをひとつ手渡した。吹くと笛みたいな音の出るやつだ。店員が店長を呼びにいく。アニーはカウンターに寄りかかり、キャンディの包装をむいて口に入れた。キャンディの表面が砂糖でざらざらして、口のなかが痛いくらいだ。それを食べおわると棚からもう一本とって、ポケットに入れた。あとで食べる分だ。店員が店長を連れて、奥の事務室から戻ってきた。アニーは店を出て、そのまま振りかえらずに歩きつづけた。これからどうなるか、見なくてもうわかっている。

　女はジェリービーンズを五つの袋に詰めおわると、あたりを見まわしてから、口があいたままの袋を上着の内側に隠しはじめた。ジェリービーンズをすくうスコップを元の場所に戻し、口笛を吹いて、ほかのお菓子を見るふりをしながら店の出口に向かった。店から一歩外に出た瞬間、腕に手がかかった。店長の声が響く。「すみません、ちょっとお話をうかがいたいのですが」そのとき、思わずかすかな笑みを浮かべてしまった。今日の反省ポイントだと、女――カミーユ・ファング――は思った。

テーブルの男――ケイレブ・ファング――は、いったいなんなのと言うように首を振る女の様子を見ていた。上着が不自然に膨れているのを店長が指さしている。なにか隠しているのがひと目でわかる、その間抜けな感じがとてもいい。声が響く。「わたしは糖尿病なのよ。ばかな言いがかりをつけないで！　お菓子なんか食べられないんだから！」店内にいる人たちが騒ぎに気づいて、注目しはじめた。ケイレブができるだけ近づいたとき、また声が響いた。「ひどい濡れ衣だわ！　うちの父は、州知事のゴルフ仲間なのよ。きっと言いつけて――」そのとき、女がわずかに体をひねった。ジェリービーンズが、隠していた袋からばらばらとこぼれおちる。

　バスターがケイレブのそばを走りぬけて、店に近づいた。何百個というジェリービーンズが、女の服から雹《ひょう》のように降ってきては、床に当たってぱちぱちと音を立てた。バスターは女の足元に膝をつき、「やったあ、お菓子が降ってきた！」と叫んで、両手でジェリービーンズをすくいあげた。ジェリービーンズはまだまだ降ってくる。口で直接受け止めることもできた。よその子どもがふたりやってきて、バスターと並んで膝をついた。バスターに負けるものかという勢いで、両手でジェリービーンズをかき集める。バスターは、小さな子どもらしからぬしゃがれた声で笑った。

　そのころには、二十人ほどの野次馬が集まってきていた。女がぐすぐす泣きはじめ、「刑務所はもういや!」と叫んだ。

　バスターが立ちあがり、ジェリービーンズだらけの床を走って、その場から離れた。あっ、そういえば、とバスターは思った。ジェリービーンズを空中に放りなげるのを忘れていた。あとで家族になにか言われるんだろうな。

　三十分後、バスターとアニーは噴水のそばで落ちあい、母親があの騒動から抜けだしてくるのを待った。母親はきっと、ショッピングモールの警備員のオフィスに連れていかれただろう。いまごろそこに父親が行って、妻を解放してくれと交渉しているはずだ。今日の芝居の台本や、いままでの活動が紹介された〈ニューヨーク・タイムズ〉や〈アートフォーラム〉を見せたり、これはパフォーマンスアートであって、すべては演出なんだ、と説明したりしているに違いない。ジェリービーンズの代金を払い、今後はモールに出入り禁止という条件つきで解放されるだろう。そうしたら、一家そろって家に帰って夕食を食べる。あの騒ぎを見た人たちはみんな、家族や友だちに「おもしろいことがあったよ」と話しているだろうね、などと話しながら。

「ふたりとも刑務所に入れられちゃったらどうする?」バスターがアニーに聞いた。

　アニーはちょっと考えてから肩をすくめた。「ヒッチハイクで家に帰るだけよ。あの人たちのことだから、そのうち脱獄してくるでしょ」

バスターはそれを聞いてなるほどと思った。「それもいいけど、ぼくたちふたりで、このモールに住んじゃおうよ。お父さんとお母さんに見つからないように」

アニーは首を横に振った。「きっと見つかるわよ。あの人たちのアートには、あたしたちが絶対必要なんだから」

バスターはさっき集めたコインをポケットから取りだして、半分ずつに分けた。アニーとふたりで、コインを一枚ずつ噴水に投げていく。投げるたびに願い事をした。すぐにでもかないそうな、単純な願い事ばかりだった。

I

撮影現場に入ったアニーに、誰かが声をかけた。上半身裸になれと言う。

「え?　わたし?」アニーは聞いた。

「そうよ」声をかけた女性が言う。「このシーンは上半身裸になって」

「あなた、どなた?」

「ジェイニーよ」

「そうじゃなくて」アニーはとまどっていた。別の映画の撮影現場に来てしまったような気がしていた。

「あなた、映画のスタッフよね？　担当は？」

ジェイニーと名乗った女は眉をひそめた。「スクリプターよ。何度も顔を合わせてるじゃない。三日くらい前にも、伯父にキスされそうになった話をしたでしょ？」

そんな話、アニーの記憶にはかけらもなかった。「スクリプターってことは、脚本には目を通してるんでしょ？」

ジェイニーはうなずいて、にこりと笑った。

「わたしのもらった脚本には、このシーンで服を脱ぐなんて書いてない」

「そりゃあ、脚本なんて流動的なものだから。状況に応じて変えていかなきゃ」

「リハーサルのときも、なにも言われなかった」

ジェイニーは黙って肩をすくめている。

「監督がそうしろって言ったの？」アニーは聞いた。

「ええ、そうよ。今朝いちばんにわたしのところに来て、『次のシーンではアニーにトップレスになってもらえ』って」

「監督はどこ？」

ジェイニーはあたりを見まわした。「誰かにサンドイッチの手配を頼むとかなんとか言ってたわ。なんだかめずらしい種類のサンドイッチが食べたいとかで」


アニーはトイレの個室に入り、エージェントに電話をかけた。

「脱げって言われた」

エージェントのトミーは「絶対だめだ」と言った。「きみはAクラス入り目前の女優なんだ。フルヌードはありえない」

フルヌードじゃなくて上半身だけよ、とアニーが言うと、トミーはちょっと考えこんだ。「上半身か。ならいいんじゃないか」

「でも、脚本にはそんなこと書いてない」

「脚本のとおりに進まないことなんか山ほどあるさ。映画なんてそんなもんだ。この映画でも、あるシーンで、エキストラがズボンのファスナーからペニスを出してたそうじゃないか」

「知ってるわ。そのシーンが台無し」

「ああ、それはたしかにまずい」

「わたし、ヌードなんていや。やらない」

エージェントはまた無言になった。電話口からゲームの電子音が聞こえてくる。

「やったほうがいい。オスカーが欲しいんだろ？　面倒を起こすのはまずい」

「オスカー？　本気でとれると思ってるの？」

「来年公開される映画のラインナップによるけどな。女優の目立つ映画が少なそうなんだ。とすると、見込みはあるぞ。だが、おれの話をあてにするなよ。まさか『支払い期日』できみがノミネートされるなんて、おれは思ってもみなかったんだ」

「わかった」

「まあ、トップレスになったところで、どうせディレクターズカットくらいにしか残らないさ」

「わたしはそうは思わない」

「気持ちはわかるが、気難しい女優はきらわれる」

「もういい」

「せっかくのナイスバディじゃないか」トミーが言うのと同時に、アニーは電話を切った。


アニーはルーシー・ウェインに電話をかけた。『支払い期日』の監督だ。その映画で、アニーはオスカーにノミネートされた。演じた役は、麻薬中毒の内気な図書館司書。ギャングと関わり、悲惨な運命をたどる。ひとことで説明しづらい内容だが、アニーを女優として一人前にしてくれた映画ではある。ルーシーは信頼できる監督だった。最初から最後まで、安心して撮影に没頭することができた。彼女に脱げと言われたなら、なんの疑問もなく脱いだだろう。

応答がない。まあ、当然か。けど、こんな相談、どうやって留守番電話に残したらいい？　たったひとりの頼りになる相談相手に連絡がつかないとなると、残りはあの人たちしかいない。


両親はヌードに大賛成だった。「全部脱いじゃいなさいよ」母親が言った。「どうして上半身だけなの？」うしろで父親がどなっている。「脱いでもいいが、そのかわり、男の主役もパンツを脱げよと伝えとけ」

「そのとおりだわ」母親が言う。「女優のヌードなんて、いまどきめずらしくもなんともないものね。話題を作りたいならペニスを映せって、監督に言いなさい」

「ふたりとも、なにもわかってくれないのね」

「なにもって、なにを?」

「わたし、ヌードになんてなりたくない。上半身も、下半身も。イーサンのヌードを見るのも絶対いや。あのシーンはリハーサルどおりに撮ってほしい」

「そんなのつまらないじゃない」母親が言う。

「まったく、お母さんらしいわね」アニーはそう言って電話を切った。最悪。まわりにまともな人がひとりもいない。

隣の個室から声が聞こえた。「あたしがあんただったら、ギャラを十万ドル増やせって交渉するわね。でないとおっぱいなんか見せられないって」

「そうね」アニーは答えた。「素敵なアドバイス、ありがとう」

バスターにも電話をかけてみた。バスターは、いますぐトイレの窓から逃げ出しちゃえよ、と言った。なにか問題が起こると、弟は決まってそんなふうに逃げ出したがる。「ぐずぐずしてると、うまいこと言って丸めこまれるぞ」

「ねえ、わたしの感覚がおかしいわけじゃないわよね? みんながおかしいのよね?」

「そうだよ」

「ヌードのことなんて、誰もひとことも言ってなかった。なのに撮影の当日になって、上半身裸になれなんて。おかしいわよね」

「うん、ヘンだよ。たぶんよくある話なんだろうけど」

「よくある話?」

「フリーマン・サンダーズの最初の映画で、女が犬に犯されるシーンがあったんだってさ。脚本には書いてなくて、急に思いついてやったことらしいんだけど、結局編集でカットされたらしい」

「そんな話、初耳」

「だから、フリーマンにしてみたらなんてことのない話なんだよ。だから、断ったからってあとあと根に持ったりしないんじゃないかな」

「じゃあ、どうしたらいいの?」

「バックレろ」

「そういうわけにはいかないわよ。契約ってもんがあるでしょ。いい映画だと思うし。まあ、いまのところはね。ただ、ヌードだけはいやだって言ってみる」

そのとき、個室の外から監督の声が聞こえた。「やりたくないのか?」

「いまの声は?」バスターが言った。

「切るわね」


ドアをあけると、監督のフリーマンが洗面台にもたれかかってサンドイッチを食べていた。ふつうのサンドイッチを三つ積み重ねたような、巨大なサンドイッチだ。服装はいつもと同じ。黒いスーツとネクタイに、しわしわの白いワイシャツ。サングラスをかけて、薄汚れたスニーカーを素足ではいている。「なにが気に入らない?」

「いつからそこにいたの?」アニーは聞いた。

「いま来たところだよ。スクリプターに聞いたんだ、トイレに行ったってね。みんなが待ってる。きみがヌードと聞いてビビってるのか、それともコカインをやってるのか、どっちだろうと言いだした。で、おれが確かめにきた」

「コカインなんてやってない」

「ふうん、ビビってるってことか。ちょっとがっかりだな」

「監督、わたしはヌードはいや」

フリーマンはあたりを見まわした。サンドイッチをどこかに置きたいと思っているようだ。しかし、ここがトイレだということに気がついて、そのまま手に持っていることに決めたらしい。「ヌードはいや、か。監督に直訴とはおそれいったな」

「だって、意味がわからないもの」アニーは声を荒らげた。「会ったこともない男がアパートに訪ねてきたっていうのに、上半身裸で出迎えるなんて、ありえない」

「まあ、説明すると長くなる。いまはその時間がない。要するに、力関係を表現するためなんだ。ジーナは男より上に立とうとしてる。だから裸になるんだ」

「脱ぐのはいや」

「本物の女優になりたいんだろう? そんなんじゃ、アクションヒーローものや、くだらないメロドラマにしか出られないぞ」

「かまわない」アニーはそう言って、監督のわきをすりぬけてトイレから出ていった。


共演者のイーサンがいた。自分の台詞をひどくおおげさな口調で繰り返しながら、床にぐるぐると小さな円を描くように歩きつづけている。

「ねえ、あなたは聞いてたの？　ヌードのこと」アニーは聞いた。イーサンがうなずく。「どう思う？」

「アドバイスをやるよ。『わたしは女優、撮影のために裸になれと言われた』じゃなくて、『わたしは女優、撮影のために裸になれと言われた女優の役をこれから演じるのよ』と思えばいいじゃないか」

「なるほどね」アニーは答えた。手が勝手に前に出てイーサンを殴ってしまいそうだ。

「そうすれば――」イーサンが続ける。「そのぶん、現実世界から離れられるだろ。演技にも深みとおもしろみが出るってもんだ」

アニーが反論しようとしたとき、助監督が近づいてきた。撮影スケジュール表を手に持っている。「で、次のシーンはどうするんだ？　脱ぐのか？」

「脱がない」アニーは答えた。

「残念だな」

「わたし、トレーラーで休んでるから」

「アニーさん待ちでーす」ＡＤが声を張りあげるのを聞きながら、アニーは現場を離れた。

＊

いままでに関わった映画のなかで最悪だったのは、『パイの空に死す』だった。女優になりたてのころに出演した作品だ。舞台は農産物や家畜の品評会をする田舎のお祭会場。そこで行われていたパイの早食い競争の最中、殺人事件が起こる。それを捜査する私立探偵の物語だった。脚本を読んだときはコメディだと思った。「パイの食べすぎでおなかいっパイ」とか「犯人がさっパイわからない」とか、ダジャレのオンパレード。なのに、実際はシリアスなミステリーだったのだ。「オリエント急行殺人事件みたいな作品だよ」本読みのとき、脚本家が言った。「ただし、列車じゃなくてパイがキーワードなんだ」

撮影の初日、主役級の俳優のひとりが、パイの早食い競争のシーンを撮っていて、食中毒にかかり、映画を降板してしまった。おまけに、ふれあい動物園の柵を壊して逃げてきた豚に、録画機材をあらかた壊されるという事件も起こった。とても難しいシーンを十五回もやりなおして、ようやくOKが出たと思ったら、カメラにフィルムが入っていなかったということもあった。アニーにとっては信じられない出来事の連続だった。触ったものがどんどん崩れていく、まさにそんな光景を目にしているような気がしたものだ。撮影が半分ほど進んだところで、監督がアニーに、カラーコンタクトを入れろと言った。青い目ではなく緑の目がいいと言う。「映画のあちこちに緑色のアクセントを効かせたいんだ」アニーが「でも、もう半分撮影しちゃったじゃありませんか」と言うと、監督は答えた。「まだ半分残ってるじゃないか」

共演者のなかに、レイヴン・ケリーという女優がいた。何十年か前に悪女役で名を馳せた人物だ。『パイの空に死す』撮影当時は七十歳。このレイヴンが、一度も脚本を読もうとしない。リハーサルの最中もずっとクロスワードパズルをやっていて、自分が出るシーンはすべてカンニングペーパーを頼っていた。メイクで隣同士になったとき、アニーはレイヴンに「この映画、ひどくないですか?」聞いてみた。レイヴンはこう答えた。「お金をもらえるなら文句はないわよ。どんな映画でもかまわない。精一杯やるだけ。そりゃあ出来の悪い映画だってたまにはあるけど、それに出演したから損するってわけじゃないでしょ。ギャラはもらえるんだし。あたしはアーティストの気持ちなんてわからない。どうやったら売れる映画が作れるとか、そんなことはどうでもいいの。そこに立てと言われたらそこに立つ。言えと言われた台詞を言う。そして家に帰る。演技なんてそんなもんよ」メイクアップアーティストは、アニーがより若く見えるように、レイヴンがより年寄りに見えるようにメイクをしている。「でも、それじゃ楽しくないような気がするんですけど」アニーが言うと、レイヴンは鏡に映ったアニーを見つめた。「楽しくなくても、きらいじゃないわ。どんな仕事も、腰を据えて長年やってみることね。それだけでいいのよ」

トレーラーに戻って窓のブラインドを下ろす。無線機が立てるホワイトノイズを聞きながら、ソファに座って目を閉じた。ゆっくり呼吸をしながら、自分の体から感覚を抜きとっていく。まずは指先から。手、手首、肘、肩——全身が麻痺していく。そして最後は死人になる。ファング家に生まれ育ったことで身につけたテクニックだ。派手なパフォーマンスをやらかすときにはいつもこうやっていた。死人になってしまえばどんなにめちゃくちゃなパフォーマンスでも平気でやれる。家族四人でバンのシートに座ってじっと目を閉じ、こうして死人になったものだ。そしてぱっと目をあけてバンの外に出ると、みんながふつうに暮らしている日常の世界にいきなり飛びこんでいくのだ。

三十分後、アニーは目をあけて立ちあがった。Tシャツを脱ぎ、ブラのホックをはずす。ブラが床に落ちた。鏡の前に立ち、これから演じるシーンの台詞を口にする自分を見つめた。「あたしは妹の世話係なんかじゃないわ」両手で胸を隠したくなるのをぐっとこらえて、シーンを締めくくる台詞を言う。「ネズビット先生、悪いけど、あたしはそんなことどうでもいいの」

その格好のままトレーラーのドアをあけ、五十メートルほど離れた撮影現場に向かって歩きだした。途中にいる製作進行係や撮影スタッフたちの視線を無視して、まっすぐ歩いていく。フリーマンはディレクターズチェアに座っていた。さっきのサンドイッチをまだ食べている。アニーが「さっさと撮って」と言うと、フリーマンはにやりと笑った。「よし、その意気だ。いまの気持ちを演技にしてぶちまけろ」裸の上半身を、みんなが見ている。エキストラ、撮影スタッフ、共演者。その場にいる人間すべての視線を感じる。負けるもんか、とアニーは思った。いまこの場を支配しているのはわたしなんだから。

響きと怒り、一九八五年三月

ケイレブ&カミーユ・ファング

バスターはドラムスティックをさかさまに握っていた。しかし父親も母親も、直せとは言わなかった。むしろそのほうがいい。バスターは、バスドラムのペダルを思いきり踏んでは、大きな音が響くたびにびくっと体を動かした。アニーはギターをかき鳴らしていた。演奏を始めて五分も経っていないのに、もう指が痛くてたまらない。ふたりとも、楽器なんていままでに一度も手にしたことがないのだ。目論んでいた以上にひどいコンサートだった。父親が書いた歌詞をひたすら叫ぶように歌う。音程はもちろん合っていないし、ふたりのリズムもばらばらだ。そもそも、二時間ほど前に教わったばかりの歌なのだ。ただ、サビの部分は覚えやすかった。ふたりが歌うと、通行人がみなびっくりして立ちどまる。「悲しいね。世間なんて冷たいばかり！」あらん限りの声をはりあげた。「親なんかみんな、殺しちまえ！生きてくために、殺しちまえ！」

ふたりの前には、ふたをあけたギターケースが置いてある。硬貨が何枚かと、一ドル札が一枚入っていた。ふたの内側には、一枚の紙がテープで留めてある。手書きのメッセージがあった。「犬に手術を受けさせたいんです。助けてください」

昨夜、バスターが父親に書かされたものだ。「手術（operation）の綴りを間違えろ」父親がそう言うので、バスターはうなずいて、operashunと書いた。すると母親が言った。「歌や楽器のへたな子を演じてほしいのであって、読み書きのできない子を演じる必要はないわ。バスター、正しい綴りは知ってるわよね？」バスターがうなずくと、父親が言った。「わかった。じゃあ、正しい綴りで書きなさい」新しい段ボールのカードにメッセージを書きなおすと、バスターはそれを高く掲げて両親に見せた。「バスター、賢いな」「今回の設定にしてはね」両親がそう言って笑う。「設定って？」バスターは聞いたが、両親は大笑いするばかりだった。

「作ったばかりの曲をやります」アニーが言った。どういうわけか、見物人の数が、演奏を始めたときより増えている。その時点ですでに六曲演奏していた。どれも暗くて不幸そうな曲ばかり。しかもどうしようもなくへたくそで、音楽というより、子どもが癇癪を起こしてわめいているだけ、というふうにしか聞こえない。

「わたしたちの犬、ミスター・コーネリアスに、少しでもいいので寄付をお願いします。神のご加護がありますように」バスターがそう言って、頭上のシンバルを左右のドラムスティックで叩いた。ティッタッティッタッティッ。アニーが弦を一本だけ爪弾いて、弦を押さえた指を右へ左へと滑らせる。悲しげな音が鳴りひびいた。

「その骨を食べちゃだめ！」アニーが声を震わせる。バスターも同じ歌詞をリピートする。「その骨は食べちゃだめ！」

アニーは見物人たちの顔を見わたした。両親の姿はない。みんな、かわいそうにという顔をした他人ばかりだ。気持ちのやさしい人ばかりなんだろう。いたいけな子どもたちが必死に歌っているのを見て、途中で立ち去ることができずにいるのだ。

「お腹を壊すから」アニーが歌い、バスターがリピートする。

「その骨を食べちゃだめ！」

バスターがまたリピートしようとしたとき、父親の声が聞こえた。「へたくそ！」

観客がはっと息をのむのが聞こえた。誰かが気を失って倒れたときみたいな感じだ。アニーとバスターは、かまわず歌いつづけた。

「病院には行けないのよ！　お金がないから！」アニーはわざとらしく声を枯らして絶叫した。

「ほら、へたくそだろ。みんな、よく平気で聞いてるな」父親が言う。

最前列にいた女性が振りかえって、抑えた声で言った。「やめてちょうだい！　静かにして！」

そのとき、反対側から母親の声がした。「たしかにひどいわよね。ブー！　音楽教室にでも通ってから演奏したらどう？　ブー！」

アニーが泣きだした。バスターはひたすら顔をゆがめた。両親がこうして割りこんでくることはわかっていた。そこが、このパフォーマンスのツボなのだ。とはいえ、やはり内心は穏やかではない。傷ついたふりをするのは簡単だった。

「いい加減にしてくれよ」誰かが叫んだが、野次を飛ばした人間に言ったのか、子どもたちに言ったのか、わからなかった。

「歌を続けて」ほかの誰かが言った。

「最後までやりなよ」別の声。続いて、また別の応援の声。

アニーとバスターがその歌を歌いおわったときには、観客はまっぷたつに分かれていた。一方はミスター・コーネリアスを助けようというグループ。もう一方はどうしようもない冷血人間のグループ。こうなることも、アニーとバスターは両親から予告されていた。「冷たい人間も、最初のうちは結構やさしいものなんだ」父親はそう言った。「何分かすると、本性が出てくる」

観客同士の口論が続いている。歌のレパートリーももう残っていない。アニーとバスターは、ただわあわあと絶叫しながら、楽器を壊しはじめた。アニーのギターの弦が二本切れた。バスターはシンバルをひっくり返し、左足でそれを蹴飛ばした。お金がふたりの足元に飛んできたが、誰が投げているのかわからない。ふたりを応援するグループかもしれないし、もうやめろと言っているほうのグループかもしれない。

やがて、父親が叫んだ。「犬なんか死んじまえ！」

アニーはとっさにギターのネックをつかみ、ボディを地面にたたきつけた。ギターがばらばらになって、破片が観客のほうに飛んでいった。こうなったら好きなようにやるしかない。バスターもスネアドラムを頭上に担ぎあげると、バスドラムに何度も何度も叩きつけた。それからふたりは、めちゃくちゃになった楽器をそのまま残して、芝生を駆けだした。ジグザグに進んだので、誰にも追われることなく、貝の形をした彫刻のところにたどりついた。貝の中に入りこみ、両親が来るのを待った。

「さっきのお金、持ってくればよかった」

「そうだよ。あたしたちがもらったお金だし」

バスターはアニーの髪にからまっていたギターの破片を取りのぞいた。あとはふたりとも黙って待った。やがて両親がやってきた。父親はまだ怒ったふりをして、黒い目をぎらつかせている。眼鏡が壊れて、隠していたカメラが垂れさがっていた。

「最高だったわね」母親が言った。

「カメラが壊れた」父親が言った。まぶたがひどく腫れている。「せっかく撮影したのに、映像もパーだ」

母親は、そんなことどうでもいいというふうに手を振った。すごくうれしそうだ。「四人の記憶には残ってるんだから、いいじゃない」

アニーとバスターは貝のオブジェの外に出て、両親のあとについて車のほうに歩きはじめた。母親が言った。「ふたりとも、本当によくやったわ。びっくりするくらい」足を止めて地面に膝をつき、アニーとバスターの額にキスする。

父親もうなずいて、ふたりの頭にそっと手を置いた。「ああ、本当によくやった」

アニーとバスターは思わず微笑んだ。あのパフォーマンスは家族四人の記憶に残るだけ。よほど驚いた見物人がいれば、その記憶にも残るかもしれないが、それだけだ。アニーとバスターにとってはなによりありがたいことだった。家族四人は、日が落ちたばかりの西の空に向かって歩きだした。手をつなぎ、少しだけはずれた音程で歌う。「親なんかみんな、殺しちまえ！　生きてくために、殺しちまえ！」

2

バスターはネブラスカの草原に立っていた。空気が冷たくて、持っている缶ビールが凍ってしまいそうだ。まわりにいるのは元軍人。一年前までイラクにいたという、やけに陽気な若者たちだ。無敵の肉体を持つことは、中東の戦線を何度もくぐりぬけてきたことで実証されている。すぐそばに、大砲みたいに大きな銃火器が置いてある。おおげさすぎて、なんだか笑ってしまうほどだ。ありとあらゆるものを破壊しつくしそうな迫力もある。そんな代物が、ビニールシートの上にいくつも並べてある。

バスターの目の前で、ケニーが、長い銃身に込み矢をつっこんで、弾薬を詰めはじめた。銃は〝ニュークラー〟と呼ばれている。核兵器《ニュークリアー》に似せた名前だ。「よし」ケニーが言った。ろれつが少しあやしくなっているのは、足元に散らばったビールの空き缶のせいだ。「プロパンガスのタンクのバルブを開いて、ガス圧を六十ＰＳＩにする」

バスターはその言葉をノートに書きとめようとしたが、指先がかじかんでうまく書けなかった。「ＰＳＩってのはなんの略ですか？」

ケニーが顔を上げて、眉間に皺を寄せた。「さあ、なんだろうな」

バスターはうなずき、〝あとで調べること〟とメモを書き足した。

「ガスのバルブを開く」ケニーが続ける。「ガス圧が六十になったら、こっちのバルブを開く。するとプロパンガスが燃焼室に送りこまれる」

ジョーゼフは、左手の指が三本しかない。顔は幼児みたいにまん丸でピンク色をしている。ビールをあおって、くすりと笑った。「さあ、そろそろいいところだぜ」

ケニーがバルブを閉めて、銃口を空に向けた。「点火ボタンを押しこんで――」

ケニーが言いおわらないうちに、周囲の空気が振動しはじめた。バスターの聞いたことがないような重厚な爆発音が連続して鳴りひびいたかと思うと、ジャガイモがひとつ、白い煙の尾を引いて空中に飛びだし、すぐに見えなくなった。五、六百メートル、いや、八百メートルくらいは飛んでいったのではないか。どうしてこんなに胸がどきどきするんだろう、とバスターは思った。答えが知りたいわけではなく、ただ自分に問いかけていた。こんなにばかみたいな、しかもなんの役にも立たないことをやって、どうしてこんなに楽しい気分になるんだろう。

ジョーゼフがバスターの肩に腕をまわして、ぐいと引きよせた。「すげえだろ?」

バスターはいまにも泣きそうなくらい感動していた。「ああ、すごいよ、これは」

バスターにネブラスカ行きを依頼したのは、『ポテント《ヤレる男》』という男性誌だった。四人の元兵士を取材して記事を書いてほしい、とのこと。元兵士たちは、誰も目にしたことがないようなハイテクのジャガイモバズーカを作って、イモを飛ばす実験に日々勤しんでいるというのだ。「『男の中の男』ってやつだ」バスターより七歳も若い編集者はそう言った。「絶対にうちの雑誌でとりあげたい」

バスターはフロリダのワンルームのアパートで暮らしていた。三作目の小説はとっくに締切を過ぎているというのに、書きかけのまま放りだしてある。そんなとき、雑誌の編集者が仕事をくれるようになった。このままでは生活が行き来なくなり、貯金も底をついていた。ネット恋愛中の彼女からメールの返信が詰まってしまうとはわかっていたが、本当は雑誌の仕事なんて受けたくなかった。

それから二年ほど、いろんな記事を書いてきた。スカイダイビングについて。ベーコン祭について。インターネット上の仮想空間コミュニティについても取材したが、複雑すぎて、なにがおもしろいのかわからなかった。こんな仕事、もうやめてしまおうかと思った。風変わりな題材ばかりだが、どれも期待していたほどではない。なのに、〝すごくおもしろいですよ〟〝これを経験すると人生が変わりますよ〟という原稿を書かなければならないのだ。

砂漠専用の小型自動車《バギー》で砂漠を疾走する。そんな企画を聞いたとき、これこそ自分が求めていたものだ、と思った。といっても、自分が体験するなんて、それまで考えてみたこともなかった類の活動だ。バギーのハンドルに手を置いた瞬間、気がついた。これは大変なことだ。ちょっとやそっとの運転技術ではどうにもならない。誰でも手軽に楽しめるというものではないのだろう。必死でハンドルを操作した。同乗したインストラクターが、アクセルを踏めだのハンドルを切れだの口を出してくる。早く家に帰りたい。探偵がバギーでビーチを走りまわって事件を解決するようなミステリーでも読んでいたほうがましだ。とうとうバギーを引っくりかえすと、さっさとホテルに戻り、一時間もかけずに原稿を書きあげて、マリファナを吸って寝てしまった。

今回も似たようなことになるんだろう、と思っていた。ジャガイモバズーカの仕組みがどうなっているか、男たちがどんなこだわりをもって活動しているか、そんな退屈な説明を二時間か三時間ほど聞かされてから、ジャガイモバズーカを何発かぶっぱなすのを見学する。あとは、寒い冬のさなか、なにもないど田舎で時間を持てあましながら、帰りの飛行機の時間になるのを待つだけだ。搭乗するとき、手にはバーベキューサンドイッチと『月刊ワールドミュージック』を持っているだろう。それが読みたいわけではない。飛行機に乗るときにはどうでもいい雑誌を買ってしまうものだ。そして、やっぱりこんな仕事は受けなきゃよかった、とまた思う。そんな結果が目に見えるようだった。

飛行機がネブラスカの空港に着陸したとき、取材対象者の四人組が、手荷物引渡所で待っていた。バスターにとっては予想外のことだった。四人はまったく同じ服装をしていた。ネブラスカ・コーンハスカーズの野球帽、黒いウールのコート、ティンクロスのズボン、レッドウィングのブーツ。四人とも背が高く、体つきはがっしりして、顔だちも整っている。ひとりがバスターのスーツケースを手にして、「あんたのかい？」と言った。バスターは、こっちは丸腰だよというように両手を上げて、四人に近づいた。「ああ。迎えに来てくれるとは思わなかった。車を借りるつもりだったんだ。先週、うちの編集者に道順を教えてくれただろう」バスターのスーツケースを持っていた男はくるりと踵を返し、出口に向かって歩きはじめた。「歓迎の気持ちをあらわしておこうと思ってね」振りかえりもせずに言う。

車に乗ると、元兵士たちにまわりを囲まれる格好になった。まさか、誘拐されたってわけじゃないよな？　バスターは不安をおぼえながら、上着のポケットをさぐった。もっと分厚いコートを着てくるんだった、と思いながら、手帳とペンを取りだす。

「なにをするんだ?」男のひとりが聞いた。

「メモをとろうと思ってね」バスターは答えた。「記事を書かなきゃならない。名前を教えてくれるかな。ほかにもいくつか質問がしたい」

「簡単な名前ばかりさ、書かなくても覚えられる」運転席の男が言った。バスターは手帳をポケットにしまった。

「おれはケニー」運転席の男がそう言って、助手席の男を指した。「こいつはデイヴィッド」肩ごしにうしろを指す。「あんたの両側にいるのが、ジョーゼフとアーデンだ」ジョーゼフが手をさしだしてきた。バスターがそれを握る。

「で、あんた、銃器は好きか?」ジョーゼフが言った。

「いや、そうでもない」バスターが首を振ると、車内の空気が重くなったような気がした。「一度も撃ったことがないんだ。暴力は好きじゃないし」

アーデンがため息をついて、窓の外に目をやった。「暴力なんて、たいていの人間はきらいだろうさ」

「ジャガイモバズーカはどうだ?」ジョーゼフが言った。「ガキのころ、自分で作ったことくらいあるだろ? ヘアスプレーのガスをシュッと吹いて、バーン。隣んちのイヌを狙ったりしてさ」

「いや、悪いけど」今回もダメだ、とバスターは感じていた。ろくな取材ができそうにない。今回も、インターネットで情報を拾い集めて、原稿をでっちあげることになりそうだ。

「戦争は行ってないのか?」デイヴィッドが言った。

「好きじゃないんだ」バスターは答えた。足元に視線を落とし黒い革のスニーカーの複雑な縫い目を、はじめて気がついたかのように見つめた。靴のなかはすっかり冷えて、つま先の感覚がなくなりそうだ。隣のジョーゼフの体を乗りこえて、車のドアをあけて飛びおりてしまおうか。

「ネブラスカに来たことは?」アーデンが聞いた。

「上空を通ったことは何度かあるかな、たぶん」バスターは答えた。それからホテルに着くまで、誰ひとりとして、ひとことも口をきかなかった。五人の男たちの息づかいと、壊れたラジオがたてる雑音。ものすごい圧迫感だった。車はそれまでよりもわずかにスピードを上げたようだった。

ホテルに着くと、ジョーゼフだけが車を降りて、バスターのスーツケースを部屋まで運んでくれた。

「まあ、やつらのことは気にすんなよ」ジョーゼフが言った。「ちょっと不安になってるのさ。だっておれたち、無職だろ。無職のくせして、ジャガイモバズーカなんか作って遊んでる。クズ人間みたいに書かれるんじゃないかって、心配なんだ。おれはやつらに言いきかせてる。相手はプロのライターなんだから、カッコよく書いてくれるに決まってるってね。そうだろ?」

バスターは、部屋のカードキーをさかさまに差しこんでいることに気がついた。やりなおしたが、それでもドアはあかない。

「なあ、そうだろ?」ジョーゼフがしつこく聞いてくる。

「ああ、もちろんだよ」バスターは答えた。残りの三人はいまごろ、下でそわそわと待っているんだろう。取材を受けることにしたのを後悔しているかもしれない。ジャガイモバズーカなんて、他人に見せるようなものじゃない。記事になったら、まわりのみんなにも知られてしまうじゃないか、と。

カードキーを十回ほど差しこみなおして、ようやく部屋に入ることができた。一直線にミニバーに向かう。ジンのミニボトルのふたをあけて、一気に飲みほした。続いてもう一本。視界の端にジョーゼフの姿があった。スーツケースをあけて、中のシャツやズボンや下着をドレッサーや引き出しにしまってくれている。

「服はこれだけなのか。これじゃ寒いぞ」ジョーゼフが言った。

「たしか、長袖の肌着を入れておいたはずだが」バスターは答えた。そんなことより、体にアルコールを入れたかった。

「なんてこった、これじゃケツの穴まで凍っちまうぞ！」ジョーゼフがどなる。

だったらバズーカの見学はやめとこうかな。そんな言葉が喉元まで出かかっていた。ルームサービスでハンバーガーでも注文して、ケーブルテレビで軽めのポルノでも見て、ミニバーの酒を全部飲みつくしてやりたい。フロリダに帰ったら、そのうちアパートを追い出されるだろうが、そうしたら実家に帰ればいい。一年くらい両親と暮らしてみようか。いや、だめだ。夕食のテーブルでは、次のパフォーマンスの相談ばかりで、その内容はどんどん凝ったものになっていくだろう。息子である自分がそれに参加するにしてもしないにしても、あんなものは到底理解できない。アートの名のもとに、両親はそのうちなにかを吹っ飛ばしてしまうにちがいない。

「どうしたらいい？」バスターは聞いた。まともな人間を演じることにした。

「買い物に行こう」ジョーゼフはそう言ってにっこり笑った。

ケニーとアーデンとデイヴィッドが、無難な距離を保ちながら、あとをついてくる。フォート・ウェスタン・アウトポストというショッピングモールに入ったジョーゼフは、衣類や防寒用具の棚を素早く見てまわり、ぼんやり待っているバスターの腕に商品を次々に放りなげてきた。

「あんた、物書きなんだろ?」ジョーゼフが聞く。

「ああ」バスターは答えた。「雑誌の記事やなんかを書いている。フリーランスのライターってやつだ。小説も二作書いたが、まったく売れてない」

「じつはさ」ジョーゼフは言いながら、毛糸の靴下を二足、バスターに手渡した。「おれも物書きになりたいんだ」

バスターは、いいんじゃないか、がんばれよ、と言うかわりに、ふうんと答えた。

ジョーゼフが話しつづける。「毎週火曜日、コミュニティカレッジの夜間講座で、創作の授業を受けてるんだ。まだそれほど力はついてないが、先生には見込みがあると言われてる」

バスターはうなずいた。いつのまにか、ほかの三人が近づいてきていた。

「こいつ、いい文章書くんだぜ」デイヴィッドが言うと、ケニーとアーデンがうなずいた。

「おれの愛読書、なんだと思う?」ジョーゼフが言った。バスターが首を横に振ると、ジョーゼフは満面の笑みを浮かべた。「チャールズ・ディケンズの『デイヴィッド・コパフィールド』だ」

バスターはそれを読んだことがなかったが、物書きとして読んでおくべき本だということはわかっていたので、うなずいて答えた。「すごくいい本だね」

ジョーゼフはおおげさに両手を打ちならした。この瞬間を何ヶ月も前から待っていた、とでもいうようだ。「出だしがいいんだ。『わたしの名前はデイヴィッド・コパフィールド』——読者の知りたいことがその一文に凝縮されてる。おれの書く小説はみんな、その方式にしてる。『ぼくの名前はハーラン・エイデン』とか、『おれはサム・フランシスって名前で通ってる』とか『その男が生まれたとき、両親はジョニー・ロジャーズと名付けた』とかね」

バスターは『白鯨』の出だしを思い出して、それを口にした。ジョーゼフがそれを繰り返す。「『わたしをイシュメールと呼んでほしい』か」首を横に振る。「だめだな。ぴんとこない。やっぱり『わたしの名前はデイヴィッド・コパフィールド』のほうがいい」

空のカートを押した老人がやってきて、スーツ用の靴下を取りたいんだが、と言った。邪魔だからどいてくれ、という意味らしい。しかし誰も動こうとしなかった。

「わかる」ケニーが言った。「イシュメールって男、なんか偉そうな感じがするもんな。もっとふつうに名乗ればいいのにさ。おまえら、おれのことをこう呼びやがれ、って命令してるんだぜ」世の中そんなやつばかりだからさ、と言いたそうに顔をしかめる。

「本名かどうかもわからないしな」アーデンも言った。「そう呼べって言ってるだけだろ」四人とも、『白鯨』なんて読みたくないという点で意見が一致しているようだった。

「悪いな、バスター」ジョーゼフが言った。「『デイヴィッド・コパフィールド』の勝ちだ。世界一の小説だからしかたないよな」

デイヴィッドがその場から離れていった。戻ってきたとき、使い捨てカイロをひと包み持っていた。

「寒くなると、これが手ばなせないんだよな」そう言ってバスターに渡す。

車に戻ったとき、バスターのクレジットカードは限度額ぎりぎりになっていた。買ったのは、黒いウールのコート、ティンクロスのズボン、レッドウィングのブーツ、ネブラスカ・コーンハスカーズの野球帽。車が走りはじめる。目的地の前にもうひとつ寄るところがあった。酒屋だ。「最近はどんな記事を書いた?」デイヴィッドに聞かれて、バスターは答えた。「世界最大規模の輪姦イベントのレポートだ」

ケニーは慎重な手つきでウィンカーを出してから、車を路肩に寄せた。車が完全に停まると、振りかえってバスターを見た。「なんだって?」

「ヘスター・バングズ、知ってるだろ?」バスターが言うと、四人は強くうなずいた。「あの女が連続セックスの世界記録を作ったとき、ぼくもその場にいた。あの女、一日で六百五十人の男とヤッたんだ」

「あんたも――」ジョーゼフの顔が真っ赤になっている。きわどい話は苦手らしい。「――そのひとりなのか?」

「まさか」バスターは答えながら、編集者と電話で二時間も話し合ったのを思い出していた。そんなものに参加するのはまっぴらごめんだとバスターがいくら言っても、編集者はなかなか納得してくれなかった。「体当たり取材《ゴンゾー・ジャーナリズム》ってやつだよ。いま、参加方法をネットで調べてる」

「ってことは」ケニーが言う。「その女が六百五十人の男とヤるとこを、ずっと見てたってわけか?」

「ああ」

「そのうえ、金がもらえたんだよな?」

「ああ」

「すげえな」アーデンが反応する。「最高じゃねえか。そんなおいしい話が世の中にあるのかよ」

「おいしくなんかない」バスターは言った。

「なんでだ?」ケニーが聞く。

「楽しそうな話に聞こえるかもしれないが、退屈そのものだった。腹の出た毛深い男どもが、チンポをぶらさげて一列に並んで、セックスの順番待ちをしてるんだ。肝心の女はといえば、セックスなんてもう飽き飽きってのを隠そうともしない。男たちにインタビューしてみたら、奥さんにゴルフだと言って出てきたとか、映画を見ると言って出てきたとか。やけに見栄っ張りな男もいたな。そんなイベントに参加したら別れるって恋人に脅されたって言うんだ。すごく寂しそうに、『いい女だったんだけどな』なんて言ってさ。男がひとり終わるたびに、女は記録係の男のほうを見る。記録係の机には三種類の時計が置いてあって、いろんな種類の許可証が並べてあるんだ。数取器《カウンター》もある。で、『あと何人とヤればいいの?』って聞くのさ」

アーデンが言った。「そりゃ、おいしいどころか、最悪だな」

「それだけじゃない」バスターはこの話をもうやめられなくなっていた。「会場にはテーブルがもうひとつあるんだ。参加者用の食べものが置いてあって、そこに素っ裸の男たちが群がって、悲しくなるくらいちっちゃなサンドイッチやM&Mを食べてるんだ」

「ひどいな」デイヴィッドが首を横に振った。

「それを記事にしなきゃならないんじゃ、たしかに楽しい仕事じゃなさそうだ」ジョーゼフが言った。

「ああ」バスターはほっとしていた。自分が最低だと思ったことを記事にしなきゃならないのがどんなにいやなものか、ジョーゼフはわかってくれたらしい。「だからこう書いた。ヘスター・バングズは女優じゃない、ポルノ女優でもない、むしろプロのアスリートだ、マラソンランナーみたいなものだ、とね。見ているのは目の毒だったが、よくぞここまでやりとげたものだと感心した、とも書いておいた」

ケニーがうなずいた。「いい記事だったんだろうな」

「雑誌が発売されてから三週間後」バスターは話にオチをつけることにした。「別のポルノ女優がその記録を破った。それも、プラス二百人だ」

全員が大笑いした。警官が窓を叩いている音をあやうく聞きのがすところだった。

警官の姿を見た瞬間、バスターは焦った。違法なものはなにひとつ持ちあるいていないが、かえってそのことが異常だと責められるような気がしてならなかったのだ。ケニーが窓をあけると、警官が首を突っこんできた。「いつまで路肩に車を止めっぱなしにしてるつもりだ？」

「すみません」ケニーが言った。「すぐに動かしますよ」

警官は後部座席のバスターを見て、目をぱちくりとさせた。よそ者がいることが意外だったらしい。

「友だちか？」バスターを指さして言った。

「まあね」ジョーゼフが答える。

「軍関係か？」

「特殊部隊ってやつさ」アーデンが言って、人さし指を唇に当てた。

「影の工作員ってやつだな」

子どものころから嘘ばかりついてきたというのに、バスターはおそるおそるうなずくことしかできなかった。

「そうか。じゃ、さっさと車を出してくれ」警官はそう言って手首を返し、地平線を指さした。

「特殊部隊はいいな」バスターはつぶやいた。ほかの四人も気分が盛りあがってきたようだ。酒屋に着いたとき、バスターは気が大きくなっていた。何年かぶりに友だちができたようで、うれしかったせいだ。財布に残っていた現金のほとんどをはたいて、元兵士たちが欲しがるだけ酒を買いこんだ。買ったばかりの服のおかげで体はほかほかだし、頭もキレている。酒屋の店員に有り金を差し出しながら思った。なんならここで一生暮らそうか。

バスターの番が来た。前のめりになって、三脚に乗せられた巨大な大砲に体重をかける。大砲の名前は「エアフォース・ワン」。ジャガイモバズーカが飛ばすのは普通はジャガイモだが、いま装填されているのは二リットルの炭酸飲料だ。

「だからジャガイモバズーカなんて呼びたくないんだ」デイヴィッドが言った。夕闇が濃くなるにつれてテンションが上がっていくようだ。「ピンポン玉を飛ばすやつもいるし、ソーダを飛ばすやつもいる。テニスボールに一セント硬貨を詰めて飛ばすやつだっている。ジャガイモバズーカなんて名前より、空圧式大砲って名前のほうがふさわしいんだよ」

「いや、ジャガイモバズーカはジャガイモバズーカだね」ジョーゼフが首を横に振った。

「ジャガイモバズーカ以外の名前なんて使ったことねえよ」アーデンも言う。

「まあ、なんでもいいさ」デイヴィッドが応じた。「だが、雑誌の記事になるんなら、空圧式大砲のほうがかっこいいじゃないか」

ケニーがもう一度、操作方法をバスターに説明した。手順は複雑だし、ちょっと間違えたら大怪我を負うことになる。それでもバスターは、すべてを直感で理解したような気になっていた。炭酸のボトルを装填し、エアコンプレッサーを使ってガス圧を上げていく。

「よし」ジョーゼフが言った。「正直、セックスほどいいってわけじゃない。だが、一発決めればスカッとするぞ」

それはありがたい。思い切りスカッとしたい。なにかに夢中になっているとき、自分の感情のパワーが地球を動かしているような気分になってくることがよくある。そのことを精神科医に話してみると、医師はこう言った。「だったらもっと外に出て活動したらどうです？　なにかその、やりがいのあることを」

薬室開放レバーを引く。しゅうっという低い音が響いた。すぱっと切れたタイヤから空気が漏れだすような音だ。誰かが差し出してくれた双眼鏡を顔にあてて、炭酸飲料のボトルが飛んでいく軌跡を目で追った。三百メートル近く飛んだだろうか。驚いたことに、バズーカを撃ってから時間が経っても、快感が持続している。

「こいつは女と違って年もとらない」バスターが言うと、四人の男は即座に答えた。「そういうことだ」

ジャガイモの袋がふたつ、空になった。男たちは輪になって立ったままだ。ときおり、誰かが酒が足りないぞと言いだすが、誰も買いにいこうとはしない。

酔いのまわった頭のなかに、原稿の大筋ができあがりはじめていた。元兵士たちがおもちゃの兵器を作ってジャガイモ弾をぶっぱなしては、戦地で経験したことを忘れては思い出し、思い出しては忘れ、というのを繰り返している。それが事実だという裏付けがほしい。

「どれくらいの頻度でこれをやってる？」バスターが聞くと、四人の男は、いまさらなにを聞くんだよ、と言いたそうな顔をした。

「毎晩だ」ケニーが言った。「まあ、おもしろいテレビ番組でもあれば別だが、そんなもんはありゃしない」

「全員無職だからな」ジョーゼフが言う。「実家住まいで、彼女もいない。酒を飲んでバズーカをぶっぱなすくらいしかやることがない」

「おい、悪いことみたいに言うなよ」アーデンがジョーゼフに言った。

「そんなつもりじゃないさ」ジョーゼフが言って、バスターの顔を見た。「口に出すとそう聞こえちまうかもしれないが」

「で」バスターが口を開いた。どうやって聞いたらいいか、考えがまとまらない。「この――ジャガイモバズーカってやつをぶっぱなすと……イラクのことを思い出すのか?」

そのとたん、四人がほんの一瞬真顔になった。「フラッシュバックみたいなものがあるかってことか?」デイヴィッドが聞いた。

「というか……」バスターは答えた。バズーカだけ撃って楽しんでいればよかった、と思いはじめていた。

「ジャガイモバズーカを撃つことで、戦地での日々を思い出すんじゃないかと思ったんだ」

ジョーゼフが小さく笑った。「なにをやってたって思い出す。朝起きてトイレに行ったって思い出すよ。イラクじゃ小便もクソも外でするしかなかったな、とかさ。服を着替えるときだってそうだ。あのころは、軍服のシャツのボタンをとめるときにはもう汗まみれになってたな、とか。朝食のときには、あっちで食べたものを思い出す。どんなものにも砂がまじってじゃりじゃりしてた。イラクのことを思い出すなっていうほうが無理なんだ」

「ジャガイモバズーカを撃つことで、戦地で感じた興奮を取り戻そうとしているってことは？」バスターはおそるおそる聞きながら、もうだめだと思っていた。これじゃあ原稿なんか書けっこない。

「イラクにいたとき、バグダッドの大気汚染についていつも報告を書かされたっけな」アーデンが言った。

「ああ、あれは退屈だった」ケニーが応じる。「だがそのうち、それどころじゃなくなった。毎日怖くてたまらなかった」

「銃を持っていたんじゃないのか？」バスターが聞いた。

「銃は全員が持ってたさ。おれは九ミリのベレッタとM４カービン」ジョーゼフが続けた。「だが、撃ったのは訓練のときだけだ。イラクにいるあいだ、実戦で撃ったことは一度もない」

「敵をひとりも倒していないと？」

「そうだ。ありがたい」

ジョーゼフの答えを聞いて、バスターはほかの男たちの顔を見た。みんな、笑顔で首を振っている。

「じゃあ、戦地ではなにを？」

ジョーゼフとケニーは軍事作戦センターの設営、デイヴィッドは兵站関係の指示をしていたという。

「主に会計かな」

「その指は？」バスターはジョーゼフの左手をさした。指の数が足りない。

「こいつか。イラクでなくしたわけじゃない。新しいバズーカを作ったとき、燃焼促進剤のテストをしてて失敗した。自分の指を吹きとばしちまったのさ」

「そうか」

「残念そうだな」ケニーが言う。

「いや、そんなことはない」バスターは言った。

「とにかく退屈だった」ジョーゼフが話を続ける。「そのひとことだ。どこにいようが、なにをしていようが、なんか刺激が欲しいと思うもんだろ？　でないと退屈で死んじまう」

ケニーは最後のビールを飲みほして、さっきとは別のジャガイモバズーカを手にした。ここにあるうちでいちばん小さい。銀色の弾筒を銃にくっつけたような形で、銃身にスコープがついている。「たとえば、こいつだ」ケニーはそう言って、バズーカをバスターのほうに差しだした。「銃身の奥をのぞいてみろ」

バスターはためらって、ほかの男たちを見た。

「大丈夫だ」ジョーゼフは指の足りない手を上げて言う。「心配しなくていい」

バスターは銃身をのぞきこんだ。しかしなにも見えない。「奥になにかあるのか？」

「内側に溝が切ってあるだろ。本物の銃みたいに」ケニーが答えた。

バスターは銃身に指を入れてみた。たしかに内側がぎざぎざしている。「これがあるとないとで、どう違うんだ？」

「溝が切ってあると、正確に飛ぶ。五十メートル先の的にもちゃんと当てられる。ジョーゼフ、見せてやろうぜ」

ケニーはバズーカをジョーゼフに渡して、ビールの空き缶をひとつ手にした。歩数を数えながら、かなり遠くまで歩いていく。レストランのウエイターが料理を乗せたトレイを片手で持つように、てのひらの上にビールの空き缶を乗せると、その手を頭のちょっと上まで上げた。

「やめろよ、しゃれにならないぞ」バスターが言ったが、ジョーゼフは自信満々だった。

「できないと思ったらやらないさ」

アーデンは三つめの袋をあけてジャガイモを取り出し、ジョーゼフに渡した。ジョーゼフはそれを、溝を切った銃身の奥に丁寧に詰めた。ジャガイモのかけらが銃口から落ちてくる。

「これでよし。装填完了だ」ジョーゼフはガス圧を上げて、スコープをのぞいた。引き金を引く。バスターの目に見えたのは、飛んで行くジャガイモのうしろになびく光の尾だけだった。アルミ缶がつぶれる音を聞いてはじめて、ケニーが傷ひとつない手で空き缶を拾いあげ、こちらに見せていることに気がついた。

「すごいな」バスターは言って、ジョーゼフの肩を叩いた。

「だろ?」ジョーゼフは言った。照れているようにも見えたし、興奮しているようにも見えた。両方かもしれない。

「次はおれがやる」アーデンが言って、中身の入った缶を手にとった。ケニーが立っていたところに小走りで向かうと、缶を頭の上に乗せた。ウィリアム・テルのリンゴと同じだ。その態勢のまま、ジョーゼフがバズーカを撃つのを待っている。

「賭けるか?」デイヴィッドが言ったが、全員の予想が同じでは賭けにならない。

「さっさとやろうぜ」ジョーゼフが言って、発射した。はずれ。

「しっかりしろよ」アーデンが叫ぶ。「どこ狙ってんだ」

ケニーがバスターに近づいてきた。さっきジャガイモが命中した空き缶を差しだす。炸裂した手榴弾の破片みたいだった。ぎざぎざに破れたところに、ジャガイモのかけらがこびりついている。ケニーの親指と人さし指のあいだが切れて出血しているが、本人は気にしていないようだ。「ビデオで撮ればよかったな。こういうのは記録に残しておくもんだ」

ジョーゼフがジャガイモを装填して、もう一発撃った。狙いはまたはずれた。「無意識にちょっと上を狙っちまうんだろうな。顔に当たったらまずいと思ってさ」

「ビビってるといつまでも当たらないぞ」ケニーが言って、みんなの前で立ち小便を始めた。ジョーゼフがまたジャガイモを装填した。真剣な表情で、少し青ざめている。この三十分で、気温が二十度くらい下がったように思えた。ジョーゼフはさっきまでよりたっぷり時間をかけて照準を定めると、発射した。どーんという音が冷たい空気に響きわたる。何回聞いてもぞくぞくする音だ。アーデンの頭に乗せられた缶が炸裂した。ビールをきのこ雲みたいに吹きあげて、二十メートルほど先まで飛んでいく。アーデンはびしょ濡れで、頭がジャガイモのかけらまみれになっていた。みんなのところに戻ってきたときには、震えて歯をかちかち言わせ、ビールとフライドポテトのにおいを放っていた。バスターが飲みかけのビールを渡すと、アーデンは残りをひと口で飲みほした。デイヴィッドがビールをもう一本とって、バスターに手渡した。「ツキがあるうちに、あんたもどうだ?」

バスターはちょっと考えてからジョーゼフの顔を見た。「いや、遠慮したいな」

するとケニーが言った。「いい記事になるぜ。成功しても、失敗しても」

たしかにそのとおりだ。そうは思ったが、バスターは足を動かすことができなかった。ジョーゼフが、担いでいたバズーカをバスターに差しだした。

「なら、あんたが撃つってのはどうだ？　それもいいネタになる」

バスターは笑おうとしたが、ジョーゼフは真顔だった。冗談ではないらしい。

「大丈夫、あんたならできる」

「溝が切ってあるって言ったろ」アーデンが言う。「狙いどおりに飛ぶようにできてるんだ」

バスターにもだんだんわかってきた。こいつら、べろべろに酔ってるくせに、頭はかなりしっかり働いてやがる。判断力は明らかに鈍ってるが、やってることは筋が通ってる。さて、どうするか。自分が撃てば人に大怪我をさせるかもしれない。だが、やつらに撃たせればきっと成功する。どんな災難が降りかかってきてもかまわない、そんな気がしてきた。

「ぼくは無敵だ」バスターが言うと、元兵士たちはうなずいた。バスターはビールをつかんで歩きだした。

「はずすなよ」振りかえって叫ぶ。

「大丈夫だ」ジョーゼフが答えた。

体ががたがた震えていた。これでは頭の上に缶を乗せられない。「ちょっと待ってくれ」バスターは叫んで、目を閉じた。ゆっくり深呼吸を繰り返す。体の感覚がなくなってきた。生命維持装置をはずされて、ゆっくり死に向かっていくところを想像する。とうとう死んだところで、もうひとつ息をする。生き返った。目をあける。心の準備はできた。なにがあっても動じない。

あたりは暗くなりはじめていたが、ジョーゼフがバズーカを構える姿ははっきり見えた。目を閉じて息を止める。バズーカが火を噴いたと思うより早く、頭上を風が吹きぬけていった。同時にビールの缶が破裂する。なにかがめちゃくちゃに壊れて新しいものに生まれ変わる、そんな音がした。

兵士たちが歓声を上げ、ハイタッチを交わしている。バスターが戻っていくと、四人が順番に、荒っぽい抱擁で迎えてくれた。崩れた建物や真っ暗な井戸からバスターを救いだしたみたいな興奮ぶりだ。

「最高だ」ケニーが言った。「うれしくてうれしくて、おれの体が爆発しちまいそうだよ」

バスターは四人の腕から逃れて、クーラーボックスに入っていた最後のビールをつかんだ。「もう一回やってくれよ」そう言うと、答えも待たずに駆けだした。闇が深くなりだしているというのに、恐怖はみじんも感じなかった。体のありとあらゆる部分が、生きている喜びではじけそうになっていた。

意識が戻ったとき、ぼんやりした視界のなかにジョーゼフの顔が見えた。

「よかった」ジョーゼフの消え入りそうな声が聞こえる。「死んだかと思った」

首が動かない。目の焦点が合ったりぼやけたりする。

「なんだ？　これ、どういうことだ？」

「撃っちまったんだ。バスター、あんたの顔を」

ケニーの声も聞こえる。「いま病院に向かってるとこだ。バスター、しっかりしろよ」

「はあ？」みんなが大声でしゃべっているのはわかるが、なにを言っているのかわからない。

「最悪だ」ジョーゼフが言う。

「顔か？」バスターは聞いたが、まだわけがわからなかった。顔の右側に手で触れてみたが、感覚がない。それでいて、燃えているように熱く感じる。ジョーゼフに手首をつかまれた。

「やめたほうがいい。触るな」

「どうかなってるのか?」

「顔はある。だが……ふつうじゃなくなってる」

眠ろう、とバスターは思った。だが、かなりの努力が必要だ。そう思っていると、ジョーゼフが言った。

「すごい衝撃だったはずだ。おれの声を聞いてくれ。眠っちゃだめだ」

気まずい沈黙のあと、ジョーゼフが続けた。「先週、創作の講座でこんな話を書いた。主人公はイラクから戻ってきたばかりの男。だがおれじゃない。まったく別の人間で、ミシシッピに住んでる。十年ぶりくらいに家に帰ってきたってわけだ。そいつが、あるバーで酒を飲んでる。ピンボールマシンをやろうとしたところに高校時代の友だちがあらわれて、おしゃべりを始めるんだ」いったん言葉を切り、バスターの手を握った。「起きてるか?」

バスターはうなずこうとしたが、できなかった。「起きてる。聞いてる」

「そうか。よかった。で、ふたりは近況報告なんかをしながら飲みつづける。そのうちバーの閉店時刻が近づいてきたころ、主人公の男は、友だちに打ち明ける。仕事を探してる。金をためて、両親の家を出たい、自立したい、と。友だちはそいつにこう持ちかける。五百ドルやるから、頼みを聞いてくれないか、と。ここまで、どう思う?」

ぼくは死ぬんだろうか。ジョーゼフの話が終わったときに死ぬのかもしれない。バスターはそう思いながら答えた。「ああ、すごくおもしろいよ」

「その男は犬を飼ってた。大事な大事な犬だ。だがいまは別れた妻が飼ってて、男に返してくれない。そこで、主人公に頼んだんだ。犬を盗んできてくれ、そしたら五百ドル払うと。主人公は迷った。やるべきか、やめるべきか。しばらく迷ってから、二日後、友だちに電話をかけて、やると答える」

「へえ」

「そんなこと、引き受けちゃだめなのにな。だがそいつはある夜、友だちの元奥さんの家にしのびこんで犬を盗みだす。だが、まずいことが起こった。犬はそいつを侵入者だと思い、噛みついたんだ。腕の肉をがぶりと食いちぎった。それでも男はなんとか外に出て車に乗った。ところが、家に帰ってみると、犬が死んでいた。どうやら犬の首を絞めちまったらしい。そこは詳しく書かなかったが、とにかく犬は死んじまったんだ」

「もうすぐ病院だ」ケニーが叫んだ。

「で、主人公はシャベルで裏庭に穴を掘り、犬の死骸を埋める。埋め終わるとバス停に行って切符を買い、どこに行くのかもわからないバスに乗る。だが腕の出血がひどい。人に知られたくない。バスが次に止まる場所が自分の新天地だ、いい場所でありますように、と願うところで話は終わる」

「おもしろいよ」バスターは言った。

ジョーゼフはにっこり笑った。「まだ完成はしてないんだけどな」

「本当におもしろいよ、ジョーゼフ」

「ハッピーエンドなのかアンハッピーエンドなのか、自分でもまだわかってないんだ」

「着いたぞ」ケニーが言って急ブレーキをかけた。

「どっちともいえるんじゃないか」バスターは言った。気が遠くなってきた。「どんな物語も、両方の要素をもってるもんだ」

「大丈夫だ、しっかりな」ジョーゼフが言う。

「そう思うか？」

「ああ、あんたは不死身だ」

「ぼくは無敵だ」バスターは訂正した。

「痛みにも負けない」ジョーゼフが言う。

「ぼくは死なない」そう言ったあと、バスターは気を失った。新天地にたどりつけますように、と祈りながら。

穏健なる提案、一九八八年七月　ケイレブ&カミーユ・ファング

夏休み。ファング一家は全員分の偽ＩＤを作った。大口の助成金——その額、じつに三十万ドル以上——を支給されたばかりで、この夏には一家でそれを祝う予定だった。テーブルには四人分の身分証明書がずらり。ファング夫妻はロニー・ペインとグレイス・トゥルーマンになる。子どもたちも好きな名前を選ぶことができたので、アニーはクララ・ボウ、バスターはニック・フユアリーという名に決めた。他人になりきって休暇を過ごすかわりに、ビーチにいる四日間は〝アート〟はやらないことにしようと両親が決めた。普通の家族のように、日光浴をしたり、貝殻で作ったアクセサリーを買ったり、油で揚げたものや、チョコレートをかけたものや、あるいは油で揚げてチョコレートをかけてあるようなものばかりを食

べて過ごす。

空港で、夫妻は雑誌を読んでいた。セレブがどうしたこうしたという話が載っているが、セレブの名前なんか、ふたりは聞いたこともない。効果満点のダイエットや、絶対に見にいこうとは思わないような映画のお知らせを読みつづける。頭のなかは、どうやったら偽の人物になりきれるか、ということでいっぱいだった。

ロニーはピザハットのいくつもの店舗のオーナーで、離婚と結婚を三回経験している。グレイスは看護師で、リハビリ中のロニーと出会い、九ヶ月前から同棲している。つまり恋人同士ということになる――おそらく。

「きみはどう答えるつもりなんだい？」

「そのときまで教えない」

「いや、きみの答えはわかってる」

「そうよね」

アニーは、誰も座っていない椅子のあいだの通路に座り、空港にいるさまざまな人々の絵を描いていた。花束みたいに片手で握った色鉛筆を使って、膝に置いたノートに、やさしいタッチで色をつけている。十メートルほど離れたところに、男が座っている。巨大なかぎ鼻、巨大なサングラス。だらしなく背中を丸めた格好で、上着のポケットに隠し持った銀のフラスクをときおり手にしてなにか飲んでいる。アニーはにこにこしながら、ただでさえ異様な男の風貌を誇張して描いている。マンガとまではいかないが、もはや肖像画とはいえない作品になっていた。アニーがさらに細かく観察していると、男が突然アニーのほうを向いた。アニーは顔を真っ赤にして身を縮め、視線をノートに落とした。大きな稲妻を描くように鉛筆を繰り返し動かして、描いてあったのがどんな絵だかわからないようにした。あなたを見て絵を描いていたなんて証拠はありませんよ、というわけだ。ノートと色鉛筆をバッグにしまうと、自分が演じるクララという女の子について、頭のなかでおさらいを始めた。お金はほとんど持っていない。母親はクララを祖母に預けて、仕事を探しにフロリダに行ってしまった。それから六ヶ月経って、クララは母親と再び暮らそうと決めた。「あたしたち親子の再出発なの」キャビン・アテンダントやまわりの乗客に聞かれたら、そう答えるつもりだった。うまくやれば——いつものように——誰かが二十ドル紙幣をそっと渡して、「気をつけてね」と言ってくれる。フロリダに着いたら、その二十ドルをハイアライの賭け金にしてゲームを楽しみながら、レモンライムのノンアルコールカクテルを飲む。ストローを三本くらいつなげないと底に届かないような大きなグラスで注文しよう。

バスターは経験上わかっていた。もっともらしい身の上話を作ろうと思えば長くなるばかりで、そのぶんボロが出やすい。そこで、いかにも嘘っぽい身の上話をいくつか考えてみた。それぞれのストーリーには裏話があって、どれも、この子は変わり者だ、関わらないようにしよう、と思わせる内容になっている。空港のバーに入って、レモンライムのソーダを何杯もおかわりしてピーナツとプレッツェルを食べながら、これだ、と決めた。人に聞かれたらこう答える。「ぼくは人間ではなくて天才科学者が作ったロボットなんです。フロリダに住む子どものいない夫婦の注文で作られて、いまからフロリダに届けられるところです。ビー、ブ、ブー」

今回の旅行で両親がなにをたくらんでいるのか、バスターは知らされていない。両親からは、他人のふりをしろ、飛行機でも別々の席に座れ、と言われている。なにかが始まったら、まわりの雰囲気を見て行動しろ、と。

「なにも知らなきゃ、そのほうがいいんだ」父親が言った。「一種のサプライズだよ」

母親も言った。「バスター、サプライズが好きでしょ?」

バスターは首を横に振った。サプライズなんて好きじゃない。

飛行機に乗ると、アニーとバスターはそれぞれ別のキャビン・アテンダントに誘導されて、最前列の通路側の席についた。幅一メートルもない通路をはさんで隣同士になったが、お互い初対面のようなふりをした。そこへ、両親が手をつないでやってきた。バスターが思わずふたりの顔を見あげていると、父親がウィンクをくれた。ふたりはそのまま飛行機の真ん中くらいまで進んで、席についた。

バスターがキャビン・アテンダントにピーナッツを頼み、持ってきてもらった。三袋あったが、バスターがもうひとつ欲しいと言うと、キャビン・アテンダントはうなずき、バスターに背を向けてから、あきれたという顔をした。それを見ていたアニーの体に力がこもった。軽くムカつく。ピーナッツを持って戻ってきたキャビン・アテンダントの袖を引いて、あたしにも五袋ちょうだいと言った。言いながら、キャビン・アテンダントを横目でにらみつける。なにか騒動でも起きればいい。これから両親がやるはずの騒ぎがかすむくらいの事件を起こしてやりたい。キャビン・アテンダントは、アニーの体が怒りに震えていることに気づいたのか、あわててピーナッツを取りに戻っていった。ピーナッツが出てくるとすぐ、アニーはそれをすべてバスターの膝に置いてやった。

「ありがとう」バスターが言った。

「どういたしまして、坊や」アニーが答える。

乗客がすべて着席し、キャビン・アテンダントが緊急着陸時の対応について説明し終わると、アニーとバスターは不安になってきた。両親のいたずらのせいで、どこかの海に投げ出されるようなことになったらどうしよう。助けを待っても来ないかもしれない。

離陸して一時間以上過ぎた。アニーとバスターが振りかえって両親のようすを見ていると、父親が席を立って通路を歩き、キャビン・アテンダントの腕に触れた。ふたりは聞き耳を立てたが、なにを話しているのかはわからない。ただ、なにかを差しだしているのは見えた。キャビン・アテンダントが目を丸くして、口元を手で押さえた。泣きそうな顔をしている。父親が飛行機の前方を指さした。キャビン・アテンダントはうなずいて歩きだした。インターカム・システムを使おうとしているようだ。

どうしよう、とアニーは思った。ハイジャックなんかしたら捕まって牢屋に入れられるに決まってる。父親が横を通りすぎたとき、バスターも気が気ではなかった。父親の手をつかんで声をかけたい。計画を全部台無しにしてやりたい。でもその思いを必死でこらえた。アニーは絵を描きはじめた。男の子と女の子が飛行機から飛びおりる絵だ。パラシュートは開いているが、下にはなにもない。真っ白な紙があるだけだ。

「ご搭乗のみなさま」キャビン・アテンダントが言った。「とても重要なお知らせがありますので、よくお聞きください。こちらのロニー・ペインさんからみなさまに、お話があるそうです」インターカムからシャーッというホワイトノイズが流れたあと、父親の声が響いた。

「お時間はとらせません。わたしは十七列のC席に座っている者です。隣には、わたしの大切な女性、ミス・グレイス・トゥルーマンが座っています。グレイス、みなさんに手を振って」

乗客全員が十七列に目を向ける。母親がそれに応えて手を振った。

「みなさん」話が続く。「彼女はわたしの最愛の女性です。フロリダに着いたらプロポーズするつもりでしたが、もう待てません。グレイス、結婚してくれますか？」

父親はマイクをキャビン・アテンダントに返して、十七列に向かって歩きだした。アニーとバスターもあとをついていきたかったが、自分の席に着いたまま振りかえって首を伸ばし、成り行きを見守った。父親が通路にひざまずいた。すぐそこには母親がいるはずだが、その姿はふたりの場所からは見えない。キャビンは静まりかえっている。聞こえるのは飛行機のエンジン音だけだ。アニーとバスターは小声で同じ言葉をつぶやいた。「イエス」

突然、父親が立ちあがって叫んだ。「やった、イエスだ！」

乗客全員が拍手喝采。何人かが立ちあがって、父親と握手しにきた。母親は、もらった指輪を隣の老婦人に見せている。コルクを抜く音があちこちで響き、キャビン・アテンダントがシャンパンのグラスをのせたトレイをもって通路を歩きはじめた。パイロットの低くてよく通る声がインターカムから流れてくる。

「幸せなおふたりに乾杯」

バスターは人目を盗んでシャンパンのグラスをふたつとり、ひとつをアニーに渡した。

「あら、坊や、親切ね」

「まあね」

ふたりは乾杯をして、シャンパンをひと息に飲みほした。アルコールで喉が焼けるような感覚が心地よかった。

それから四日間、一家は頭がくらくらするほど日光浴を楽しんだ。プロポーズの芝居がうまくいったので、その満足感を心ゆくまで味わっていた。安っぽいペーパーバックの小説を読んだり、マンガを読んだり、好きな時間に眠ったり。ビーチでは家族のひとりを順番に首まで砂に埋めたり、木切れにひっかけたクラゲをもって追いかけっこをしたり、波打ち際に立って、脚を波に洗われながら綿あめを食べたり。綿あめはちょっぴり塩味が混じっているような気がした。こういう幸せは誰でも味わえるものなんだ、そう言われても信じられないほど楽しい日々だった。

帰りの飛行機では、一家はまた偽名を使い、ばらばらの席に座った。父親はまたキャビン・アテンダントに近づいて、恋人のために買った指輪を見せ、インターカムを使わせてほしいと頼んだ。行きの飛行機のときと同じように、キャビン・アテンダントは乗客のロマンティックな願望を知って目をうるませ、キャビンの前方に父親を連れていった。バスターは八つめのピーナツの袋をあけて、開いたトレイの上にピーナツを並べて「イエス」と書いた。

「十四列のA席に座っている者です。隣には恋人のグレイス・トゥルーマンが乗っています。グレイス、ちょっとこっちに来てくれないか」

母親は恥ずかしそうに首を振ったが、父親はあきらめない。やがて母親が根負けして立ちあがり、父親のところへ行った。すると父親はその場にひざまずき、持っていた小さな箱をあけると、指輪を見せた。普段つけている本物の結婚指輪だ。四日間ビーチで日に当たっていたので、指についていた指輪の白いラインはすっかり消えていた。

「グレイス・トゥルーマン」父親が言う。「ぼくを世界一幸せな男にするために、どうか結婚してください」

アニーはそのときの機内のようすをスケッチした。人々の投げるピーナッツが宙を舞っている。ひと組の夫婦が通路を歩いている。描きながら待っていると、母親が口を開いた。

「まあ、ロニー」半分泣き顔になっている。「こういうのはやめてって言ったのに」

父親はずっとひざまずいていて、見るからにつらそうだが、立ち上がろうとはしない。「グレイス、イエスと言ってくれよ」

母親が目をそらす。その顔に父親がマイクを近づけた。「このマイクに向かってイエスと言ってくれるだけでいいんだ。そうすればぼくの夢がかなう」

これからどうなるんだろう。想像もつかないが、なんだか悪いほうに進みそうだ。アニーとバスターはいやな気分になってきた。

「ノー。あなたとは結婚できないわ」

乗客の何人かがはっと息をのむ音が聞こえた。母親は通路を歩いて座席に戻った。父親はひとりひざまずいて指輪を差しだした格好のままだったが、しばらくしてマイクを握りなおすと、声をつまらせながらこう言った。

「みなさん、無駄なお時間をとらせて申し訳ありません。ご迷惑をおかけするつもりではなかったのですが」

そして立ち上がると、座席に戻った。隣同士、目を合わせようともしない。

機内全体が重い空気に包まれた。いまなら墜落だって大歓迎といった雰囲気だ。気まずくてどうしようもない。

空港から家に向かう車のなかでも、ファング一家はひとこともしゃべらなかった。飛行機でのことはすべてお芝居だったのに、あれ以来、それぞれの胸にうずまく不安から逃れられなくなってしまったのだ。アーティストとしての能力や技量が高すぎるということなのだろう。あまりに真に迫った演技をしたせいで、自分自身が打ちのめされてしまったのだ。

アニーもバスターも、両親が結婚していなかったらいまごろどうなっているんだろう、と考えていた。結婚する前に別れてそのままになっていたら？　恐ろしいことだが、もしそうだったら、自分たちはこの世に生まれてきていない。バスターはアニーの膝に頭をのせて、髪をなでてもらっていた。森を抜ける曲がりくねった長い道に車が入ったとき、父親がとうとう妻を抱きよせた。

「愛してるよ、グレイス・トゥルーマン」

母親は夫の頬にキスをした。

「愛してるわ、ロニー・ペイン」

アニーも身をかがめて弟の額にそっとキスした。

「あたしもよ、ニック・フュアリー」

バスターはにっこりして答えた。

「ぼくもだよ、クララ・ボウ」

車を止めてイグニションを切ったあとも、一家はシートベルトもはずさず、じっと座ったままだった。四人がなにもしなくても、外の景色は変わっていく。それをずっと見守っていた。

3

ロサンゼルスのゲームセンター。アニーはモグラ叩きゲームの横に立って爪を噛みながら、〈エスクァイア〉の記者が来るのを待っていた。約束の時間を十五分も過ぎている。このまま来なければいいのに、とアニーは思った。〝人となり〟なんて暴かれたくないし、興味を持ってもらえるように振るまうのも面倒くさい。

二十五セント硬貨をゲーム機に入れて、トンカチを握った。プラスチックのモグラが穴から頭を出す。アニーは全力をこめて殴りつけた。それでもモグラは平然としてまた頭を出してくる。腹が立って、ゲームとは思えなくなってきた。さっきより強い力でトンカチを叩きつけた。

チカチカする光やうるさい電子音が鳴りひびくこんな場所にいるのは、映画の宣伝のためだった。『妹たち、恋人たち』という作品はカンヌでプレミア上映されたものの、評判は最悪。「ひとりよがりで、エセインテリ風味の、映画とはいえない映画もどき」というレビューがあったが、これでもまだいいほうだ。

たしかにひどい映画だった。アニーは何人かの映画評論家から「真摯に演技をしていた唯一の俳優」と評価されていたが、このぶんでは、ろくな宣伝もないままに封切りを迎えることになってしまう。とはいえ、撮影中にはちょっとした騒動もあって、そのことがアニーの思っていた以上に大きな話題になっているようだ。だからこうしてインタビューを申し込まれたというわけだ。


「要するに」その週のはじめ、広報担当が電話で言った。「あなたの行動がまずかったのよ」

「わかってる」

「アニー、同情はするわ。けど、わたしの仕事は、あなたを大女優にすることなの。あなたについての情報を流し、あなたの利益をはかる。なのにあなたは、わたしの顔をつぶした」

「そんなつもりじゃなかった」

「わかってるわよ。アニー、あなたのそういうところが好き。でも、やってしまったことはどうしようもない。一応事実の確認だけはしておきましょう」

「やめて」

「ざっくりとすませるから」広報担当は続けた。「あなたはあのできそこない映画の撮影中、突然上半身裸になって、セットのなかを歩きまわった」

「まあね。だけどそれは――」

「乳首も隠さず、おっぱい丸出しで歩いてたわけでしょ。そこにいた誰がケータイのカメラで撮影してもおかしくない。その写真を誰がネットに投稿してもおかしくない」

「ええ」

「たいしたことじゃないわ。けどわたしはそんなこと知らなかったのよ。インターネットで写真を見て、はじめて知った。〈USウィークリー〉の記者が電話してきたときにね。で、いまこうしてあなたのおっぱいの写真を見ながら、あなたが撮影現場でいかに情緒不安定になるかっていう記事を読んでるわけ」

「ごめんなさい」アニーは答えた。

「騒ぎはなんとかおさめるわ」

「ありがとう」

「どういたしまして。わたしがなんとかしてみせる。こんなのたいしたことじゃないわよ。おっぱいの写真なんてそこらじゅうにある。どうってことないわ」

「そうよね」

「でも、それだけじゃないのよね。あなた、レズビアンなの？」

「違うわ」

「真実がどうであろうと」広報担当が言う。「そういう噂が出てるの。もうみんな知ってるわ。噂のお相手から事情を聞かせてもらうしかないわね」

「お相手なんかじゃない。本当にただの友だちよ。イカレた子だけど」

「しかもその相手が、問題の映画の共演者だっていうんだもの。撮影中に情緒不安定になったのもそのせいだって言われてもしかたないわよね」

「そんな」

「まあ、わたしがついてるから大丈夫。わたし、こういうことにはすごく慣れてるの。けど、魔法使いってわけじゃない。こういう問題は、表に出る前にちゃんと話してくれなきゃ困る。前もって話してくれれば、スキャンダルをうまく利用してキャリアアップをはかることだってできるのよ」

「わかった、これからはそうする」

「わたしのこと、なんでも話せる親友だと思ってちょうだい。親友にはなんでも話すものでしょ？　たとえば――あなたの親友って誰？」

「サリー、あなたよ。あなたこそわたしの親友かも」

「そう言ってもらえてうれしいわ。涙が出るくらい。とにかく、なにかあったらすぐ報告して。わたしが対応するから。いいわね？」

「ええ」

「じゃ、〈エスクァイア〉の記者に会ってきて。きっといい記事を書いてくれる。ヌードやらレズビアンやら、その手のことにはあまり触れずにいてくれると思うわ」

「わかった」

「愛想よくしてね」

「それならできる」

「お色気も重要よ」

「それも大丈夫」

「その記者と寝るところまでいっちゃだめだけど、その勢いで仲良くなること」

「了解」

「じゃ、わたしの言うことを繰り返して。『わかった』」

「わかった」

「『二度とサリーを裏切らない』」

「二度とサリーを裏切らない」

「オーケー。じゃあね」広報担当はそう言って電話を切った。


真ん中のモグラは、あの共演者ミンダ・ロートン。アニーはそう思うことにした。華奢な体に、くるくるとよく動く目、異常なくらい長い首をしたミンダの姿がよみがえってくる。トンカチを思い切り叩きつけると、ゲーム機がいやな音をたてて一瞬動きが止まった。モグラが穴に戻っていく。「二度と出てくるな！」

「おやおや、モグラ叩きのプロだったとはね」突然、隣に誰かがあらわれた。

アニーははっとして横を見た。自分を守る武器のようにトンカチを構える。そこに立っているのは、背の低い、眼鏡をかけた男だった。ぱりっとした白いシャツのボタンを上まで留めて、ブルージーンズを履いている。表情はにこやかで、手には小型のテープレコーダー。ゲームセンターで待ち合わせることにしたのは出版社のアイデアだ。アニーが実際にここにいるのを見ておもしろがっているようだ。

「〈エスクァイア〉のエリックです。堂々たる叩きっぷりに感服しましたよ」

アニーはあやうくサリーからのアドバイスを忘れて「うるさいわね、約束に遅れてきたくせに、何様のつもりよ！」とどなるところだったが、思いとどまって呼吸を整えた。ここは猫をかぶるしかない。

「結構やるでしょ？」にっこり笑って答えると、こんな下品なもの持ちなれていなくって、と言うようにトンカチを軽く振った。

「なかなかのもんですよ。おかげで原稿の冒頭ができあがった。どんな文章か、知りたいですか？」

そんなもの、知りたくもない。「雑誌が売りだされるのを待って、一読者として楽しませてもらうわ」

「なるほど。お楽しみに」

「どこかに移動しましょう」アニーはそう言って歩きだした。エリックは身をかがめて、モグラ叩きの機械から出てきた得点チケットをちぎり取った。なにか思いついたらしい。

「忘れ物ですよ」

「なにか景品をとってあげましょうか。テディベアとか」アニーは得点チケットを財布に入れた。

「それはうれしいな。最高のネタになる」


インタビューを受けることにまだ慣れていなかったころ、『権力者』というマンガが原作の映画に出たことがある。稲妻の貴婦人《レディ・ライトニング》の役だったが、そのときのインタビューがひどかった。記者はアニーに、子どものころマンガ好きだったか、と聞いた。

「マンガなんて、生まれてから一度も読んだことがありません」アニーがこう答えると、記者は顔をしかめて首を横に振った。

「マンガ好きだったと書かせてもらうよ。オタクみたいな子だったと。いいよね？」

アニーはびっくりして、うなずくことしかできなかった。そのあともずっと同じ調子。記者がなにか質問してアニーが答えると、記者は、期待していたのはこういう答えだったのにと文句をつける。女優になってからいままでで、あれが最悪のインタビューだった。しかし、あれから五十回六十回、いや七十回もインタビューを受けてきたが、質問はいつも似たりよったり。肝心の映画を見たこともない、あるいはアニーの名前も知らないようなインタビュアーがやってくる。だったら、あのときの最悪なインタビューのやりかたがいちばんシンプルだし、面倒もない。

それから二十分間、アニーは〈空飛ぶギロチン〉というゲームで記者をこてんぱんに打ち負かした。はじめてやるゲームだったので、いくつもあるボタンを適当な順序で押しまくった。アニーが選んだキャラクターは、熊と人間をミックスして巨大化させたやつにキルトを穿かせた生き物だった。その熊人間が、どういうわけか猛烈な勢いで動きだした。エリックの選んだ、ラスヴェガスのショーガールみたいな格好の小柄な日本人女性のキャラクターはなすすべもなく、ぺちゃんこになってご臨終。

「驚いたよ、強いね」記者が言う。アニーは女性をさらに攻撃した。女性の体が地面にめりこむ。

「そっちが下手なだけよ」しゃべるときも、スクリーンから目を離さない。いままではぼんやりとしか意識していなかった欲求が、はっきりとした形あるものになって、目の前で躍動する。それを見ているのがおもしろくてたまらなかった。

「そんなことないさ」記者もボタンを押しながら言った。強く握りしめたジョイスティックが手に隠れて見えなくなっている。「ぼくはこういうのが得意なはずなんだ」

熊人間がショーガールを高々と持ち上げ、三回ぐるぐる回すと、地面に頭から叩きつけた。地面に小さな穴があく。「そうは見えないけど」アニーは言った。

二十五セント硬貨をさらに投入した。エリックが選んだのはブルース・リーの悪役バージョンみたいなキャラクターで、いつも炎に包まれている。アニーは引き続き熊人間で行くことにした。一回戦が始まる前に、エリックが言った。

「『妹たち、恋人たち』について、話すのは気が進まない?」

アニーはっとして、一瞬手が止まった。そのあいだに、ブルース・リーの回し蹴りが三発決まった。熊の毛皮が焦げる。

「でも話さなきゃならないんでしょ?」

一回戦が終わったときには、熊人間は地面に伸びていた。

「じゃあこうしよう。次の対戦でぼくが勝ったら、きみは現場で服を脱いだことについて話す」

アニーは双方のキャラクターを見つめた。早く闘いを始めたいのか、その場でぴょんぴょん跳びはねている。カウントダウンが始まった。どうしよう。こっちが負けて話をすることになったほうが、サリーは喜ぶだろう。しかしアニーは、弁明のチャンスが与えられたというだけでも、多少なりとも満足していた。それに、この熊人間をみすみす死なせたくない。本気でやればきっと勝てる。

「オーケー、それでいいわ」

それから二回闘った結果、エリックのキャラクターは画面から消えてしまった。あまりにひどくやられたせいで、ゲームからそのキャラが消えてしまったのかもしれない。アニーはにやりと笑った。

「残念だよ。話を聞きたかった」

エリックはそう言って肩をすくめ、微笑んだ。インタビューはしないということだ。いい人ね、とアニーは思った。こんな展開は予想もしていなかった。

「難しい映画だったの」アニーはエリックのほうを見ないようにして話しはじめた。どういうわけか、話してすっきりしたくなっていた。「そのなかでも、あのシーンはとくに難しくて。やっていればそのうち役にはまっていくだろうと思ったけど、自分でも気づかないうちに消耗して、精神的に追い込まれてた」

「映画のレビューがいろいろ出てるけど、それについてはどう思う？」エリックが聞いた。テープレコーダーはシャツのポケットに入れたままだ。

「わたしがどうこう言えることじゃないわ。わたしが言えるのは、監督のフリーマンは独特なセンスをもっていて、ほかの人にはそれがなかなか理解できないってことだけ」

「映画を見て楽しめた？」

「自分の出た映画を見るのは、楽しいとか楽しくないとかいうようなもんじゃないわ」

「そうか」エリックが答え、ふたりは黙って見つめあった。ゲームのデモビデオが流れはじめた。巨体に白髪の悪魔が高笑いして、こっちにおいでと手招きしている。

「上半身裸になったのは、そんなことができるかどうか試してみるためだった」

「ふうむ」エリックが言ってうなずいた。

「ヌードの撮影は経験がなかった。だから、そんな演技ができるかどうか自分でもわからなかった。だから、脱いでみた。リアルで裸になれるなら、映画の世界でも裸になれる。ただ、みんなが見てるってことを忘れてただけ」

「なるほどね。現実世界と映画の世界を行ったり来たりするのは大変なんだろうな。そういう難しい役だと、とくにね。とりあえず、この話はいったん休憩にしようか。続きはあとで話してくれてもいいし、これで終わりにしてもいい。ボーリングゲームをやらないか？」

アニーはうなずいた。「アニーったら」自分を叱りつける。「余計なことをぺらぺらしゃべっちゃだめよ！」

問題の写真がインターネットに出回りはじめた。解像度の低いぼやけた写真だが、アニーだというのははっきりわかる。それを見て、両親がメールを送ってきた。

そろそろセレブって呼ばれるのにも慣れてきた？　女の体なんて、しょせん〝モノ〟としか見られないってこともわかってきたんじゃない？

弟はなにも言ってこない。電話もメールもなし。どこかに消えてしまったんだろうか。姉のヌードを見た弟の反応なんて、こんなものかもしれない。くっついたり別れたりしている――いまは別れている――腐れ縁のボーイフレンドが電話をかけてきた。

「これも例によってファング一家のアートってやつかい？　こんな妙なことまでさせられちまうのか？」

「ダニエル、電話はしないって約束したでしょ」

「ああ。だが緊急事態は例外だ。今回のは緊急事態だろ。おまえの頭がおかしくなりかけてる」

ダニエル・カートライトは、これまでに小説を二作書いている。どちらも映画を思わせるタイプの小説だった。その後映画の脚本を書きはじめたが、映画というよりテレビドラマの脚本みたいな作品ばかり。いつもカウボーイハットをかぶっている。最近は、ある脚本が、なんと百万ドルで売れた。ふたりの男がロボットを作り、そのロボットが大統領に立候補するというストーリーだ。タイトルは『大統領2・0』。そもそもどうしてダニエルと付き合うことになったのか、アニー本人にもよくわからなかった。ハンサムだが、ネジが何本かはずれたような男だ。なのに、別れても、また付き合うことになってしまう。どうしてなんだろう。

「頭はしっかりしてるわよ」アニーは答えた。このうえ頭までおかしくなったら、ネットでお祭騒ぎが起きるかもしれない。

「いや、おかしくなってるようにしか見えない」

「映画の撮影なのよ。誰だって、まともな神経じゃやってられないことばかりだわ」

「いま、ネットでおまえのおっぱいを見てる」

もう言葉も出ない。アニーは黙って電話を切った。

その日の夜は、フリーマンの家に主役級の俳優たちが集まるディナーパーティーだった。アニーが訪ねていくと、自分のヌード写真が家のあちこちに貼りつけてあった。フリーマンが出てきた。ばかみたいに大きなチョコレートをかじっている。中からキャラメルクリームが流れだしてきた。

「これ、どういうこと?」アニーは写真の一枚を壁からはがし、くしゃくしゃと丸めた。

「有名になってよかったな。おれのおかげだぞ」

アニーはフリーマンの手からチョコレートを払いおとして、家を出た。

「帰るなよ、いっしょに写真を見て笑おうぜ」うしろから声が聞こえる。

車のキーをようやくバッグから取り出したものの、三回も落っことした。涙が出てくる。ミンダがフリーマンの家から駆け寄ってきた。ミンダはもうひとりの主演女優だが、ふたりの出番がばらばらだったので、現場で彼女に会ったことはほとんどない。ミンダが近づいてくるのを見て、アニーは顔をゆがめ、両手で相手をブロックするようにして、「来ないで」と叫んだ。逃げ出したかった。なのにどういうわけかその場から動くことができない。すぐにミンダにつかまった。ミンダはアニーの腕をつかみ、息を切らしている。いまにも泣きそうな顔をしていた。

「ひどいわよね」

アニーは黙ってうなずいた。手に持ったキーで車のドアをあけたいのに、ミンダが腕を離してくれない。

「なによ、あれ」ミンダが続ける。声の調子が普通に戻った。「フリーマンにやめろって言ったの。でも、ああいう人だもの。女優にはいい役をくれるけど、基本的に女嫌いなんだと思う」

アニーはもう一度うなずいた。しゃべりたくないからってこんなふうにうなずいてばかりいたら、そのうち首が動かなくなってしまうかもしれない。

「どこかに行かない?」ミンダが言う。

アニーは少し迷ってから、声をしぼりだした。「ええ」

小さなバーに入った。常連らしい客が何人もいたが、ふたりには声もかけてこない。ばかみたいに高価なTシャツを着て、ほかの客なんか目にも入らないという雰囲気の美人ふたりをどう扱ったらいいのかわからないのだろう。おかげでふたりは隅のテーブルに静かに落ち着くことができた。ウイスキーとジンジヤーエールを注文する。

「これからどうするの?」ミンダが言った。まだ腕を離してくれない。離したらどこかに逃げていくとでも思っているんだろうか。まあ、そのとおりかもしれないけれど。でも、誰かが自分を気にかけてくれているのはうれしいいし、頭がおかしいだのなんだの言われないのもありがたい。

「さあ。映画が完成したら、遠くに行く。この仕事はしばらく休むわ」

「だめよ」ミンダは本気で心配してくれている。

「どうして?」

「だって才能があるもの。あなたの演技は天才的よ」

「そんな、わたしなんか、そんな……」このまま一時間でも同じ言葉を繰り返しそうだったが、ミンダがアニーを黙らせた。

「わたしは演技が好きだけど、あなたみたいにうまくない。やれと言われたことをそのままやるだけよ。でもアニー、あなたは違う。どう動いたらいいか、本能でわかってる。よくあんなふうにできるって感心するわ」

「いっしょのシーンなんかなかったじゃない」

「でもわたし、見てたもの」ミンダが言って微笑んだ。「ちょっと離れたところから」

「えっ」

「そんなに驚かなくてもいいでしょ」ミンダが言うと、アニーはうなずいた。

「ええ、どうせみんなに見られてるんだし」

「わたしはみんなより真剣に見てた」ミンダはアニーの腕をつかむ手に力をこめた。

そのときアニーはようやく気がついた。ミンダ・ロートンは自分を口説こうとしている。ミンダはいままで七作の映画に出て、そのうちの四つの作品で女性とキスしている。ミンダは――美しい。大きな目、上品な首筋、しみひとつない肌。整形手術みたいなものに頼っているんじゃなく、なにかの魔法がかかっているような美しさだ。

ミンダが身をのりだしてアニーにキスした。アニーは抗わなかった。ミンダは体を元に戻し、唇を噛んでから、こう言った。「一ヶ月くらい前、フリーマンともキスしたわ」

「フリーマンとキス？　なにそれ、最悪」

ミンダは笑った。「噂やなんかであなたの耳に入るといやだから、いま話したの。誤解しないでね。わたし、共演者みんなに手を出すような女じゃないわ」

「わたしとフリーマンだけってこと？」

「もうひとり。スクリプターの女の子」

「マジ？」

「伯父さんに迫られて困ってるって相談されたの。わたしも似たような経験があって、それで、なんとなくそうなっちゃった。彼女はもう覚えてもいないでしょうけど。かなり酔っぱらってたから」

「あなたはしらふだったの？」

「ええ」

「つまり、わたしとフリーマンとスクリプターの彼女だけってことね」

「そういうこと。いまからはあなたひと筋でいくわ。あなたさえよければ」

「やめてよ。そういう変な関係にはなりたくない」アニーは言った。自分の足が、なにか重要な境界線ぎりぎりのところで踏みとどまっているのを感じる。

「どうして?」ミンダが言う。アニーの少し酔った頭では、答えを見つけることができなかった。


ボーリングゲームの一投目。アニーはつるつるの硬い木のボールを武器のように握り、勢いよく転がした。ボールはレーンをのぼっていき、段差ではねて、五十点のリングに入った。

「ビギナーズ・ラックね」アニーが言うと、エリックはにっこり笑った。エリックも隣のレーンの前に立ち、ボールが九つ、手元に流れてくるのを待っている。

「もう一度賭けをしようか。このゲームもきみのほうがうまそうだから」

アニーは次のボールを転がした。また五十点。「結局はわたしにしゃべらせるんでしょ」

「ぼくはプロの記者だからね」

「今度はなにが聞きたいの?」アニーは聞いた。すっかり答えるつもりになっていた。

「ミンダ・ロートンについて」

上等じゃない、とアニーは思った。

「いいわ。賭けに乗る」

エリックもボールを投げた。ボールは軽く弾んで五十点のリングに入った。続けざまにもう一球。同じく五十点。三球目、四球目、五球目も同じ。アニーはエリックの顔を見つめた。にやついてしまいそうなのをこらえているのがわかる。九つのボールすべてが五十点のリングにおさまった。マシンが点滅してファンファーレが鳴る。得点チケットが次々に吐き出されて、エリックの足元にたまった。

「このゲームのプロでもあるのね」

「リーグに入ってるんだ」

「このゲームのリーグに?」

「ああ」

「でも、同点の可能性がまだ残ってる。そしたら質問に答えなくていいでしょ」

「たしかに」エリックが言った。「あと七球か」

小さなボールが、やけに重く感じられる。腕に力をこめて、うしろにスイングした。ところが、腕の動きが途中で止まった。人さし指と中指になにかが当たり、電気が走ったときのように、思わず手をひっこめた。次の瞬間、子どもの泣き声がした。視線を下げると、小さな女の子がいた。六歳くらいだろうか。床に横たわって頭を抱えている。アニーの持っていたボールが、別のゲーム機の前まで転がっていった。

「大変だ」声にならない声で、エリックが言った。

「なに?　どうしたの?　どういうこと?」

エリックが女の子の横にかがみこんだ。アニーも続く。

「きみのボールがこの子の頭に当たったんだ。ボールを握った手が当たったのかもしれない。あるいは両方だ」

「そんな」アニーも声がかすれていた。

子どもは体を起こして膝立ちになった。頭をこすりながら、しゃくりあげて泣いている。

「大丈夫か。よしよし」エリックが言う。

アニーはエリックが使っていたゲーム機から得点チケットをもぎとり、子どものところに戻ってきた。子どもがいつ爆発するかわからない不安定な物質のように思えてならなかった。

「これをあげるわ」アニーがチケットを差しだすと、子どもの泣き声が小さくなった。

「これも」二十五セント硬貨がたくさん入ったカップも差しだした。

「これもあげる」最後に二十ドル紙幣を一枚出した。

子どもは目を赤くして、鼻水を垂らしていたが、にっこり笑って歩きだした。頭のうしろにたんこぶができているのがわかる。子どもの両親があれを見たらどうするだろう。なにか言ってくるに違いない。

「ここ、出ましょう」アニーはエリックに言った。

「いまの勝負はぼくの勝ちだよ」

「そうね。いいから、出ましょ」

「しかし、驚いたな」

「まさか、記事にはしないわよね?」

「いや、書かない手はないよな。きみは子どもを殴りたおしたんだ」

エリックへの怒りと、子どもの親に見つかりたくないという危機感にせかされて、アニーは早足でゲームセンターを出た。日差しがまぶしくて、一瞬まわりが見えなくなった。さっさと質問に答えて、家に帰ろう。荷物をまとめてメキシコにでも行こうか。あっちのメロドラマにでも出て、酒びたりの生活を送る。

どん底に落ちれば、あとは這いあがるだけだ。

ミンダとバーで飲み、そのあとミンダのホテルの部屋を訪れたあの夜から、一週間も経っていなかった。撮影現場のトレーラーでメイクをしてもらっているとき、アニーはある週刊誌に目を留めた。表紙には「お熱いふたり」という見出しが躍り、ミンダとアニーの写真が添えられている。どちらの写真も加工されて、まるでふたりが肩を寄せ合っているかのように並べられていた。スタイリストはアニーの表情が変わったことに気づいたようだ。

「それ、アニーさんですよね」雑誌を指さした。

「ええ」

「それと、ミンダさん」

「ええ」

アニーは十秒ほど黙りこんで、考えた。こんな噂を立てられて、この先どうなるんだろう。

「付き合ってるって、ホントですか?」

アニーは雑誌をつかんで、トレーラーのドアを勢いよく開けた。

ミンダがいた。アニーは記事の何行かを読みあげた。「『ふたりの親しい友人によると、ふたりは熱烈に愛し合っていて、本当に幸せそうだという』ですって」

「おもしろいわね」ミンダが言う。

「こんな嘘っぱち、なにがおもしろいのよ」

「だって本当のことじゃない」ミンダは笑顔を崩さない。

「嘘っぱちよ」

「見解の相違ってやつね」

「え?」

「見解の相違よ。正解はない」

「いったいなにを――」

「どっちだっていいじゃない。わたしはうれしいわ」

「親しい友人って、誰?」アニーは言った。「わたしには親しい友だちなんていない」

「わたしよ」ミンダが言った。不自然な笑みが顔にはりついている。

「なんなのよ、それ」

「わたしが広報担当に話したの。広報担当がどこかの雑誌にしゃべって、おかげでわたしたちはいまや公認のカップルってわけ」

アニーは、車輪の壊れた車で坂をくだっているみたいな気分だった。いまこの瞬間、車輪がとうとうはずれて、目の前で火花が散っている。なのにどうすることもできない。いつかどこかで車が止まるのを待って、そこから逃げ出すしかない。


ゲームセンターからそこそこ離れたところにレストランを見つけた。なかに入ると、アニーはテーブルに片手を置いた。人さし指と中指がどんどん腫れてきている。曲げられないくらいだ。ハンバーガーを一度も見たことがない人がしかたなく作ったみたいなハンバーガーをエリックが食べているあいだ、アニーはミンダの話をした。すべて誤解だということ。ふたりの人間がひとつの作品を作りあげようと思ったら、必然的にふたりはとても親しい関係になるということ。しかし、肝心なことは話さなかった。ミンダにつきまとわれて、よく口論していること。ときにはアニーのほうが折れてベッドを共にすることもあるが、そうしていながら、ミンダの顔に枕を押しつけて窒息させてやりたくなるということ。頭がおかしい人間は自分ひとりでたくさんだと思ってしまうこと。アニーはミンダとは違う。なんでもぺらぺらしゃべってしまうような女ではない。

「ところで」エリックが口を開いた。目の前の皿にはケチャップとマスタードがたまり、マッシュルームやフライドオニオンなど、ハンバーガーのバンズのあいだにおさまりきれなかったものがたっぷり残っていた（あれだけでサラダがひと皿できそうね、とアニーは思っていた）。

「じつは、きみに会ったらいちばん聞きたかったのは――ぼくがいちばん興味をそそられたのは――きみの家族のことなんだ」

脳のなかに空気のかたまりが入ってきたように思えた。頭に痛みが走って、一瞬で消えていった。家族のことなんて話したくない。おっぱいやレズビアンのストーカーについて話しているほうがよっぽどましだ。

「たとえば――きみの芸名は、姓だけが本名と違う」

「広報担当が決めたの。本名のファング（牙）のままだと偏ったイメージになってしまう。ホラー映画にしか使ってもらえなくなってしまうからって。でも、本名もちょっと作り物っぽいでしょ？」

「まあね。そうなのかい？」

「違うと思う。東欧によくある姓をちょっと短くした感じでしょ。父がよくこんな話をしてた。うちのご先祖様は、大西洋を最初に渡ってきた狼男。ポーランドやベラルーシで人をたくさん殺しながら、やっとのことで船に乗ってアメリカに来た。でないと捕まって殺されてたはずだ。アメリカでも、満月のたびにあらわれて、たくさんのアメリカ人を殺したんだぞって。あとになって、それは全部ご先祖様の作り話かもしれない、とも言ってた。その話で人々をだますために、それらしい名前に変えたんだろうって。子どものころにそれを聞いて、がっかりしたものよ」

「そのへんの話が聞きたいんだ」エリックの表情がぱっと明るくなった。左目を細めて聞く。「ご両親のアート作品のなかで、きみは『子どもA』を演じていた。どういう意図があったにせよ、きみはいつも主役だった」

「そんなことないわ。主役は弟よ。おかげでわたしより苦労したみたい」

バスターの姿が頭に浮かぶ。街灯に縛りつけられているところ。クマ用のわなにかかって動けなくなっているところ。セントバーナードにうしろからのしかかられているところ。いつもおかしな状況で放置されて、自力で抜け出すしかなかった。

「いずれにしても、きみはいろんな場面で、なんらかの演技をしてきたわけだ。街角でゲリラ的に始まる即興劇のようなものをやってきた。そこで聞きたいんだが、きみがもしファング家の一員じゃなかったら、それでもいま、女優になっていただろうか」

「なってないと思う」

「そこに興味があるんだ。きみの女優としての才能はすばらしいと思う。『支払い期日』ではオスカーをとってもおかしくないと思ったし、稲妻の貴婦人《レディ・ライトニング》をやったときも、もともとはセクシー路線一辺倒な役回りなのに、それをポストフェミニストふうに作り替えて大成功した。ナチのやつらに稲妻を落としたのもおもしろかったな」

「ナチがやっつけられるのを見るのは、みんな大好きだものね」

「ともかく、きみはすぐれた女優だ。ぼくは大学で、きみの両親をテーマに卒論を書いたんだ。だから、きみの両親のアート作品はほとんど全部見てる。だからこそ強く感じるんだ。きみはよく予想外の演技をして、なおかつそれが観客の共感を得ているんだが、そういうセンスは家族でやっていたアートに培われたものなんだろうと」

「九歳のとき」アニーは話しはじめた。なんだか気分が悪くなってきた。この雑誌記者は、自分がいままで必死に否定しようとしてきたことを平気で言葉にしてぶつけてくる。すなわち、自分はファング一家の一員として、両親の幻想を形にするための手助けをしてきたが、結局のところ、自分の実績と呼べるものはそれだけなんじゃないか、ということだ。

「なにか飲むわ」アニーはそう言って椅子をうしろに引いた。まだ午後二時だが、少なくとも昼前ではない。そのうち日も暮れるだろう。だから飲む。きっと日が暮れても飲みつづけているだろう。ジンを注文して受け取った。氷も混ぜ物もオリーブもない、ストレートのジンだ。グラスを持ってテーブルに戻ると、まずはご挨拶のひと口。あとはどうとでもなればいい。

「ファング家のアートは――」エリックが口を開く。これを話すのを朝からずっと待っていたかのような話しぶりだ。「奥が深いんだ。突拍子もないことが起こるから、最初はびっくりするんだが、それだけでは終わらない。よく見ていると、それがわかってくる」

「わかってくるって、なにが?」アニーはそう言って、ジンをもうひと口飲んだ。すっきりして、薬みたいな味。軽い麻酔で手術を受けるときのような気分になってきた。

「一種の悲しみを感じるんだ。見ず知らずの人々に、無理やりなにかを体験させてしまう。その悲しみというか」

この人はファング家のビデオを何回見たんだろう。なにを求めて、ビデオを見たんだろう。アニーは、編集後の完成作品をできるだけ見ないようにしていた。演じたときのことを思い出そうとしても、断片的な記憶がランダムに出てくるだけ。母親の体から鮮やかな色が放たれる瞬間とか、ギターの弦が切れる瞬間とか。それらが波のように押し寄せてきて、また引いていく。そして何ヶ月、ときには何年も経って、また押し寄せてくる。

グラスから顔を上げると、エリックがこちらをじっと見ていた。穏やかでうれしそうな表情をしている。

「どの作品でも、きみがいちばんすばらしかった。少なくともぼくはそう思う」

「そんなことない。家族四人、みんな同じよ」

何週間か前、ヌード写真の騒ぎがようやく落ち着きだしたころ、アニーの両親がひどく興奮して電話をかけてきた。アニーはちょうど、ミンダから届いた四ページにわたる手紙を読んでいたところだった。そのうち二ページは詩。「ファング」「開花」「原動力」「舌」「映画」「バイセクシュアル志向」といった言葉が繰り返し使われている。アニーはそれを読むのを喜んで中断した。

「すごいニュースだよ」父親が言った。うしろで母親が言うのも聞こえる。「本当にすごいのよ！」

「なに？」

「デンヴァーの現代美術館《MCA》からメールが来た。わたしたちの作品を展示したいそうだ」

「すごいじゃない！　おめでとう。新しい作品？」

「ああ、最新のやつだ」

「すごいわ」

「だろ。すごい。やったぞ！」

「お父さんにはかなわない」

「いや、それがな」父親が言うと、父親のすぐうしろで母親が叫んだ。「アニーに話してちょうだい」

「話すってなに？」

「その作品ってのが、おまえのあの写真をネタにしてるんだ」

「裸の？」

「そう、あれだ。美術館が聞いてきたんだよ。おまえのヌード写真騒ぎは、ファング家のパフォーマンスのひとつなのかって」

「そう」

「あれはメディア文化や有名税ってものに対する強烈な風刺なんだ、と答えてやった」

「ふうん」

「〝子どもA〟がスケールのでかいパフォーマンスをやって、世界を驚かせてくれたんだ。ファング家としてはこれ以上うれしいことはないよ。そもそも、〝子どもA〟はここしばらく出番がなかったしな」

「だって、もう子どもじゃないもの」

「とにかく、いい知らせだろう。喜んでくれ」

「ええ、喜んでるわ」アニーは答えながら、なぜかミンダの詩を思い出していた。最後はどんな言葉だったろう。

「アニー、愛してる」両親が声を合わせていった。

「わたしもよ」アニーは答えた。


次の朝、アニーは部屋のなかをぐるぐる歩きまわりながら、ブリーフ一枚でベッドに寝ている雑誌記者の姿を見つめていた。ブリーフは派手な紫色。セクシーでもなければダサくもない。ただ、記憶には残りそうだ。二日酔いではなかった。つまり、ゆうべはあまり酔っていなかった。つまり、記者とこうなったのは、それほど軽はずみな行動ではなかったということ。「そうよね?」ひとりごとを言った。キッチンからコーヒーの香りがしてくる。「それほど軽はずみな行動じゃなかった。少なくともわたしは」

エリックが目をさました。びっくりしたような顔をしている。無理もない。すぐそばに女が立って、紫色のブリーフをじっと見ているのだ。

「いま、コーヒーをいれてる」アニーは言って、急ぎ足でキッチンに向かった。

ダイニングテーブルを挟んで向かい合う。自分のものなのに、このテーブルを使うのははじめてだ。表面をなでてみた。いいテーブルだ。もっと使ってやらないと。

「つまり、ぼくたちは、取材者と取材対象者として越えてはならない一線を越えてしまったというわけだ」

エリックの言葉を、アニーはろくに聞いていなかった。このテーブル、木材はなにかしら。

「おかげでおもしろい記事が書けそうだよ。ポストモダン的な切り口で、セレブの素顔を紹介するとしよう」

アニーはエリックに目をやった。コーヒーのマグカップをテーブルに直接置いている。テーブルごしにコースターをさしだして、ここにカップを置けと指さしてやった。エリックは理解しなかったのか、そのまましゃべりつづけた。

「取材対象者との関係については具体的に描写したほうがいいな。だがそうすると、ほかの部分のインパクトが弱くなってしまう。インタビューでのやりとりのほかに、個人的な会話の内容も混ぜてみるか。いや、こうして寝てしまうと、どこまでがインタビューで、どこからが個人的会話だったのか、よくわからなくなってしまうな」

アニーはテーブルをふたつに叩きわりたくなった。

「まさか、このことを書くつもりじゃないわよね?」

「書かずにいられると思うかい?　セックスしたんだぞ」

「書かなくたっていいでしょ」アニーは言った。きのうから痛みの引かない指を曲げて拳を作り、テーブルに叩きつけた。「書かないで」

「さあ、どうするかな」

「書かれるとまずいのよ」アニーは部屋のなかをうろうろ歩きはじめた。

「校了前に原稿は見せるよ。きみの記憶と違う部分があったら訂正してほしい」

「いえ、記事は雑誌ができあがってから読むわ」

「電話するよ。また――」

「いいから、もう帰って」アニーはエリックの言葉をさえぎった。なにも知りたくないし、どうなったっていい。

「きみはすばらしい女性だよ」エリックは言ったが、アニーはもう歩きだしていた。バスルームに入り、ドアに鍵をかける。

やっぱり頭がおかしくなっているんだろうか。そういう自覚はない。でも、まともな人間ならこんな態度はとらないだろう。玄関のドアが開いて閉まる音が聞こえた。タオルを顔に押しあてて、妄想の世界に入った。自分は感情のない巨大な熊人間。敵を次々にやっつけたところだ。あたり一面に血しぶきが飛んでいる。頭上にはハゲタカが飛びまわっている。殺すべき相手はすべて殺した。正しいことをしたのかどうかはわからないが、少なくともそれほど間違ってはいない。やるべきことをやったあとは、暗くて深い洞窟にもぐりこんで、何ヶ月も冬眠する。春が来たときには気が晴れているだろう。両手に視線を落とした。右手は紫色に腫れている。骨が折れているのかもしれない。誰かを傷つければ自分も傷つくということだ。

キッチンに戻り、食器をシンクに置いた。電話を手に取って、サリーのオフィスの番号を押した。よかった。留守電だ。

「サリー」話ははっきり、手短かに。「またしくじっちゃったみたい」

ある貴婦人の肖像、一九八八年

ケイレブ&カミーユ・ファング

ファング家の人間なら誰も否定できない事実がある。バスターは美少年だ。これでもかというほど大量のスパンコールを縫いつけたイブニングドレスを着て、ステージ中央に向かうバスター。ブロンドでロングの巻き毛が、自信たっぷりな歩みに合わせて軽くはねている。両親と姉は、バスターが本当に勝つかもしれないと思いはじめていた。父親がその一部始終をビデオカメラで撮影している。母親は娘の手を握って、小声で言った。「アニー、バスターが勝つわよ。ミス・クリムソン・クローバーに選ばれるわ」アニーは弟の姿を見つめた。うれしくてたまらないという顔をしている。それを見て、アニーは気がついた。弟にとって、これはアートでもなんでもない。弟はただ勝利の王冠が欲しいだけなのだ。


二週間前、バスターは本気でいやがっていた。

「ドレスなんか着たくない」

「あら、ただのドレスじゃなくてイブニングドレスよ。コスチュームみたいなものじゃない」母親が言った。

九歳のバスターに言葉遊びは通用しなかった。「ドレスはドレスだよ」

父親は、ボイス基金からもらった奨励金の大半を使ってパナソニックのVHS／S・VHSビデオカメラを買ったばかりだった。前のカメラは、腹を立てた動物園の従業員に壊されてしまった。新しいカメラをバスターの顔に近づける。バスターの顔には絶対いやだと書いてある。

「アーティストってのはたいていい気難しいものなんだよな」

父親が言うと、母親がカメラをのぞきこみ、話の邪魔をしないでちょうだい、と言った。

「お姉ちゃんにやらせればいいじゃないか」バスターはそう言った。両親の希望を押しつけられて、息が詰まりそうになっていた。

「アニーが美人コンテストで優勝したって、なんの話題にもならないわ。女なんだから。男性目線の美人コンテストに一石を投じることに意味があるのよ」母親は言った。「アニーが出たら優勝するのはわかりきってるし」

バスターは反論できなかった。アニーが出場すれば、たとえ審査のあいだじゅうぐずぐず泣きながら汚い言葉を連発していたとしても、ジュニア部門で優勝するに決まっている。ファング家のなかで、アニーは美少女ならではの役割をになっている。アニーが現場に登場すれば、まわりの視線を一身に集めることができる。そのあいだに、ほかの三人がそれぞれ行動を起こすというわけだ。アニーがそういうポジションなら、自分はその逆なんだろうと、バスターは思っていた。要するに、かわいくないほうの子どもということだ。だから、ドレスを着て美人コンテストに出るなんて、自分のやるべきことじゃない。それだけは勘弁してほしい。

「バスター」母親が続ける。「ほかにもプロジェクトがいろいろ控えてるわ。やりたくないものはやらなくていい」

「今回のはいやだよ」

「わかったわ。ただ、ひとつだけ言わせて。わたしたちは家族よ。難しいプロジェクトも、お互いが愛し合ってるからできるの。オートバイで車を飛びこえたときのこと、覚えてる?」

ジョージア州のある町でやったプロジェクトだ。町じゅうに、命懸けのスタントをやりますよというビラを貼りまくってから、それを実行した。母親が特殊メイクで九十歳のおばあさんになり、借り物のオートバイに乗って、傾斜台から飛びだした。停めてある車をぎりぎりのところで飛びこえて着地。少しよろけて前方の側溝にはまってしまったが、かすり傷ひとつ負わなかった。このことは地元の新聞で紹介され、その後、全国ニュースでも取り上げられた。母親はそれまで一度もオートバイに乗ったことがなかったし、まして、車を飛びこえるなんて、まったくの未経験だった。

「失敗すれば死ぬかもしれない」オートバイにまたがる前、母親は子どもたちにそう言った。子どもたちは孫という設定になっていた。「なにがあっても、計画どおりに進めること。いいわね」

バスターにとって、忘れようにも忘れられない出来事だった。家に帰る車のなかで、母親はウイスキーをボトルのままラッパ飲みしながら、顔に貼っていたゴムのマスクを子どもたちに剥がさせて、にっこり笑ったのだ。

「あのとき、本当はすごく怖かったのよ。お父さんのアイデアを聞いて、はじめはやりたくないと答えたの。けど、それからこう考えた。お父さんや子どもたちになにか難しいことをやってほしくても、自分がこれをやりとげない限り、頼みようがないじゃないかって。だから、やったの。そして大成功。ひとつ学んだわ。いちばんやりたくないことこそ、それをやりとげたとき、最高の達成感を味わえるんだってこと」

「でも、やりたくないよ」

「そうでしょうね、わかるわよ」母親は輝くような笑顔を見せて、立ちあがった。ズボンの埃をさっと払うと、廊下を歩いて自分の部屋に入っていった。アニーがリビングにやってきた。バスターはまだリビングの床に座りこんでいる。

「バスター、あの人が怒ってる」

「そんなことないよ」

「怒ってるってば」

「怒ってないよ」バスターは言ったが、少し不安になってきた。

アニーは、小犬をなでるように、バスターの頭を優しくなでた。

その夜、バスターは両親の部屋のドアに耳を押しあてた。会話がとぎれとぎれに聞こえる。小声で話しているのだろう。「そう言ったわよ」「だが、もしかしたら」「無理よ」「まいったな」「大丈夫よ」「怒ってるわよ」

アニーの部屋に行くと、姉は無声映画を見ているところだった。女性が樽に閉じこめられて、川を流れている。もうすぐ滝に落ちてしまうというのに、ヒーローは何十キロも離れたところにいる。

「いまいちばんいいところなの」アニーはそう言って、あっちに行けとばかりに手を振った。バスターがアニーの膝に頭をのせると、アニーはバスターの耳たぶをそっとつまんで、親指と人さし指でこねはじめた。なにかのおまじないのようだ。

テレビの画面では、樽が水に沈んだり浮いたり、岩にぶつかったりしながら、流されつづけている。滝に落ちるのは間違いない。「うん、いい感じ」アニーが言った。ヒーローがようやく滝までやってきたが、そのとき、樽は水しぶきをあげる滝に飲みこまれていった。滝壺から木の破片が浮かびあがってきた。「うわあ」アニーが声をもらす。そのとき、ヒロインが水面に顔を出した。「ふん、わたしを殺そうったって無駄よ」とでも言いたそうな顔をしている。岸に上がると、ぶるっと体を震わせ、体にとりついていた死の影を振りはらった。わざとらしいほどゆったりした音楽に合わせて、ヒロインは歩きだした。ヒーローを探そうともしない。ヒーローが間に合わなかったことも、どうでもいいのだろう。敵のいる方角を、いまにみてらっしゃい、という目でにらみつけた。アニーはテレビを消した。「ああ、もううんざり。こんなのばっかり見てたら、そのうち壁に穴をあけちゃうかも」

「お姉ちゃん、お父さんとお母さんに頼まれても絶対やらないことってある?」バスターがアニーに聞いた。

アニーはちょっと考えてから答えた。「人殺しはやらない。動物をいじめるのもいや」

「ほかには?」

「さあねえ」アニーは面倒くさそうに言った。「なにかあるかもしれないし、ないかもしれない」

「ぼく、女の子になるのはいやなんだ」

「ふうん、そう」

「でも、やるよ」バスターはそのとき決意した。

「ふうん、そう」

バスターは立ちあがって廊下に出た。肩の荷が軽くなったような気がしたが、それは一瞬のことで、やはり荷は重いままだった。

両親の部屋のドアをあけた。母親は父親の指に輪ゴムを巻きつけているところだった。指先がトマトみたいに真っ赤になっている。いますぐ切断手術を受けることになってもおかしくないような色だ。ふたりはバスターが来たことに驚いていたが、やっていることを隠そうとはしなかった。

「ぼく、やるよ」バスターが言うと、両親は歓声を上げて、バスターを手招きした。バスターはベッドに飛びのり、両親のあいだに体をねじこんだ。

「きっとおもしろいことになるわ」母親はバスターの耳元でささやき、顔に何度もキスをした。父親は指の輪ゴムをちぎり、手を握ったり開いたりしながら、うれしそうな顔をしている。ほっとしているようだ。その後、夫婦はバスターの体に腕を置いて、眠りに落ちた。バスターひとりが目覚めたまま、両親の腕の重みを感じていた。気持ちがゆったり落ち着いていく。眠ることはできなかったが、安らかな気持ちに包まれていた。


バスターはステージのいちばん前まで歩みでた。これまでにない自信がみなぎってくる。ハイヒールのかつかつという音に合わせてお尻を振りながら歩いた。印のついたところまで行くと、体を横に向ける。観客側の肩を軽く上げて、手を腰にあてると、首をかしげて観客のほうを見た。拍手喝采が起きる。うしろを向いて、ほかの参加者たちのところまで戻る途中も、片手を頭のちょっと上まで上げてみせた。観客への〝さよなら〟のポーズだ。観客はみな、「この子がずばぬけてかわいかった」と思っている。それを受けとめて、観客に挨拶を返しているのだった。ライバルの少女はふたり。どちらもバスターとは初対面だ。そのふたりがバスターを見て、気に食わない、という視線を送ってくる。バスターもふたりをにらみつけてから、元の位置で足を止めた。三人の優勝候補が一列に並ぶ。

どこに焦点を定めたらいいのかもわからないまま、小さな動物ならばりばり噛みくだいてやる、とばかりに歯をむきだして笑顔をキープした。楽しくてしかたがなかった。ゴージャスなドレス、靴、髪、ネイル。人々の注目。いままでは誰も注目なんかしてくれなかったのに。こんな格好をしていても、自分は自分、バスターだ。ということは、自分のなかに、これだけの素質のようなものが隠れていたということだ。なんだか魔法にかけられているみたいだ。でも、いまはまだ秘密がばれないように気をつけなくては。先入観なしに見れば、この美少女がじつは男の子だということなんか、簡単に見抜けるはずなのだ。だからこそ、この状況がおもしろい。

司会者のくだらないトークが始まった。

「ナンタラカンタラ、みなさんかわいかったですね、ナンタラカンタラ、パフォーマンスも見事でした、ナンタラカンタラ、全員が優勝といってもいい、ナンタラカンタラ、準優勝は、ナンタラカンタラ……」

呼ばれたのはバスターの名前でもなく、バスターが使ったホリー・ウッドローンという名前でもなかった。

「ナンタラカンタラ、リトル・ミス・クリムソン・クローバーに選ばれたかたには関係行事に出席していただきます、ナンタラカンタラ、今年のリトル・ミス・クリムソン・クローバーは……」

拍手が起こった。そのせいでバスターは、優勝者の名前を聞きとることができなかった。ライバルの少女を見た。泣いている。優勝したから泣いているんだろうか。それとも負けたから？　どっちが優勝したんだろう。客席を見た。両親の顔を探したが、カメラのフラッシュとスポットライトがまぶしすぎる。ステージにいる人間がみな光に埋もれてしまいそうだ。とまどっていると、誰かの両手が肩に置かれた。そして、なにかとても軽いものが頭にのせられた。あるのかないのかわからないくらい、軽いもの。それから、クリムソン・クローバーのブーケを渡された。

「おめでとう」準優勝の少女が叫んで、ハグを求めてきた。バスターは少女の頬にキスして、背中に軽く手を回した。さあ、いよいよだ。頭にのせられた王冠を、ただの飾り物ではなく、アートの小道具にしてみせる。

何日も前からリハーサルをやってきた。美少女コンテストの結果をいろいろ想定してのリハーサルだ。一次予選で落ちた場合。十人に残れなかった場合。最終予選で三人に絞られる時点で、はずれた場合。優勝候補の帯を肩にかけて観客の喝采を浴びながら、優勝は逃した場合。そして、それほど熱心には練習しなかったが、この場面のリハーサルもやっておいた。まぶしい光を放つバスターが舞台の真ん中に立ち、人々の注目を一身に集め、会場の空気をすべて吸い込んでしまう、そんな場面だ。

客席に向けて手を振った。ビデオを見て予習していたとおり、振るというより手首を返す動きにした。機械仕掛けの手首が、くるりくるりと回転するイメージ。涙が頬を伝いはじめた。べったりつけていたマスカラがにじんで、頬を黒くする。爪先立ちでステージの端まで行った。ハイヒールでも足元はぐらつかない。そして、王冠を直すようなふりをしながら、体を前にかがめた。頭がステージの外に出るくらいまでかがめてから、勢いよく元に戻す。練習したとおり、カツラがはずれてうしろに飛んだ。あたりは一瞬静まりかえり、続いて、観客全員が息をのむ音がした。何人かが悲鳴を上げる。ファング家の狙ったとおり、いまにも大騒ぎが起こりそうな状況になった。

体の力を抜いた。肩をすとんと落とし、立ちかたも普段どおりにする。こうなると、誰がどう見ても男の子だ。体の動きも男の子としかいいようがない。カメレオンが体の色を変えるときのような変身ぶりだった。少しずつ、しかしなんの苦もなく、女の子らしさが消えていく。ハイヒールを脱ぎすて、うしろに飛んだ王冠を拾って、からまっていたカツラの毛をほどくと、頭にのせた。大会の役員のひとりがステージに上がり、バスターに駆けよってきた。王冠をつかもうとする。しかしバスターはひょいと身をかわした。役員はバランスを失って足をもつれさせ、ステージから落ちた。これこそ、ファング家のアートにふさわしいエンディングだ。空気が一変した。このままだとまずいし、危ない。誰も助けてくれない。

「あの台詞よ！」母親が叫んだ。バスターが動揺して筋書きを忘れてしまったと思ったのだ。この計画は、まだ終わりではない。犯行現場から撤収する前に、もうひと騒動起こすことになっている。バスターはこのあと、王冠を客席に投げて「見た目には黄金の王冠も、いばらの冠にすぎない」と叫ばなければならない。しかしバスターは王冠を頭にのせたまま、しっかり押さえている。頭蓋骨の一部が頭からはずれそうになっているのを押さえているみたいだ。

「投げるのよ！」母親が言ったが、バスターはステージから飛びおりて中央の通路を駆けだした。両親の座席の横を走りぬけ、ドアをあけた。外は暗くなっていた。

父親は撮影を続けた。観客はみんな、どうしたらいいかわからないという顔をしている。それから、準優勝の少女に焦点を当てた。しゃくりあげて泣きながら、バスターのカツラをチアリーダーのポンポンみたいに振りまわしている。

「こいつはいいぞ」父親が言った。

「でも、計画してたのと違うわ」母親が答える。

「これでいいのよ」アニーが言った。かわいい弟のために手を叩きつづけていた。「バスター、最高」


バスターはバンの下に隠れていた。家族が近づいていくと、きらきらしたドレスの布地がもぞもぞ動いているのが見えた。固いアスファルトに寝そべっていると体が痛いせいだ。父親が膝をつき、息子をゆっくり引っ張りだした。

「ミルトンの台詞はどうしたの？」母親が聞いた。バスターは母親の声を聞いてびくりとした。「王冠だって、客席に投げるはずだったでしょ」

バスターは母親の顔を見あげた。「王冠はぼくがもらったんだよ」

「でも、そんなものいらないでしょ？」母親は苛立っていた。

「いらなくないよ。ぼくが優勝して、もらった王冠なんだ。ぼくはリトル・ミス・クリムソン・クローバーで、これがその証だ」

「バスターったら」母親は王冠を指さしていった。「これこそ、わたしたちの敵よ。人の外見だけを評価して与えられるものなんだから。上っ面重視のシンボルみたいなものね。そんなものけしからんっていうのが、わたしたちのスタンスなんじゃないの」

「でも、これは、ぼ・く・の！」バスターの声が怒りで震えている。母親の顔にじわじわと笑みが浮かんだ。口元から力が抜ける。わかったわよと三回うなずくと、バンに乗りこんだ。

「まあいいわ。その王冠の意味は、あなたが自分で考えなさい」

4

バスターは重症を負っていた。適切な角度に調節された病院のベッドで、小さなうなり声をもらす。すると、それが痛みとなって顔全体に広がった。意識はほとんどないし、かなり大量の薬を投与されているにも関わらず、自分がどんな不運な目にあっているか、理解することができた。

「目が覚めたのね」誰かが言った。

「ぼくのことか？」バスターは声を絞りだした。手で顔に触れてみると、痛みが走った。耳の奥で鈍い音がする。

「だめよ」女の声。「触っちゃだめ。どうしてみんな、そうやってべたべた触りたがるのかしらね。ようやく手当てがすんだところだっていうのに」そのときにはもう、バスターは眠りに似た感覚に吸いこまれていた。

次に目覚めると、美人がベッド脇に立っているのが見えた。やさしさと自信を感じさせる顔をしている。

バスターがいま目覚めるのがわかっていたみたいだ。

「こんにちは、バスター」

「やあ」バスターは力なく答えた。おしっこがしたい。しかしその感覚は、あらわれると同時に消えていった。

「医師のオラポリーよ」

「バスターです」バスターも名乗ったが、医師はとっくに知っているはずだ。モルヒネを打たれてるんだろうな、とバスターは思った。もっと量を控えめにしてくれたらよかったのに。こんなに美人で有能な女医が目の前にいるってのに、自分は薬づけ。しかもおそらくひどい顔になってる。ぼんやりした頭を必死に働かせた。「ひどいことになってるんだろうな」

「なにがあったか覚えてる?」

医師に聞かれて、バスターは考えた。「ジャガイモバズーカだ」

「そう。ジャガイモバズーカに顔面を撃たれた」

「ぼくは無敵なんだ」

女医は笑った。「それを聞いて安心したわ、バスター。けど、完全無敵ってわけじゃなさそうね。ただ、運はよかった。それは確かよ」

状況の説明が始まった。顔面にいくつかの損傷があるという。まず、右半分にひどい浮腫が見られること。つまり、顔の右側にジャガイモが当たったということだ。上唇に放射線状の裂傷がある(星みたいな感じよ、と医者は言った)。右の上の犬歯がなくなっている。顔の右半分に破砕骨折が何ヶ所も認められる。眼窩上部も破砕骨折。不幸中の幸いといえるのは、かけていた保護用眼鏡も壊れたのに、視力に影響はないということ。

「よかった」バスターは言った。

「唇には傷跡が残るわね」

「星型のね」なんとかして女医の機嫌をとりたかった。

「ええ、星型の傷跡」

「しゃべりにくいな」

「歯が一本減ってるから」

「そうだな」

「骨折箇所を固定する手術が終わっても、顔が元通りになるまでにはしばらく時間がかかるわ」

「命を救ってくれてありがとう」

「わたしは手当てをしただけ」

「愛してる」

「それはどうも」女医は病室を出る前に笑顔を見せてくれた。心のこもった笑顔だった。患者の回復を願うなら、世の中の医者はみんな、あんな笑顔を見せるべきだ、とバスターは思った。

ある朝、病院の経理担当者がやってきて、教えてくれた。治療費は一万二千ドルくらいになるとのこと。保険には入っていますか、と聞かれた。入っていない。そのあとは気まずい話し合いになってしまった。

ローンを組みますか？　と聞かれた。そんなものは組みたくない。眠りに落ちたふりをして、その女性が出ていくのを待った。一万二千ドルだって？　顔半分で一万二千ドル？　そんな金を出すんだったら、なんでも透視できる超能力を備えた目玉を入れてほしい。とにかく、なくなった歯だけはなんとかしたい。このまま窓から飛び下りて逃げようか。そこまで考えたとき、バスターは本当に眠りに落ちた。

手術を受けてから三日目。退院を明日に控えた日に、ジョーゼフがやってきた。ホテルにあったバスターの荷物を持ってきてくれた。

「よう」バスターが声をかけると、ジョーゼフは顔を真っ赤にして、全身をこわばらせた。

「やあ、バスター」ジョーゼフはようやく口を開いた。

腫れてゆがんだ顔を見てビビってるんだろう、とバスターは思った。「やってくれたじゃないか」バスターはそう言って笑おうとしたが、できなかった。この先しばらくできそうにない。

ジョーゼフはうつむいて答えない。

「冗談だよ」バスターは言った。「そっちが悪いんじゃない」

「死にたい気分だよ」ジョーゼフが言った。

ジョーゼフはバスターのスーツケースを部屋のすみに引きずっていき、おそるおそるその上に腰かけた。ベッドの横の椅子には座りたくなかったようだ。両肘を膝について、両手に顔を埋める。空模様と同じように、いまにも泣きだしそうだ。

「本当に、死にたい気分だよ」ジョーゼフは繰りかえした。

「ぼくは平気だ。こんなのたいしたことない」

「バスター、自分の顔を見たのか？」ジョーゼフが言った。バスターはまだ見ていなかった。病室には、わざとそうしているかのように、何枚もの鏡がとりつけられていたが、見ないように気をつけていた。トイレのシンクの鏡も同様だ。

「明日、退院するんだ」バスターは話題を変えた。「よくなるから退院できるのか、金がないから退院させられるのか、どっちだかわからないが」

ジョーゼフは左右いびつになってしまったバスターの目を見るのが耐えられないのか、なにも言わなかった。

バスターはプラスチックの器をとって水を少し飲んだ。口元からガウンに水がこぼれる。「ほかのみんなは？」

「来られないんだ。おれも来ちゃいけないって言われてる。けど謝りたかったし、荷物も運びたかった」

「来ちゃいけないって、どういうことだ？」バスターには意味がわからなかった。「面会時間が終わってるとか？」

「両親が弁護士と話したんだ。弁護士が、あんたとこれ以上接触するなと」

「なんでだろう」

「訴えられるかもしれないから、だと」ジョーゼフは泣きだした。

「訴えたりするもんか」

「おれもそう言ったんだ」ジョーゼフはかすれた声でいった。「だが、あんたがおれたちを訴えることは可能だし、となると、利害関係がある者同士、しゃべらないほうがいいってわけでね」
「だが、来てくれたんだな」
「とんでもないことになっちまったけど」ジョーゼフは病室に来てからはじめて笑みを浮かべた。「あんたに会えてよかった」一万二千ドルの借金を抱えて、顔面再建中のバスターも、たしかにそうだと思った。

何枚もの診断書やら支払い関係の書類のコピーを持たされて、バスターは退院した。プラスチックの水飲み器も荷物に入れた。タクシーを待つあいだに気がついた。これからどこに行ったらいいかわからない。もっと困ったことに、どうやって行ったらいいのかもわからない。何時間かかるかもわからない。そもそも帰りの飛行機のチケットを買っていない。クレジットカードはもう制限いっぱいまで使ってしまった。最悪の方法で旅をするしかなさそうだ。タクシーが来たとき、覚悟を決めた。乗りこむと、「長距離バスに乗れるところへ」と言った。

ネブラスカはどこまでも平らで、どこまでも凍てついている。襲ってくる眠気と戦っているうちに、タクシーがようやく目的地に着いた。まわりは一面が氷の平原だ。電線にとまった鳥たちも、そこで凍りついているかのようだ。そのうちわかってきた。これからなにをやるにしろ、どこに行くにしろ、みんながこの顔を見て驚くことだろう。

チケット売り場の列に並んでいるとき、はっとした。金が足りない。フロリダまで帰れない。震える手で、手持ちの金をカウンターに並べた。

「これでどこまで行ける？」

チケット売り場の女性はにっこり笑って、紙幣を数えた。「セントルイスまでですね。五ドル残ります」

「セントルイスには知り合いがいないな」

「そう」女性が親切に答える。バスターにとってはそれだけが救いだった。「どこだったらお知り合いがいますか？」

「どこにもいない」

「カンザスシティはどうです？　あるいは、デモインとか」女性はすごい勢いでキーボードを叩いている。限られた情報のなかから、この難問の答えを見つけようとしているらしい。

「セントルイスでいいよ」平静を保つのが難しくなってきた。

「チャック・ベリーの故郷ですよ」

「決まりだ」バスターは答え、チケットとお釣りの五ドルを受け取った。椅子が並んでいるが、誰も座っていない。真ん中の椅子に腰をおろし、処方された薬を一錠出して飲みこんだ。食品のラップみたいに顔全体に張りついた痛みが消えていくのを待つ。「セントルイスで会いましょう、か」映画のタイトルを口にしてみた。だが、誰と会うっていうんだ？　ジョーゼフか。オラポリー先生か。チケット係の女性か。三人に声をかけたら、ひとりくらいは来てくれるかもしれない。

いつのまにか眠りに落ちていた。一時間くらい眠っただろうか。目覚めてみると、胸とひざの上に五ドル札や一ドル札が置かれていた。数えてみると十七ドルもあった。ありがたいが、腹も立つ。余計なおせっかいだ。ありがたいと思う気持ちを大切にすることにしたら、少し気分がよくなった。医療費の支払いに当てれば、残金がぐっと減るじゃないか。しかし、そうはしなかった。通りの向かい側にある食堂に入り、ミルクシェイクを注文した。冷たくて甘いもの。いまはそれしか摂取できるものがない。口のなかが痛いのだ。犬歯のあったところにストローを差しこんだ。食堂には何人か客がいたが、気にしないようにした。みんな、見ちゃいけない見ちゃいけないと思いながらもこらえられないという顔をして、こちらをちらちら見ている。そして食欲をなくしている。

バスステーションの公衆電話から、姉にコレクトコールで電話をかけた。しかし呼び出し音が鳴るばかり。留守番電話にもならない。アニーが電話に出たら、もちろん助けてくれるだろう。だが、どうやって頼んだらいい？　このままじゃ行き倒れだ、気が狂いそうだ、と訴えるのか。例のヌード写真がインターネットに出ているのをうっかり見てしまってから、アニーとは話をしていない。あれを見たこと自体はたいした問題ではなかった。ただし、姉を崇拝する世のなかのデリケートな弟たちには、あまりお勧めできない行為ではある。気になったのは、あの写真から受けた印象だ。姉は精神的にまいっているのではないか、そんな気がしたのだ。その気持ちをどうしていいかわからず、ただ悶々としていた。自分にはどうしてやることもできないだろうと感じた。しかし、いまはそんなことを思い出していても意味がなさそうだ。アニーは電話に出ない。バスターは受話器を置いた。

さて、どうしよう。次に誰を頼るべきかはわかりきっているが、考えただけで身がすくむ。両親に頼るなんて。現状を数式にしてみる。両親以外の答えが出ないだろうか。しかし、数式を何度書き直してみても、結局は同じ答えしか出てこない。両親。ケイレブとカミーユ。ファング夫妻。

「もしもし」母親が出た。

「もしもし、母さん」

「あら、うちの子」驚いているようだ。

「どっちだ?」父親の声がする。母親は受話器を手で覆うこともせず、答えた。「Bよ」

「母さん、ちょっと困ってるんだ」

「どうしたの、バスター」

「いまネブラスカにいるんだけど」

「それは大変。なんでネブラスカなんかに?」

「話せば長い」

「コレクトコールなんだから、手短にお願い」

「うん。助けてほしいんだ。顔を撃たれて——」

「え?」母親の声が大きくなった。「顔を撃たれた?」

父親の声がする。「顔を撃たれたって?」

「そうなんだ。けど大丈夫。いや、大丈夫じゃないけど、生きてる」

「誰に撃たれたの?」

「それも話せば長いのか?」父親が言う。

「うん。すごく長くなる」

「迎えにいくわ。すぐそっちに向かう。いま、地図を開いて、テネシーからネブラスカまで線を引いたところよ。すごい距離ね。すぐにでも出たほうがいいわ。ケイレブ、支度して」

「ああ、すぐ行く」

「ちょっと待って。ぼく、これからセントルイスに行くんだ」

「セントルイス？」母親が言った。地図につけた印を消して、新しい線を引いているのが、バスターにも想像できた。「顔を撃たれたのに、そんなに動いて大丈夫なの？」

「ああ。ジャガイモだから」

「ジャガイモ？」

「顔面をジャガイモで撃たれたんだ」

「バスター」母親が言う。「わけがわからなくなってきたわ。これ、ドッキリかなにかなの？　録音してたりする？」

顔の奥のほうでなにかが動いた。痛みで頭がくらくらする。ぐらつく体を必死で起こしながら、五分間かけて、ここ数日の出来事を説明した。話が終わるころには、これからのことがすべて決まっていた。バスターは実家に帰って療養し、両親に面倒をみてもらう。実家でゆっくりすれば傷も治るだろう。家族三人で暮らすのも、母親の言葉を借りれば、「サイコーにおもしろい」はずだ。


セントルイス行きのバスの中では、ウクレレを持った男が通路に立って、客のリクエストに応じて演奏していた。誰かが「フリーバード」と叫ぶと、男は席に座ってしまった。明らかに腹を立てている。

バスターは慎重に通路を歩いてトイレに入った。なかなかドアが閉まらない。とうとうあきらめて、薄汚れた小さな鏡を見た。なんてグロテスクな顔だろう。覚悟はしていたが、ここまでひどく腫れているとは思わなかった。顔の半分が紫色のあざに覆われ、皮膚の一部がむけてかさぶたができていた。部品のひとつひとつが元の倍のサイズになっている。ただし、目だけは別だ。万力で締められたように細い。まぶたは元の五倍までふくらんでいる。唇の傷は星形というよりV字形だ。いや、蹄鉄の形といったほうがいいだろうか。星だろうが、蹄鉄だろうが、V字だろうが、いずれにしても幸運の印だ。チューブ入りの抗生物質のクリームを出して――すぐに中身がなくなって、また高い金を出して新しいのを買うことになるだろう――傷に塗りはじめた。時間をかけて、丁寧に塗る。それが終わると、鏡に向かって笑ってみた。かえってひどい顔になるのがわかった。座席に戻った。まわりには誰も座っていない。ほかの乗客はみな、三席はあけて座っている。人に避けられ、あれこれ考えながら、ハイウェイバスで知らない土地に向かう。どれも、やりたくてやっていることじゃない。

セントルイスに着いたあと、バスターミナルを二時間ほどぶらついてから、食堂に入ってミルクシェイクを注文した。ゆがんだ顔をウェットティシュで拭く。

「失礼ですが、それは……?」

隣のテーブルの女性が声をかけてきた。顔を指さしている。バスターは答えようとしたが、その寸前、脳の奥でなにかがぴくりと動くのを感じた。長いこと眠っていたシナプスが目をさまして、とっさに嘘をつくプログラムが作動した。実際に起こったのよりいい話をこしらえて話しはじめた。

「ケンタッキーでスタントショーをやったんだ。樽に入ったまま滝に落ちるって演出でね。だが、誰かが前もって樽に穴をあけたらしい。樽が滝に近づく前に、水が入って沈みはじめた」

女性は首を振りながら、バスターのテーブルに移ってきた。自分の食事には手もつけていない。「ひどいわね」

バスターはうなずいて、続けた。「苦しくてもがいてるうちに、樽が滝に落ちて岩にぶつかった。ぼくは流れにもみくちゃにされて、一キロくらい先で川から助けだされた。みんな、ぼくが死んでると思ったらしい」

「わたし、ジャニー・クーパー」女性が手を差しだしてきた。

「ランス・レックレス」バスターは微笑まないようにした。この顔で微笑んだらどうなるか、わかっている。

「誰かが樽に穴をあけたって、どういうこと?」

バスターは大げさなしぐさでミルクシェイクを飲んだ。これから一生ミルクシェイクだけを飲んで生きていこう。「ああ、ぼくはハメられたんだ。それは確信してる。スタントの仕事には危険がつきものだが、危険ってのは、みんなが思うような種類のものとは限らない」

ジャニーはハンドバッグからペンと紙を取り出して、電話番号を書いた。「セントルイスは長いの?」

「今日だけだよ」

「そう」ジャニスはその紙切れをバスターの手に押しつけた。「今夜このへんにいたら電話して」

ジャニーは自分のテーブルに戻っていった。バスターはミルクシェイクを思いきり吸い上げた。そのせいで頭が痛くなってきた。

それから十分もしないうちに、両親がやってきた。母親は片腕にギプスをはめて首から吊り、頭にも包帯をぐるぐる巻いている。父親は目のまわりを真っ黒にして、鼻の穴には血で固まったガーゼを詰めている。背中を丸めて、足を引きずっていた。

「バスター！」ふたりは声を合わせて叫んだ。「あちこち探したんだぞ、けがをした若者をどこかで見なかったかって。そしたらみんながこの店を指さすから、来てみたんだ」

両親にハグされながら、バスターはジャニーのようすをうかがっていた。ジャニーはまた料理の存在を忘れ、椅子の背に腕をだらんとかけて、こちらをじっと見ている。

「まあ、バスター、かわいそうに」母親が言う。

「もうだめかと思ったよ」父親も言う。

「なんだよ、これ」バスターは聞いた。どんなに才能があろうと、この両親の前では無力も同然だ。しかも二対一。圧倒的に不利だ。

ジャニーが立ちあがって、ファング夫妻に自己紹介をした。「ランスのご両親ですね？」

「ランス？」夫妻が答える。

「ああ、ランスってのは芸名なんだ」バスターはジャニーに言った。

「ご両親も、樽で滝から落ちたの？」

ファング夫妻にとって、初対面の人間になにか言われてまごつくのははじめての経験だった。

「熊に襲われてね」ジャニーの質問が聞こえなかったかのように、夫婦で声を合わせた。

「ミシガンでキャンプをしていたの。夫とわたしと、ここにいる息子のバスターと、三人だけで。そこへグリズリーがやってきて。命懸けで戦ったわ」

「ランス、どういうこと?」ジャニーが聞く。

「熊に襲われて、そのあと滝の事故があったんだ」バスターは力なく答えたが、そのときには、ジャニーは金を払って食堂から出ていくところだった。

「行っちまったな」父親が言った。

「なあ、どういうことなんだよ」バスターは聞いた。「なんでそんなに包帯巻いてるのさ」

「ちょっとね、話を合わせてみようかと思って」

「話を合わせる? みんなで死にかけたことにしようってこと?」

「話を合わせるっていうのはちょっと違うかしらね。わたしたちなりにあなたの話を解釈して、演出してみたかったの」

「なにかご注文は?」ウェイトレスが声をかけてきた。ファング夫妻はミルクシェイクを一杯ずつ注文した。

「セントルイスか」父親が言った。「いままで来た覚えがないぞ」

「セントルイスと言えば、ジュディ・ガーランドの映画を思い出すわ。『セントルイスで会いましょう』ってやつ」母親が言った。

「いい映画だよな」

「小さな女の子、名前をなんて言ったかしら、あの子がハロウィーンで人を殺しまくるのよね」

「母さん、違うよ」バスターが言った。

「ああ、そうね。ただ誰かを殺してやるって言ってただけだわ。ハロウィーンのお菓子を持って玄関に出てきてくれた人の顔に、小麦粉をぶちまけるのよ。頭がおかしいわよね。うちの子たちにもあれをやってほしかったけど、さすがにあれはやりすぎだからあきらめたんだった」

「とにかく頭のおかしい娘の物語だったな」父親が言った。

「あたし、怖いでしょう」夫婦が声をそろえる。「おれ、怖いだろう」映画の台詞のようだが、精神病院の患者同士が恋に落ちたようでもある。

ウェイトレスがやってきて、伝票をテーブルに叩きつけた。「すみません、もうちょっと静かにしゃべってください。お会計はあちらのレジで」

「バスター、心配いらないわよ。ちゃんと面倒みてあげる」

「ああ、しっかり頼むよ」

「頼りになるのは両親だ。そうだろ?」父親が言った。三人は支払いをせずに食堂を出た。

イナゴの日、一九八九年

ケイレブ&カミーユ・ファング

「あたしの心はおなかのなかにあるんだよ」アニーはそう言って、ちょっと考えてから、同じ台詞を繰りかえした。何度も繰りかえすうち、外国語を練習している気分になってきた。言葉が言葉ではなく、ただの音になってしまった。文は文でなく、歌のようなもの。

「あたしの心はおなかにあるんだよ」台詞の一部を強調して言いながら、リズムに合わせて首を振る。

「あたしの心はおなかのなかにあるんだよ」

「あたしの心はおなかのなかのなかにあるんだよ」

「あたしの心はおなかのなかのなかにあるんだよ」

「あたしの……心はおなかのなかにあるんだよ」

「あたしの心は……おなかのなかにあるんだよ」

「あたしの——」プラスチックのカップが飛んできて、耳に当たった。振りかえると、バスターが部屋の戸口に立っていた。

「その台詞をもう一回言ってみろ。家に火をつけてやる」

「練習してるんだからしかたないでしょ」

「まるでオウムじゃないか」バスターは顔をしかめた。

「練習だって言ってるでしょ」カップを投げかえす。バスターは自分の部屋に戻って、ドアをばんと閉めてしまった。

「あたしの心はおなかのなかにあるんだよ」

アニーは小声で言った。暗号を口にしているみたいだ。そのとき、心が胸のなかでどきどき躍りはじめた。

アニーは『ナイフを出して』という低予算映画でネリー・ウィーヴァーの役をやることになっている。

ドナルド・レイという行商セールスマンの物語だ。一年かけて国じゅうをまわってステーキナイフを売り、自分がギャンブルでこしらえた借金を返そうというもの。アニーの役どころは主人公の娘で、知的障害を持っている。台詞はひとつだけ。

ナッシュヴィルでオーディションがあると知って、アニーは両親に「連れていって」と頼みこんだ。両親ははじめ、賛成してくれなかった。

「アニー、女優になりたいの？　女優なんて、ダンサーと似たようなもんじゃないの」母親が言った。

「そうだよ、あるいはモデルに毛が生えたようなもんだ」父親も言う。

「やってみたいの」アニーは言った。

「どうするかな。その映画が大当たりして、アニーが子役として有名になったら、家族でなにかやるときも、人に気づかれるようになる。どこにでもいそうな人間がやるから意味があるのに」

これを聞いて、アニーは天に昇る気持ちだった。うまくいけば、有名子役のアニー・ファングになれる。アートのパフォーマーの〝子どもA〟じゃない。ファング家の活動中にも、集まってきた人々にサインをねだられるだろう。両親は人目につくのを避けたがるだろうから、ただ待っているしかない。アニーがファンと写真を撮ったり握手をしたりしているうちに、計画はすべて台無しになってしまうだろう。

「お願い」アニーは言った。

二、三日してようやく、両親は折れてくれた。夜中にふたりでひそひそ話し合った結果、もしアニーがオーディションを勝ち抜いたら、ファング家流のやりかたで撮影の邪魔をして、映画にファング家の足跡を残してやる、と決めたのだ。「わかったわ。女優になりたいならどうぞ」

オーディションでは、『イヴの総て』のワンシーンを演じた。アニーの大好きな映画だ。アニーはロビーに置いてあった誰かのハンドバッグからタバコを一本抜きとってきた。火はつけずにそれを口にくわえ、「そこで幕が降りる」と言ってから、タバコを深く吸う。ディレクターが手を叩いて満面に笑みを浮かべ、ほかの審査員たちを見まわした。「いいねえ。最高にイケてる」と言ってアニーの手を握る。アニーはロビーに戻ると、ようすを聞きたがる両親にこう言った。タバコは口にくわえたままだ。「今夜は大荒れするから、シートベルト着用よ」娘がいったいなにを言っているのか、両親にはさっぱりわからなかった。

アーカンソー州リトルロックのロケ地で、アニーの出演するシーンの撮影が行われることになっている。その二週間前のこと。ファング家の四人はデパートの写真スタジオの待合室にいた。毎年恒例の、クリスマスカード用写真撮影だ。アニーは一ヶ月前から映画のキャラクターになりきって生活していた。食事のときはよだれかけを使い、靴ひもはなかなか結べず、いつでもゆるい笑みを浮かべている。普段からそれらしく振るまっていれば、演技が真に迫ったものになると考えたのだ。この待合室でも、アニーは雑誌を上下さかさまに持ち、鼻水をたらしていた。ほかの三人は口に牙《ファング》を装着しているところだ。

「ねえ、アニー」母親が声をかけた。つけたばかりの牙の先端を舌でなぞりながら言う。「まじめにやってね」

アニーは思わず素に戻りそうになった。オーダーメイドの牙をつけて狼人間に変身しておきながら、よく言えたものだ。母親はアニーの顔を右手で支え、アニーの口にも牙をとりつけた。

「なくしちゃだめよ。この牙、とっても高いんだから」

牙を作ってくれたのは、おもしろい取引条件があればそれを治療費として認めてくれることで有名な歯医者だった。一家がさしだしたのは、南北戦争時代に作られたアンティークのキルト。何年も前からファング家が所有していたものだ。それと引き換えに、四人ぶんの牙を作ってもらった。型をとり、試着もした。ぱちりと歯にはめこんで装着するタイプの牙で、何年も使うことができる。

「メリークリスマス」父親がにやりと笑って、長くて先のとがった牙を見せた。

まじめくさった顔でスタジオに入り、カメラマンの指示に従って、所定の位置についた。カメラマンは厚化粧でどんぐりまなこの、神経質そうな女性だった。一家がスタジオに入って五分経っても、「そこ、そこ、そこ」しか言わない。アニーは指示がわからないふりをして、わきに置いてあるカメラに近づいていった。

「お母さんの隣に座りなさい」カメラマンが言った。

「この子、ちょっと障害があって」母親が言った。口元は手で押さえて隠している。

「そう」カメラマンはさっきより大きな声ではっきり発音した。「お母さんの隣に座りなさい」

アニーはその場に座りこみ、アップで撮ってもらおうとでもいうように、カメラのレンズをのぞきこんだ。

「一、二、三、チーズ」カメラマンの声に合わせて、一家は歯を見せて笑った。「チーズ！」

四人の牙を見たカメラマンは、きつい靴を履いたときの足音みたいな変な声をもらしたが、それ以外は平静を保っていた。「お父さん、まばたきしないでください」そう言うと、もう一度一家をファインダーに収めた。

牙をつけているせいで、口の中が痛くなってきた。四人とも、撮影の合間はずっと舌で牙をなめている。

「ねえ、もうはずしていい?」撮影が終わると、バスターが言った。そのときにはもう、両親は牙をはずしてプラスチックの容器にしまっていた。

「この写真をクリスマスカードにしたら、もらった人はみんな、もっと反応してくれるよな?」父親が言った。カメラマンが動じなかったのでがっかりしているのが顔にあらわれていた。

「きっとあの人、撮影のことで頭がいっぱいだったのよ」母親はそう言って、力を抜いてと夫の肩をさすった。「手術真っ最中の脳外科医に、手品をやるから見ててくれって言うようなものでしょ」

バスターが言った。「血をつけたほうがいいんじゃないかな」

「そうだな」ミスター・ファングが賛成した。

「悪くないわね」ミセス・ファングも言う。「鹿の剥製かなんかをそばに置いて、食べてるふりをするのもいいかも」

「やってみるか」

そのとき、アニーが言った。「あたしの心はおなかのなかにあるんだよ」

誰もなにも言わなかった。


三日後、助監督からアニーに電話がかかってきた。「悪いニュースなんだ」

その言葉を聞いて、アニーは稲妻に打たれたような気がした。障害のあるふりをするのも忘れて、聞いた。「なんですか?」撮影が中止になったんだろうか。予算が足りなくなったんだろうか。

「きみの台詞がカットになった」

アニーにとっては、脚が悪くなったから切断することにした、と知らされるようなものだった。いや、もっとひどいことかもしれない。脚が一本なくなってもいいから、台詞のある役が欲しい。その逆なんてつまらない。

「どうしてですか?」アニーは聞いた。「わたしにはできないっていうことですか?」

「そうじゃないよ、アニー」

「あたしの心はおなかのなかにあるんだよ」

「完璧だよ、アニー。だが、マーシャルの意見なんだ。主人公の苦しみをあらわすには、仕事で旅に出ているあいだ、娘と一度でも話す機会があるより、一度も話せないほうがいいんじゃないかと」

「そんなことないと思います」

「とにかく、マーシャルと脚本家が話し合って決めたことなんだ。もう結論は出てしまった」

「なんの話をしてるの?」母親に聞かれて、アニーは受話器を手で覆ってどなった。「あっちに行って!」

母親はびっくりしてリビングから出ていった。

「それじゃあ、わたしは映画に出られないんですか?」アニーは聞いた。

「いや、アニー、きみの出番はある。台詞がなくなっただけだ。ドナルド・レイが家族に電話をかけるとき、きみは家族といっしょにいる。きみの顔はちゃんと映るよ」

「エキストラと同じだわ」アニーは泣きはじめた。

「アニー、泣かないでくれよ」助監督も泣きそうな声になっている。「お父さんかお母さんにかわってもらえるかい?」

「死にました」

「はあ?」

「いま忙しいんです。電話に出たくないって言ってます」

「アニー」助監督の声に落ち着きが戻ってきた。「きみが腹を立てるのもわかる。だが女優になりたいなら、こういう失望を乗り越えることも覚えるべきだ。これからの女優人生は長いんだぞ。こんなことでやめてほしくない」

失望ならいままでに何度も経験している。わずかに残っていた望みがはじけて、散り散りになって消えていった。「わかってます」答えて、電話を切った。

「なんの話だったんだ?」アニーが食卓に戻ると、父親が聞いた。アニーはブロッコリーにフォークを刺してゆっくり食べはじめた。水をごくごく飲む。

「映画の話。別に、なんでもない」

母親が言った。「さっきの剣幕からすると、なんでもないってことはないでしょ」

「なんでもないったら」

「さすがアニー・ファング、オスカー女優だな」父親が言う。

「やめてよ」

料理を食べ終えたバスターが席を立った。「あたしの心はおなかのなかにあるんだよ」

アニーはグラスを投げつけた。グラスはバスターの頭をかすめるようにして、うしろの壁に当たって割れた。アニーはキッチンを飛びだして、自分の部屋にこもった。その夜、アニーはベティ・デイヴィスの『痴人の愛』のビデオを見た。脚に障害のある医学生をベティ・デイヴィスが罵倒するシーンでビデオを止めると、鏡を見て叫んだ。

「なによ、あんたなんて！　薄汚い豚野郎のくせに！　あんたを好きになったことなんかないわ。一度だってね！」

台詞を続けながら、少しずつあとずさりして鏡から遠ざかる。それから突然鏡に突進して叫んだ。「あんたにキスされたあとは、いつも唇を拭いてたのよ。こうやってね！」

ファング家の残る三人は、リビングでパンクロックを聞いていた。ボリュームを上げて、アニーの声が聞こえないふりをしていた。


六ヶ月後、『ナイフを出して』が公開された。といっても劇場は限られていたし、まったく注目されていなかった。映画評が出るには出たが、作品としてはまあまあだと書かれていたにすぎず、アニーの演技についてはなんの言及もなかった。とはいえ、それを上映している映画館がアトランタにもあった。アニーは興奮を抑えきれなかった。「さすがファング家の娘って思うわよ、きっと」両親にそう言った。

アニーは、撮影現場には両親を来させなかった。両親はモーテルで待つしかなかった。撮影はほんの数シーン。しかも、撮りなおしなしの一発勝負。予算が少ないので、もっと重要なシーンのためにフィルムをとっておくためだ。撮影が終わると、アニーは両親の質問にひと言ずつ面倒くさそうに答えるだけだった。父親も母親も、うちの子は映画に興味をなくしてしまったんだなと考えて、それ以上しつこく聞こうとはしなかった。それなのに、半径五百キロの範囲で唯一、『ナイフを出して』を上映している映画館に向かう車の中で、アニーはうれしくてたまらないという顔をしている。夫妻は不安だった。映画を見おわったあと、どんなお世辞を言えばいいんだろう。

ポップコーンとキャンディとソーダを買って、座席についた。客の入りはまばらだ。照明が消え、上映が始まる。映画のテーマソングが流れはじめた。鼻にかかった歌声が響く。

　おいらのナイフ買っておくれよ
　でなきゃ借金雪だるま
　ナイフはぴかぴかステンレス
　買わなきゃ切れ味ためしてやるぞ

「なんだそれ」つぶやいた父親の腕を、母親が思い切りつねった。

映画はこれといった見どころもないままに進んでいった。ステーキナイフをトランクいっぱいに詰めた男が、ギャンブルで作った借金を背負って、まっすぐなハイウェイをひたすら走りつづける。

一時間くらい経つころには、バスターはレーズンチョコを口に詰めこんで遊んでいた。三十九粒入ったところで、ふくらんだ頰をアニーに見せようとしたが、アニーはわき目もふらずにスクリーンを凝視していた。うれしそうに笑いながら、ひざを上下に弾ませている。バスターは肩をすくめて、レーズンチョコをぷっぷっと吹き出して、箱に戻していった。スクリーンでは、ドナルド・レイが酔っぱらいの女の家にいる。よく切れるナイフですよと言って、自分の手をナイフで切りはじめた。血が飛び散るのを見て、うとうとしはじめていた両親もすっかり目がさめた。低予算の映画だというから、ドナルド・レイを演じた俳優は、このシーンで本当に手を切ったのかもしれない。見上げた役者だ、と父親は思った。

「このシーンよ」アニーが両親のほうを見て小声で言った。「あれ、わたしよ！」

手に包帯がわりの布を巻いたドナルド・レイが、ホテルの部屋からコレクトコールをかけるシーンだ。家族はリトルロックにいる。控えめな呼び出し音が聞こえると同時に、映像がドナルド・レイの家に切り替わった。コーヒーテーブルに置かれた電話が騒々しい音をたてる。カメラがちょっと引いた。女性が身をのりだして受話器を取る。しばらく黙って話を聞き、コレクトコールを受けますと答えた。「ドナルド」女性がようやく夫の名を呼んだ。怒りと安堵の両方がこもっている。

「よく見ててね」アニーが言う。

ドナルド・レイの妻のうしろにアニーがいた。床に座りこみ、うつろな視線をカーペットに落としている。

「本当だ」バスターが言う。

「ここからよ。すごいんだから」

ファング夫妻は大きなスクリーンに映し出された娘の顔を見た。まったくの無表情で、両親が電話で話していることにさえ気づいていないようだ。あとから振り返ると、これはなかなか説得力のある演技だった。そのとき突然、ほんの一瞬――よく見ていないと気づかないくらいの、ほんの一瞬――アニーがカメラに向かって微笑んだ。ファング夫妻が見たものは、信じられない映像だった。カメラが揺れていたのですぐにはわからなかったが、カメラに向かって微笑んだアニーの口には、牙が光っていた。

「アニー!」ファング夫妻は同時に言った。アニーはうれしそうに笑っている。このシーンが終わると、もうアニーの出番はない。アニーは天才だ、とファング夫妻は確信した。

5

この町から出たい。あの悲惨なインタビューから三日経った。右手の人さし指と中指は相変わらず腫れてずきずきしている。二本の指をまとめて、ビニールテープでぐるぐる巻きにした。アイスキャンディの棒を半分に折ったものを添え木がわりにした。その手を上げて、鏡の前に立つ。黒いテープのせいで、右手に銃を持っているみたいだ。鏡の自分を狙って撃ってみた。指の具合がいまより悪くなって、指先が黒くなってきたら、もっとテープをたくさん使ってぐるぐる巻いてやる。全身をテープで覆ってもいい。ビニールテープの繭みたいなものだ。いろんな問題のほとぼりがさめたころに、繭から出てくる。前より新しい、前よりできる女になっているはずだ。

電話が鳴ったが、出なかった。留守番電話には、すでにメッセージが山ほどたまっている。〈エスクァイア〉の記者からだ。記事について話がしたいとのことだが、アニーの耳には「もっとセックスをして、そのことを記事にしたい」と言っているようにしか聞こえなかった。電話なんか放っておけばいい。そのために留守番電話があるんだから。留守番電話が命のある生き物のように思えて、いとおしくなってきた。留守番電話が自分を守ってくれている。留守番電話がなかったら、またろくでもない対応をしてしまうんだから。ロボットみたいな声が聞こえた。いまは家にいません、メッセージを残してください。

「ダニエルだ。アニー、電話に出てくれ」

アニーは首を横に振った。ダニエルの言葉が続く。

「なあ、出てくれよ。アニー、家にいるんだろ。おれには見えるんだよ。なあ、出てくれ」

アニーは窓を振りかえった。誰もいない。もしかしたら、ダニエルはもう家のなかにいるんだろうか。

そういえば、合い鍵を返してもらってなかったかも。やっぱり留守番電話なんて頼りにならない。こんなメッセージ、途中で切ってくれればいいのに。

「アニー、愛してる。きみの力になりたいんだ。電話に出てくれ」

アニーは根負けして、痛くないほうの手で受話器を取った。

「どこにいるの？　どうしてわたしが見えるの？」

「見えないさ。電話に出てほしくてそう言っただけだ」

「切るわよ」

「大事な話なんだ。前に話したことを覚えてるか？」

「なんとなく」

「きみの頭がおかしくなってるって話だ」

「ええ、覚えてる」

「おれの思いすごしだったかもしれない」

「そりゃそうでしょ」

「だがいまは違う。きみは本当に頭がおかしくなってきてる」

「わたし、遠くに行くわ」アニーは言った。電話を切ったらすぐ、飛行機を予約しよう。

「そっちに行っていいか？　五分でいいから話がしたい」

「無理」

「アニー、きみが心配なんだ。五分だけ話をさせてくれたら、あとは一生会わなくてもいい」

アニーはウイスキーをゆっくり口に含んで考えた。もうどん底まで落ちたと思ったのに、まだこれからだったんだろうか。

「わかった。来て」

「ありがとう。いま、ドアの前にいる」

「はあ?」

「エントランスの暗証番号を変えてないんだな。十五分前からここにいるよ」

「ノックすればよかったのに」

「怖がらせちゃ悪いと思ってさ」

「なるほど」アニーは玄関に向かった。早くウイスキーをおかわりしよう。

キッチンに入ると、アニーはポップタルトを皿に八枚のせて、リビングにもっていった。ダニエルは、いつものカウボーイハットではなくポークパイハットをかぶったまま、アニーが来るのを待っていた。ダニエルはポップタルトと炭酸水で生きている。ほかのものを食べるところを見たことがない。もしも目が見えなくなって耳が聞こえなくなっても、イチゴっぽい合成香料のにおいと、焦げたタルト生地のにおいで、ダニエルを見つけることができるだろう。自分の隣のクッションをぽんぽんと叩いているが、アニーは笑みを返して、正面にあるロッキングチェアに座った。コーヒーテーブルを挟んで話すのがちょうどいい。ロッキングチェアを派手に揺らした。ギーギーという耳障りな音がする。小さな犬がひざで寝ていたら、この状況にぴったりなのに。

「話があるって?」

「ああ」ダニエルの足元は、もうポップタルトのかけらだらけになっている。

「どういう話?」

「きみは、女優としてのキャリアを傷つけようとしてる。もっと自分を大切にするべきだ。きみがレズビアンじゃないことは、ぼくがよく知ってる」

「言いたいのはそれだけ?」

「その手、どうした?」

「広報担当の顔を殴ったの」アニーは右手を前に出した。けがはしているが、震えてはいない。われながら図太い神経してるわね、と思った。

「聞いたよ。彼女はきみの担当をやめたそうだね」

「わたしがやめさせたのよ。お互いさまね。ふたり同時にそうしようって決めた。ねえ、こんな話をしにきたの?」

「パラマウントからオファーがあった。『権力者』の三作目を作らないかと」

「へえ……おめでとう」

「ありがとう」

「知らなかったわ、あの映画の三作目を作るなんて」アニーは言った。気をつけないと、動揺しているのが顔に出てしまいそうだ。

「だから、その話をしにきたんだ」ダニエルは帽子をとって、両手でいじりはじめた。「この帽子、バスター・キートンがかぶってたものなんだぜ」

「あなた、無声映画はきらいだったじゃない」

「ああ。だが、金がありあまっててさ、欲しいものがもうなくなっちまったんだ」

「ダニエル――」

「まあとにかく、そのオファーをもらったとき、ひとつだけ条件があると言われた」

「条件?」

「きみの役が出てこないようにしてくれと。あのシリーズにはもうきみを使いたくないそうなんだ」

ごつごつした海底に立って、はるか上のほうにある水面を眺めているような気分だった。どうがんばっても手が届かない。しかも足元がまたぐらつきはじめた。

「わたしを映画に出したくないってこと?」

「ああ」

「理由はなにか言ってた?」

「ああ」

「ヌード写真とか、精神的に不安定だとか、そういうこと？」

「そうだ」

「そんな」

「残念だが、アニー、そういうことなんだ。知らせたほうがいいと思って話しにきた」

もうひとりの自分が「泣くな、泣くな」と叫んでいるのも聞かず、アニーは涙を流しはじめていた。こんなことで自分が泣いているなんて、信じられない。スーパーヒーローのコスチュームを着て、緑色のスクリーンの前で何時間も立ちっぱなし。台詞だって「稲妻は二度光るのよ」みたいなものばかり、そんな役をもらえなくなるのが、なんでこんなに悲しいんだろう。泣くなんてばかみたい、そうは思っていても、泣きやむことができない。椅子を揺らすのもやめられない。そんな自分の姿を、元カレがじっと見ている。

「ひどいよな」ダニエルが言った。

「あなたにわたしの気持ちがわかるっていうの？」

「おれだって落ち込むことくらいあるさ」

アニーは立ちあがり、キッチンからジョージ・ディッケルのボトルを持ってきた。瓶に口をつけて、ぐっとあおった。アルコールが骨にしみこむようだ。ノワールフィルムに出てきそうな、ハードボイルドでタフな女になれそうな気がする。そうだ、アルコールさえあれば、こんな問題くらい平気で乗り越えられる。別の、もっと深刻な問題が起こるかもしれないが、とりあえずいまだけは、酒に酔うことで、目先の問題に対処できそうだ。なんだってかかってこい、という気分になってきた。

「三部作の三作目なんて、駄作ばっかりじゃない。『ジェダイの帰還』、『ゴッドファーザー PARTⅢ』、

『がんばれ!　ベアーズ大旋風 日本遠征』」

「だが、今度のはおれが書くんだ。いい作品になる。だから、このことをきみに話したかった」

アニーはまじめに話を聞こうとしたが、自分が稲妻の貴婦人《レディ・ライトニング》の格好をして、二流三流レベルのコミケに参加している姿を頭から追い払うことができなかった。コスチュームはまがいもの。テーブルにたったひとり、ダイエットソーダを飲みながら携帯電話をいじっている。人は来ないし、電話も鳴らない。

「アニー、そういうわけで、映画の話をしたいんだ」

アニーの妄想はやまない。日本で暮らすのはどうだろう。カフェイン入りタピオカドリンクのコマーシャルにでも出してもらって、クローゼットみたいに狭いアパートに住む。デートの相手は、落ちぶれた相撲取り。

「アニー、どうした?」

納屋を改装したショーレストランに出演するのはどうだろう。『トマトが不作の年』で、マイラ・マーロウの役をやる。幕間の休憩時間に、ビュッフェのテーブルからローストビーフやマカロニチーズを持ってきてもらう。

「アニー、きみの力になりたいんだ」ダニエルが言った。アニーは無表情のまま将来の自分の姿を妄想しているが、そんなことで引き下がるつもりはないようだ。「ぼくならきみを助けてやれる」

強硬症の犬をなでるような手つきで、アニーはジーンズのしわをのばした。「どんなふうに助けてくれるの?」

「そんなに捨て鉢な気分にならないようにしてやりたい。女優として仕事を再開できるように、協力したいと思ってる」

「精神病院に行け、とか言わないでね」

「いや、もっといい考えがある」

「そりゃそうでしょうけど」

ダニエルはソファから立ちあがり、食べかけのポップタルトを皿に置くと、アニーに近づいた。アニーはすでに身をよじって逃げようとしている。ダニエルはアニーのそばの床にひざをついた。これってプロポーズ？ アニーはその気まずさを打ち消すように、激しく首を振った。するとダニエルは床にしゃがんで、野球のキャッチャーがピッチャーにサインを送るような姿勢をとった。手に指輪はない。ダニエルの顔がアニーの顔に近づいてきた。あと三十センチもない。

「一ヶ月以内に脚本の草稿を書けと言われてる。ワイオミングに小屋を借りた。まわりにはなにもない、オオカミだけが住んでるようなところだ。そこにいっしょに来てくれないか」

「そこでなにをするの？ あなたがわたし抜きの脚本を書いたり、レイヨウのジャーキーを食べたりするのをぼんやり見てろって？」

「そうじゃない。そこでゆっくり過ごしたらどうかと言ってるんだ。のんびりハイキングでもして、このめちゃくちゃな生活から逃れて暮らす。うまくいけば、おれたちの関係も復活する」

「ワイオミングまでわたしを連れてってセックスしたいってわけ？」

「そういうことだよ」ダニエルは微笑んだ。

「そんなことが、わたしのキャリアの役に立つ？」

「それはそれで、別の相談だ。ふたりで脚本について考えよう。稲妻の貴婦人《レディ・ライトニング》を映画に登場させるにはどうしたらいいか。いいアイデアがあれば、制作サイドだって納得してくれる」

「そのときは別の女優を雇うんじゃない？」アニーはそう言って身をのりだした。額と額が触れ合いそうだ。

「いや、そんなことはないだろう。とにかく、ついてきてくれ。気持ちを整理するんだ。このところの報道はひどすぎる。ほとぼりがさめれば、みんな、きみが才能にあふれた大女優だってことを思い出すよ」

「あなたとワイオミングに行ってセックスするだけで、そんなにうまいことといくかしら」

「いくさ」

「〈エスクァイア〉の記者と寝ちゃった」

「かまわない」ダニエルは本当に気にしていないようだ。

「三日前。そのうち、そのことも書かれるわ」

「おれは気にしない。そんなことがあったんならなおさら、きみはしばらくここを離れたほうがいい」

アニーの想像するワイオミングは、なにもない荒涼としたところだった。姿を隠すならそういうところがいい。最悪のシナリオがあるとすれば、ダニエルとセックスしたあとにオオカミに食われることくらいだ。まあ、なんとかなるだろう。

アニーがうんと言ったので、ダニエルはご褒美のようにかぶってきた帽子をアニーの頭にのせた。ふたりはリビングの床に座りこんでいた。アニーはウイスキーをもう一杯飲み、ダニエルは次のポップタルトを食べた。これが大人のやりかたなの？　アニーはとまどいながらも、どこか自分を誇らしく感じていた。

ダニエルは最近入れたタトゥーを見せてくれた。ドルのマークに囲まれたタイプライターの絵だ。アニーは、その袖をさっさと伸ばしておいてちょうだいと言って、いま見たものを忘れることにした。ダニエルが帰るまでに、明日の朝になったらここを出てワイオミングに行くという約束が出来上がっていた。アニーは、信じられないくらい落ちついていた。幸せとまではいかないが、少なくともある程度の自信を取り戻していた。触れたものすべてを壊してしまうというわけじゃない、というのがわかったからだ。

夜になった。明日の朝、ダニエルとふたりでロサンゼルスを出る。自分のまともな決断に感心しながら、アニーは分厚く切ったボローニャソーセージをフライパンで焼いた。ジョージ・プリンプトンの朗読によるジョン・チーヴァーのオーディオブックをかける。買ってから一度も聞いたことがなかったのは、チーヴァーの伝記映画でチーヴァーの妻の役をやりたかったのに、選んでもらえなかったからだ。しかし、結局あの映画も完成には至らなかった。プリンプトンの声はおだやかで、英語の発音も洗練されている。イギリス英語に近い感じだ。キッチンに響きわたるストーリーはどれも、顔を殴ってやりたくなるような人の話ばかりだが、それでも、聞いていると気持ちが穏やかになってきた。自分が知的で優秀な人間になったような気分さえしてくる。頭のおかしい女なんかじゃない。

食パン二枚にマヨネーズを塗り、黒こげになったボローニャソーセージをはさんでサンドイッチにした。グラスに氷を入れてウイスキーを注ぐ。チーヴァーの物語のなかにカクテル好きの登場人物が出てきたので、それに影響されて、ウイスキーに砂糖を入れて指でかき混ぜた。オールドファッションドというカクテルの出来上がりだ。それを食卓に運び、夕食を楽しむことにした。プリンプトンの朗読は一時停止。

「『……ベーコンとコーヒーから鶏肉料理にいたるまで……』」〝ポウルトリ《鶏肉》〟が、〝ポエトリ《詩》〟に聞こえた。

サンドイッチを三口食べたとき、電話が鳴った。もう留守番電話に守ってもらう必要はない。電話に出て「もしもし」と言った。パンが上顎にくっついてしゃべりにくい。おまけにマヨネーズが歯の隙間にべったり詰まっている。

「アニー？」

口のなかのものを飲みこんで、舌が自由に動かせるようになってから、答えた。「はい、アニーです」

「障害者のまねをしてるみたいだ」かけてきた男が言う。

「ダニエルなの？」

「バスターだよ」

弟の声を聞くと、いつもなんだか変な感じがする。普通に声が聞こえてくるのではなく、自分の頭の中から声が響いてくるような感じ。弟という存在が自分の体のなかにあって、ときどき「ぼくはここにいるよ」と主張してくる、そんなふうに思える。連絡をもらったのは何ヶ月ぶりだろう。ヌードはやめたほうがいいとはっきり答えてくれた、あのとき以来だ。なのに自分はヌードになってしまった。あれからずっと連絡をもらえなかったのは、その罰だったのかもしれない。

「どうしたの？　元気？」アニーは聞いた。弟がいまどうしているのか、純粋に気になっていた。「誰かを殺しちゃったとか？　お金がないとか？」

「あやうく自分自身を殺すところだったし、そのせいで一万二千ドルの借金ができた。けど、電話したのはそのことじゃないよ」

「待って、それなに？　なにがあったの？」

「話せば長くなるし、聞いて楽しい話じゃないんだ。話すのはまたにするよ。いま話したいのは、いまなら家に帰っても大丈夫ってことだ」

「バスター」アニーはきつい口調で言った。話の要点がわからなくていらいらする。「今日はずっと飲んでたから、あんたの言ってることが全然わからない」

「家に帰ったんだ」

「フロリダの？」

「テネシーだよ」

「テネシーに引っ越したの？」

「ちがうよ。テネシーといえば実家だろ」

「バスター、嘘でしょ」

「けっこう快適」

「そうは聞こえない」アニーの言葉が終わるのを待ちきれないように、バスターが言った。

「いや、最悪だけどね」こんなことになったのが自分でも信じられないとばかりに、バスターはジャガイモバズーカのことをゆっくりと話しはじめた。顔がめちゃくちゃになったことも、いまの暮らしのことも。

「〝子どもB〟って呼ばれることもある。ぼくが文句を言うと、ふたりともしらばっくれるんだ。もしかしたら、ぼくの聞き違いだったのかな。もうわからないよ。痛み止めのせいで頭がぼんやりしてるから」

「バスター、そこにいちゃだめよ」アニーは声を張りあげていた。

「しかたないんだよ。しばらくはここにいるしかない」

「でも、だめよ」アニーは譲らなかった。「逃げなきゃだめ」

「姉さんが来てくれたらなって思ったんだ。仲間ができる。父さんと母さんももう若くないしさ」

アニーは、実家の自分の部屋を思い出してみた。きっと昔のまま変わっていないだろう。壁には映画のチラシやポスター。ドレッサーには、皮膚にしわをつくる特殊メイクの液体が置いてある。クローゼットの床板の下には、使っていないマリファナがひと袋。家を出たのは二十三歳のときで、それから一度も帰っていない。両親に会うのはいつも、実家でもなければ自分の住まいでもない、どちらの仕事とも無関係のところをお互いに選んで決めていた。クリスマスや誕生日には、双方が一度も行ったことのない町のありふれたホテルに集まった。あの実家に帰るなんて。しかもそれを楽しんでしまうなんて。自分にはとても考えられない。きっと、いままで想像もしたことのないような形で破滅に追い込まれるに決まっている。

「無理よ」やっとのことで答えた。「わたし、ワイオミングに行くの」

「ぼくをひとりにしないでくれよ、姉さん」

「わたし、いま、ひどい状態なの。頭を冷やしにいかないと」

「ひどい状態?」バスターが声を荒らげた。「ぼくだってそうさ。いまこの瞬間、子どものころ使ってたベッドに座って、鎮痛剤入りのオレンジソーダを飲んでる。歯の抜けたところにストローを差しこんでさ。そう、ジャガイモのせいで歯まで一本なくなっちまった。父さんと母さんはいまリビングにいて、ラ・モンテ・ヤングの『ブラック・レコード』をばかみたいな大音量で聞いてる。ローン・レンジャーのマスクをつけてね。あれをときどきやらないと気がすまないらしいんだ。ぼくは一時間前から一九九五年の『ギター・ワールド』を読んでた。インターネットなんか見てたら、実の姉のおっぱいがまた出てくるかもしれないからね」

「バスター、だめなのよ」

「なあ、助けにきてくれよ」

「できないわ」

「姉さん、頼む」

「ごめんなさい、バスター」アニーはそう言って電話を切った。


『権力者』の一作目を撮っていたとき、アニーは毎日バスターに電話をかけて、そのたびに何時間もおしゃべりしたものだった。楽屋がわりのトレーラーのなかで、誰かが呼びにきてくれるのを待ちながら、アクション映画の撮影ってこんなところがおかしいのよ、といった話をする。ファング家の一員であるアニーにとっても、ばかばかしいと思えることばかりなのだ。「たとえば、あるスタッフなんてね。アダム・ボブがまともに歩いてるかどうか、それを確かめるためだけに現場に詰めてるのよ」

「どういう肩書なの?」

「歩行コンサルタントですって」

電話を切るとすぐ、次に話すのが待ちきれなくなるほどだった。夜遅くまでかかった撮影のあと、ヘアメイク係にいじられてごわごわになった髪もそのままに、ベッドに横になってバスターの話を聞く。二作目の小説の中身を読みあげてもらった。第三次世界大戦の真っ最中、放射性降下物の影響を受けなかった少年がひとりだけいて……という話だった。うとうとしながら聞いているアニーに、バスターは少し震える声で、ついさっき書いたばかりの原稿を真剣に読んでくれた。

「少年はスープの空き缶を蹴った。空き缶はがたがたになったアスファルトの道路を転がっていった。ようやく止まると、そのなかからゴキブリが何匹も這い出して、散り散りに逃げていった。仲間のうち誰かのせいでひどい目にあったとでも思っているようだ。少年はゴキブリを踏みつぶしてやりたいという衝動にかられるが、そうはせずに歩きつづける」

アニーは電話を持ちなおして体を起こし、真剣に聞きはじめる。ひとつひとつの言葉を逃さず聞いてほしいと、バスターは思っているはずだから。物語はとてつもなく悲しいものだった。希望はいつもマッチの火のようで、いつ消えてしまってもおかしくない。恐ろしい世界のなかでたまたまひとりだけ生き残ってしまった少年のことを、アニーはバスターに重ねていた。最後は少年になんらかの幸福が訪れますように、と思って聞いていた。

「わたしたちにもなにかが起こるのかもね。終わったときはじめて、とんでもないことだったって気づくような、ものすごいことが」

アニーの映画は何年に一度の大当たりとなったが、バスターの小説は批評家にさんざんにこきおろされた。その後はなにを話しても、ふたりの立場の違いを意識せずにはいられなかった。ひとりは大成功をおさめて海の向こうに渡ることができた人間。もうひとりは海に沈んでしまった人間。

バスターはよく、夜遅くにホテルの部屋から電話をかけてきた。なにかの雑誌の仕事だといっていたが、いつもひどく酔っぱらっていた。アニーはバスターの話を聞きながら映画を見ていた。ボリュームをしぼって、音声が相手に聞こえないようにした。

「姉さんはもう映画スターだもんな。ぼくは映画スターの弟だ」

「わたしはバスター・ファングの姉よ」

「バスター・ファング？　聞いたことないな」

「バスターったら、やめてよ」

「ぼくは――」バスターはろれつのまわらない声でつぶやいた。電話が切れてからようやく、アニーはそのあとの言葉を理解した。「――ファング家のなかでいちばんだめなやつなんだ」


次の朝、アニーはウイスキーが飲みたいのを我慢して、ダニエルの迎えを待った。夜はほとんど眠れなかったが、夢は見た。小屋の戸口にダニエルが立っていた。フリンジのついたバックスキンの服を着て、片腕をなくしている。グリズリーにやられたという。「ワイオミングはさすがにでかい、すばらしい」というダニエルの腕に、アニーが布を巻いて血を止めようとする。

迎えにきたダニエルはいつものカウボーイハットをかぶり、口にはマルボロをくわえていた。宇宙飛行士やワカサギ釣りの人が履いているような防水ブーツを履いている。アニーの荷物をさっと取って、乗ってきたスポーツカーの小さなトランクに積みこんだ。アニーはなぜか動けなかった。玄関に突っ立ったたま、やけに冷静になって、自分はいったいなにをやっているんだろうと思っていた。

「もう一度聞かせて。わたしはワイオミングでなにをするの？」

「おれの女神《ミューズ》になるのさ」

「いまさらだけど、そこにテレビはあるの?」

「ない。きみとおれだけだ」

「じゃ、トランプをとってくる」アニーは急いで家のなかに戻った。


空港でチェックインをすませ、セキュリティゲートを通り、搭乗時刻を待っているあいだ、アニーは『権力者』第三作をどんなものにするかというダニエルの考えに耳を傾けた。

「ナチは登場させない」ダニエルは落ち着いた表情でうなずいた。「ナチは使い古された印象があるからね。もっとスケールのでかいものを登場させようと思う。うまくいくかどうか、そのへんが鍵だな」

「そう」

「恐竜だ」

「え?」

「恐竜と戦わせる。すごいだろ」

「ナチの恐竜にしたら?」

ダニエルは眉をひそめた。「アニー、女神は人のアイデアを茶化しちゃだめだよ」

そのとき、アニーはふと気がついた。バスターを別にすると、これから自分がどこに行くのかを知っているのはダニエルだけだ。くっついたり離れたりの元カレとふたりで、ワイオミングの僻地の小屋に向かっている。このまま、恐竜やロケットランチャーの話を何時間も聞かなきゃならないんだろうか。新しい映画のキャッチフレーズは「石器時代まで吹っ飛ばせ」だそうだ。なんだかひどく間違ったことをしようとしているんじゃないか、そんな気がしてきた。

　いまのアニーには広報担当者がいないが、エージェントとマネージャーはいる。今後の計画は話しておいたほうがいい。

「エージェントに電話するわ。しばらくつかまらないって話しておかなきゃ」

「いまごろ、もう知ってるさ」

「どういうこと？」

「メディア関係者の何人かに話しておいた。仕事とお楽しみのためにワイオミングの田舎に出かけるってね」

「ダニエル、意味がわからない」

「主要なエンタメ記者たちに、ちょっと情報をリークしといたんだ。『権力者』第三作のオファーをもらったから、きみとふたりでワイオミングに行って脚本を書くつもりだってね。それと……」

「それと？」

「きみとよりを戻したって」

　一瞬、ダニエルがミンダ・ロートンに見えた。

「よりなんて戻してないわよ」

「よせよ、アニー。これからどうなると思う？　ど田舎にぽつんと建ってる小屋のなかで、ふたりきりで過ごすんだぞ」

「ふたりで協力して脚本を作るだけでしょ。ナチの恐竜とかいろいろ登場させて」

「アニー、おれがいないときみはもうおしまいなんだぞ。おれといっしょなら大物カップルでいられる。ハリウッドはおれたちのものだ」

「ダニエル、マッドサイエンティストみたいなことを言わないで」

「きみにはおれが必要だ。それに、信じがたいかもしれないが、おれにもきみが必要だ」

「あなたに必要なものはほかにもいろいろありそうね。そのほとんどは薬だけど」

「汚いやりかたはしたくない。だが、きみがワイオミングに行かないなら、おれはありとあらゆる手を使って、きみのキャリアをぶっつぶす。再起不能にしてやる」

ダニエルの言葉が体をすりぬけていくような気がした。体に力が入らない。

「ちょっと考えさせて」

ダニエルはうなずいて、トイレに行ってくると言った。「戻ってきたら、何事もなかったように旅を続けよう。ワイオミングに行って、計画どおりにベストを尽くす」

アニーにはわけがわからなくなっていた。ベストを尽くすってどういうこと？　ダニエルと自分がいっしょにいたって、どんな種類のことも人並み以下にしかできないに決まってるのに。

「ごゆっくり」

アニーはそう言ってダニエルを見送った。ダニエルの姿が見えなくなると、急いでカウンターに駆けよった。航空会社の女性スタッフがふたりいるが、なかなかアニーに気づいてくれない。書類をばらばらめくったり、コンピューターの画面をにらみつけたりしている。そのうち、ふたりで声を合わせて「まずいわね」と言った。

アニーは振りかえって、ダニエルがまだ戻ってこないのを確かめた。いまにも、空港じゅうのスピーカーから不気味なバイオリンのメロディーが聞こえてきそうだ。スリラーものの映画によくありそうな音楽。映画の登場人物は、愚かな女と頭のおかしい元カレ。

「すみません、ちょっとお願いがあるんです」アニーが言うと、ふたりのスタッフはスクリーンから視線を上げた。面倒くさそうな顔をしたが、見ようによっては笑顔のようでもある。「なんでしょう」同時に答えた。

「飛行機のチケットのことで」

「そこに持っていらっしゃいますよね」右の女性が言った。

「ええ」アニーは間をおかずに言った。急いでいるのをわかってもらいたかった。「変更できないかなと思って」

「座席の変更ですか?」左の女性が言う。

「違う飛行機に乗りたいんです」

「え?」ふたり同時だった。

「別の便に乗りたいんです」

「どうしてですか?」

「複雑な事情があって」

「でも」右の女性が言う。「搭乗券の変更も複雑なんですよ」

「ええ、そうですよね」アニーは言った。ありがたいことに、ダニエルはまだ戻ってこない。「元カレに誘われたんです。ワイオミングに行ってやり直そうって。わたし、そのときイエスって答えたんだけど、ノーって言うべきだったといま気がついて」

「わあ、すごい話」左の女性。

「彼、いまトイレに行ってるんです。だから、いますぐ別の便に変更してほしいの。すぐに飛び立つのがいいわ。彼が出てくる前に」

「すごーい」右の女性も言う。

ふたりはかわるがわるキーボードを叩いては、フライトの行き先を口にした。アニーがそれに答えていく。ニューヨークには行きたくない。シカゴもダラスもいやだ。「ほかにないかしら」

「急がないと」右の女性が言う。「彼氏さん、トイレが長いですね」

「ずっと鏡を見てるんだわ」

「ああ、そういうタイプ。そういう人とワイオミングには行きたくないですよね」

逃げよう。とにかく逃げよう。携帯電話を取り出した。いつ鳴りだすかわからない。そばにあるごみ箱に投げすてた。これで、とりあえずいまは、誰かになにかしろと言われることはない。誰にもつかまらないんだと思うと、胸がわくわくした。今夜までにはどこか別の場所に移動できるだろう。そこでなにをしたらいいかわからないが、まずは存在を消すことだ。目立たないように行動する。カウンターの女性たちが次々にフライトをチェックしている。あと何分もしないうちに、ここからおさらばできそうだ。そのとき、アニーはバスターのことを思い出した。子どものころ使っていたベッドに座っているバスター。ひどい顔になって、実家から出ることもできずにいる。両親はバスターの傷を癒そうとしてあれこれ試しているだろうが、あの人たちがなにをやろうと無駄に決まっている。

自分もどん底まで落ちた。バスターもぼろぼろだ。いまファング家がひとつ屋根の下に集合したら、うまくやっていけるだろうか。いや、無理だろう。しかし、さまざまな人々が行き交う空港に立っているうちに、少ない可能性に賭けてみたくなった。ダニエルとワイオミングに行くのはやめた。かわりにどこに行こうと、ワイオミングよりはましなはずだ。

「ナッシュヴィルに行く便はない？」

「デトロイト行きの便があります。十分後。デトロイトからナッシュヴィル行きに乗り換えられますよ」

「いますぐ決めてください」左の女性が言う。「彼氏さんが出てきたみたい」

「彼氏じゃないわ。元カレよ」アニーは言った。「それでお願い」

新しい搭乗券が出てきた。アニーがお礼を言うと、スタッフのふたりは「彼氏さんに話しておきますね」といった。アニーがワイオミングに行かないということを、自分たちなりのやりかたで伝えてくれるという。「おもしろそう。きっと大ショックよね」

アニーは指に巻いたビニールテープをはがしてゴミ箱に捨て、指を曲げ伸ばししてみた。痛みが消えている。そして走りだした。ありもしない映画のヒロインみたいに、腕を激しく振って走る。カメラマンがいたら、横を走って撮影してくれるだろう。この決断が間違っていてもいい。どんな失敗が待っていてもいい。いま演じているキャラクターの目的はシンプルそのもの。そしてわかりやすい。とにかく逃げることだ。お金のかかっていそうなセットのなかを駆けぬけた。エキストラの数がすごい！　おかげで全速力では走れない。うしろのほうから監督の声が聞こえる。しかし、そのうちそれも聞こえなくなった。

無題、二〇〇七年

ケイレブ＆カミーユ・ファング

手荷物引渡所へ向かうエスカレーターから下りたとき、バスターの姿が見えた。「ファング」というプラカードを持っている。たしかにひどい顔になっている。が、説明してもらったとおりだ。天性の演技力を使って、あまり驚いていないふりをした。胃袋がぎゅっとしめつけられるような感じがしたが、それをこらえて、平静を装った。ふたりとも、どう振るまっていいかわからなかった。アニーがバスターに近づき、プラカードを受けとる。長いことお互いを見つめあった。〝子どもA〟と〝子どもB〟。並んでいるだけでしっくりくる。それから、バスターがアニーを抱きしめた。

「信じられないよ。本当に帰ってきてくれたんだね」

「まあね。当たり前でしょ」

「お互い、いろいろ大変だよな」バスターの言葉を聞いて、アニーはうなずいた。

「あのふたりは？」

バスターは目をそらして深い息をついた。「バンにいる。なにか計画してるらしいよ」

「まったくもう」アニーはそう言いながらも、体が熱くなってくるのを感じていた。なつかしい感覚だ。

「やめてほしいわよね」

「おかえり」バスターはそう言って、アニーの荷物を取りにいった。

＊

駐車場に行くと、両親がバンの横に立って、腕に火がついているんじゃないかと思うほど、激しく手を振っていた。アニーとバスターはおそるおそる近づいていった。アニーが両親に会うのは久しぶりだった。何年ぶりだろう。バスターの腫れあがった顔よりも、両親の姿のほうがショッキングだった。ふたりとも、ミニチュアになってしまったかのようだ。自分とバスターを小さくした感じか。髪がすっかり白くなっている。体は相変わらず細い。みなぎる情熱は昔のままで、見ていると催眠術にかけられたようになってしまう。しかし、ショックを受けた理由はこのひと言に尽きる。ふたりとも、老けた。

父親はハンガーを持っている。かかっているのは鮮やかな青のTシャツ。チキン・クイーンという店のロゴの下に、恰幅のいい女性が鶏肉を食べているイラストが描かれている。

「アニー!」母親が叫んだ。

「それ、なんなの?」アニーはTシャツを指さした。母親が頬にキスしてくる。

「プレゼントだよ」父親が言って、Tシャツを差しだす。

「いらない」アニーは答えた。

「まあ、聞いてよ」両親が声を合わせて言う。

「ちょっと待って。わたし、いま帰ってきたばかりなのよ」アニーは弟の顔を見た。いま気づいたが、弟は薬が効いているようだ。ヘラヘラ笑っている。

父親がバンのうしろのドアをあけて、乗れと言うように手まねきした。

「一杯飲みたい気分」アニーは言った。

「もっといいものが待ってるぞ」父親はアニーとバスターを両腕で抱えた。「どんなドラッグよりいい気分になれる」

アニーは深い息をついた。もう逃げ場はない。バンに乗ると、バスターも隣に乗った。両親がにこにこしながらドアを閉めた。


計画は、両親の説明によると、とてもシンプルなものだった。場所は空港の近くのショッピングモール。必要なものは両親がすでに準備済み。アニーと母親がチキン・クイーンのTシャツを着て、偽造したクーポンを山ほど持っていく。母親はアニーとバスターにクーポンを見せた。プロの仕事といってもいいくらいの出来だった。チキンサンドイッチが無料でもらえる、と書いてある。これを持っていれば誰でも無条件。うまく偽造してあるので、客が見るぶんには、なんの疑いももたないだろう。ただ、店員は偽物だとわかるはずだ。

「何枚作ったの?」アニーは両親に聞いた。

「百枚よ」

両親の説明は続く。アニーと母親が通行人にクーポンを配る。バスターは先にフードコートに行って、チキン・クイーンの店のそばのテーブルで待機する。偽造クーポンを持った客がどんどん押しかけてくる、そのようすを記録する。店員は客にクーポン使用を断りつづけるうち、これはおかしいと気づくだろう。低い給料でこき使われている従業員はどう対応するだろうか。さらに、父親も店のカウンターに近づき、騒ぎをひと押しする。クーポンが使えなくて怒った人々を煽動して、チキン・クイーンを襲わせる。

「おもしろいことになるぞ」父親が言う。

「こんなこと、やりたくない」アニーは言った。

「やってくれ」

「気分がよくないの。バスターだって怪我してるんだし」

「やれば元気になるわよ。家族四人が集合したからには、やらなくっちゃ。こういうのをやってこそファング家でしょ。人々の記憶に残る名場面を演出するの」

「だめ、できない」アニーは言って、助けを求めてバスターを見た。バスターは眼帯に触れて、姉に加勢した。「ぼくもやりたくない」

「おまえまでそんなことを言うなよ」父親が言う。

「わたしたち、やりたくないの」

「ふたりとも……」母親がなにか言いかけたとき、父親がクラクションに手を叩きつけた。怒りが爆発したらしい。しばらくすると、落ち着きを取り戻した。「いいだろう。そんな調子じゃ、やっても失敗する。カミーユとわたしと、ふたりでやる。ここ何年も、ふたりだけでやってきたんだ。今回は、せっかくだから四人でやったらどうかと思っただけだ。ファング家の一員だってことを思い出してもらうためにな」

アニーの決心がぐらついた。「お父さん、そんな――」

「いい。おまえたちに頼んだのが間違いだった。ふたりでやる。そのかわり、撮影だけは頼みたい。それくらいはやってくれるな?」

「いいよ」バスターは答えて、アニーを見た。「姉さんとふたりでやる」

「まあ、ふたりとも、しばらく離れてたからな」父親はつぶやいて、前を見た。「ファング家のアートがどんなものか、思い出してもらおうか。自分たちがファング家の一員だってことも」

やる気のないアニーとバスターをフードコートのテーブルにつかせて、両親はショッピングモールの端と端に分かれた。いわばイベントの下地づくりだ。

「チキン・クイーンで無料のチキンサンドをどうぞ」父親は声を張りあげた。歩いてくる女性に向かってクーポンをひらひらさせる。ちょっと下品なやりかただ。「ほかに注文しなくても大丈夫ですよ」

「結構です」女性は言った。

「え?」クーポンを振る父親の手が止まった。

「いりません」

「でも、ただですよ」

「おなかすいてませんから」

「ダイエット中ですか?」父親は聞いた。とにかく理由が知りたかった。「フードコートでいちばんヘルシーな食べ物ですよ」

「いりません」女性の口調がきつくなった。差しだされたクーポンを払いのけると、そそくさと離れていった。

「変な人だなあ。ただでもらえるのに」

母親は、ヘッドホンをつけた男性にクーポンを手渡した。男性は速度をゆるめることもなく歩きつづけ、何メートルか先のゴミ箱にクーポンを投げいれた。母親はゴミ箱に駆けよってクーポンを拾うと、男性を追いかけて肩を叩いた。振りかえった男性はむっとしていた。「落としましたよ」母親は微笑んだ。

「いらない」大声が返ってきた。ヘッドホンの音楽のせいだろう。

「チキン・クイーンでサンドイッチが無料でもらえるんですよ。ほかになにも買わなくても」

「いらない」男性はそう言って離れていった。本人にしか聞こえない音楽に合わせて頭を振っている。

五人連れの家族がやってきた。「チキンサンドを無料で差しあげます。ご家族全員に」と声をかける。にこにこしすぎて顔がこわばってきた。

「肉は食べないの」母親が言って、子どもたちをクーポンに近づかせまいとした。

「どういうことなの」三十分もここに立っているのに、たった十二枚しかクーポンを渡せていなかった。


「おかしいじゃないか」男性が言った。クーポンから逃げるように後ずさりしている。

「なにがです？」父親は聞いた。「このクーポンを持っていけば、ただでサンドイッチが食べられるんですよ。しかも、クーポンを返しにきてくれれば、その場で五ドルお渡しすると言ってるんです」

「だったら自分でそれをやればいいだろう」

「わたしは従業員ですから。従業員はクーポンを使えないんです」

「なら、自分でサンドイッチを買ったらどうだ？　五ドル出すより安上がりだろう」

「五ドル、欲しくないんですか？」

「いらないね」男性は急ぎ足で離れていった。

「無料のチキンサンド、いかがですか」父親は声を張りあげた。

フードコートでは、アニーとバスターが近況報告をしていた。どうしてこんなことになってしまったのか、互いに詳しく説明する。

「タブロイド紙のこと、気にしなくていいのかい？」バスターが聞いた。「変装とか、しなくていいのかな」

「わたしはそこまでのスターじゃないもの」アニーが答える。「そんなに有名じゃないし。というより、全然有名じゃないし。それに、いまごろタブロイドの記者たちは、わたしがダニエルといっしょにワイオミングにいると思ってる。あの人も、わたしに空港で逃げられたなんて、誰にも言わないでしょうし。大丈夫、誰にも気づかれない」

「変装するなら眼帯を貸してやるよ。それにしても、誰もクーポンを持ってこないな」

「あの店員さんたちが気の毒よ。安い給料しかもらってないのに、ファング家のいたずらに付き合わされるなんて」

やがて、とうとう客がやってきた。ティーンエイジャーの手にクーポンが握られている。バスターは、父親に渡されたデジタルビデオカメラのファインダーで少年をとらえた。「よし、撮影スタート」

少年はなにか注文した。レジ係が会計をしようとしたとき、クーポンを差しだした。レジ係は眉をひそめてクーポンを受け取った。少年が「無料」というところを指さす。レジ係は店長を呼んだ。店長は若い男性だった。レジ係と同い年くらい。客の少年とも変わらないかもしれない。レジ係が店長にクーポンを見せると、店長も眉をひそめて、クーポンを明かりにかざしはじめた。本物のクーポンには透かし模様でもあるのだろうか。店長は客をじろじろ見てからクーポンをレジ係に返し、うなずいた。レジ係はクーポンをレジにしまって、チキンサンドを少年に渡した。

「嘘」アニーは言った。すっかり予想外の展開になっている。「ありえない」

何分かして、さっきの少年よりも年上のカップルがやってきて、それぞれクーポンを差しだした。レジ係はなんの迷いもなくクーポンを受けとった。偽造クーポンでチキンサンドを受け取った客が三人、バスターとアニーのすぐそばに座っている。ファング一家のおかげで、無料の食事を楽しんでいるのだ。

「父さんと母さんに教えてやったほうがいいかな?」バスターが言った。

「教えなくていいわよ。勝手にやらせておきましょ」

まわりの人たちがチキンサンドを食べているのを見て、アニーは気がついた。そういえば、きのうからなにも食べていない。さっき父親にもらったクーポンを財布から取りだしてしわを伸ばし、チキン・クイーンのカウンターに持っていった。もらったチキンサンドをゆっくり食べる。そのあいだにも、バスターは撮影を続けていた。クーポンを持った人々が次々にやってきて、チキンサンドを受けとっていく。

一時間半後。そこそこの数のクーポンを配ったファング夫妻は、モールの中心にある噴水で落ち合った。

「まいったよ。みんな、ばかだよな。ばかすぎて、こっちの思い通りに動いてくれない」

「知らないものは受け入れまいとするのよね。耳を貸そうともしない。がっかりだわ」

「ともかく」Tシャツを脱いで言う。「アートの仕上げをしにいこう」

チキン・クイーンの店の前には、怒った人々が列を作っているはずだった。なのに、それがない。怒った顔も、いらついた顔もない。二十五人の人々が、無料のチキンサンドを食べているだけだ。母親はバスターとアニーの姿を見つけ、どういうことなのというように肩をすくめた。アニーとバスターも肩をすくめる。

「どうなってるんだ?」父親が小声で言った。

「さあ、さっぱり」母親が答えた。見られるはずの大騒ぎが見られないので、明らかに動揺している。

「クーポンを一枚くれ」父親が母親の手から一枚をもぎとった。「人まかせにしておいたら、まともなアートなんてできやしない」つぶやくように言うと、ずかずかと歩いてチキン・クイーンのカウンターに近づいていった。

「ご注文は?」レジ係が言った。携帯電話でメールを打っている最中のようだ。客のほうを見ようともしない。

「無料のサンドイッチを。いますぐ出してくれ」

「わかりました」店員はうしろにさがって商品棚に手を伸ばした。サンドイッチはもう箱に入っている。

「ちょっと」父親は言った。「クーポンがなくてもいいのか?」

「あ、ください」店員が手を差しだした。

父親はクーポンを渡した。「モールの入り口のところで、あやしい風体の男が配ってたんだ。信じていいのか迷ったんだが」

「かまいませんよ。はい、サンドイッチです」

「このクーポン、偽物じゃないのか？」

「いいえ、大丈夫です」

「いや、こいつはおかしいぞ。よく見てくれ。偽物だ」

「サンドイッチ、いらないんですか？」

「店長さんを呼んでくれるか」

店長が出てきた。「どうかなさいましたか？」

「このクーポン、偽物だと思うんだ」

「そんなことありませんよ」

「調べたのか？」ケイレブは声を荒らげた。

「ええ。本物のクーポンです」

「なんだって？　いったいぜんたいこの店は……。クーポンは偽物だ。こんな偽造クーポンにだまされて、みんなにサンドイッチを無料で配ったのか」

「すみません、サンドイッチを受けとって脇にずれてください。列ができていますので」

「サンドイッチなんか食べるもんか。金をもらっても食べないぞ」父親はそう言ってカウンターに拳を叩きつけた。人々が注目しはじめている。

バスターはその一部始終を撮影していた。「なんだよ、これ」

「お客様、お帰りくださらないと、警察を呼びますよ」店長が言う。

「なんて無責任な店なんだ。ちゃんと仕事をしろよ。でないとおれが安心して帰れない。どんなに苦労したと思ってるんだ。せっかくの仕込みを台無しにしやがって」

「お客様、お帰りください」

カミーユが近づいた。「帰りましょう」

「あれだけ苦労して仕込みをしたのに、このざまだ。なんだと思ってるんだ」

カミーユは夫の手を引いてチキン・クイーンを離れた。フードコートじゅうの人々がふたりを見ている。

ケイレブは妻の手からクーポンの残りをすべて奪いとり、宙に撒いた。誰も拾いにこなかった。

バスターはビデオカメラの電源を切った。「というわけで」アニーの顔を見る。「大失敗でした」

アニーはうなずいた。「ええ、大失敗」

バンで両親を待つあいだ、アニーとバスターは両親について話していた。これが現実なのだ。両親に往時の輝きはない。アートのセンスも、まともな判断力も、鈍ってきているようだ。子どもたちがいなくなったせいで、こんなふうになってしまったんだろうか。

「アートはどうやって作られるかって考えは昔から過激だったけど、今回のは過激というよりばかげてる。チキン・クイーンで暴動を起こせるなんて、本気で思っていたのかしら。無料のチキンサンドくらいで、みんながそんなに腹を立てるわけないのに」

バスターはうなずいた。痛み止めの薬のせいで、まだ頭がぼんやりしていた。「あれじゃだめだよな」

三十分ほどして、ようやく両親が戻ってきた。ふたりとも泣いていたようだ。暗い表情をしている。目が赤い。

「残念だったね」バスターが言ったが、父親は答えなかった。

家に着くまで、誰もなにも言わなかった。アニーは車窓の景色を眺めていた。見知らぬ風景が、なつかしい風景に切りかわっていく。バスターはアニーの手を握っていた。空気がぴんと張りつめたバンのなかでも、姉の手を握っていれば安心していられる。家まであと二、三分のところまで来たとき、父親がくすくす笑いだした。「チキン・クイーンめ」肩が揺れている。母親も笑いだした。「してやられたわね」そう言って首を振った。

「残念だったね、父さん。母さんも」バスターが言うと、両親は手を振った。

「偉大なアートってのは難しいものなんだ」父親が言った。しばらくしてから付け加える。「だが、なんでうまくいかないのか理解に苦しむこともあるよ」笑おうとしている。アニーとバスターには、父親がひどく疲れているように見えた。ハンドルを握る手が震えている。運転を代わるわ、と言いたい気持ちにかられたが、アニーはそれをこらえた。父親は母親の手を握ってキスした。母親は父親の耳をつねって微笑んだ。家に着いたときにはもう、次のイベントのアイデアを出しあっていた。世界が必要としているカオスを作りだす気満々なのだ。

バンを降りる前、四人はそれぞれの場所で一瞬静止した。歩いて家に入るとき、四人はそれぞれ、否定しがたい感情を味わっていた。また家族がひとつになった。このあとなにが起ころうと、それがどんなことであろうと、受け入れるしかない。

6

腫れはすっかりおさまった。どういうわけか、体が勝手に回復していく感じだ。それでも、バスターは眼帯をはずそうとしなかった。眼帯をつけていると、ものの奥行きがわからなくなる。しかし、痛み止めの薬のおかげで超能力が身についたのか、不自由は感じなかった。子どものころよく読んでいた、超能力をもったゾウのマンガを斜め読みしながら、自分の超能力を試してみた。時計を見ないで時刻を当ててやろう。頭のなか、眼帯をした目の奥のところに、数字がいくつかちらつきはじめる。「午後三時四十七分」口に出してから、ベッドサイドの時計を見る。午前九時四分。超能力はいつも発揮できるとは限らないようだ。

上掛けをめくって、床に足をおろした。足首まであるだぶだぶの肌着は、ずっと洗っていない。家にいるあいだはけっして脱がず、制服のように着つづけている。廊下を歩いていくと、蓄音機の針がレコードの端をこする音が、リビングから聞こえてきた。両親が、仮面をつけたままソファで眠っていた。床には火気取り扱いや花火製造に関する本が散らかっている。コーヒーテーブルには真っ黒な灰。キッチンには姉がいた。姉が実家に戻ってから二週間。コンロにフライパンをふたつかけて、ひとつでボローニャソーセージを焼き、もうひとつで一ケースぶんの卵を焼いている。ソーセージをひっくり返したり卵の位置をずらしたりしながら、汗をかいた大きなグラスを口に運ぶ。ウオッカとトマトジュースのカクテルだ。

「おはよう」

バスターも言った。「おはよう」

バスターはパンを二枚トースターに入れた。焼けたパンを皿にのせてテーブルについた。そっと噛む。でないと、口のなかのものが、犬歯のあったところからはみ出てしまう。アニーがテーブルのほうにやってきた。フライ返しの上に、焼けたボローニャソーセージに目玉焼きを重ねたものをのせている。それをバスターの皿に置いてくれた。食事らしい食事をするのは何日ぶりだろう。バスターはそう思いながら、食べ物をフォークでつぶして混ぜあわせた。安売りのパテみたいなものができあがる。姉も自分の皿をテーブルに持ってきた。ドラムセットのシンバルみたいに大きな皿に、ボローニャソーセージと目玉焼きが山盛りになっている。焦げたピンク色、真っ白、鮮やかな黄色。

「今日の予定は？」バスターはアニーに聞いた。

「映画でも見るわ」アニーは答えて、ブラッディマリーをそっと口に運んだ。「ゆったり過ごすことにする」

「ぼくもだ。ゆるゆる過ごすよ」

実家に帰ってから、ふたりともゆったりしつづけだ。アニーは基本的に自分の部屋にこもりきりだ。ベッドの下にいろんな種類の酒を並べて楽しんでいる。バスターとは廊下ですれ違うこともある。両親は次から次へとアートのイベントを企てては実行している。バスターもアニーも、そういうことにはまったく興味がわかないというふうに振るまっている。アニーはときどきバスターの薬を分けてもらっていた。ふたりで同じ薬を飲んで、無声映画を見たり、マンガを読んだりする。実家に帰ってくるまでの生活については、お互いにあまり話さない。ふたりとも、まさに〝引きこもり〟みたいな状態になっていたが、バスターにとっては姉が帰ってきてくれたことが救いだった。少なくとも、孤独な引きこもりではない。

両親がキッチンにやってきて、油のにおいがこもっていると文句を言いはじめた。

「焼いたボローニャソーセージのにおいなんて、ちょっと嗅いだだけで胸が悪くなる」父親が言って、夫婦で朝食を作りはじめた。作りかたを筋肉が覚えているかのように、素早く準備が整っていく。ほうれん草、オレンジジュース、プレーンヨーグルト、バナナ、ブルーベリー、亜麻仁の粉。それらを全部ブレンダーに入れて、三十秒かきまぜれば出来上がり。紫とも緑ともつかない色の液体をグラスに注いで、ふたりはテーブルについた。もったりした液体をぐいぐいと飲み、はあっと息をつく。母親がテーブルの上に手を伸ばし、子どもたちの手をとった。「こういう朝、最高ね」

電話が鳴ったが、誰も出ようとしない。ファング家の四人にとって、いまテーブルについている人間以外に話をしたい相手はいないのだ。留守番電話に切りかわった。母親の抑揚のないメッセージが流れる。「ファング家の者はみな亡くなりました。ピーという音のあとにメッセージを残してください。幽霊が折り返しお電話します」

テーブルでスムージーのグラスを持ったまま、母親はくすくす笑いだした。「あんなメッセージ、いつ録音したのかしら」

ピーという音のあと、男の声が聞こえた。ばかげたメッセージを聞いてとまどっているのがわかる。

「あ、ええ……バスター・ファングさんへの連絡です」

バスターはすぐに、ネブラスカの病院からだと思った。金を払えと言ってきたのだ。どうやってテネシーのこの家がわかったんだろう。意識をなくしているあいだに、頭にチップでも埋めこまれたんだろうか。

眼帯に手をそえて、意識を集中させてみた。体のなかに異物があれば、超能力で検知してやる。

「ルーカス・キッザと申します。ハザード・コミュニティカレッジで英語を教えています。最近この町に戻られたと知り、ご連絡する次第です。本校の学生に、創作活動についてのお話をしていただけませんか。ご高著を少し朗読していただくとか。ご高著は二冊とも拝読して、大変感銘を受けました。学生たちも、ファングさんのお話を聞けばきっと勉強になるでしょう。報酬はお支払いできませんが、ご検討いただけましたら幸いです。よろしくお願いします」

バスターは両親の顔を見た。「これ、仕込んだ?」

父親も母親も両手を上げて、攻撃から自分たちを守るようなしぐさをした。「なにもしてない。キッザなんて名前もはじめて聞いた」

「じゃ、ぼくがこの町に帰ってきたことを、どうして知ってるんだろう」

「小さな町だもの、バスター。帰ってきた日なんて、おそろしい顔をしてたし。きっと人目をひいたんだわ」


実家に帰ってきた日、バスターは高用量の薬に体がまだなじんでいなかった。バンのなかで目を覚まし、フライドチキンを買いたいから車を停めてくれ、と言った。

「バスター、固形物はまだ食べないほうがいいんじゃない?」

母親にそう言われたが、バスターは後部座席から前に手を伸ばし、ハンドルをつかもうとしながら、抑揚のない変なしゃべりかたで繰りかえした。

「ファイドチケン、ファイドチケン」

十分後、一家はケンタッキーフライドチキンに車を停めて、店に入った。バスターはせわしなく体を揺らしながら歩いている。両親はバスターをテーブルにつかせ、「なにがいいの?」と聞いた。

「ファイドチケン、食べ放題」

夫妻はテーブルを離れ、何分もしないうちに戻ってきた。ムネ肉、手羽、モモ肉、グレイビーソースのかかったマッシュポテト、ビスケットがトレイにのっている。半径五テーブルの範囲にいる客がみな、一家に注目していた。バスターはそんなことはおかまいなしに、血に染まったガーゼを唇からはがすと、カリカリに揚げられたモモ肉をつかんで、思い切りかぶりついた。口の中のなにかが剝がれおちる感じがした。ずっと使っていなかった筋肉が悲鳴を上げる。バスターはうめきはじめた。低い声がレクイエムのように響く。握っていた肉がトレイに落ちた。嚙んでいた鶏肉も、口から落ちる。泡立った血がべっとりついていた。

「もういいだろう」父親はそう言って、トレイにあったものをゴミ箱に捨ててきた。「実験は終わりだ。家に帰ろう」

バスターはガーゼを口のなかに戻そうとしたが、両親に腕を引っ張られてどうすることもできず、いつのまにか駐車場に出ていた。

「ぼくはモンスターだ」バスターがそう言っても、両親は違うともなんとも言わなかった。

「やらない」バスターは言った。

「やったほうがいいわよ」アニーが言った。両親もうなずいている。

バスターはやりたくなかった。文章を書くことについてなんか話したくない。二作目の小説が出版されてから、もう何年も経つ。あれは大失敗だった。物書きとしてのキャリアは、あそこで塩漬けになってしまった。活動を封じこめられて、自分に与えられた機会を次世代の若者に譲ることになったのだ。それに、この家に住んで、この家族に囲まれて、新しい仕事を始めるなんて、絶対にやめたほうがいい。創作活動を人目にさらすのはもういやだ。物珍しくて扱いの厄介なポルノ作品みたいなものだ。こっそり隠しておいたほうがいい。うっかり見つけてしまった人が当惑するばかりの代物なのだから。

両親はスムージーを飲みおえて、リビングに戻っていった。引き続き、次のプロジェクトの構想を練るのだろう。バスターは食欲をなくしたまま、食べ残しをゴミ箱に捨てた。「じゃあ」アニーに声をかけると、アニーはすごい勢いで食べ物を平らげながらうなずいた。

二時間ほど昼寝をした。退屈だったという以外に理由はない。体をゆすって起こされたとき、体じゅうの筋肉が痛かった。無理に寝ていたせいだろうか。

姉が言った。「ねえ、なんかおかしいの」

「おかしい?」バスターは聞いた。なにがおかしいのか知らないが、ベッドからは出たくない。

アニーは小さな油絵を持っていた。デンタルダム（オーラルセックス用のコンドーム）くらいの大きさで、描かれているのは小さな子ども。片腕を肘のところまでオオカミの口につっこんでいる。まわりにはぎらぎら光る手術器具。あちこちに血がついている。子どもがそれらをオオカミの口につっこんでいるのか、あるいはオオカミの口からそれらを取りだしているのか、どちらかはわからない。

「こんなのが百枚くらい、わたしのクローゼットの奥にあるの」

たしかに、妙な話だ。ものすごく妙だ。しかも、それだけで終わる話のような気がしない。バスターは俄然興味をひかれた。

「わかった、起きるよ」

姉のあとについて、姉の部屋に行った。ふたりで床によつんばいになって、薄暗いクローゼットのなかにあった百枚近い油絵を引っぱりだした。部屋の真んなかに、タイルのように並べていく。最後の一枚を床に置いたとき、ふたりは驚いて声も出せなかった。一貫性のない、妙な絵ばかりだった。


血をぽたぽた垂らしながら黄金の草原を歩いている、泥まみれで、鞭打ちのあとだらけの男。

マッチのあかりを頼りにお手玉遊びをしている、生きたまま埋葬された少女。地上の墓のそばで嘆き悲しむ、少女の両親。

腐敗しはじめた大量のアヒルの死骸を薪みたいに束ねているバイオハザード・スーツを着た男たち。

髪に火がついているのに、骨でできたブラシを持って、モナリザと同じポーズで微笑む女。

有刺鉄線を手に巻きつけて虎と戦う少年と、それを見守るクラスメートたち。

互いの手を手錠でつながれて熊の罠の上に立つふたりの女。

小屋の床の上にあぐらをかいて、ウサギや、まだ生きている動物のはらわたに囲まれている家族。

*

「これ、なんなんだ?」バスターは言いながら、並べた絵を次々に見ていった。脈略がないように見えて、じつはストーリーがあるんだろうか。

「誰かがあのふたりに送ってきたのかも。ほら、前にもいたじゃない。ジップロックに歯を入れたやつをいくつも送りつけてきた女の人」

「けど、悪くないよな」バスターは絵を眺めた。完璧と言っていいくらい、上手い絵だ。キャンヴァスが小さいことを考えると、なかなかの腕ではないか。ただ、テーマはどうも不気味なものばかりだ。この絵を使ってアニメ作品を作ったらどうだろう。幻覚剤をキメた人たちが大絶賛するかもしれない。

自分が物書きとしてもっと優秀だったら——とも考えた。これから一生のキャリアをかけて、ここにある絵の一枚一枚について物語を書いていくこともできるかもしれない。だが実際は、こうしてただ眺めているだけだ。姉とふたりで、ポルノ写真を明るいところで見ているような気まずさを感じながら。

絵が生きていて、いまにも襲いかかってきそうで、ふたりはそこに立ったまま動くことができなかった。そのとき、ドアがさっと開いて、母親が入ってきた。なにかしゃべろうとしたのに、言葉が出てこなかったようだ。かわりに、はっと息をのむ音だけが響いた。部屋じゅうの酸素を母親がひとりで吸いこんでしまった。続いて、母親が顔を曇らせた。険しい目つきで言う。

「そんなもの、見ちゃだめ」

消え入りそうな声だった。子どもたちを押しのけると、ちょっとためらってから、並んでいる絵を裏返しはじめた。アニーとバスターは黙って天井を見つめていた。母親は、都合の悪いものが視界に入らないようにしたいらしい。爆弾の信管を抜いたり、危険な薬物を処理したりするのと同じく、一種の危険な作業をしているように見える。すべての絵を裏返したとき、母親は息を弾ませ、いまにも泣きだしそうな顔をしていた。ベッドに座ると、繰りかえし悪態をつきはじめた。

バスターとアニーは、こういうヒステリーには慣れていなかった。距離を置いたまま尋ねた。

「お母さん、どうしたの?」

「別に」

「これ、なんなの?」バスターが聞いた。

「さあね」

「これ、誰の?」

「わたしよ」母親はようやくバスターとアニーの顔を見た。「わたしが描いたの」

三人は力を合わせて、すべての絵を床から拾ってクローゼットにしまいこんだ。そうしながら、母親が説明した。

「わたしは絵描きだったの。奨学金をもらって、大学で絵を勉強してた。そこでケイレブと出会って好きになったんだけど、あの人が絵のことをどう思ってるか、あなたたちも知ってるでしょ」

アニーとバスターが子どものころ、父親が絵や写真のことを〝死んだアート〟と表現するのを聞いたことがあった。あんなものでなにを表現できるっていうんだ、現実はもっと手に負えない厄介なものなんだぞ、と。

「なにかが生きて動いているとき、そこにアートが生まれるんだ。氷の塊のなかに閉じこめてしまったら、アートなんて生まれるものか」

父親はよくそう言って、手近にあるものをつかんでは――グラスでも、テープレコーダーでも――壁に投げつけた。

「今のがアートだ」壊れたものを拾いあげて、子どもたちに差しだした。「これは、もうアートじゃない」

「要するに」母親は、絵をすべて隠してしまうと、こう言った。「ケイレブもわたしも、もう若くない。アーティストとしてはもう衰退期に差しかかってると思うわ。でも、わたしはケイレブより十歳も若い。ケイレブが先に死んだら、わたしはどうしたらいい？　これまでずっと、ケイレブとカミーユのコンビでやってきたのよ。ふたりいっしょだったから、いろいろやってこられた。だから、わたしはほかのことをやるしかない。というわけで、何年か前から、この小さな作品を描きためているの。なんて呼んだらいいかわからないけど、ある〝現場《シーン》〟を描いたもの。だから、ケイレブに見つかったら困る。裏切りみたいなものだから」

「こういうイメージはどこから浮かんでくるの？」バスターが聞いた。

母親は額を指で叩いて、肩をすくめた。決まりが悪そうだ。「ここから出てくるのよ」そう言って微笑んだ。

そのとき、父親が部屋に入ってきた。手に電話を持って、いぶかしそうな顔をしている。なんで自分以外の家族がここに集合しているんだ、と思っているんだろう。「なにかあったのか？」

「話をしてただけよ」母親が言った。

父親は目を細めた。「話？」

「いろいろと、思うことをね」アニーが言うと、父親は興味をなくしたようだった。電話をバスターに差しだす。「キッザから電話だ。おまえと話したいそうだ」そして部屋から出ていった。

バスターは電話を受けとった。安全レバーをはずした手榴弾を受けとったような気分だった。

「もしもし?」ルーカス・キッザの声がかすかに聞こえる。バスターは、母親が描いた絵のイメージに圧倒されたままだった。電話を口元に近づけて、答えた。「もしもし」

ルーカス・キッザは押しの強い、しつこいタイプの男だった。ぺらぺらとお世辞を並べたてて、バスターに電話を切らせまいとする。

「『アンダーグラウンド』はよかったですね。あれほど驚かされた作品はそうそうありませんよ。まさに天才の作品だ」キッザが言った。バスターはあっけにとられて、反論することもできなかった。「この町を車で走りながら、ときどき思うんです。こんな田舎町で育ったファングさんが、どうしてあれほど力強いメッセージを生み出すことができたのかと」

「この町は全然関係ありませんよ」

「そうでしょうね、わかります」バスターが軽いボレーで返した球を、キッザは全力で打ち返してくる。バスターは、あの話題だけはまだ出してくれるな、と願うことしかできなかった。しかし、避けて通れるわけがない。

「アートで有名なファング家の一員として生まれ育ったんですから、外の世界はかえって成長の妨げになったかもしれませんね。しかし、ファングさん、うちのコミュニティカレッジには優秀な学生たちがいるんですよ。創作クラブというのを作っていましてね。ファングさんのご協力をいただけたら、学生たちがますますがんばれるんじゃないかと思うんです」

「いまちょっと、微妙な状況にあるんだ」バスターは言った。

「ファングさん、バスターと呼んでもいいですか。人はいつだって微妙な状況にあるものですよ」キッザは無難に返してくる。

「どうすればいい？」バスターはとうとう折れた。

「コミュニティカレッジに来て、学生と話してくだされぱいいんです」

「いつがいい？」バスターは聞いた。ありえないと思っていたことが現実になりつつある。

「火曜日はいかがでしょう。月次集会があるんです。午後一時、学校の図書館で」

「なるほど。ではそのときに」

「よかった！」

「よかった」バスターは相手の言葉を繰りかえした。自分の口から出たらどんなふうに聞こえるか、試してみたかった。

電話を切ると、吐き気が全身を駆けぬけた。

「行くんだ？」アニーが言った。

バスターはうなずいた。

「眼帯、していくの？」

「そのことを考える余裕もなかった」

「はずしたほうがいいわよ」

「つけていったら？」母親が言う。

母親はクローゼットのなかに入っていった。出てきたとき、手には二枚の絵があった。アニーとバスターに一枚ずつ渡す。

「これを持っていて。そのかわり、もしわたしがケイレブより先に死んだら、ほかの絵を全部処分してほしいの」

バスターとアニーはうなずいて、もらった絵を見た。バスターがもらったのは、虎と戦う少年の絵。アニーのは、柩の中で遊ぶ少女の絵。母親は子どもたちの肩に手を置いた。祝福を授けるようなポーズで言う。「話せてよかったわ」アニーとバスターはうなずくと、母親が部屋を出ていくのを待ってから、もらった絵を裏返した。持っているだけでなんだか落ち着かない気分になってしまう、そんな絵だった。


父親の古いツイードのスーツを借りて着た。どうもしっくりこない。それにちくちくする。二作目の小説を持って教務課のソファに座っているバスターに、秘書たちは見向きもせず、ガムをふくらませたり、くだらない愚痴をこぼしあったりしている。なんであなたみたいな人がこんなところにいるの、とあの秘書たちに聞かれても、自分がこの小説の著者だとは、口が裂けても言わないでおこう。

アニーは今日、映画を見にいった。町はずれのゴーストタウン化しつつあるショッピングモールに、格安映画館がある。そこへ行くついでに、バスターを学校まで送った。乗ってきたのは両親のセカンドカー。古いステーションワゴンで、エンジンをかけるのに十分かかるというポンコツだ。

「学校、がんばってね」

アニーはそう言って駐車場から車を出した。歩道にひとり取り残されたバスターは、急に心細い気持ちになった。手紙でも書類でもなんでもいい、自分がここにいることを正当化してくれるものが欲しい。でないと誰かにいじめられたり、警官に補導されたりするんじゃないかと不安になる。

ルーカス・キッザを待っているあいだ、バスターはスーツのポケットをさぐってみた。なにか暇つぶしになるものは入っていないだろうか。ジャケットの内ポケットに、チューインガムほどの大きさのデジタルレコーダーがあった。なにかをこっそり録音するときなどに使うものだ。ものすごく高価なものか、あるいはものすごく安物のおもちゃ。再生ボタンを押してみると、父親の声が聞こえた。まじめくさった口調でゆっくり話している。「ここは危険と隣り合わせ。町には掘っ建て小屋があふれている。一攫千金めざしてやってきた男たちの町なのだ。われわれは放浪者。法もまた、われわれのように飢えてやせ細っている」なんだこれは。バスターは驚いて、もう一度再生ボタンを押した。ボリュームを上げ、小さな機械を耳に押し当てる。ラジオの雑音のなかから、大昔に死に別れた恋人の声が聞こえてきたかのように、必死に耳をすませた。「……法もまた、われわれのように飢えてやせ細っている」バスターはペンを取りだし、自分の小説の扉のページを開くと、そのフレーズを書きとめた。紙に書いて確かめたかった。

バスターが想像したのは、なにかのプランテーションのような集落だった。奴隷の暴動で破壊され、その後長いこと無人状態になっていた場所。そこに何人かの人々がやってきた。ほとんどはまだ若者。ぼろを着たやせぎすだ。窓に打ちつけられていた板をはがし、空き家になっていた豪邸に住みつく。骨や木材を使って武器を作る。鋭く研ぎすまされた武器を持ち、あたりをパトロールしつつ、畑にはマリファナを植える。野犬があたりを走りまわっている。もう一度、はじめから再生した。「ここは危険と隣り合わせ」

そのとき、ルーカス・キッザがやってきた。

「芸術の女神のご降臨ですか」ルーカスはバスターの走り書きを見て言った。「いつどんなアイデアが浮かぶかわからないってわけですね」芸術の女神なんて、どこにいることやら。バスターはそう思ったが、とりあえずうなずいた。

ルーカス・キッザはひょろっと背が高く、きれいな肌をしていた。色が白い。学生と間違われることも多そうだ。ぱりっと糊のきいた白いシャツの袖を肘までまくって、下には折り目のないカーキのズボンをはいていた。アーガイルのベスト、黒い革のスニーカー。理想の高い若い教師というイメージだ。いまのところ、運がいいのか能力のおかげか、やる気をなくしてしまうほどの災難にはあっていないらしい。

自分が防虫剤のにおいをぷんぷんさせているのがわかる。眼帯をはずしてきたので、ふつうの光がやけにまぶしく感じられる。ろくでもない創作活動の結晶を仲直りの贈り物のように抱えながら、バスターは祈った。とにかく今日一日、泣かずにすみますように。

創作クラブの部員たちはみな、しかめ面をしていた。図書館のなかの一室に集まり、まるく椅子を並べて座っている。緊張感と強烈なエネルギーが部屋じゅうに満ちていた。まるで禁酒会の会合だな、とバスターは思った。メンバーは男性六人と女性五人。ほとんどは十代後半から二十代前半だが、四十代の男性もひとりいる。それぞれノートを持って、誰とも目を合わせないようにしている。

「みなさん、こちらがバスター・ファングさんです」ルーカスが話しはじめた。「著作の『白鳥の家』は国の内外で高く評価され、ゴールデン・クウィル賞を獲得しています。二作目の『アンダーグラウンド』

は、二作目ならではの複雑さをもった作品で、そのぶん評価もさまざまに分かれているようです。今日は、創作活動のプロセスについてのお話をうかがいます。みなさん、よく聞いてください」

ルーカスはバスターを見て微笑んだ。バスターはスピーチの準備などしてきていない。ルーカスや学生から質問されて、それにひとつひとつ答えればいいんだろうと思っていたのだ。そんなにまじめに聞いてもらうような話なんかできない。

「みなさん、こんにちは。呼んでくださってありがとうございます。ぼくがひとりでしゃべるばかりだと退屈でしょうから、みなさんから質問を出していただければと思います。できるだけ率直に答えさせていただきます」

しばらく待ったが、質問は出ない。ようやくわかってきた。どれだけ待っても質問はひとつも出ないのだろう。

ルーカスが言った。「まずなにかお話をしていただければ、それについて質問が出ると思います」

バスターはうなずいた。もう一度うなずく。二度目が余計だったので、それを打ち消すために、今度は首を横に振った。学生たちは自分の足元ばかり気になるようだ。

「われわれは放浪者」バスターの頭にこの一文が浮かんだ。「われわれは放浪者。法もまた、われわれのように飢えてやせ細っている」声に出したくなったが、こらえた。

「ぼくは——」とりあえず口を開いたものの、どう続けたらいいかわからない。「ぼくは、コンピューターを使って原稿を書きます」学生のひとりがそれをノートに書きとめた。そして、自分の書いたものを読んで眉間にしわを寄せた。

「昔、お気に入りのガムがありました。なかにミント味のゼリーが入ってるやつで」学生を見まわしたが、そのガムを知っている者はひとりもいないようだった。「そのガムを噛みながら原稿を書くのが好きです。いまはもう売っていないのが残念です」目を閉じて、意識を集中させる。「なんて名前だったかな、ガムの名前が思い出せない」

ルーカス・キッザがとうとう口を挟んできた。「バスター、できれば、もっと一般的な話をしてくれないかな。たとえば、ここにいる学生たちはみな、まだ創作活動に目ざめたばかりだから、ペンを持つモチベーションみたいなこととか、どうだろう」

「ペンじゃなくてパソコンを使うんだけどね」

ルーカス・キッザの辛抱強い微笑みが、とうとう消えた。バスターは唯一の味方を失った気分だった。この男だけは、ぼくがろくでなしじゃないって思ってくれていたのに。どうしたらこのピンチから抜け出せるだろう。眼帯をしていたところに手をやって、超能力が働きだすのを待った。

「わかった、ではその路線で」バスターは言った。学生たちは、もうこいつの話なんか聞きたくない、という顔をしている。なんとかこちらを振りむかせるようなことを言わなくては。

「こういうことはありませんか。なにか恐ろしい考えが浮かんでしまって、それを忘れたくてたまらないのにどうしても忘れられない、というような」何人かの学生が顔を上げた。

「たとえば、子どものころ、両親が突然死んだらどうなるんだろうって、ふと考えたりしたことはありませんか」

全員がバスターを見ている。何人かがうなずいて、身をのりだしてきた。ルーカス・キッザは不安そうな顔をしているが、バスターは頭のなかのスイッチが入ったのを実感していた。

「そんなことは考えたくもないのに、考えだしたら止まらない。両親の財産は自分が相続するんだろう、でも十八歳になるまでは使えない。子どものいないおばさんやおじさんのところで暮らすことになるんだろうけど、息をしてるだけで嫌われるんだろう。そういえば、おじさんの家はすごく遠くにあるから、そうなれば転校しなきゃならない。いまの学校でせっかく友だちを作ったのに、新しい学校でまた最初からやりなおしだ。おじさんの家では、クローゼットみたいに狭い部屋しかもらえないかもしれない。おじさんとおばさんは肉を食べないから、ハンバーガーを食べてるところを見つかったりしたら、一時間以上お説教をくらうだろう。大変なことだらけだ。でも十八歳になれば、自分の好きなようにできる。故郷に帰って就職したっていい。けど、いまさら故郷に帰っても、まわりの人たちはみんな気をつかって、普通に接してくれない。友だちはみんな家を出て遠くの大学に行ってしまった。ひとりでアパートに閉じこもってテレビを見るしかない。そうすると、昔両親といっしょに見た映画が流れてくる。そのときはじめて、両親のことが本気で恋しくなる。どんなに恋しくても、もう二度と会えないんだとようやく気づく」

学生のひとりが言った。「そういうこと、よく考えます」

バスターは微笑んだ。ポケットにお金が入っていたら、この学生にやりたいくらいだった。「ぼくが小説を書く理由は、そういうことだと思う。なんだか奇妙なことを思いついてしまって、そんなこと考えたくないのに忘れられない。じゃあどこまでも発展させてみようと。なんらかの形でオチがついたら、やっとそこから離れられる。ぼくにとって、創作活動とはそういうものなんだ」

「なるほど」ルーカス・キッザが言った。バスターにも少しはまともな話ができるんだとわかったのか、目に見えてほっとしている。「このグループでは、まさにそういうことをやろうとしているわけです。どこからアイデアを得るか。それをどうやって物語にするか。バスター、ありがとう。とてもわかりやすい説明でしたよ」

「どういたしまして」

別の学生が手を上げた。〝なめないで〟と書かれたタンクトップを着た女子学生だ。いまはなにか新しいものを書いているんですか、という質問だった。バスターは一瞬恥ずかしい気持ちになった。ここ何年も、なにも書いていないのだ。しかしうなずいて、嘘をついた。超大作に取り組んでいるが、時間がかかっている。うまくいくかどうかはわからないし、最後まで書きあげられるかどうかもわからない、と。

「ここは危険と隣り合わせ。町には掘っ建て小屋が……」またこのくだりが頭をよぎる。しかししばらくは忘れることにした。

分厚い黒縁眼鏡をかけて、濃いあごひげを生やした若者が、『アンダーグラウンド』を手に発言した。

「これ、少し読んでみました。ネットのレビューを見ると、いろいろ批判的なことが書いてあったんですが」

バスターはうなずいた。いやなやつだな、と思った。ひげが濃すぎて口の形がはっきりわからない。もしかしたらにやにや笑っているのかもしれない。

「それで」学生が続ける。「悪いレビューがついたときは、どんなふうに受けとめるんですか？　長い時間をかけて書いた力作なのに」

ルーカス・キッザが進み出て、学生たちに言った。『アンダーグラウンド』には好意的なレビューもついていること。名作といわれる作品のなかには、発表当初は評判が悪かったものもたくさんあること。バスターはかまわないと手を振った。

「いえ、気をつかわなくて大丈夫です。たしかに、レビューのほとんどは批判的ですね。ぼくも胃の痛む思いをしました。死んでしまいたいとも思った。しかし、そんなショックは一時的なものです。それを乗り越えれば、やっぱり書いてよかったと思えるものですよ。たとえ評判が悪くても、自分はとにかくこれを書いたんだと。うまくいえませんが、なんというか、子どもを産むようなものです。ああ、わたしには子どもはいませんけどね。とにかく、書いた作品は自分のもの。それがどんなふうに批判されようとも、自分の作品に誇りをもっていればいい。自分の作品を愛していればいい。成功とはいえなくてもね」


さらにいくつかの質問が出た。バスターは真摯に答えた。それから、『アンダーグラウンド』のひとくだりを読んだ。主人公の少年が核シェルターから出てきて、まわりの状況を知って愕然とするシーンだ。とてつもなく暗いシーンで、こんなところを読まなければよかったと思ったが、学生たちは熱心に耳を傾けてくれた。ルーカスがバスターに礼を言うと、学生たちは部屋から出ていった。ルーカスとバスターのふたりきりになった。

「あれでよかったのかな」バスターは言った。

「すばらしかったですよ」

「素直な学生さんたちですね」

「ええ、そうなんです」

ルーカスは分厚い紙の束を持っていた。「これ、学生たちが書いたものなんですよ。バスター、あなたに読んでもらえたら、みんな大喜びすると思います」

「ああ、なるほど」

「もちろん、無理にとは言いません。もしよかったら、ということで」

バスターにとって、これほど読む気のしないものはなかった。しかし、学生たちの態度は立派だった。くだらないおしゃべりを根気よく聞いてくれた。ガムの名前のことなんかどうでもいいはずなのに。そう思うと断れない。

「わかりました。読ませてもらいますよ」

ルーカスがうれしそうに笑って、紙の束をバスターに渡した。それから自分のバッグに手を入れて、別の束を取り出した。「これはわたしが書いたものです」顔を赤らめる。

「それはそれは」

「よかったら感想を聞かせてください」

「わかりました」バスターはいった。タイトルは『ハウザー博士の動く原稿』。ポストモダン・ファンタジーで、一種のパンクロック的おとぎ話だという。バスターは満面の笑みを作った。犬歯がないのも見えただろう。「喜んで」

ルーカス・キッザはバスターをハグした。バスターもハグを返す。「ここは危険と隣り合わせ」その言葉がまた浮かんできた。ルーカスが部屋から出ていった。

＊

バスターはコミュニティカレッジの前の歩道に立ち、姉が迎えにきてくれるのを待っていた。時間潰しもかねて、学生たちの原稿に目を走らせる。ひとつめは、派手なパーティーについての物語。ビールを飲んでは空いたカップをひっくり返す、フリップンチャグというゲームについて詳しく書いてあるが、最初から最後までその説明ばかりという感じの作品だ。酒を飲む目的はただ酔っぱらうことなんだから、わざわざこんな複雑なゲームをしなくてもいいのに、というのがバスターの感想だった。次は、彼氏が浮気をしたので、殺し屋を雇い、卒業パーティーの最中に彼を殺してやろうという話。その次は、ちょっと不可解な作品だった。妊娠させたガールフレンドに人工中絶を受けさせようとがんばる若者の物語、というのはわかるのだが、なんだかおかしい。視点が独特だし、言葉がどうにも古すぎる。それでいて表現がそっけない。はっと気がついた。これはヘミングウェイの『白い象のような山並み』をまるまる書き写したものだ。タイトルだけが『盗み聞き』に変えてある。盗作の原稿があったと、ルーカスに教えるべきだろうか。しかし、もしかしたら、一種の実験的な目的があってのことかもしれない。頭が痛くなってきた。どこかの子どもが有名な小説から盗作をしただけのことなのに、どうしてこんな言い訳を考えてやらなきゃならないんだ。書評について質問してきた学生だろうか。そう思うと少しほっとする。相手はしょせん学生なのだ。派手なパーティーについて書いた作品がもうひとつあった。複雑な酒飲みゲームについて書いてある。なるほどね、と思った。

三十分後、不安になりはじめた。アニーは迎えにくるという約束を忘れて、ひとりで帰ってしまったのだろうか。いまごろウオッカを飲んでいるかもしれない。「早く来てくれよ」バスターは小声で言った。超能力でアニーに届けばいいのだが。

不安を鎮めるために、原稿を読みつづけた。そのうち、『壊れた少年』というタイトルの作品が出てきた。語感が気に入った。文章は細かく段落分けされていた。主人公は、生まれた直後、産科医に床に落とされてしまったという男の子。まだやわらかかった頭蓋骨がへこんでしまった。さらに、ベビーベッドから脱出しようとしたときに腕を骨折し、犬にラスクを食べさせようとして指を何本か食いちぎられてしまう。そり遊びの事故で脚の肉をそぎとられ、流れる血が斜面の雪を溶かす。道路を渡るときに車にはねられ、鎖骨を折る。そんな具合に物語が進んでいく。あちこち痛い思いをしながらおとなになっていくのだ。読んでいて泣けてきた。物語の最後には、少年は老人になっている。腰が曲がり、自由に動くことができない。コンロの電熱線に手を置いてしまうが、もう痛みを感じない。電熱線から手を離してみても、火傷のあとはなかった。いつのまにか、体の中も外もダイヤモンドのように硬く頑丈になり、痛みを感じなくなっていた。奇妙な話だし、読んでいて気が滅入る作品ではあるが、バスターはこの作者が気に入った。惚れてしまった。名前をチェックする。スーザン・クロスビー。校舎の中に戻り、その学生を探すことにした。

教務課の秘書たちに聞いたが、どういうわけか、スーザン・クロスビーがどこにいるかを教えたがらない。

「えっと、どちらさまでしたっけ？」

「バスター・ファングです」

秘書はバスターをじっと見ている。

「今日は招待を受けて来ました」バスターはぼそりと言った。

「失礼しました」

「メッセージだけでもお願いできませんか？」

「個人的なことに関わるわけにはいきませんから」

たしかにそうだ、とバスターは思った。見知らぬ男がやってきて、若い女子学生に会わせろと言っている。まだ警察が呼ばれていないのが不思議なくらいだ。秘書に礼を言って、外に出た。アニーが迎えにくるのを待つしかない。

何分か経つと、若い女性がやってきて、バスターの肩を叩いた。ロングのブロンド。なめらかな肌をしている。深みのある青い瞳でバスターを見つめる。顔は無表情。

「スーザンかい？」

女性の顔色が変わった。「違うわ。教務課のアシスタントよ。さっきパーマーさんにスーザンのことを聞いてたでしょ。メッセージを伝えてあげる」

バスターが礼を言うと、女性は手を差しだしてきた。「二十五ドル」

バスターは、いま無一文だと答えた。

「小切手でもいいわよ」

バスターは笑って、「本当に無一文なんだ」と言った。

「なーんだ」女性は言って、建物に戻っていった。

そのとき、アニーの車がやってきた。

「待ってくれよ」バスターは女性の背中に声をかけてから、アニーの車に駆けよった。

「どこに行ってたんだよ」バスターはアニーに言った。

「車が動かなかったの。ほかの車に頼んでバッテリ接続してもらったわ」

バスターはアニーに二十五ドル貸してくれと言った。

「なんで?」

「あの子に渡したいんだ」バスターはいらいらしてきた。

アニーはバスターが指さした女性を見た。女性はとまどったような表情でアニーを見ている。

「バスター、なんかばかなことやってるんじゃないでしょうね」

話せば長いんだ、と断ってから、バスターは事情を説明しはじめた。しかしそのとき、女性がすぐそばまでやってきた。アニーを指さしてうれしそうに「あなたのこと、知ってる」と言った。「超有名人よね」

アニーはうなずいた。他人のふりをするのも面倒だった。女性に聞いた。「どうしてうちの弟が二十五ドル払わなきゃならないの?」

「お金はいいわ。そのかわり、ツーショットをお願い!」

バスターが答えた。「いいアイデアだ。いいだろ、姉さん」

アニーはうなずいた。約束の時間に遅れたので断りきれなかった。女性がバスターに携帯電話を渡す。バスターは写真を撮り、携帯電話を返した。女性は写真を見て満足げな顔をした。SNSにアップするんだろう。

「じゃ、スーザンにメッセージを伝えてくれるんだね?」バスターが言った。

「メッセージじゃなくて、スーザンをここに連れてきてあげるわ」

バスターはアニーに事情をより詳しく説明した。車はエンジンをかけたままにしてある。切ってしまったら、次にかかるかどうかわからない。

「バスター、お願い」アニーはバスターの腕をぎゅっとつかんだ。「ばかなことはしないでね。わたしたち、そのためにいっしょにいるんでしょ。ばかなことをしないように、お互いを見張ってるのよ」

バスターは客観的に考えてみた。自分はいま、大学の前に立って、学生のひとりに「きみが気に入った」と言おうとしている。あの作品は本当によく書けていた。十九歳の少女が書いたにしては、とても完成度が高い。だが、作者に惚れるのはあまりいいことじゃないんじゃないか。誰かと出会って、その人のおかげで前ほど不幸じゃなくなったからといって、そのたびに愛の告白をする必要はないだろう。今日はさらりと帰ったほうがいい。人生にはもっと複雑な問題があるのだから。

「来たわ」アニーが言った。バスターが振り向くと、スーザンがいた。いったいなんだろうという顔をして、こちらに歩いてくる。

スーザンは背の低いずんぐりとした少女だった。銀ぶち眼鏡の奥にある目は小さく、濁っている。赤みがかったブロンドをポニーテールにしていた。白い肌にはそばかすで変な模様ができている。太い指には何十個もの安っぽい指輪。破れたスニーカーから親指がつきだしている。

バスターは自分でも不思議だった。どうしてさっき、この子がいることに気づかなかったんだろう。あんなに小さな部屋だったのに。

「なんですか?」スーザンが言った。いきなり呼び出されて、ちょっと腹を立てているようだ。

バスターはスーザンの原稿を取り出して、高く掲げた。税関でパスポートを出すときのようだ。話を進めるために必要な、公式の書類なのだ。「きみの作品を読んだ」

スーザンの顔がぱっと赤くなる。「キッザ先生がそれを?」

バスターはうなずいた。

「やめてって言ったのに」

「すごくおもしろかったよ」

スーザンはようやく歩道から視線を上げた。「ありがとう。とてもうれしいです」

書いたものがほかにもあったら読ませてくれないか、とバスターが言うと、スーザンは考えてみると答えた。

「メールアドレスを渡しておくよ」バスターはルーカス・キッザの原稿の表紙を破って、裏にメールアドレスを書いた。スーザンはそれを受け取り、うなずいて、校舎に戻っていった。そのとき、校舎から十人以上の学生たちが出てきた。さっきの教務課アシスタントといっしょにこちらを見ている。

「いた! ほら、有名人よ」見つけた獲物に詰めよるハンターたちのように、学生たちがゆっくり近づいてくる。

「バスター、車に乗って」アニーが言った。バスターはあわてて助手席に乗りこみ、ドアを閉めた。アニーが車を出す。学生たちはもう歩道まで来て、スーザン・クロスビーを取り囲むように立っていた。バスターは振りかえり、スーザンに手を振った。車が角を曲がる直前、スーザンが手を振るのが見えた。

家に帰り、車を砂利敷きの私道に停めた。家は無人だった。キッチンのカウンターに置き手紙がある。

AとBへ

ノースカロライナでアートしてきます。帰りは三日後くらい。わたしたちの部屋には入らないでね。

ケイレブとカミーユより

＊

両親の部屋に入るなんて、考えるだけでも恐ろしかった。ただでさえ、リビングには両親のものがいろいろある。偽物のナイフ。偽物の鶏のレバーや血の入ったビニール袋。爆発物を使う必要のある、今後のプロジェクトのリスト。両親はどんどんクレイジーになっていく。そんなものはすべて自分たちの部屋のなかに隠しておいてほしい。

両親がいないと、子どもは解放感にひたれるものだ。アニーとバスターはポップコーンとカクテルを作った。エドワード・G・ロビンソン主演のギャング映画を見はじめて三十分近く経ったとき、アニーはバスターを見て意外そうな顔をした。

「眼帯、してないのね」

バスターは自分の目に手をやった。そういえば、もうまぶしくない。ものの奥行きもわかるようになった。部屋に眼帯をとりにいこうかと思ったが、やめた。「もういらないみたいだ」

アニーはバスターの頬にキスした。「わたしたち、助け合いましょ」

「うん、お互い元気になってきたよね」

姉と弟は笑みを浮かべてテレビを見た。どこかの間抜けが、知らず知らずのうちに破滅に向かっている。

ひときわあわれな、一九九五年

ケイレブ&カミーユ・ファング

ハザード郡高校で催されたシェイクスピア演劇祭の初日、バスターはロミオを演じることになっていた。姉のアニーはジュリエット。バスターをのぞいて、関係者は誰も問題があるとは思っていなかった。

「バスター、ちょっと聞いていいか」演劇のデラノ先生が言った。「ショーは続けなければならない《ザ・ショー・マスト・ゴー・オン》って言葉を聞いたことがあるか?」バスターはうなずいた。「そうか。いまこそまさに、その言葉がぴったりの瞬間だ」

もともとロミオを演じる予定だったコビー・レイドが車で木にぶつかってから、まだ二、三時間しか経っていない。わざとやったのか事故だったのかわからないし、真実を知りたいとは誰も思っていないようだ。命に別状はないが、鎖骨骨折と肺虚脱で入院している。。笑顔が素敵な少年なのに、顔がひどいことになっているという。演劇の出演者も裏方も、上演を中止するのではなくキャストを変更するべきだと考えた。

ステージマネージャーのバスターなら、台詞は最初から最後まで全部覚えているはずだ、とみんなは言った。もっともな話だ。二歳上のアニーは高校の最終学年で、ジュリエットを演じることになっているが、とくに問題はないだろうとみんなは思っていた。

「バスター、わたしは女優なの」アニーは楽屋でそう言った。鏡に映った自分の姿を見ながら、丁寧に髪をとかしている。髪はふだんのブロンドではなく、茶色に染めている。役作りのためだ。アニーはバスターに目をやった。薬でもやっているのか、あるいは催眠術にでもかかっているのか、酔ったような口調でこう言った。「あなたにキスするんじゃなくて、ロミオにキスするの。たったひとりの心の恋人、ロミオにね」

バスターは、小さな子どもに話すように、ゆっくり話しはじめた。「わかってるよ。けど、ロミオにキスすると同時に、ぼくにもキスするわけだよね」

アニーはうなずいた。だからなんなのよ、と言いたそうだ。

「ぼくは」バスターは続けた。なんでここまで言わなきゃわかってくれないんだよ、と思っていた。「弟だよ?」

アニーはうなずいた。「言いたいことはわかるけど、お芝居なんだからしかたないでしょ」

「お芝居なら、きょうだいが人前でキスするのが普通ってこと?」

「アートのためには、普通ならできないこともやるのよ」

両親は喜んでいた。ロミオの役はバスター・ファングがつとめます、というアナウンスがスピーカーから流れると、ふたりはビデオカメラを構えて舞台裏にやってきた。バスターは、窮屈なチュニックとタイツ姿でぐるぐる歩きながら、台詞の練習をしていた。口にしたくない台詞ばかりだった。

「これがどういう作品か考えてみろ」父親はバスターを強く抱きしめながら言った。「禁断の恋だ。おまえたちがやれば、そこに近親相姦のニュアンスが加わるわけだ」

母親がうなずいた。「すばらしいわね」

バスターは、そんなこと誰も考えてないよと言った。「デラノ先生だって、ロミオの台詞を全部覚えてる生徒なら誰でもよかったんだ」

父親はそれを聞いて、ちょっと考えてから言った。「ロミオの台詞か。わたしも全部言えるぞ」

「やめてよ、父さん。誰も頼んでない」

父親は降参というように両手を上げた。「いや、出たいっていう意味じゃない」妻のほうを向いて言う。「だが、想像するとおもしろいよな。最高の取り合わせだ」

母親はうなずいた。「たしかにそうね。すばらしいわ」

「ぼく、準備しなきゃならないから」バスターは目を閉じた。目をあけたときには両親がいなくなってくれていたらいいのに、と思いながら。

「じゃ、打ち上げで会おう。姉さんとうまくやれよ」

「あなたったら」母親がくすくす笑う。「うまいこと言うわね」

バスターは目を閉じたままくるりとうしろを向いた。このままホールから消えてしまいたい。目をあけると、両親はいなくなっていた。デラノ先生と姉と、校長のゲス先生が目の前に立っている。

「まずいな」校長先生が言った。

「なにがですか?」バスターは聞いた。

「これだよ」校長先生は片手でバスターを、片手でアニーを指さしてから、両手の指と指をからませた。

「バスターはロミオの台詞を全部言えるんですよ」デラノ先生が言う。

「今日の日は生まれて間もないのか」バスターは突然賢くなった客に不良品を売りつける店員のように、ロミオの台詞を言って笑おうとした。

「デラノくん」校長先生はバスターを無視した。「きみはこの演劇のことをよくわかっているんだろう?」

「ええ、もちろん」

「では、ロミオがジュリエットと恋に落ちる場面は知っているな? ふたりはキスして、結婚して、セックスして、自殺する」

「いや、そこまで大胆なことは――」

「ロミオとジュリエットはキスする。それは間違いないな?」

「ええ、キスします」

「デラノくん。バスターとアニーは実のきょうだいだということをわかっているのかね?」

「しかし、バスターは台詞を覚えているんです。バスターがやってくれないと、今夜は上演できません」

「ぼくは運命の女神に翻弄される道化になってしまった」バスターは言った。黙っていたいのに、どうしても口を開いてしまう。

「デラノくん、こうしたらどうだろう。ロミオとジュリエットのラブシーンを若干削る。キスのかわりに握手をするとか、ハグするとか、そんな感じに」

「そんなのだめです」アニーが言った。

「決まりだよ、ファングくん」

「そんなのロミオとジュリエットじゃないわ」

「ぼくはこれからロミオではなくなるのだ」バスターが言うと、アニーがむっとしてバスターの肩を叩いた。

「なんとかします、校長先生」デラノ先生が言った。

「面倒な悲劇はごめんだからな」校長が言う。「コメディか歴史ものでもやればいいんだ」

校長の後ろ姿に向かって、アニーは顔をしかめていた。

舞台裏では、バスターはアニーにあまり近づかないようにしていた。ステージでは、モンタギュー家とキャピュレット家の確執がもちあがっている。どちらのサイドの人間も、重々しい雰囲気をよく表現している。しかし剣術のシーンはいまひとつ。初日だからみんな緊張しているんだろう。アニーとバスターがラブシーンをどう演じるかは、キャストの誰も、まだ知らない。バスターは客席を見た。両親がいる。父親は通路に立ってビデオカメラを構えている。記録しなければなんの意味もないというわけだ。いまや、このイベントはファング家のためのイベントになりつつある。バスターとアニーがきっかけを作り、大混乱を引き起こすという、いつものあれ。バスターは経験上気づいていた。いつもと同じ感覚がゆっくりよみがえりつつある。今日もまた、大混乱の片棒をかついでしまうかもしれない。

もともとステージマネージャーの役を買って出たのには、スポットライトを浴びたくないという明確な理由があった。ステージマネージャーの役目は、舞台のすべてをまとめ、調整することだ。いわば縁の下の力持ち。それなのに、コビー・レイドの情けない自殺未遂のせいで、ロミオを演じることになってしまった。ジュリエットとセックスがしたいばっかりに次々に死人を作ってしまった、ヴェローナの大馬鹿者、それがロミオだ。

ちくちくする上に息苦しい虎のマスクをつけたバスターは、姉の手をとってこの手にキスしていいかと尋ねた。信じられないくらいうまく言えた。ありがたいことに、アニーは拒否してくれた。次は、唇にキスしていいかと聞かなければならない。そのとき、姉は、顔にいたずらっぽい笑みを浮かべていた。このやりとりを楽しんでいるのだ。弟であるロミオをもてあそぼうとしている。しかし、あの憎むべきウィリアム・シェイクスピアの意向にしたがって、バスターは姉にもてあそばれるしかないのだ。

「動かないでください。祈りのしるしをぼくが受けとるあいだ」

バスターは身をかがめた。いよいよキスだ。唇と唇が近づく。しかし、あと五センチほどというところで、チュッという大きな音をたてて、アニーから離れた。これで校長先生から叱られずにすむ。客席から小さな笑い声が起こる。非難の声は聞こえない。アニーがいったんバスターをにらみつけてから、シェイクスピアはわたしの味方よといわんばかりに微笑んだ。

「では、わたしの唇には、あなたから受けた罪が」

バスターは次の台詞を言うしかなかった。

「その罪を返してください」

アニーがすばやく顔をつきだしてくる。バスターはすばやくかわした。顔を左にそらしてから、また、チュッと大きな音をたてた。観客は大笑い。アニーは無表情でバスターを見つめているが、両手が固い拳を作っていた。怒りの拳だ。そして淡々と言った。「キスの儀式みたいね」

そのシーンがようやく終わった。第一幕終了。バスターは最前列にいる校長に目をやった。校長はバスターを見て親指を上げた。満足しているらしい。悲劇が喜劇になってしまったというのに。

カーテンが引かれてステージが暗くなると、アニーはバスターの顔を殴った。反動をつけたオーバーハンドパンチが決まって、バスターは床に倒れた。

「よくもめちゃくちゃにしてくれたわね」アニーが言った。「高校生活最後のステージなのよ。なのに、あんたのせいでみんなに笑われた」

「校長先生に言われたじゃないか。キスはするなって」バスターは言いかえした。右のこめかみのあたりにたんこぶができている。

「そんなのどうだっていいわよ。これはロミオとジュリエットなの。わたしたちはロミオとジュリエットなの。キスするしかないの」

「だめだよ」

「バスター」アニーは泣き声になっていた。「お願い。わたしのためと思って、キスして」

「だめだってば」

「あんたの家に災いあれ！」アニーはそう言うと、足を踏みならしながら離れていった。

「ぼくの家は姉さんの家じゃないか」バスターは言ったが、アニーの耳にはもう届かなかった。

「ロミオ、ロミオ、あなたはどうしてロミオなの？」アニーが言った。

バルコニーの下で物陰に隠れたバスターは、アニーにどう答えるべきか考えていた。

＊

第二幕がもうすぐ終わる。バスターの隣にはジミー・パトリックがいた。ずんぐりとして、十六歳の若さで頭がはげはじめている。ロレンス神父にぴったりの風体だ。ロレンス神父はロミオに説教する。「激しい喜びは、激しく終わる。甘すぎる蜂蜜は、その甘さゆえに忌まわしいもの」さらにこう続く。もっともな台詞だ。「節度をもって愛しなさい」

アニーがステージに出てくる。足どりは軽やかだ。バスターの両手をぎゅっと握る。あまりにも強く握られて、バスターの手の感覚がなくなってきた。アニーがジミーの演じるロレンス神父に挨拶すると、ジミーが言った。

「お嬢さん、ロミオからふたりぶんの挨拶をお返ししましょう」

観客が笑いだした。笑い声は大きくなり、やがて大喝采になった。バスターはアニーの真っ赤な顔を見た。恥ずかしさと怒りに満ちている。まばたきをするのも忘れ、目に涙をためている。バスターははっとした。ぼくがすべてを台無しにしたんだ、と思った。この失敗を取りかえす手段はひとつしかない。バスターは身をのりだして姉を抱きよせ、力強くキスした。アニーは驚いたが、一瞬遅れてキスに応えた。結ばれぬ運命のふたり。柔らかくて甘美で、相手が姉でさえなければ、ファーストキスはこうあってほしいという理想どおりのキスだった。

「やめろ、やめろ、やめろ、やめろ」校長が叫び、よろよろとステージに登ってきた。観客からはブーイング。同じくらいの大きさの歓声も起こったが、校長ではなくキスを応援してくれているんだろう、とバスターは思った。校長はきょうだいを引き離し、ステージの端と端に立たせて、汚い言葉をつぶやいている。アニーはバスターを見て微笑んだ。バスターは肩をすくめただけ。まもなくカーテンが引かれ、この夜は二度と開くことがなかった。こうして、早熟なジュリエットとロミオの物語も終わった。もちろん、本来の物語では、ひときわあわれなシーンがこのあとに続く。

半年後、アニーとバスターはシカゴの現代美術館にいた。ほかに誰もいないテーブルについて、おとなたちが飲みのこしたワインを飲んでいた。おとなになると、無料で振るまわれるアルコールにありがたみを感じなくなるんだろう。両親は学芸員や美術館の後援者たちとなにか話している。

「家にいればよかったなあ」バスターは言った。

アニーはワインを七杯も飲んだのに、まったく酔っていないようだった。「『誉れ高き人々をたたえよう』に出てくる小作農たちを、ウォーカー・エヴァンス展のオープニングイベントに連れてきた、みたいな感じよね。〝みなさん、あなたたちはもともとこんなふうだったんですよ。大写しにして額に入れてみました。思ったよりひどいでしょう〟なんてね」

ふたりとも、大展示室に入るのは断った。そこでは、あの『ロミオとジュリエット』が上映されているからだ。どんなに耳に入れないようにしても、自分たちの声が大音量で響いてくる。シェイクスピアの台詞は頭のなかにもよみがえってきた。

「単なるメロドラマなのに、過大評価されてるわよね」アニーが言った。

「恋するティーンエイジャーの役なんかやらされて、冗談じゃないよ」バスターも言う。自殺するティーンエイジャーはいまも昔もあとをたたない。両親を見ながら、ふたりは考えた。子どもA、子どもBだった自分たちは、よくもこれまで自殺せずに生きてきたものだ。奇跡かもしれない。

酔っぱらって上機嫌のデラノ先生が、ふたりのテーブルにやってきた。「やあ」大きな声で言ってから、くすくす笑いだした。アニーもバスターも、デラノ先生とは演劇の夜以来会っていなかった。カーテンが引かれてすぐ、高校をクビになったのだ。アパートを引き払い、翌日のうちに町を出たという。「やあ」デラノ先生はもう一度言った。さっきより落ち着いているが、顔はぎょっとするほど赤い。「会いたかったよ」

「デラノ先生、どうしてここに?」バスターが聞いた。

「初日には必ず来ようと思ってたんだ。わたしがいなければ、あんなことにはならなかったわけだからね」

アニーはデラノ先生の手からワイングラスをとり、空のグラスを持たせた。シュリンプトーストを先生の前に置いたが、先生は気づいていないようだ。

「デラノ先生」バスターが聞いた。「どうしてここに?」

「きみのご両親に招待されたんだ。せめてそれくらいはとおっしゃってね。あの前衛的な演劇のせいで、わたしが高校をクビになってしまったから」

「そう、クビになったんですよね。ひどいわ」

「だが、覚悟を決めてやったことなんだ。あの作品の仕込みをしているあいだ、きみたちのご両親には何度も言った。難しいアートこそやる価値があるんだと。世の中に強烈な足跡を残すようなものでなきゃ、やる価値がない」

アニーとバスターは、体が宙に浮き上がったような、いやな気分に襲われた。

「先生？」アニーが言った。

「なんだ？」デラノ先生の顔の赤みが少し薄くなった。

「それ、どういう意味ですか？」アニーは歯噛みしながら聞いた。「仕込みをしているあいだ、って」

デラノ先生は空のグラスを口元に運んだ。顔色が急に悪くなった。

バスターとアニーは椅子をさっと動かしてデラノ先生に近づいた。三人のひざが触れ合う。ふたりのひざの骨が先生の体にめりこんでいきそうだ。アニーもバスターも、本気で怒ったらどうなるか、相手にわからせるのが得意だった。

「ご両親から聞いてないのか？」

バスターとアニーはかぶりを振った。

「あれは」デラノ先生は指さした。客であふれんばかりの部屋で、ファング家の最新作を上映している。「最初から仕組まれたものだったんだ。アニーがジュリエットをやることに決まったとき、ご両親がわたしに接触してきた。おもしろい、やろう、と思ったね。信じてくれないかもしれないが、わたしは若いころニューヨークにいたんだ。アメリカの演劇シーンの最前衛をこの目で見てきたんだよ。『欲望という名の電車』のオフ・ブロードウェイ公演では、割れたガラスを食べて、観客に血を吐きかけたりして、逮捕されたこともある。きみたちのご両親は天才だ。だから、大喜びで協力したのさ」

「コビー・レイドは？」バスターが聞いた。「降板することが予測できたわけじゃありませんよね」

「そこはきみたちのご両親がなんとかしてくれた」

アニーとバスターは同時に眉をひそめた。デラノ先生が訂正する。「いやいや、そういうことじゃない。コピーに五百ドル渡して、降板するように頼んだそうだ。だからコピーは来ないことになってた。事故はたまたま起きた。コピーの運が悪かっただけだよ」

「ひどい。うちの親、わたしたちを利用したのね。アートがなによ」

「アートに乾杯」デラノ先生は空のグラスを高く持ちあげた。

「そうだ、ぼくたちは利用されたんだ」

「いや、バスター、それは違う。ご両親は、ちょっと隠しごとをしていただけだよ。きみたちからベストのパフォーマンスを引き出すためにね。舞台監督みたいなものだ。状況をコントロールし、独立した事象をうまく組み合わせ、本来なら存在しえなかった美しいアートを完成させる。今回の手腕はみごとだったよ。きみたち自身、自分たちが知らないうちに、あれだけのことをやりとげたんだからね」

「むかつく」アニーが言った。

「まあまあ、怒るなよ」

「むかつく」バスターも言った。

アニーとバスターはそれぞれワイングラスを持ったまま、デラノ先生を置いて席を立った。人々を押しのけて、両親に近づいていく。

「おや、AとBが来た」父親が言った。子どもたちが目の前に立っていた。

「今夜のスターね」母親が言う。

バスターとアニーは、口に出さなくても気持ちはひとつになっていた。ワイングラスを両親の頭に叩きつける。割れたグラスがばらばらと床に落ちた。両親はあっけにとられて、口をあんぐりあけている。

「わたしたちはいままで、やれと言われたことをなんでもやってきた」アニーは全身を震わせて訴えた。

「言われたとおり、理由も聞かず、やってきた。あなたたちのためにね」

「なにが起こるのか前もって教えてもらったとしても、言われたとおりにやったと思う」バスターも言った。

「でも、もう終わり」アニーはそう言うと、バスターを連れて、穏やかな足どりで大展示室に入っていった。まわりにいた人々はみな、呆然としていた。これもファング家のアートなのか、それとも単なる親子げんかなのか、理解しかねながらも、とにかくあわてて道をあけてくれた。

ふたりは、手から血をぽたぽた垂らしていた。自分の血だけではない。親の血もついていた。ガラスの小さな破片が皮膚に刺さっているのにもかかわらず、スクリーンを見つめた。ふたりは、両親の決めた掟に反発して、すべてを終わらせた。それも、限られた手段のなかでもっとも派手なやりかたで。

7

次の朝、アニーが目覚めたとき、バスターはまだ自分の部屋で眠っていた。アニーは幸せに包まれていた。といっても、アニー自身はとくになにもしていない。映画館に行って、隠しもったバーボンを飲みながら、映画を二時間見ただけだ。でもバスターはがんばった。それがふたりをこんなに幸せにしてくれた。

バスターは家を出て、顔がめちゃくちゃになったりしていろいろあったが、学生たちのところに行き、バスターにしかできない話をしてきた。その結果、バスターもアニーも、きのうの朝起きたときより幸せな気分で、一日を終えることができた。最後にそんなすばらしい一日を過ごせたのは、いつだっただろう。思い出せないくらいだ。小さなことだが、大切なことだ。

ベッドから出た。きのう着ていた服のままだった。バスターがきのう大学でもらってきた原稿の束をつかむ。ばらばらとめくっていくと、スーザンの作品が見つかった。部屋を出て廊下をつっきり、キッチンに入る。バスターからなるべく遠く離れた場所で、やっておくべきことがある。これをやらないと、バスターはあのおかしな女の子に恋をしてしまう。昔はそれがアニーの仕事だった。自分たちAとBに降りかかってくる災いをはねつけること。しかし、ここしばらくはその任務からはずれていた。今朝はアルコールは飲まないでおこう。背の高いグラスにトマトジュースだけを注ぐ。両親が不在でちょうどよかった。問題を自分たちだけで片づけることができる。

こんなのたいした作品じゃない。ちょっとあざといくらいだ。でも、バスターがこれに惹かれるのはよくわかる。不当な苦しみにトラウマがあるせいだ。バスターがのめりこむようなら、バスターの姉としてスーザンに会い、ファング家の歴史を話して、関わらないようにさせなければならない。ただでさえ、ネブラスカのジョーゼフとかいう男の存在も厄介だというのに。ジョーゼフのことがいまもちょっと気になるんだ、とバスターは言っていた。自分の顔面を撃った男だっていうのに！　機会があれば、ジョーゼフとも一度話し合ってやろう。

スーザンの原稿をゴミ箱に捨てた。できるだけ奥まで押しこんでから、トマトジュースのところに戻ってきた。やっぱりウオッカを入れればよかった。わたしは嫉妬なんかしていない。バスターが、この家や、自分たちの不幸な境遇のことだけ考えていればいい、ほかに興味を惹かれることなんかあってはいけない、なんて考えているわけじゃない。だって、わたしはバスターの世話係なんだから。家族のひとりぐらいは、まともな判断力をもって行動しなきゃならないんだから。結果として、あまりおもしろくないことになってもかまわない。爆発だとか、悲鳴だとか、泣き声だとか、精神的なトラウマだとか、そんなものはなくても困らない。

そういえば、ダニエルはどうしているだろう。ワイオミングで無精ひげを生やし、人間が考えつく限りでもっともくだらない脚本を書きながら、元カノとよりを戻そうなんて考えたのは間違いだったと気づきはじめたころだろうか。

原稿をゴミ箱から取り出して、折れたページを伸ばし、テーブルに置いた。十五分後、バスターがやってきた。上唇のかさぶたが気になるらしい。テーブルの原稿を見て、それからアニーの顔を見た。

「読んだの?」

アニーはうなずいた。バスターは照れくさそうに顔をゆがめた。

「どう思った?」

アニーはトマトジュースをごくごく飲んでから答えた。「すごくよかった」

バスターはにっこり笑った。「すごくよかった」繰りかえして、うなずいた。

朝食のあと、アニーは決意した。ふたりの生活が少しでも前向きに動きはじめたのだから、いまのうちに現状を確認し、きのうのような成功をどうやって積み重ねていくかを話し合うべきだ。それをバスターに話しているうちに、なんだか通販番組に出ているキャストになったような気がしてきた。それでもバスターは、いいアイデアだと言ってくれた。姉さんは名司会者のオプラ・ウィンフリーみたいだ、とも言ってくれた。ふたりは朝食の皿をわきによけて、アイデアを出しあった。キッチンにホワイトボードがあったら、使っていただろう。

バスターの現状はこう。フロリダのアパートはもう荷物を運び出されてしまっているだろう。病院には一万二千ドルの借金があるが、そんな金はもっていない。顔はまだ完全には治っていない。アニーはバスターの顔を観察した。まだ痣が薄く残っているし、顔の右半分はかさぶただらけだ。唇の上は切れた跡が残っているし、右目はひどく充血している。

アニーは急に自分ができる人間になったような気がしていた。今後のプランを立てはじめる。バスターにだけでなく、テレビ番組のスタジオにいるつもりでしゃべっていた。

「病院の治療費はわたしが払うわ」

バスターは反論しなかった。

お金ならあるのよ、とアニーは思った。たっぷりある。ばかみたいに、たくさん。お金があるのはいいことだ。マスコミのせいでいやな思いはしたけれど、お金があればいろんな問題を解決できる。

「しばらくここにいていろいろ落ち着いたら、いっしょにロサンゼルスに行きましょう。バスター、脚本は書ける？」

バスターはかぶりを振った。書けない。

「テレビドラマの脚本ならどう？　映画より短いわ」

バスターは少し考えたが、やはり首を横に振った。アニーは大丈夫よと手を振った。

「書けるわよ。レギュラーの仕事が一本とれれば、あとは時間をたっぷり使って創作活動ができるわ。わたしがお金を貸してあげてもいい。当面仕事の心配をしなくてもすむように」

バスターは肩をすくめた。反対すべき要素がない。アニーは微笑んだ。なんだ、簡単じゃない、と思った。自分のテレビ番組が一本あれば、こうしてたくさんの人たちを助けてあげられるということだ。

「顔もだいぶよくなったわよ。あと一ヶ月か二ヶ月もすれば、ふつうの状態に戻ると思う」

姉のやさしい言葉を聞いて、バスターは微笑んだ。犬歯がないのが目につく。いい歯医者を探してやろう、とアニーは思った。バスターはこれでよし。いまのところ、問題には対処できている。人生ってこんなに簡単なものだっただろうか。でも、次は自分の問題を考えなくては。

アニーの現状は——当面無職。映画の世界で指折りのヒット作といわれるシリーズに出られなくなった。ヌード写真がインターネットに出回っている。雑誌記者と寝た。ハリウッドの有力者として頭角をあらわしつつある元カレに、いま現在、恨まれている。アニーが自分の状況をここまで話すと、バスターは口笛を吹いた。

「姉さん、すごいね」

「ありがと」

テーブルをにらみつけて、少し考えてみた。もっと地味めの映画で脇役をやるというのはどうだろう。脚本を読んで、クオリティのいいものを選んで出ればいい。あるいは、映画ではなく演劇の世界に戻るのもいいかもしれない。そのほうがずっといいだろう。テネシー・ウィリアムズのオフ・ブロードウェイ公演に一ヶ月か二ヶ月出演して、現役女優としての勘を取り戻してから、その先のことを考える。ヌード写真については、もうどうしようもない。これからはもう少し気をつける。今回のは貴重なレッスンだったと思えばいい。

「雑誌記者のことは心配しなくていいんじゃないか？」バスターが言った。「フリーのライターのことなんか、誰も気にしないさ」

アニーはうなずいた。あやしいやつらと関係を持ってしまったことも、いまとなっては取り返しのつかないことだ。ダニエルのこともそう。あの一瞬の判断が間違っていたと認めて、その失敗を乗りこえていくだけだ。要するに、大きな失敗をいろいろとしでかしてしまったことは事実で、その結果として、いまこうして実家にいるわけだ。でも、なんとかなる。なにかを壊してしまって、それを元通りにはできないなら、さっさとそれを片づけてしまうこと。そうすれば、いやな気分になるのも最小限にとどめられる。

もうひとつ、ふたりに共通する問題がある。薬とアルコールだ。

「こうしよう」バスターが言った。「痛み止めは、どうしても我慢できないときだけにする。姉さんは、午後五時までは酒を飲まない」

アニーはしばらく迷ったが、そうしようと決めた。もっともなルールだ。

「あとは？」アニーは考えた。まだ話しているだけで行動には移していないのに、なんだかずいぶん気持ちが楽になったし、自分が前より強く、俊敏になったように思える。それに、いまはしらふだ。「うん、うまくいくかも」

この話し合いを前もって計画していたとしたら、ふたりは〈バスターの問題〉〈アニーの問題〉というふうに見出しをつけて、箇条書きのリストを作っていただろう。アニーは立ちあがろうとした。早速行動を起こすつもりだった。しかしバスターが手を上げて、アニーを制した。

「父さんと母さんのことだけどさ」バスターは言った。アニーは両親のことなんかまったく考えていなかったが、バスターの話を聞くことにした。

「ぼくたちは、両親にひどいことをされた。信じられないくらいひどいことだよ。だが、いまこうして実家に住まわせてもらってる。両親の世話になってる。かなりよくしてもらってる」

アニーはうなずくしかなかった。両親にひどい目にあわされたのは事実だし、実家に住まわせてもらっているのも事実だ。

「だから」バスターが言う。「次にどんなイベントを計画してるか知らないけど、協力してあげたらどうかな」

アニーはかぶりを振った。「バスター、わたしたち、これから出直そうって話をしてるのよ」

いつもやさしくて穏やかなバスターは、黙って眉をひそめている。

「あの人たちの活動に関わることは、わたしたちにとってマイナスになるだけよ」アニーの両手の筋肉が、痙攣を起こしたようにこわばった。怒りがこみあげてくる。しかし、それを懸命に押しころした。「毒がたまるだけ。子どものころに逆戻りしてしまう。またあのころみたいに、道具のように使われるのよ。ねえ、わたしたちはさっきから、これを乗りこえるために話しあってるんじゃないの?」

「チキン・クイーンでの失敗を見ただろ。ぼくたちが助けてやればよかった。次のイベントだけは成功させてやりたい。それで両親が立ちなおれば、ぼくたちはその後いっさい手伝わない」

アニーは関わりたくなかった。両親のばかみたいな企てに巻き込まれたくない。でもたしかに、あのショッピングモールで見た両親の姿は、あまりにも弱々しく、あまりにも情けなかった。可能性だけは残してみようと思った。

「そうね。考えてみる」

「よかった」バスターが答えた。


これからどうやって生きていくか、具体的な段取りが見えてきた。まずは環境を整えることにした。家の掃除だ。そう簡単なことではなかった。アニーは酒の空き瓶を袋に詰めて、ガレージまで何度も往復し、バスターは、ナイトテーブルのガーゼや包帯を片づけた。どれも血がこびりつき、軟膏がついてべとべとしていた。ゴミ箱に捨てるのも面倒でそこに積みあげていくうち、回復の度合いを示す生きたオブジェのようになっていたものだ。ふたりで力を合わせてそれぞれのベッドを整え、床に掃除機をかけ、わずかな私物を整理整頓した。バスルームもぴかぴかにした。まだ昼前なのに、ここ一年かけてやったこと以上の達成感があった。

リビングはこの家でいちばん大きな部屋だが、両親のアート関係のものであふれている。メモや計画表、入場券の山。なにをどこに片づけたらいいのかわからない。片づけるルールさえ決めようがない。そこで、床に散らかったLPを整理することにした。これまでずっと耳障りとしか思わなかったものばかりだ。

両親が好きな音楽は大きく分けて二種類。前衛的で難解なジョン・ケージや、黙示録的人々《アポカリプティック・フォーク》を自称するカレント93と、世の中でもっともばかばかしくてもっともうるさいパンクロックだ。子どものころ、寝る前に両親がブラック・フラッグの「シックス・パック」を歌ってくれたことがある。子守歌のつもりだったんだろうか。

「〝酒瓶をくわえて生まれてきたんだ〟」母親が歌いはじめ、父親が加わる。「〝シックス・パック！〟」最後はアニーとバスターのおでこにキスをして、こうささやく。「〝シックス・パック！　シックス・パック！　シックス・パック！〟」そして明かりを消す。

オーディオセットの下のキャビネットを整理しはじめた。ジェイムズ・チャンス・アンド・ザ・コントーションズのアルバム「バイ」をプレイヤーにのせて、五番目の曲をかけた。昔、世の中に新しいカオスを作りだすために出かける直前、両親がよくかけていた音楽だ。驚いたことに、それが楽しい思い出としてよみがえってきた。なにが起こるのか知らないのでわくわくしたし、両親がどんどん夢中になっていくようすを見るのもおもしろかった。自分たちがいないとうまくいかないということも、よくわかっていた。

がちゃがちゃとうるさい音楽がスピーカーから流れはじめてしばらくすると、バスターがリビングに入ってきた。足でリズムをとっている。アニーが手招きすると、近づいてきた。ふたりでスピーカーの正面に立ち、首を振りながら声を合わせる。

「〝ゆがんじまいな《コントート・ユアセルフ》、ねじれちまいな《コントート・ユアセルフ》〟」

アニーは酒を飲めない。バスターは薬を飲めない。そのかわり、この耳障りで調性もなにもないジャズパンクに合わせて踊ればいい。騒々しい音楽は、リズムとは呼べないようなリズムを刻みつづける。それでも、バスターもアニーも、音をひとつも逃すことなくステップを踏んだ。ダンスのやりかたなんかろくに知らないが、情熱をこめて踊りまくった。このダンスに名前があるとしたら、〝ファング・ダンス〟だ。

電話が鳴った。ごちゃまぜの騒音みたいな音楽に割りこんできたベルの音に、ふたりは三回目でようやく気がついた。キッチンの電話をアニーがとるのと同時に、録音メッセージが流れはじめた。

「〝ファング家の者はみな亡くなりました〟」アニーは急いでまくしたてた。「いえ、生きてます！　すみません、います。留守じゃありません」

受話器からはなにも聞こえない。相手が驚いて電話を切ってしまったんだろうか。アニーがそう思っていると、落ち着いた、辛抱強そうな男性の声がした。

「ファングさんですか？」

「はい」

相手の声の調子がさっきより強くなった。「カミーユ・ファングさんですか？」

「あ、いえ、違います。わたしはアニー、ファング家の長女です。カミーユ・ファングの娘です」

わたし、酔っぱらってる？　アニーは一瞬不安になった。いや、違う。今日は飲んでない。もっとしっかりしよう。

「母は出かけています」

「娘さんなんですね？」

「はい」

「わたしはダナムと申します。警察の者です」

アニーは一瞬で覚悟を決めた。どんな言葉が続くかはわかっている。両親はいままでに何度も逮捕されている。またやったのだ。手続きが面倒くさい。保釈金も用意しなければ。一瞬、うちの親ってすごいかも、という思いが頭をよぎった。ショッピングモールで完全な空振りをした直後だというのに、警察が関わってくるような大きなことをやろうとしたわけだ。

「うちの親がなにを？」

「え？」

「なにかあったんですよね？」

「ええ、たぶん」警官は言葉を詰まらせたが、すぐに会話の主導権を取りもどそうとした。「ご両親は現在行方不明になっています」

「は？」

「今朝、ご両親のバンが、インターステート・ハイウェイ40号東線のパーキングエリアで見つかりました。ノースカロライナ州に入るすぐ手前のあたりです。調べがついている範囲では、車はきのうの夜からそこにあったようです。ご両親がいまどこにおられるのか……気になっています」

事情を話せば、両親がノースカロライナでやろうとしている計画がだめになってしまう。アニーはかすかなうしろめたさを感じた。しかし、警察が出てきている以上、妙な形で巻き込まれたくない。いまは自分が元気になることで精一杯だ。ちゃんと話したほうがいい。

「おまわりさん、それ、全部両親の演出です。うちの両親は一種のアーティストで、それなりに有名です。で、こういうのもパフォーマンスのひとつなんです。本当に行方不明になったんじゃなくて、そういう素振りをしているだけです。ご面倒をおかけして申し訳ありません」

「ご両親のことはわかっていますよ。ちょっと調べて、そちらの警察署とも連絡をとったので、どういう種類のアートをやっているかも理解しています。その上で、今回のことは不可解な失踪事件ととらえているんです」

「演出ですってば」アニーは言った。この辛抱強い警官が、両親を見つけようとして無駄な苦労をするかと思うと、気の毒でたまらない。それこそ両親の思うつぼなのだから。ファング家のイベントのあとにいつもおぼえる奇妙な感覚が思い出される。どうしてみんな、ケイレブとカミーユに踊らされてしまうんだろう。

「ファングさん、直接会ってお話をさせてください。この件は深刻に考えていただく必要があります。車のまわりにはかなりの量の血液があり、争った形跡も見られました。しかも、ここ九ヶ月間、この地域のパーキングエリアでは同じような事件が繰りかえし起こっています。心配させたくありませんが、テネシー州東部だけで、パーキングエリアで人が誘拐される事件が四件あったんです。四件とも、被害者は殺害されました。ご両親の演出だと思っていらっしゃるようですが、そうではありません。本当の犯罪であることと、よくない結末が待っているかもしれないことを、覚悟していただきたいのです」

バスターがキッチンに入ってきた。「誰?」

アニーは黙って首を振り、唇に指を当てた。

「ご両親と最後に話をしたのはいつですか?」警官が言う。

「きのうの朝、朝食のときです」

「行き先は聞いていますか?」

「いえ。詳しいことはなにも。きのうの午後、弟とわたしが家に帰ってくると、両親はもういませんでした。置き手紙があって、ノースカロライナに行くと書いてありました」

「ノースカロライナにご両親の知り合いは？」

「いえ、知りません」

「ジェファーソン郡には？　パーキングエリアで待ち合わせをする相手などはいないでしょうか」

「知りません」

「ファングさん、わたしの電話番号を申しあげます。ご両親から連絡があったら、電話をください。なにか思い出したことがあったら、電話してください。なにかおかしいと思うことがあったら、それも知らせてください。できるだけのことをします」

「両親は死んでいると？」アニーは聞いた。

「それはわかりません」

「その可能性があるってことですよね」

「ええ、可能性はあります」

「どうしてわかってもらえないのかしら」アニーの苛立ちが募ってきた。「これは演出です。本当の事件なんかじゃありません。ぜんぶでっちあげ。うちの両親がいつもやっていること。ろくでもない事件を起こして、みんながどうするかを見物しているんです」

「ファングさん、そのとおりであることを祈っています。本当に」警官はそう言って、電話を切った。

アニーは受話器を置いて、中身が半分になったウオッカのボトルをキッチンのカウンターから出してきた。

「まだだめだよ」バスターが言って、電子レンジの時計表示を指さした。

「バスター、座って」

「父さんと母さん、なにをやったの?」

「とんでもないこと」

アニーはウオッカのボトルを口につけ、少しだけ味見した。我慢はもういい。ボトルをぐっと傾けた。

バスターに状況を説明した。警官から聞いた話の概略と、最悪の事態について。そのあと、アニーはベッドに腰をおろし、バスターはインターネットで検索を始めた。パーキングエリアで起きた殺人事件について、もっと詳しく知りたかった。たしかに、その地域では何人もの人が切りつけられたり撃たれたりしている。死体はパーキングエリアから運び出され、ガソリンスタンドやファストフードレストランの大きなゴミ箱に捨てられていたという。警察の見解では、トラック運転手があやしいとのこと。なかでも、インターステート・ハイウェイを使ってノースカロライナ州とテネシー州をしょっちゅう行ったり来たりしている人間。たしかに、それなら説明がつく。ここまでわかったとき、アニーはより強く確信した。やっぱりこれは両親のでっちあげだ。

「冗談じゃない。あの人たちのことだから、殺人事件が続けて起こってるのを知ってて、それを利用したんでしょ」

あの人たちのやりそうなことだ、とアニーは思った。こんなにバレバレなのに、どうして警察はそれがわからないんだろう。

バスターは無口になっていた。深く考えこむような顔をして、首を左右に振った。

「バスター、あなたまでどうしちゃったのよ」アニーは声を張りあげていた。両親に対する怒りが倍増する。バスターまでだまされて、こんなに心配しちゃってるじゃない！「やめてよ、あの人たちの手に乗らないで。わたしたちをだまそうとしてるんだから」

「けど、姉さん、もしかしたらもしかするじゃないか」

バスターは泣きそうになっていた。アニーの怒りがさらに激しくなる。そういえば、とアニーは思った。両親の部屋。ドアを締め切って、家のほかの部分から隔離されているような、あの部屋。ああ、そういうことか！　両親はあそこに隠れているんだ。くすくす笑いながら、誰かに見つけてもらうのを待っているんだ。ベッドの下にでももぐっているんだろうか。缶詰や水差しをまわりに置いて、核シェルターにでも入っているつもりなのかもしれない。

アニーはバスターを引っぱって廊下に出ると、両親の部屋の前で立ち止まった。ドアに寄りかかり、耳をそばだてる。

「姉さん？」バスターが言う。

アニーはシーッと言った。「ここに隠れてるんだわ」ドアノブをゆっくり回す。なんの抵抗もなかった。アニーとバスターが両親の部屋に入るのは、これがはじめてだった。想像くらいはしたことがあるが、そのときも、必要に迫られて想像しただけだ。

「来たわよ」アニーは声をはりあげた。「ねえ、いるんでしょ？」

アニーは部屋の中を捜しはじめた。ほとんど私物のない、がらんとした部屋だった。ベッドは乱れたまま。ナイトスタンドはふたつあって、グラスがいくつかとマルチビタミンのボトルが置いてある。ほかに家具はない。ごちゃごちゃしたリビングとは大違いだった。紙切れ一枚落ちていない。

「ここにはいない」バスターが言った。しかしアニーはクローゼットに目をやった。近づいていって、勝ち誇った気分で扉を開いた。しかし、なかには衣類があるだけ。靴やシャツやズボンはあるが、両親はいない。

「姉さん、これはおかしいよ」

アニーはバスターを振りかえった。おかしいってなんのことだろう。こうして両親を捜しているのがおかしいのか、それとも、両親の部屋がすっきり片づいているのがおかしいのか。

「ここに隠れてるんだろうと思ったのよ。けどここにはいない。どこかほかの場所だわ」

バスターは肩をすくめた。不安の色を隠そうともせず、言った。「あるいは、どこかでなにかに巻き込まれてるのかも。いや、それ以上のことかもしれない。姉さん、本当に殺されたのかもしれないよ」

アニーはバスターの手をとった。顔を見みつめていると、そのうちバスターも視線を返してきた。

「そんなことあるはずない。いつものとおり、いたずらをしてるのよ。いちばん身近な人間から、いちばん激しい感情を引き出すのが目的なんだわ。ふたりとも、わたしたちが実家に帰ってくるのを心待ちにしてて、ようやく四人揃ったところで、ずっと夢に見てたこの計画を実行した。まだまだおまえたちを利用してやるぞ、というメッセージを伝えるためにね」

「その可能性はあるけど」

「そうに決まってる。それでこそケイレブ・ファングとカミーユ・ファングだわ。わたしたちは罠にかけられたのよ。ふたりして荒野に放り出されたようなもの。わたしたちがこれからどうするか、あの人たちはわくわくして見物してるんだわ」

「で」バスターは落ち着きを取りもどした。「どうする?」

「どうするって」アニーの頭の中にあらわれた答えは、たったひとつだった。「バスター、決まってるじゃない」弟の額に自分の額を合わせる。ファング家の子どもAとBのあいだに、ぬくもりが通い合った。

「捜しに行く」

クリスマスキャロル、一九七七　ケイレブ&カミーユ・ファング

ふたりはこれから結婚する。ふたつの魂がひとつになるのだ。死がふたりを分かつまで。誓います。誓います。こんなのはばかげた言葉遊びでしかないのに。

　ケイレブはカミーユの指に指輪をはめて、牧師が形ばかりに唱える誓いの言葉を復唱した。祭壇の左側には、牧師の妻がいる。メンデルスゾーンの「結婚行進曲」をチャペルのオルガンで弾いてもらいたかったが、その料金があまりにも高いので、演奏ではなくビデオ撮影を頼んだ。持ちこんだのは、ケイレブ自慢のスーパー8ミリ。式のあいだじゅう、ブーン、カチカチと音をたてていた。牧師の妻がちゃんと撮影

してくれるのか、ケイレブは気が気ではなかった。結婚式独特のこの雰囲気をしっかりフィルムにおさめてほしい。アングルの工夫もせずにただ撮るだけでは、撮った意味がない。次の機会があれば、結婚式の当事者としての役割もこなしつつ、自分で撮影もできるように工夫してやろう。結婚式はアートでなければならない。なにがなんでも、そこにはこだわる。

カミーユは、大きなおなかをかかえながら、自分がどんな花嫁を演じるべきだったのかを思い出そうとしていた。幸せな花嫁？　悲しい花嫁？　緊張した花嫁を演じることにした。それなら、幸せそうにも見えるし、悲しそうにも見えるだろう。式のあいだじゅう、恥ずかしいほどふくらんだおなかをさすりながら、ふうっと苦しそうな息を吐き、ときおり顔をしかめて、陣痛がきた素振りをする。いますぐここで分娩が始まったら、ここで子どもの洗礼もやってもらえるかしら、とでも考えているみたいに。出っぱったおなかをさすっていると、牧師の妻の表情が変わってきたことに気がついた。顔の上半分はカメラに隠れているが、唇が不愉快そうにゆがんでいる。カミーユは、おなかをさする動作をそれまでよりも頻繁に繰りかえしては、微笑んでみた。すると、牧師の妻はそのたびに表情をゆがめる。まるでパブロフの犬だ。カミーユは、人を怒らせることってこんなに簡単なことなのかと、あらためて驚いていた。そのとき、ケイレブと牧師の視線を感じた。「誓います」あわてて答えた。しかし、誓いはさっき交わしたばかりだった。

「この男性がキスを求めています」牧師は、別にどうでもいいけどねと言わんばかりの態度だった。「キスを受けますか？」

「はい。もちろん」カミーユは答え、夫のほうに顔をつきだした。出っぱったおなかを安物のタキシードに押し当てる。

牧師の妻が紙吹雪を撒きはじめた。力いっぱい、投げつけるように撒いている。ケイレブとカミーユは祭壇に背を向け、黙って退場した。ドアのところまで来ると、また回れ右をして祭壇に戻る。ケイレブは牧師の妻からカメラを受けとり、牧師にチップを渡した。それから、夫婦の記念写真を撮ってもらった。ポラロイド一枚で十ドルだ。

「結婚許可証は?」牧師は十枚の紙幣を数え、ふたつに折ってから妻に渡した。

カミーユは信者席に置いてあったハンドバッグから結婚許可証の入った封筒を取りだした。封を切り、中の許可証にサインをして、ペンをケイレブに渡す。ケイレブもサインをして、ペンを今度は牧師の妻に差しだした。牧師の妻は手を振り、自分のペンを出して、証人の欄にサインをして、ペンを牧師に渡した。牧師がサインをして、インクを乾かそうとでもいうように許可証をひらひらと振り、それをケイレブに渡した。

「これであなたたちは夫婦です」牧師が言った。

「はい」カミーユが答える。

「夫婦仲良く暮らしてください」

「子どもも大切に」牧師の妻が言う。

「だいじなのは夫婦仲ですよ」牧師はそう言って、鋭い目で妻をにらみつけた。しかし、妻はもうそこにはいなかった。自分の撒いた紙吹雪を掃除している。次の結婚式の準備をしているらしい。

*

車に戻ると、ケイレブとカミーユは結婚許可証を眺めた。夫婦の名前はジョージ・ド・フリースとジョゼフィーン・ボス。カミーユは、安物のウェディングドレスのすそをめくりあげ、おなかに巻いていたものをはずした。車の床に、火薬の袋のようなものがどさりと落ちた。いまにも爆発しそうだ。結婚指輪や、偽のダイヤの婚約指輪もはずして、車の灰皿に入れた。小銭を入れたときみたいに、ちゃりんという音がした。

「もうこれ以上は無理」カミーユは言って、背すじをぐっと伸ばした。おなかの重みのせいで背中が痛かった。

「偉大なアートってのは難しいものなんだ」ケイレブが言う。

「ケイレブ、わたしは本気で言ってるの。結婚式はもう無理」

「わたしとなら何度でも結婚したいとは言ってくれないのか」ケイレブは微笑み、ちょっと苦労して車のエンジンをかけた。

「これで三十六回よ。もうたくさん」

「五十回やろうと言ったじゃないか。『五十回の結婚式——愛と法律の限界まで』ってタイトルにするんだろ?　三十六回じゃキリが悪い」

カミーユは『富嶽三十六景』を思い出した。美術の授業に出てきた作品だ。カナガワの海岸に波が砕けるようすが描かれていた。小さな舟に乗った人々はあまりにも無力ではかなげだった。

「わたし、妊娠してるのよ」

「わかってる」ケイレブは口先だけで答えた。シフトバーを操作して、ひたすら前に進みつづける。まわりは聞いたことのない名前の通りばかりだ。

「わたし、妊娠してるのよ」カミーユは繰りかえした。

車が停まった。金属のギヤががりがり音をたてている。うしろの車がクラクションを鳴らして、道の真んなかで動かなくなったふたりの車をぐるりと避けていった。

「わたし、妊娠してるの」カミーユがまた言った。三回言えばわかってもらえるんじゃないかと思った。

「どうする？」

「わからない」

「どうにかしないと」

ふたりは黙って座っていた。エンジンの音だけがしている。ふたりとも途方に暮れていた。なんのアイデアも出てこない。

「金がないんだ」ケイレブが言った。

「わかってる」

「ホバートがいつも言ってた。『子どもはアートを殺す』とね。百万回くらい聞いた」ケイレブは窓を開けたかった。車内の空気を入れかえたい。しかし、車がぽんこつで窓が開かない。

「わかってる。わたしも聞いたことがあるわ」

「最悪のシチュエーションだよ。タイミングも最悪だ」

「そうね。でもわたし、あきらめないわよ」

ケイレブはハンドルに両手を置いて、がらんとした通りを眺めた。三〇メートルほど先に信号がある。

緑から黄色に変わり、赤になり、また緑になった。吐き気がしてきた。うまくいかないことだらけだ。カミーユは十歳下。もともとは教え子だった。このままでは彼女の人生までだめにしてしまう。自分自身が人生にしくじったのはわかっている。どんなアートをやっても、自分でも驚くほど成果が出なかった。人生とはこんなものなのかもしれない。失敗するたび、次は成功するかもしれないと思ってがんばる。そのエネルギーで世界は動いているのだ。あるいは、退化こそアートなのか。思い切り深いところまで沈んでしまえば、あとはいつのまにか浮かびあがってこられるのだろうか。

「わかった」ケイレブはようやく答えた。

「なにが?」カミーユが聞く。

「わかった」ケイレブは答えた。「そうだよな」

カミーユは身をのりだして、ケイレブにそっとキスした。三十六回の結婚式で交わしたどのキスよりもすばらしいキスだった。

「結婚しよう」

カミーユは灰皿をあけて、婚約指輪を取りだすと、自分の指にはめた。「ええ」

「いいのか?」

「ええ。あなたと結婚する」

三ヶ月後、ふたりは三十七回目の結婚式を上げた。それから四ヶ月後、子どもが生まれた。女の子だった。アニーと名付けた。それから一ヶ月もしないうちに、『三十七回の結婚式』がサンフランシスコのアンカー・ギャラリーで公開された。壁には結婚許可証がびっしり。どれもカミーユが偽造したものだ。そして、幸せな夫婦の写真が並んでいる。さまざまな州で結婚式を上げるたび、式のあとに撮ってもらったアマチュア写真だ。ギャラリーの壁全体をスクリーンにして、結婚式のビデオが流される。指輪交換、誓いのキスが延々と繰りかえされたあと、最後に本物の結婚許可証と本物の結婚記念写真が公開された。

ケイレブとカミーユの両親は、友人や仕事仲間に囲まれていた。ケイレブの両親はとうの昔に亡くなっていたし、カミーユの両親は、うちの娘はケイレブに洗脳されてしまったといって前から怒っていたので、招待に応じてくれなかった。ケイレブの先輩であり指導者であるホバート・ワックスマンが、結婚式を執りおこなってくれた。さまざまな肩書をもつ人物だが、なんと、立会人の資格ももっているというのだ。「すごいアイデアだな」式のあと、ホバートはそう言って新婚夫婦を抱きしめた。「みごとな作品だよ」

〝陳腐なコンセプトと雑な演出のせいで、わずかにあったかもしれない芸術的価値も台無しだ〟

〈サンフランシスコ・クロニクル〉に出ていた『三十七回の結婚式』のレビューは、そんなふうに締めくくられていた。それから九ヶ月経っても、この一文がケイレブの頭にこびりついて離れなかった。だが、そんなことを考えていられる時間はごくわずか。小さなアパートにはつねにアニーの泣き声が響きわたっていた。言葉にできない不平不満を、怒りの泣き声にして表現しているのだ。

「なにが不満なんだ？」ケイレブはカミーユに聞いた。

「わからないけど、なにかが不満なのよ」カミーユは答えて、抱っこした赤ん坊を揺らした。カミーユの顔は柔らかな光を発していた。そういうときのカミーユを見ると、ケイレブはいつも戸惑ってしまう。カミーユは幸福なんだろうか。それとも不幸なんだろうか。わからない。ケイレブ自身はといえば、あのレビューを見たときからずっと暗い気分だったし、そのことをカミーユに何度も話していた。

あのレビューが出てから、ケイレブは新しいプロジェクトにとりかかることができずにいた。ポストモダン・アートについての授業を受けもち、カミーユがのんびり赤ん坊の世話をするのを眺め、新聞広告に目を通す日々。奇妙な個人広告や、ひどい条件の求人広告があれば、次のプロジェクトのアイデアにつながるかもしれない。

とにかく、なにかを表現したい。行きづまったケイレブは、地球の真んなかまで穴を掘ってみることにした。ある週末、朝のコーヒーに魔力を授けられたかのように、九ドルのシャベルを買い求めた。ふたりの生活レベルからすると考えられないような思い切った買い物だ。アパートに帰ると、カミーユは豆のペーストを赤ん坊に与えていた。カミーユが振りかえってケイレブを見る。ケイレブは買ってきたシャベルを手にしたまま、言った。

「穴を掘る」

カミーユは、やめろとは言わなかった。穴？　ああ、穴だ。おもしろいわね。ああ、そうだろう。どこに？　地球の真んなかまで。真んなかを通りこして、反対側まで行ってやる。マントルなんか関係ない。どうやって？　このシャベルで。原始的だが完璧な道具だ。

赤ん坊がぴかぴかのシャベルに見とれて、手を伸ばしてきた。ケイレブはシャベルをしっかり持ちなおし、一歩さがって赤ん坊から離れた。

「とにかく掘ってみる。納得するまで」

カミーユがキスを求めるしぐさをした。ケイレブはそれに応えてから、赤ん坊の柔らかくて丸い頭をなでた。口のまわりに豆のペーストが垂れて、緑色の縞模様ができていた。

ケイレブはアパートを出て歩きだした。持っているのはシャベル一本。自分は頭がおかしくなりつつあるんじゃないか、という思いを必死に打ち消しながら歩きつづけた。

公園にやってきた。地面にシャベルを突きたてて、体重をかける。すばやくシャベルを返すと、さっきまでなにもなかったところに穴ができた。それを繰りかえすうちに、穴は大きくなっていった。これはアートなのか？　そうだとしても、判定ギリギリのライン上にあるといっていい。庭仕事と紙一重だ。「行動そのものはアートではない」自分に言いきかせた。「反応こそがアートなのだ」

穴がひざの深さになったところで、町の公園の真ん中に掘った穴の中に立って、これがどういうことなのか、警官に説明しなければならなくなった。制服の警官が目の前に立っている。拳銃のホルスターにそっと手をかけて立つ警官に向かって、ケイレブは言った。

「地面に穴をあけてみました。くぼみを作ってみました。なにか意味があるはずだと思います」

「元通りにして、公園から出ていきなさい」警官が言った。

「わかりました」ケイレブは穴から出た。鉱山の坑道から出たような気分だった。もとの世界に戻るだけで、頭がくらくらする。

シャベルで土を穴に戻し、そのたびに足で踏みかためる。いったん作られたものが壊されて、作る前の状態に戻っていく。

「二度とここに来るな」警官が言った。「来たら逮捕する」

逮捕されたことなら何度もある。それでも警察に対して悪い感情はもっていなかった。この状況を見て警官がそう言うのも理解できる。ここまでは予想できた展開だ。この先は無秩序を作りだしたい。それがうまくいったら、秩序を回復させればいい。それだけのことだ。

アパートに帰ると、シャベルをクローゼットの奥に隠した。頭がおかしくなってきたのかもしれない、とカミーユに打ち明けた。

「わたしもそう思って心配してたの」

「結婚式を五十回やれなかったからな」

「あなたったら」カミーユが言った。そんなに人を憐れむような顔をするなよ、とケイレブは思った。

「あれはたまたまうまくいかなかった、それだけよ。爆弾を作ったけど爆発しなかった。配線にミスがあった。だったら別の爆弾を作ればいいでしょ?」

「いつ?」

「すぐにでも」

赤ん坊がもごもご言いだした。よだれが垂れて、ベビー服の色が変わるほどべとべとになった。カミーユの腕に軽く抱かれた赤ん坊は、ケイレブに手を伸ばしてきた。人間の体の一部とは思えないほど柔らかな手が、しつこく顔に触れてくる。目、口、鼻を軽く叩きながら、「ほら、ほら、ほら」とか「ちょうだい、ちょうだい、ちょうだい」とでも言っているみたいだ。ケイレブはにっこりした。

「わたしたちの作品よ」カミーユが言った。

「予定外だったけどな」ケイレブは考えこんで、付けたした。「最高の職人芸だ」

ケイレブの目には、アニーはカミーユの作品のように思えていた。父親としておむつを替えたり風呂に入れてやったりするし、育児のための費用も出すが、赤ん坊がなにを求めているかということを直感的に理解できるのはカミーユだけだ。その直感がはずれることはほとんどない。泣いても、カミーユがいればいつのまにか泣きやんでいる。ガラス玉みたいな目がどこを見ているのかわからないときも、カミーユがあやせば笑いだす。

「コツでもあるのか?」ケイレブはよく聞いたものだが、カミーユは耳たぶをつまんでウィンクするだけ。

「魔法よ」

赤ん坊はハチドリみたいに小さくて、ケイレブの両手におさまってしまう。どんなに強く抱きしめても、本物の人間だというのが信じられない。自分には生み出すことのできない種類の芸術作品なんだ、としか思えなかった。

「ねえ、出かけましょうよ」カミーユが言った。

「どこへ?」ケイレブはまだ、あの警官のことが気になっていた。

「ショッピングモール」

「なんで?」

「ただだから」

ショッピングモールはクリスマス商戦真っ只中だった。買い物客であふれかえっている。右を見ても左を見ても、飽きることがなかった。天窓から入ってくる光と、にぎやかな照明が混じり合って、なにもかもがぴかぴかで高級に見える。金銀のモールや松葉、コットンで作った雪などが、手の届かないそこかしこに飾られている。有線放送の音楽は定番のクリスマスソングのオンパレードで、トイレのなかにまで流れていた。ショッピングモール全体が魔法の迷路のようだった。精巧に作られた、一度入ったら出られない迷路。

ふたりはエスカレーターを上ったり下りたりを繰りかえした。上るときは赤ん坊が大喜びする。下るときはちょっとおびえているようだ。ゴミ箱のいちばん上にレシートがあった。広げてみると、六十センチもある。ケイレブとカミーユは商品名を読みあげていった。道案内かなにかを読んでいるようだった。聞いたこともない素敵な目的地に連れていってもらえそうな気がする。

両手いっぱいに荷物を持った女性がやってきた。店が歩いているみたいだ。オレンジジュースを買って、それをベンチに置くと、荷物を持ちやすく整えはじめた。それが終わると、ジュースを持たずに歩きはじめてしまった。ケイレブはそれを手にとり、ちょっと味見してから、カミーユに手渡した。

「おいしい」カミーユは微笑んだ。

紙コップのジュースを手に入れたことで、コミュニティに仲間入りしたような気分だった。いままではただの見物人だったが、自分たちもこのシーンを構成する一員になったのだ。ショッピングモールにやってきたばかりのときはおのぼりさんのようだったのに、いまはそんな気後れは感じない。ふたりはモールのなかを歩きつづけた。ジュースを飲みおわってしまっても、空になった紙コップを松明のようにふたりでかわるがわる持っていた。

モール中央に長い行列ができていた。雪に覆われた村のようなセットが作ってあり、クリスマスソングが流れている。モール全体に流れているのとは違って、甲高い電子音を使った音楽だ。

「これ、なんの列ですか?」カミーユは、列の最後尾にいる人に聞いた。がっしりした体格の、不機嫌そうな顔をした男だ。小さな子どもをふたり連れている。

「サンタクロースだ」男はそれだけ言って、カミーユに背を向けた。

ゆがんだ長い列はちっとも動かない。ケイレブはしばらくそれを見ていたが、やがて口笛を吹いた。

「サンタクロースを見るだけのために並んでるのか?」

ケイレブが言うと、男の連れている子どものひとりが振りかえった。

「ほしいものを言うと、サンタさんがそれをくれるんだよ」

カミーユとケイレブはうなずいた。なるほど、そういうことか。

「写真もいっしょに撮れるんだ」もうひとりの子どもが言う。

「ただで?」カミーユが聞いた。

「あんた、なに考えてんだ」男がふんと鼻を鳴らす。

「有料みたいだな」ケイレブが言った。

「サンタさんに会うだけ会っていかない?」カミーユが言った。カミーユの実家には、トーマス・ナストが描いたサンタのイラストの複製があった。丸々と太った赤ら顔のサンタが、不器用な手つきで人形をつかんでいる。子どものころ、カミーユの目には人形が人間の子どもに見えていた。両親にいくら説明されても、サンタクロースは、子どもたちを誘拐する酔っぱらいとしか思えなかった。そのあとは、サンタクロースは本物のアーティストなんだろうと思うようになった。森のなかにあるアトリエでしゃれたおもちゃを作り、作業に飽きると妖精たちとふざけあう。お金を儲けようなんて思わない。

「アニーに会わせてあげたいの。生まれてはじめて会う、民話の有名人よ。なにかプレゼントをおねだりさせてみたら?」

「まだしゃべれないじゃないか」ケイレブは伝統文化のたぐいに警戒心をもっていた。

「アニーの欲しがってるものならわかってるわ。わたしが通訳してサンタに伝えてあげる」

ふたりは列に並んで、順番が来るのを辛抱強く待った。アニーは紙コップに刺さっているストローでうれしそうに遊んでいる。だんだん列が動いて、サンタランドが近づいてきた。トナカイのぬいぐるみが見える。頭を下げて、雪を食べているみたいだ。おもちゃがたくさん入った袋も見える。「ホー、ホー、ホー」サンタの声も聞こえるが、姿はまだ見えない。これを聞いて、ケイレブが反応した。「ハー、ハー、ハー」とか「ヒー、ヒー、ヒー」「ヘイ、ヘイ、ヘイ」「ハウ、ハウ、ハウ」といった声を出しはじめて、しまいにはカミーユに黙らされた。

ようやく順番がやってきた。ふたりはベルベットのロープの向こう側に出ていった。選ばれし者と選ばれざる者を分けるロープだ。もう飽き飽きという顔のティーンエイジャーの妖精に導かれて、階段を上がる。サンタが椅子に座っていた。

「ホー、ホー、ホー」

サンタが言った。この状況を本当に喜んでいるかのようだ。ケイレブが妖精とともに一歩さがると、カミーユがサンタの前にしゃがんで、アニーをサンタのひざにそっと座らせた。

「これはこれは、かわいらしいお嬢ちゃ――」

サンタが言いおわらないうちに、アニーが泣きだした。ガラスも割れそうな、すごい泣き声だった。黒魔術で悪魔でも召還したんだろうか。小さな赤ん坊の姿とその赤ん坊が放つ泣き声のギャップが大きすぎて、ケイレブは、サンタランドをカオスに陥れた声の主が自分の娘だということが、すぐにはわからないほどだった。

「おやおや」驚いたサンタの脚が大きく動いた。乗っているアニーが振りおとされそうだ。そのとき、アニーの表情がぱっと変わったのを見て、カミーユはびっくりした。ぱっくりあいた口から悪魔がとびだしてきそうに見える。アニーを抱きあげにいかなければならない。それはわかっているのに、体が動かない。一瞬、頭のどこかに、わが子に触れたくないという思いがわきあがった。小さな体がいまにも炎に包まれそうな気がしたせいだ。

カメラ係の妖精が、五分間の煙草休憩を終えて戻ってきた。落ち着いたようすでファインダーをのぞき、サンタと悪魔の出会いという歴史的瞬間を撮影しようとしている。ケイレブはこの光景全体を見わたした。サンタは驚いて口をあんぐりあけ、赤ん坊は顔を紫色にして怒り、別の妖精は両手で耳をふさぎ、カミーユは外国語でも聞いているような、わけがわからないという顔をしている。アニーの泣き声が起爆剤になったかのように、長い列を作っている子どもたちもみな、体を揺らして泣いたり叫んだりしはじめた。順番待ちなんかどうでもいいと、自分の子を連れて遠くに離れていく親もいる。そのせいで、子どもたちがより大きな声を上げる。列に残った人々は、あんたたちのせいでクリスマスが台無しだ、と言わんばかりの恨みがましい目をケイレブとカミーユとアニーに向けてくる。こいつはすごい、とケイレブは思った。

「早く写真を撮ってくれ」

退屈そうな妖精に言うと、妖精はフラッシュをたいて撮影してくれた。ケイレブはサンタに駆けより、アニーを抱きあげた。体が熱くなるほど怒っていたアニーが、父親の腕に抱かれてほっとしたのがわかる。目は真っ赤で唇は震えているものの、すぐに落ち着きはじめた。カミーユもようやく近づいてきた。サンタランドは一時的に営業停止状態になった。列に並んでいる人たちも前に進もうとはしない。

「大丈夫だよ」ケイレブはアニーに言った。「よくやったぞ」

「いまの写真をもらえるかな」ケイレブは妖精に言った。

「五ドルです」妖精が答える。

「お金がないんだ」ケイレブはそのことを思い出してはっとした。

「値引きはできません」

「あなた、いいから帰りましょう」カミーユが言う。

「いや、欲しいんだ。明日、金をもってくる。それじゃだめかな」

「明日はここにいませんから」

「お願い」カミーユも言った。みんながふたりを見ている。サンタクロースは両手で頭をかかえ、体をがくがく震わせている。

そのとき、ケイレブはあることを思いついた。赤ん坊をすばやくカミーユに渡す。

「五分待っててくれ。金をもってくる」

ケイレブはさっき拾った長いレシートを手に、駆け足で〈グラス・ハット〉という店に向かった。店の入り口まで来ると、足どりをゆるめた。店員に気づかれないようにそっと店に入り、店内の通路を歩きながら、ガラスの置物がずらりと並んだ商品棚に目を走らせる。見つけた。緑色とオレンジ色の二匹の魚が、水色の海面ではねているデザインの置物だ。レシートにはこうある。「緑とオレンジの魚——一四・九九ドル」

商品を持ってレジに行き、それをカウンターに置いた。

「いいのを選ばれましたね」レジの女性が言った。

「いや——」ケイレブは言った。「返品させてほしいんです。ちょっと前に妻がこれを買ってきたんです。ほかにもいくつか買ってきましたが、これだけは、プレゼントする相手の家に似合わないんですよ。ですから、返品させていただけたらと」

レシートを出して、その部分を指さした。

「かわいい商品なんですがね」そう付けくわえて、手を差しだした。

妖精に五ドルを支払うと、ケイレブは受けとった記念写真をそっと出してみた。娘の口が大きく開いて、底無しの井戸みたいにみえる。目をぎゅっと閉じて、全身から泣き声を発しているのだ。美しい。ケイレブとカミーユとアニーがいなくなっても、サンタランドのカオスとショックはずっと続いていた。そのとき、ケイレブは気がついた。あまりに早口でまくしたてたのでカミーユにはなかなか理解してもらえなかったが、これこそアートなのだ。

「完璧だったよ」ケイレブの説明を聞いて、カミーユはだんだん興味を示しはじめた。ふたりはフードコートのテーブルにつき、紙ナプキンをメモ用紙代わりにして話し合っていた。アニーはカミーユのひざの上ではしゃいでいる。さっきの騒ぎなどすっかり忘れてしまったようだ。

「結婚式のプロジェクトが失敗したのは、結婚式を見なれている人たちを相手に、当たり前の結婚式をやってみせただけだからだ」

「最後の最後に結婚をとりやめたりすればよかったのね」

「そうだ。なにか意外なことをやって、みんなを動揺させて、それを利用すればよかった。惜しいことをしたな。やろうと思えばいろいろできたのに」

「それに、チャペルでの小さな結婚式が舞台じゃ、人が少ないわ。そういう騒ぎは起こせない」

「ショッピングモールは理想の舞台だ。大学のキャンパスやスポーツ会場のほかに、これだけ人がたくさん集まる場所はほかにないよな。背景もいろいろだ。物欲でハイになったたくさんの人たちが、迷路みたいな建物のなかにいて、すぐに感情をむき出しにしてくれる」

「そうね、モールはいいかも」

「だが、ビデオカメラが必要だ」ケイレブはテーブルに置いた写真を指さした。「騒ぎが起きた瞬間を記録するだけじゃだめなんだ。その結果としてなにが起きたかを、三百六十度の視点でとらえたい」

「けど、この子が同じことをやってくれるとは限らないわ」カミーユは言葉を切った。このアイデアがどういう話につながっていくのかを考えてから、続けた。「まさか、わざとあんなふうにさせようっていうんじゃないでしょうね？」

「え？」

「あなた、わたしたちのせいでアニーがあんな騒ぎを起こしたのよ」

ケイレブは話を最後まで聞こうというように、カミーユを黙って見つめた。カミーユは驚いた。まだわかってくれないの、と言いたかったが、辛抱強く説明した。

「アニーはサンタクロースが怖かったの。けど、あのデブのひざにアニーをのせたのはわたしたち。トラウマを植えつけたようなものだわ」

「子どもは立ちなおりが早いから平気さ。いとこのジェフリーが三歳のとき、野犬の群れに追いかけられて井戸に落ちて、三日間井戸から出られなかった。だがいまは家の外壁工事を仕事にしてる。妻も子どももいる。あのときのことなんか覚えてないんじゃないかな」

「アニーはまだ赤ん坊よ」

「だがわたしたちと同じアーティストだ。まだよくわかっていないだけだ」

「でも、赤ん坊なのよ」

「ファング家の一員だ。なによりもそれがものを言う」

ふたりはアニーを見た。アニーもふたりを見て、にっこり笑った。まだ赤ん坊なのに、映画スターに負けない輝きがある。ふたりの目には、その笑顔が「わたしはファング家の娘よ」と言っているように思えてならなかった。

「二十五キロくらい先に、別のショッピングモールがある」ケイレブは、一ドル札を九枚と小銭をテーブルに並べた。「そこから一時間くらい行ったところにも、もうひとつ」

カミーユはすぐには答えなかった。アートが好きだ。アートとはなんなのか、昔からずっとはっきりわからないままだけれど、アートが好きだ。夫のことも愛している。赤ん坊も愛している。これらすべての思いを合わせて形にしてみるのは、そんなにおかしなことではないかもしれない。ホバートは、子どもはアートを殺すと言っていた。でも、それが正しいとは限らない。そうじゃないってことを実証してやろう。子どもだってアートができる。うちの娘はものすごいアートを作りあげたんだから。

「いいわ、やりましょう」

「いいものができるぞ」ケイレブはカミーユの手をぎゅっと握った。力が強すぎて、離した手がずきずきするほどだった。

ファング家の三人はショッピングモールを出て、冬の日差しを浴びた。まわりを変えてやろう。なにかでかいものをぶちあげてやろう。身の回りの些細なことは、あとから少しずつ、しかるべき場所に落ち着いてくれるだろう。降ってくる雪みたいに。

8

バスターは床屋の椅子に座り、ヘアスタイルのリストを見ていた。聞いたこともない名前のヘアスタイルがいろいろ載っている。床屋は辛抱強く待っていた。鋏を持って、いつでもどうぞという態勢だ。

「わけがわかんないな」バスターはリストを見ながらいった。ブラシカット、ミリタリーカット、ハイアンドタイト、DA、ディップトマッシュルーム、テディボーイ、フラットトップブギー。

「どんな感じにしたいですか」床屋が言った。「おっしゃるとおりにいたしますよ」

「短くしてほしいんだ」バスターは答えた。「ほどほどにね」

「いやいや」七十近いと思われる床屋が言う。「短いのはどれも短いんでね、どういう感じにするかってことですよ」

「ほどほどに短く」ベーラムのにおいで頭がくらくらしそうだった。

「じゃ、お望みのイメージは?」

「金持ちのインテリって感じにしてあげて」順番待ち用の椅子から、アニーが声をかけた。

床屋はバスターの椅子を三十度動かして、カットに取りかかった。「アイビーリーグですかねえ」

「アイビーリーグか。いい響きだね」

「サッカーはお好きですか?」

「きらいじゃないよ。けど、最近のことは知らないな」

「じゃ、よかったらおしゃべりなしでやりましょうかね」

十五分も経たないうちに、バスターはアイビーリーグの卒業生みたいになった。頭のてっぺんからうなじまで指先でなでてみる。髪はだんだん短くなって、いちばん下は刈りあげたようになっている。

「いいじゃない」アニーが言った。

「男前ですよ」床屋も言う。

十五ドルのカットが終わって、バスターとアニーは席を立とうとした。すると床屋はアニーを見て言った。「そちらのお嬢さんもいかがです?」

アニーは自分のセミロングの髪を触りながらバスターを見た。髪形が変わったせいで、自信たっぷりで落ち着いて見える。肩をすくめて「どんなのが似合うかしら」と聞いた。

「お顔がきれいですからね。柔らかい雰囲気だし。ベリーショートにしましょう。『勝手にしやがれ』のジーン・セバーグみたいに」

「いいわね」アニーは鏡の前に座った。

バスターは床屋の手元を見守った。動きがとても速い。髪を指ですきながら、リズミカルに鋏を動かしていく。一度も止まらない。途中で出来具合を確かめることもしない。すごい技術だ。動きのひとつひとつを手の筋肉が覚えこんでいるのだろう。頭で考えてやっているのではない。どうしてそんなことができるんだろう。自分はいつも、体の動きを頭が制してしまう。どうしてそうするんだ、そんなことをして大丈夫なのか、と。たとえばいまも、うなじがちくちくするのを我慢して、姉の髪の毛が床にたまっていくのを見ながら、頭の中ではこんなふうに考えている。「父さんと母さんをどうやって捜したらいいんだろう。こんなときに髪なんか切って、時間の無駄じゃないのか?」

髪を切ろうと言いだしたのはアニーだった。〝まともな人間〟になるためだ。アニーが言うには、それなりの外見になれば、それなりの振るまいができるようになる、とのことだった。

「お芝居と同じよ。その役にふさわしい格好をすれば、いつのまにか、その人物になりきれるものなの」

「どんな人物になれっていうのさ?」

「謎解きができて、そつのない人間よ」

＊

ここ何日か、バスターは両親のことばかり考えていた。本当に死んでいてくれたほうがいいんじゃないか、実際にもう死んでいるに違いないんだし、と思うこともあれば、アニーの言うとおり、これは両親のたくらみにすぎないんじゃないか、と思うこともある。そうだとしても、両親のやっていることを〝アート〟と呼ぶことはもうできない。

警察はなんの役にも立ってくれない。両親が行方不明になった翌日、バスターとアニーはジェファーソン郡の保安官に会いにいった。保安官は、いかにも人生の辛酸をなめてきたという雰囲気の五十代半ばのハンサムな男だった。刑事もののドラマに出てきそうな感じだ。アニーとバスターをオフィスに招きいれ、落ち着いた声で話しはじめた。慣れた口調だった。すでに最悪の事態を覚悟している人々に悪いニュースを伝えるという仕事を、長年やってきているのだろう。

「割り当てられた人員はけっして多くはないのですが、最善を尽くします。きっと、事件の真相を明らかにしてみせますよ」

バスターはうなずいた。しっかりした担当者がいるとわかって安心した。しかしアニーは納得しなかった。

「これはうちの両親のお芝居なんです」椅子から身をのりだしすぎて、いまにも前に転げおちそうだ。「電話をくださったかたにも説明したんですが、これは全部、両親のでっちあげなんです」

バスターは、保安官の首すじの筋肉がぴくりと動いたのに気がついた。苛立ちを抑えているのだろう。保安官はバスターとアニーに言った。視線はアニーをとらえている。

「ご両親のことは存じていますよ。警察ですから、そういうことは調べます。アートの活動に関する記事も読みました」

「じゃあ、今回のことがいかにもあの人たちのやりそうなことだっていうのも、わかったんじゃありませんか？」

「ファングさん、事態がのみこめていないのはあなたのほうですよ。アートという言葉では説明できない要素が含まれているんです。あなたは現場を見ていない。車のわきにどれだけの血だまりができていたか」

「そんなの、偽物の血だわ。昔からあるやりかたです」

「いえ、本物でした」保安官の顔が輝いた。医学的に証明された事実でアニーをやりこめることができたのを喜んでいるようだ。「人間の血液。Bプラスでした。お父さんと同じですね」両肘を机に置いて、考えをまとめている。「たしかに、こんな事件に巻き込まれることはそうそうあることじゃありません。しかし、あなたたちは、これがご両親のお芝居ではないという可能性を認めたくなくて、そんなことを言いはっているんじゃありませんか？　アートではなく犯罪だというのを認めるのが怖いのでは？」

バスターは、保安官の苛立ちが最高潮に達していることに気づいていた。それが爆発する前に、自分だけは理解していると伝えたい。自分だけは話の通じる人間だとわかってもらいたい。「否定は悲しみの第一段階だと、どこかで読みました」

「バスター、なに言ってるの」アニーがバスターの顔を見た。保安官がアニーを制して続けた。

「いえ、悲しむのはまだ早いですよ。いまはただ、この件を犯罪として取り扱わせてほしいと言っているだけです。ご両親がなんらかの危険な状態にあるかもしれないという前提で」

「どこかに隠れて、ばかみたいに笑いながら、新聞を読んでるんですよ。自分たちが殺人事件に巻き込まれたかもしれない、という記事を探してね。死んだと断定されたら、のこのこ出てくるつもりなんです。まるで死者が復活したみたいに」

「わかりました。では、あなたのおっしゃるとおりだと考えてみましょうか。テネシー州では、死体が発見されない限り、死んだと断定されるまでに時間がかかりますよ。事件後七年です。ずいぶん長いと思いませんか?」

「でも、ケイレブ・ファングとカミーユ・ファングのやることだもの」アニーは言ったが、その顔に一瞬影が差したのをバスターは見逃さなかった。

「もうひとつ。ご両親はどこに隠れていると? ご両親のクレジットカードが使われれば警察に連絡がくるようになっています。ホテルに泊まったり食べものを買ったりガソリンを入れたりするだけで、それがわかってしまうんですよ。お金もなしに七年間、どうやって暮らしていくっていうんです?」

「さあ」アニーは言葉を失ってしまったようだ。頭が混乱しているのだろう。必死で謎解きをしようとしている。バスターは急にうしろめたい気持ちになった。保安官と組んで姉を苦しめてはならない。

「現金だけで生きていくのかも」バスターは言った。

保安官はありえないというように手を振った。「ファングさん、いいですか? ご両親が自分たちの意志で姿を消したとしたら――なんの犯罪に巻き込まれたのでもないとしたら――警察がご両親の行方を追う意味はなくなります。もう警察の力は借りたくない、捜査をやめてほしい、そうおっしゃるんですか?」

「だって、ばかみたいだもの」

保安官はいったん黙りこんで、バスターとアニーを見た。心から同情してくれているようだ。それから口を開いた。「これだけ聞かせてください。あなたがたはいま、ご両親と同居されているんですね？」

「はい」バスターが答えた。「ぼくたちふたりとも、一時的に実家で暮らしています」

「ご実家に帰ってきたのはいつですか？」

「三、四週間前です」アニーが答える。

「ということは」保安官が続けた。「あなたがたが実家に帰ってきてしばらくしてから、ご両親が黙っていなくなってしまった。そういうことですね？」

「はい」

「では、こういう説も成り立ちそうですね。ご両親は、あなたがたが帰ってきたことを喜んでいなかった。プライバシーがなくなって不愉快だと思っていた。そこで、黙って家を出た。もしかすると、七年後の死亡宣告を待つつもりなんかないのかもしれませんよ。あなたがたが実家を出て、もといたところに戻っていくのを待って、帰ってくるつもりなのかもしれません。この一件は、それだけのことなのかも」

バスターはアニーを見た。アニーが泣きだすんじゃないかと心配だったが、アニーの顔は無表情だった。

「泣くなよ、姉さん」バスターは心のなかで言った。強くならなければ。保安官の考えは間違っている。両親は生きている。子どもたちを追い払おうとしているのでもない。なにかうまいやりかたを使って、失踪というアートを実践しているだけだ。昔からやってきたように、混乱と謎からアートを作ろうとしている。気づいたときには、バスター自身が泣いていた。頬に触れてみると濡れていた。涙が勝手に出てくる。大声を上げて泣くバスターを、保安官とアニーが見つめている。

「バスター」アニーが言って、バスターの肩に手を置いた。自分のほうに引き寄せようとしている。

「いや、いまのは本気でそう思っていたわけじゃないんですよ。申し訳ない。そう、いまのはまったくでたらめだ。ご両親は、あなたがたがいやで家出をしたわけじゃない。おそらく暴行を受けて、それから……いや、余計なことを言ってしまいました」

「バスター、行きましょう」アニーがバスターを支えて立ちあがらせた。「ありがとうございました」保安官に礼を言うと、バスターの背中を押してオフィスを出た。バスターは泣きながら考えた。こんなふうに感情が昂るのは自然なことだ。自分たちは、両親が恐ろしい状況で失踪し、そのことを話しあいにやってきた家族なんだから。ここにいる保安官や事務員たちはみな、こうなることを最初から予想していたに違いない。これこそ悲しみのあるべき姿だ。そう思って泣きつづけた。軽くしゃくりあげ、低い嗚咽をもらして泣きながら、駐車場に出た。車に乗ってからもずっと泣きつづけていた。

「これでよし」アニーが言った。ふたりは床屋から帰ってきたところだった。自分自身を取りもどすための段階をひとつクリアしたといえる。「じゃ、話しあいを始めましょう」

アニーはペンを持ち、キッチンのテーブルにレポート用紙を置いた。無意識のうちに手を上げて、短く切ったばかりの髪に触れては、驚いたようなしぐさをする。

バスターは昼寝がしたかった。〝まともな人間〟でいようとして、精神的に疲れてしまった。もっとも、実際にやったのは髪を切ることだけだ。しかし、インターネットにあらわれはじめた両親の事件についての記事を読むだけの余裕は、いまはない。なのにアニーは元気いっぱいだ。両親に対する怒りのせいで、常人を超えるレベルまで頭脳が研ぎ澄まされているらしい。

「容疑者のリストを作らないとね」アニーが言った。バスターにはわけがわからなかった。「協力者がいるはずよ。お金もなしに七年間も姿を隠そうって考えたんなら、誰かに協力を求めるに決まってる。それが誰なのかわかれば、あの人たちの居場所がわかる」

バスターはうなずいた。誰がいるだろう。両親の手助けをする可能性のある人物。前は子どもAと子どもBがやっていた役割を、代わりに果たしてくれそうな人物。しかし、アーティストとしての全盛期でさえ、ああいう種類のアートをここテネシー州でやっている両親は、アートの世界でもかなり浮いた存在だった。父ケイレブは十八歳のときに両親をなくした。ゴミ収集車との正面衝突だったという。残されたケイレブにはほかに身寄りもなかった。母カミーユの家族は、カミーユがケイレブと結婚するときに、カミーユと縁を切った。子どものころを思い返してみても、誰かがうちに食事やトランプをしにやってきたことは一度もない。アートを手伝ってくれた人もいない。そもそも、家に他人を入れようとしなかった。両親は広い場所に恐怖感をおぼえるとでもいうのか、外の世界と自分たちのあいだにバリケードを張っていた。家族四人いればそれでいい、ほかに誰もいらない、というスタンスだった。

話しあいが続いた。ペンを持たせてほしいな、とバスターは思った。そうすればもっと真剣に考えられそうな気がする。そのとき、呼び鈴が鳴った。

玄関をあけると、スーザン・クロスビーが立っていた。ガーデンサラダとラザーニャを持っている。

「いま、大丈夫ですか?」スーザンが言った。

「大丈夫だよ」バスターは答えて、料理を受けとった。それから眉をひそめ、いま言ったことを言いなおした。「いや、あまり大丈夫じゃないんだが……まあ、とにかく入ってくれよ」

スーザンは「わたしも長くはいられないんです」と言って、家に入ってきた。

最後に家族以外の人間がこの家に入ってきたのはいつごろだろう。何ヶ月も前だろうか。何年も前？

スーザンに両親の事件のことを話そうか。いや、聞かされたほうは気味の悪い思いをするだけだろう。バスターはスーザンをキッチンに通した。アニーは相変わらず紙をにらみつけたまま、誰かを刺してやろうとでもいうようにペンを握っていた。

バスターはスーザンの前に立って、アニーの視界にスーザンが入らないようにした。料理をテーブルに置く。

「バスター、食事なんか注文したの？　いまは話し合いの最中でしょ」

「違うんだ。スーザンが持ってきてくれた」

バスターが一歩わきによけると、スーザンはぎこちなく手を振った。「ご両親のことを聞いて、なにかお見舞いをと思って」インターネットに出はじめたニュースを読んだのだろう、とバスターは思った。

「これ、食べてください。おせっかいですみません」

バスターはすがるような思いでアニーを見た。アニーははじめて顔を上げて、スーザンを見た。表情がゆるむ。「ごめんなさい、スーザン。わたしたち、まだ取りこんでいて。お料理、うれしいわ。どうもありがとう」

「どういたしまして」

「じゃ、食べようか」バスターはラザーニャの皿からアルミホイルをはがしはじめた。

しかしアニーはテーブルから離れた。ペンとレポート用紙を手にして、言った。「わたし、いまはおなかがすいてないの。ふたりで食べて。わたしは部屋で続きをやってるわ。スーザン、本当にありがとう」

『支払い期日』での演技、とても素敵でした」キッチンを出ていくアニーに、スーザンが声をかけた。

ドアが閉まる直前だった。「ありがとう」

バスターとスーザンのふたりきりになった。

「わたし、本当にもう帰らないと」スーザンが言った。

バスターはスーザンのずんぐりした手を見つめた。マニキュアは深めの赤。指輪や安物のアクセサリーを何十個もつけている。アニーが部屋で待っているのはわかっている。両親の事件を解決しなければならないのだ。それでも、スーザンにはまだ帰ってほしくなかった。家に客がいるのがうれしかった。「いっしょに食べていってくれないか。ひとりで食べるのは寂しいからね」

スーザンはうなずいた。バスターは皿とフォークを持ってきた。グラスふたつに氷を入れ、水を注ぐ。自分の皿に料理を取りわけ、おそるおそる口に運ぶ。急に、犬歯がないのが恥ずかしくなってきた。

「おいしいね」バスターが褒めると、スーザンが礼を言った。

「ファングさんの本、読みました」

「いつ？」

「ファングさんが学校に来てくれた次の日です。ネットで検索して、キッザ先生から借りました。授業をさぼって、公園で読んだんです。おもしろかった」

「ありがとう」

「悲しい物語ですね」

「そうだね。書けば書くほど悲しくなっていった」

「でも、最後には希望があったっていうか」

それからしばらく、黙って食べつづけた。

「わたし、やっぱり迷惑だったんじゃありませんか。押しかけてきて」

「どうして?」バスターは聞いた。スーザンがそう思う理由はある程度わかっていたが、本人の口から聞きたかった。

「わたし、あの日ファングさんに呼ばれたとき、からかわれてるんだと思ってました」

「そうか。すまなかった。急に呼び出したりして、変だと思っただろうね」

「それはいいんです。それで、ファングさんの本を読んで、そのあと、ネットでご家族のことを知って……。もしかしたらファングさんは寂しいんじゃないかと思いました。わたしもそうなんです。それに、わたしは本気で作家になりたいと思ってます。ファングさんに手助けしてもらえたら助かります。だから、お友だちになりたくて」

「わかった」

「いま、すごく緊張してます。そうは見えないかもしれませんけど。でも、こういうことは普段まったくしないから」

「いや、来てくれてうれしいよ」

「ご両親のこと、大変ですね」

「ありがとう」

「じゃ、もう帰ります」

「ありがとう」バスターはもう一度言った。

帰る前に、スーザンはバックパックから分厚い紙の束を取り出して、テーブルに置いた。「これ、わたしが書いたものです。部分的なものだったり、書きはじめたけどうまくいかなかったり、そういうのばっかりですけど。それに、全然うまくありません。でも、もっと読みたいって言ってくださったから」

「ああ、読ませてもらうよ」バスターは紙の束を見た。すごい枚数だ。こんなに読めるだろうかと思うと同時に、ちょっとした嫉妬も感じていた。どんなにへたくそだとしても、これだけ書けるのはすごい。

「じゃ、さようなら」スーザンはそそくさとキッチンから出ていった。バスターはテーブルについたまま手を振り、スーザンを見送った。氷水でラザーニャを喉に流しこみながら、考えた。スーザンがまともな女の子でありますように。鬱々と思いつめるタイプではありませんように。前向きで思いやりのある女の子なら――多少変わったところがあるとしても――ありがたい。そういう子がそばにいてくれたら、自分の人生も上向いていくかもしれない。料理の残りを冷蔵庫に入れると、キッチンの引き出しを片っ端からあけてペンを探した。先のとがったＨＢの鉛筆が一本見つかった。将来にかすかな希望が見えてきた。

姉の部屋のほうに目をやる。これからなにをすべきなのかはわかっているが、謎は永遠に解けないかもしれない。いままでにはなかった目的意識が生まれていた。姉とふたりではじめたことを、早く終わらせてしまいたい。両親を見つけて謎を解けば、この状況から解放されて自由になれる。新しい道を切りひらいていけば、きっとすばらしいなにかが待っている。

発砲、一九七五年

ホバート・ワックスマン、ケイレブ・ファング

ホバートがクリス・バーデンの話をやめようとしない。「アーティストの風上にもおけないイカサマ野郎」と非難している。ケイレブはだんだん疲れてきた。ホバートはそのうちきっと、この件に決着をつけると言いだすだろう。考えただけで、体に変な力が入ってしまう。

バーデンは何年か前、パフォーマンスの一環として、ライフルで腕を撃たれた。それこそが、最新作『絶望』の最後を締めくくる演出なのだ。横たわったバーデンの体の上に、ガラス板が斜めにかぶさっている。その状態のまま、ギャラリースペースの壁の時計がチクタクと時を刻んでいく。五十時間近くが過ぎたとき、ぴくりとも動かないバーデンの近くに、美術館のスタッフが水を持っていった。バーデンはそのときはじめて起きあがり、ハンマーを握って時計を壊した。

「死ぬまであのまま放っておくべきだったんだ」ホバートはケイレブに言ったが、ケイレブはかぶりを振った。

「いや、そこがポイントなんじゃありませんか。美術館のスタッフに働きかけられてはじめて反応するっていうところ。演出の鍵を握っているスタッフが、それとは知らずに行動を起こす。それがおもしろいのでは？」

ホバートはケイレブを見て、わたしがいままでおまえに教えてきたことはなんだったんだ、という顔をした。

「ケイレブ、ばかなことを言うな」頭の上で両腕を振りまわす。カフェテリアのほかの客がみんなこっちを見ている。「制限つきの環境でなにかを起こしても、それはアートじゃない。そんなものは死んだアートだ。ギャラリーで誰かに撃たれたといっても、撃たせたんだろう？　危険もなにもない。驚きもない。それがアートだと知らない人たちのなかでやらなきゃだめなんだよ。それがアートだ」

ケイレブはうなずいた。尊敬する先輩をまた失望させてしまったのが残念でならなかった。今度はもっとしっかりやると誓った。アートに対するいままでの概念は捨てる。本当は好きなものを嫌いになり、完全には理解していないものを褒めたたえる。そうしているうちに、いつかインスピレーションらしきものを得て、反対側に突きぬけることができるかもしれない。クリス・バーデンやホバート・ワックスマンより有名になれるかもしれない。

ケイレブがホバートの目に留まったのは十年前。ケイレブがまだカリフォルニア大学デイヴィス校の学生だったときだ。製作発表の会場に車輪とモーターのついた装置を運びこみ、これを〝なくしたものや壊したものを瞬時によみがえらせる機械〟だと言った。ホバートはそれより何年か前に交通事故で左の小指を失っていた。そこで、クラスの何人かがそこに目をつけた。ケイレブがスイッチを入れると、機械はブーンとうなり、金属と金属がこすれる音がしはじめた。継ぎ目から煙があがる。ケイレブは、ようすがおかしい、みんなここから避難してくれ、と言った。しかし誰も出ていかない。みんな、ケイレブが作ったこの単純そうな機械を食い入るように見つめていた。何秒か経って、機械が爆発した。小さなネジがケイレブの右の頬にめりこんだ。両手は閃光火傷でピンク色になっている。唇から血がだらだら流れていた。

ほかの学生に怪我はなかった。煙がおさまったとき、ホバートはケイレブにいくつか質問した。アートとはなんだ？　この機械か？　爆発か？　ほかの学生たちが避難を拒んだことか？　指がふたたび生えてこなかったことか？　ケイレブは、ほかの学生たちが聞きとるのによく苦労していた、癖の強いテネシー訛りで答えた。

「すべてです。なにもかもがアートです」

ホバートは笑ってうなずいた。数ヶ月後、ケイレブはホバートのアシスタントかつ親友になっていた。

問題は、ホバートがここ何年も、これといった作品を手がけていないことだった。

「大学のせいだ」ホバートはそう愚痴った。「大学にいると、創造力が奪われる」

当時のケイレブは、ホバートからもらえるアルバイト代や、補助教員としての給料で、食べていくのがやっとという生活をしていた。だから、さまざまな手当てのある定職についていられるなら、アートの役に立つことこそあれ、邪魔になることなどないだろうと思っていた。

「ケイレブ、本当だよ。絶望から生み出されるアートがいちばんすばらしいんだ。わたしが大学にいるのは、誰かが子どもたちに本物のアートを教える必要があるからだ。でないと、猫も杓子もやっている同じようなアートしか生まれてこないことになる」

ある日、ホバートが安楽椅子でうたた寝しているあいだ、ケイレブはホバートの書類仕事を手伝っていた。そして気がついた。書類の多くは、ホバートがサインひとつすれば片づくものばかり。ホバートのサインをなぞって指に覚えこませながら、ケイレブは考えた。なにか変化が必要なら、自分が行動を起こしてやる。

その夜、学籍上はまだケイレブの教え子であるカミーユが、ケイレブのベッドにいた。ケイレブはカミーユに、自分の考えた計画のあらましを話した。カミーユは未成年だったが、物事がうまくいくかいかないかを見極めるセンスがすぐれていた。アートのありかたをよくわかっているのだ。それより三ヶ月前、カミーユはたったひとりで、あるプロジェクトを実行した。まずはデパートや薬局から高価な商品を万引きする。さらに、それを景品にしてくじ引きの大会を開くというものだ。くじを売って得たお金は、商品を万引きした店に返す。ほとんどの店に、もとの商品の値段よりもたくさん返すことができた。返すときには、ことの経緯を店長に打ち明ける。カミーユを警察につきだそうとする店は一軒もなかった。あるデパートからは、同じことをもっと続けてくれないかと頼まれたほどだ。ケイレブはカミーユより十歳上だ。ふたりの関係が明らかになれば、ケイレブは職を失うことになる。それがわかっていても、カミーユと別れることはできなかった。カミーユは堂々として落ち着いた女性で、育ちがいい。どれをとってもケイレブとは正反対だ。ふたりの望みは、意義のあるアートを作りあげること。そのためにはお互いの力が必要だと、ふたりとも感じはじめていた。

「ケイレブ、それは無理。うまくいかないわよ」カミーユはそう言って、きれいに巻いたマリファナを強く吸った。「なにからなにまで失敗のにおいがする」

「そうかな」ケイレブは答えた。うまくいく可能性もある。うまくいけば、ホバートは国でいちばん有名なアーティストになるだろう。うまくいかなければ、ケイレブはかなり長いこと刑務所に入ることになる。

「偉大なアートってのは難しいものなんだ」ケイレブは言った。その言葉を口に出し、自分の耳で聞くことで、迷いを捨てることができそうだった。

ケイレブはホバートに計画を打ち明けた。あまりにも大がかりな計画なので、失敗すればいろんなまずいことが起こりうる、ということもしっかり説明した。するとホバートは、それ以上説明しなくても大丈夫というように手を振り、「わかった」と言った。

カミーユは、自分も協力すると言いはった。手伝わせてくれなかったらなにもかもぶっつぶしてやるわよ、と脅してきた。内心、ケイレブはほっとしていた。共犯者がいれば、警察につかまったときも、ひとりだけが注目されずにすむ。しかし、ほっとした大きな理由はほかにあった。誰かとの共同作業が好きなのだ。自分にはそういうやりかたのほうが合っているとも思っていた。そこで、実行当日の朝、ふたりは手に手を取って、外に出た。大きなダッフルバッグを肩にかけて歩きはじめた。

現場はホバートの研究室。窓から中庭の見える部屋で、ホバートが通りかかるのを待った。カミーユが目を光らせているあいだに、ケイレブがM1ガーランドを組みたてる。父親が戦争中に使っていたライフルで、両親の数少ない形見のひとつだ。ライフルの使いかたは父親に教えてもらっていたが、その記憶を頼りに組みたてるのはなかなか難しかった。カチリカチリという音とともに、ライフルがそれらしい形になっていく。同時に、ケイレブは自問自答していた。この判断は本当に正しいのか。失敗したらどうなるのか。組み立てが終わり、銃弾を装填し、ライフルの重みを両手で確かめたときには、絶対にうまくいくはずがない、という気がしていた。

そのとき、カミーユが小声で言った。「来た」

ケイレブは、麻薬が全身にまわるときのように、アドレナリンが体をかけめぐるのを感じた。意義のあるアートを作りだしてやる、という信念を持って、窓から身をのりだした。先輩であり指導者でもあるホバートに照準を合わせる。

ホバートが中庭をつっきり、美術棟に向かって歩いていく。爪先立ちで、誰かにちょっとでも押されたらつんのめって転びそうな歩きかただ。まわりにも人がたくさん歩いている。みんな、この作品の参加者になるのだ。ケイレブは大きく息を吸って、そのまま止めた。全身が静止する。この瞬間が肝心だ。これさえやれば、狙いがブレることはない。引き金を引く。

ケイレブの左肩のすぐうしろに立っていたカミーユは、あっと小さな声を上げて、両手で口をふさいだ。ホバートが倒れる。両脚から骨がなくなってしまったかのようだ。何が起こったのか、まわりの人々は気づいたらしい。散り散りに駆けだした。騒ぎが中庭全体に響きわたる。ケイレブはあわてて窓から離れた。

弾丸はホバートの体のどこに当たったんだろう。どれくらいの怪我を負ったんだろう。なにもわからないが、いまはとにかくライフルを分解しなければ。時間のかかる細かな作業だ。カミーユが部品をダッフルバッグに詰めていく。それからカミーユは研究室を出て、ケイレブのアパートに向かう。ふたりはそこで落ち合うことになっていた。研究室を出る前、ふたりはキスを交わした。

「すばらしかったわ」カミーユはそう言って、堂々とした歩きかたで研究室を出ていった。廊下を進み、やがて見えなくなった。

ケイレブは床に座りこんでいた。早く動かなければ。できるだけ遠くに行かなければ。手の震えを必死に抑え、興奮を鎮めた。このあとどうなろうと、やることはやったのだ。目の前で、自分の両手が大きな仕事をやってくれた。

翌日、そっと病院にしのびこんだ。ラジオでもテレビでも、ホバート・ワックスマン教授が右肩を撃たれて重傷を負った事件を報道していた。これはアートだ、と教授は話している。警察は、教授のポケットに入っていたタイプライターのメモを発見した。「一九七五年九月二十二日、わたしは友人に撃たれる」というものだ。撃った友人の所在は明らかになっていないが、捕まれば重罪に問われるだろう。地元のニュースでは、警察所長のインタビューが流れていた。

「アートが文明社会の重要な構成要素だというのはわかりますが、だからといって、アートのために人を銃撃するというのは許せません。大問題です」

ケイレブはホバートの病室に入った。チューブや機械がいろいろあって、消毒薬のにおいが充満している。ホバートは死んでしまうんだろうか。ケイレブを見ても、ホバートはにこりとも笑わない。

「申し訳ありません」

ケイレブは言った。なんてずさんな計画だったんだろうと、いまさらながら感じていた。当たりどころが悪ければ、もっとひどいことになっていたのだ。ホバートはやっとのことで口を開いた。スチーム暖房機がしゅうしゅういう音みたいな声だった。

「ケイレブ、みごとだった。衝撃を感じたと思ったら、地面に倒れてた。まわりの大騒ぎも聞こえたし、四方八方に逃げていくみんなの足も見えた。痛みとショックで気を失いそうだったが、必死にこらえて、あの瞬間のすべてを味わわせてもらったよ。あんなものは二度と経験できない。すばらしかった」

ケイレブの覚悟は決まった。これから警察に出頭しよう。タイプライターで打った手紙を提出して、ホバートと自分の両方のサインがしてあることを説明する。刑務所に入ることになるだろうが、事件の特異性からすると、ふつうに考えるよりも刑期は短くてすむはずだ。仕事は失う。大学校内で銃火器を使ったんだから当然だ。いろいろと苦しい思いもするだろう。それがいつまで続くかもわからない。すべて想定済みだ。覚悟はできている。

ホバートはそのうち回復する。きっと、十年にひとりといえるくらいの有名なアーティストになるだろう。来年あたりNEAの助成金がもらえるかもしれない。大学も、UCLAと肩を並べるために、ホバートのために重要なポストを与えるのではないか。この事件のせいで非難を浴びるかもしれないが、そのかわり、地位と金が手に入るのだ。しかし、ケイレブはそのことを羨ましいとは思わなかった。ホバートには弟子としてさまざまなすばらしい技を伝授してもらった。それを使えば、自分の欲望に合わせて世界を作りかえることだってできる。ホバートが教えてくれたことを忘れてはならない。アートというのは、それに心を捧げてさえいればどんな不幸や痛みを代償として支払っても惜しくないくらい、すばらしいものなのだ。そのために誰かを傷つけることになっても、それはそれでしかたのないこと。奇抜で美しくて人の記憶に残る作品さえできれば、ほかのことはどうでもいい。それだけの価値があるものなのだから。

9

アニーとバスターは飛行機を降りてターミナルに足を踏みいれた。無事、サンフランシスコに到着した。この旅に出る前、ふたりは服装のことでずいぶん話し合った。バスターは、ソフト帽にしわくちゃのスーツ、ネクタイにはネクタイピンをつけて、口には両切りの煙草をくわえるのがいい、と言った。アニーは揃いの黒いスーツを着ようと言った。ローンレンジャーのマスクをつけて、マニキュアをして、ヤク中っぽく振るまうのがいい、という意見だ。要するに、バスターは刑事を、アニーはスーパーヒーローをイメージしたということだ。結局、なるべく目立たない格好がいいだろうということで話は決まった。地味だが、どこか共通点のあるような服装がいい。

バスターは白いワイシャツの袖を肘上までまくりあげ、濃紺のズボンに黒い革のスニーカーを合わせた。アニーは白いVネックのTシャツ。濃紺のジーンズに、黒い革のフラットシューズ。ふたりとも、手首にはダイバーズウオッチのような、ごつい防水の時計をしていた。GPSのついた、精巧な時計だ。ポケットにはたっぷりの現金と、ふつうの半分の長さのペンを入れておいた。こっそりメモをとるときは短いペンのほうが便利だ。頭をしゃきっとさせたいときのために、唐辛子味のキャンディももった。それと、ホバート・ワックスマンの住所。行方不明の両親を捜す手がかりはこれひとつだ。

預け入れ荷物を引き取り、レンタカーのキーを持って、アニーとバスターはホバートの自宅をめざして出発した。住所はセバストポル。九十歳近くなっているはずのホバートが、まだボケていませんように。

といっても、必要なことを教えてくれる程度にしっかりしていればじゅうぶんだ。あまり頭が働きすぎると、デマを教えられるおそれもある。バスターが助手席でナビをして、アニーが運転することになった。車を走らせながら、ホバートに口を割らせる方法をあれこれ考えた。

「乱暴に押しかけていって、どなりちらすのはどうだろう。おびえて話してくれるんじゃないかな」バスターのアイデアを、すぐさまアニーが却下した。

「心臓発作でも起こしたらどうするの。もっとクールにやらなきゃだめよ。両親の若いころの話を聞きにきました、とかね。だって、もう死んでるだろうってことになってるんだから。なにかしゃべってくれたら、会話の方向を少しずつ変えていくの。もしまだ生きてるとしたらどこにいるだろうって」

「けど、もし隠れ場所を知ってるとしたら、ぼくたちがいきなりあらわれたのを不審に思うかもしれないよ。ぼくはその人に会ったことがないし、姉さんだって、二十年くらい会ってないんだろう？　ぼくたちが両親を捜しにきたってバレちゃうよ。だから、ちょっと脅かしたほうがいいんだ」

「それはだめ」アニーはきっぱりと言った。「相手は九十歳のおじいちゃんなんだから」

「いいじゃないか。ちょっとビビらせて、ぼくたちが本気だってことをわからせてやったほうがいいよ」

「待って。ほかの手を考えましょう。たとえばこんなのは？　わたしたちのうちひとりが、ホバートと話をする。もうひとりはトイレを借りるふりをして、家のなかを調べる。なにか手がかりが見つかったら、そのときはじめて問いつめるの。そしたらきっと話しあいに応じてくれるわ」

「悪くないね」

「ま、気づいたときにはぽろっとしゃべってた、なんてことになるといいわね」

話しあいを二週間続けた結果、たどりついた答えがホバート・ワックスマンだった。そのあいだもずっと、電話が鳴るのを待ちつづける毎日だった。どんなに小さくてもいいから、情報がほしい。両親の失踪がテレビで報じられるとすぐ、ファング家は驚くほど注目を浴びるようになった。大手の新聞社はどれも、誘拐が疑われる事件として報道していたし、〈ニューヨーク・タイムズ〉にいたっては、アート部門のトップニュースとして、ケイレブとカミーユの特集を組んでいた。アニーとバスターの名前も何度か出てきたが、ふたりはノーコメントを貫いていた。四、五日のあいだ、電話はつねに鳴りつづけだったが、そのあとはぴたりと止まった。ターゲットが次のニュースに移っていっただけのことだ。取り残されたアニーとバスターは、両親はいまもどこかに隠れていて、発見されるのを待っていると信じつづけていた。

アニーは定期的に警察に電話をかけて、両親のクレジットカードが使われていないかと聞いた。そのような情報はないとのこと。銀行の預金にも手はつけられていない。両親のスケジュール帳を調べてみた。どこかの電話番号が書かれた紙切れを見つけては、それも調べてみたが、両親の居所を知る手がかりはまったく得られなかった。かつて両親のエージェントをやっていたギャラリーのオーナーは、もう亡くなっていた。両親に親戚はいない。頼りはホバートだけだ。

両親は、アートの歴史を作ってきたといわれる有名アーティストたちに対して、これといった思い入れがないようだった。アニーやバスターが名前をあげても、鼻で笑って相手にしない。ダダ？　くだらないわよ。メイプルソープ？　深刻すぎ。サリー・マン？　あんなに子どもを搾取しちゃだめ。しかし、ホバート・ワックスマンは別格だった。ホバートがテネシー州のファング家に遊びにきたことはないし、バスターに会ったこともないが、ファング夫妻が今回の失踪計画を誰かに話したとしたら、それはホバート以外にありえない。たいした収穫は得られないかもしれないが、手がかりがそれしかないのだからしかたがない。

アニーは、ホバートの代表作について、両親が夢中になって話してくれたのを覚えていた。ホバートの名前が売れるきっかけになった作品、タイトルは『招かれざる客』だ。ホバートが西海岸に点在する大豪邸に侵入するというもので、いったん侵入に成功したら、そのなかでしばらく生活する。使われていない部屋がいくらでもあるので、見つかることなく暮らせるのだ。何日も、何週間も、場合によっては何ヶ月も。夜はクローゼットで眠り、食べものはキッチンから盗んでくる。テレビを見たり、ここにいるよと記録を残すために自分の写真を撮ったりもする。何度か見つかって逮捕され、しばらく刑務所に入っていたこともあるが、ほとんどの屋敷では見つかることなく、夜のうちにこっそり外に出る。そこで暮らしていた形跡はまったく残さないが、ただひとつ、おもてなしをありがとうというカードを置いてくるのが決まりだった。

「非の打ちどころのない作品だったな」ケイレブが、まだ子どもだったアニーに言ったものだ。「そんなことが起こっているなんて考えもしない人々に、アートを押しつける。みんな、知らないうちに参加させられてるってわけだ」

「でも、なにが起きてるか知らないなら、参加しても楽しめないんじゃない？」アニーはわけがわからずに尋ねた。

「その人たちが楽しむためのものじゃないからね」ケイレブは、こいつわかってないな、という顔をした。

「その人たちは参加すればいいんだ」

「よくわからない」

「シンプルなことほどわかりくいんだよ」今度はアニーの反応に喜んでいるようだった。どういうことなのか、アニーにはさっぱりわからなかった。


ホバートの家は、湾曲した長い私道の奥にあった。まわりは一面の畑。私道を入っていくと、まず、裏庭にささやかな小屋があった。納屋のようなアトリエもある。車はない。家に人の気配がない。

「留守か。むしろ都合がいい」バスターは、停めた車のなかで言った。「ちょっと調べてみようよ」

ふたりは車を降りた。バスターは家の横をまわってアトリエのほうに行き、アニーは表の窓からなかをのぞきこんでみた。玄関のドアをノックする。誰も出てこない。ドアノブを回してみると、鍵はかかっていなかった。入っていいの？　映画みたいに？　アニーは迷ったが、人生が映画みたいに思えるならそれがいちばんだと思った。これが映画なら、自分が読んでいないだけで、脚本があるはず。脚本のとおりにやっていれば、そのうちなんらかの結末がやってくる。

家のなかはちりひとつ落ちていなかった。高価そうな家具が置いてある。椅子のひとつは、美術館の絵ハガキで見たことのあるやつだ。机に近づいてみた。電話とメモ帳が置いてある。手紙が何通か重ねてあった。目を通してみたが、これといって手がかりは見つからなかった。メモ帳を斜めに見てみた。文字の跡がついているかもしれない。しかしなにもなかった。受話器をとって、＊69を押してみる。最後の通話相手がわかるはずだ。しかしホバートはそのサービスを利用していないらしい。ゴミ箱は空っぽ。以上、収穫なし。映画で学んだ探偵術はこれがすべてだった。

廊下に出た。ほかの部屋を調べてみようか。そのとき、弟の声がした。「アニー」振りかえると、キッチンのガラス戸があいてバスターがあらわれた。体を直立させて、目を見ひらいている。そのうしろから、別の声がした。

「動くな。ボーイフレンドの体に穴があくぞ」

ホバート・ワックスマンだ。年相応に背中が曲がっているが、間違いない。バスターのうしろに立って、片手でバスターの首のうしろをつかんでいる。

「アニー、銃だ」バスターが言った。

映画そのもの、とアニーは思った。自分がパニックを起こしはじめているのがわかる。映画でこういうシーンが出てくると、たいていはよくないことが起こるからだ。もみあっているうちに銃が暴発して、そのうちパトカーのサイレンの音が聞こえてくる。

「ホバート?」アニーが言うと、老人はバスターの肩ごしにアニーを見た。まぶしそうに目を細めている。

「あんたは……」ホバートはバスターの首をつかむ手をゆるめた。「アニー・ファングか?」

「ええ、ホバート」

「じゃ、こっちはバスターか」ホバートが聞き、バスターとアニーが同時にうなずいた。

「驚いたな」ホバートが言う。

「銃をおろしてくれますか?」アニーが聞いた。

「銃など持っておらん。拳を背中に押しあててるだけだ」ホバートは手を上げて、指をひらひらさせた。

「銃だと思った。ちょっとビビったよ」バスターは言った。

「わたしはなにもしていない」ホバートが言う。

「ごめんなさい、ホバート」アニーが言うと、ホバートは気にするなと手を振って、アニーを抱きしめ、頬にキスした。

「赤ん坊のときに会って以来だな」それからバスターを見た。「こんなに美しい赤ん坊は世の中にいないと思ったものだよ」

バスターはうなずいて微笑んだ。それからあとずさりして廊下に出た。「すみません、トイレを貸してください」ホバートの視線がそれたとき、バスターはアニーにウインクして、唇に人さし指をあてた。アニーは歩きだそうとするバスターの腕をつかんで、キッチンに引きもどした。腕から手を離さない。「わかったよ」バスターが言った。顔には笑みを浮かべたままだ。「あとにする」

「アニー、映画できみを見たよ」ホバートが言った。「司書の役で、スキンヘッドの男たちとつるんでた」

「『支払い期日』ですね」

「それだ」ホバートは手を叩いた。

「オスカーにノミネートされたんですよ」バスターが言った。

「選ばれてもおかしくなかったな」

「ありがとう」アニーは顔を赤らめた。

「そしてきみは」ホバートはバスターのほうを見た。「すばらしい小説を書いたね。読ませてもらったよ。野生児のような子どもたちを養子にする夫婦の話だ。いかん、またタイトルが出てこない」

「『白鳥の家』です」

「ゴールデン・クウィル賞をとったんですよ」アニーが言った。

「もう一冊書いただろう。書評があまりよくなかったので、読みはしなかったが」

バスターの顔に影が差したが、すぐにまた笑顔になった。「正解かもしれません」

「一作目よりずっとよかったのに」アニーが言う。

「やっと会えたことだし、読ませてもらうよ」

「突然おじゃまして、驚いていらっしゃいますよね」アニーが切りだした。

「事件のことは聞いた。そのことでわたしになにか話しにきたんだろう」

バスターとアニーはうなずいた。

「なにが知りたい?」

「いまどこにいるんですか?」

「ん?」ホバートは困ったような顔をした。笑みが消える。

「うちの両親はどこにいるんですか?」アニーとバスターは同時に言って、ホバートにじわじわ近づいた。

ホバートはふうっとため息をつき、リビングを指さした。「座って話そう」

ホバートはジョージ・ネルソンがデザインしたカンガルーチェアに腰をおろしたが、なかなか楽な姿勢が見つからないらしい。五分近くかけて、ようやく体を落ち着けた。バスターとアニーは、ホバートの正面にある黒革のソファに座った。なかなかやってこないバスを待っているような気分だった。

「わたしも知らないんだ、きみたちの両親がどこにいるか」ホバートは言った。

「そんなこと言われても、信じませんよ」

「きみたちになにも言わずに出ていったんだろう？　それをどうしてわたしに話すと思うんだね？」

「ふたりとも、あなたを慕っていましたから」アニーは言った。嫉妬のせいで、声が奇妙に震える。「あなたは両親の指導者であり、大先輩です。あなたになら話そうと思ったはずです。あなたなら、両親のアートの精神をわかってくれる。絶対に誰にも口外しないと信じられるから」

「自分がなにを言っているのか、わかってるのかね？」ホバートは眉をひそめた。アニーとバスターが発する狂気の波動を肉眼でとらえているかのようだ。「わたしはきみたちの両親から嫌われていたんだよ」

「そんなことありません」バスターは現在形で答えた。両親がまだ生きていると信じているからだ。「あなたに影響されず、自分たち独自のアートを追求したいというのはあったかもしれませんが、両親が尊敬していたアーティストはあなただけです」

「最後に彼らと会って話をしてから、もう十年以上になる」ホバートの顔に、怒りがゆっくりあらわれてきた。禿げた頭が日焼けしたあとのように赤くなっている。「考えてもみろ。バスター、わたしはきみに会ったこともなかったんだぞ」

「でも、信じられません」アニーはもう一度言った。

バスターはわずかに体を横にそらした。ほんの三センチか四センチだが、アニーとの隙間が広がった。

「ぼくは信じてもいいと思う」

「バスター」アニーはバスターに体を近づけた。再び肩と肩が触れ合った。「わたしたち、信じられません」

「ふむ、わたしを拷問してみるかね？　弟のほうはそういうことをするタイプじゃなさそうだが。とにかく、これ以上話すことはない」

アニーはいつのまにか両手で拳を作っていた。「落ち着け、落ち着け、落ち着け」と自分に言いきかせているのに、どうすることもできない。すると、バスターがその拳に指をねじこんで、手を開かせてくれた。

「すみません」アニーは言った。「わたしたち、状況を把握したいだけなんです。どちらも、頭の働きがあまりよくないみたい」

「ぼくはとくにだめです」

「どうしたらいいかわからないんです」

ホバートは黙りこんだ。右手でシャツの襟をいじっている。アニーは、針先でつつかれているような居心地の悪さを感じていた。観客の目の前で失敗したときの感じに似ている。両親を見つけるというゴールに近づくのに失敗しただけではない。ホバートの家にずかずかと踏み込んで、そろそろ終末を迎えようという老人の静かな生活を乱してしまった。ケイレブ・ファングとカミーユ・ファングの名前を聞いただけで、ホバートの記憶になんらかの波風が立ったように見える。いままではうまく蓋をしてきたのに、その蓋をはずしてしまったのだ。アニーはこの家から駆けだしたい衝動にかられていた。車に飛びのって、ここから離れたい。しかし、動くことができなかった。失敗の重みが錨になったかのように、体がソファから離れない。

「アドバイスをしよう」ホバートが沈黙を破った。アニーとバスターがうなずくと、ホバートはこう言った。「あのふたりを捜すのをやめなさい」

「え?」アニーが言った。

「考えかたはふたつある。ひとつは、ふたりが死んだと思うこと。なにか恐ろしいことが起こったんだ。だとすると、これ以上捜しても無駄だし、悲しみを先送りにするだけだ」

「ホバート」アニーが口を挟んだ。「あのふたりが死んだって、本当にそう思うんですか?」

ホバートはまた口をつぐんだ。慎重に言葉を選んでいるのだろう。アニーとバスターは答えを待った。その答えに両親の運命がかかっているように思えた。

「思わない。たしかに、その点はきみたちに同意するよ。きみたちの両親は、強い意志を持った人たちだ。起こるべきこととそうでないことをしっかり見きわめる力がある。だから、パーキングエリアでたまたま誰かに襲われて死ぬというような、情けない死にかたはしないはずだ。お祭りの航空ショーで手作りの飛行機に乗り、それが墜落して死ぬ、そんなのだったら納得できる。あるいは、遠足で来ている子どもたちの前で、トラの檻のなかに入っていくとかね。アメリカでいちばんでっかいショッピングモールの真んなかで火だるまになるとか。ああ、そういうことならやりそうだ」

「じゃ、どこかにいるってことですよね」

「そこで、もうひとつの考えが出てくる」

「なんですか?」バスターが聞いた。

「行方不明のままにしておきなさい。生きているとするなら、つまりふたりは、この奇妙なイベントを考えて実行したが、そのことを子どもたちにも話さなかったということだ。きみたちに、両親は死んだと思ってもらいたがっているんだ。だったらそのとおりにするべきだ」

アニーはバスターを見た。バスターはアニーと目を合わせようとしなかった。あきらめるなんてとても無理だ、見つけるのと同じくらい不可能なことだ、と思っていた。しかしアニーは違うことを考えていた。もしも自分たちが両親の計画を台無しにしたら、両親はどんな顔をするだろう。その顔を思いうかべると、胸の鼓動が速くなる。

「ケイレブとカミーユだけでなく、少しでも見込みのある学生には必ず教えたことがある。自分の作品に全身全霊を捧げろ、ということだ。最高の瞬間を作りだしたいのなら——作るべきだと思うのなら——障害物はすべて取り除け。わたしはみんなにそう言った。あのふたりにもよく言ったものだよ。子どもはアートを殺す、とね」

アニーとバスターははっとした。複雑なプロジェクトを実行するとき、父親か母親のどちらかが口にした言葉だ。

「わたしは本気でそう思っている。だからわたしは結婚しなかったし、誰かと深く付きあうということをしなかった。きみたちの両親は、わたしのこの考えになんらかの形で反論したかったんだろうな。そんなの間違ってると言いたかったんだろう。だから、家族でアートをやるようになった。家族とアートを切っても切れない関係にするために、きみたちふたりをアートに巻きこんだんだよ。たしかに、きみたち一家の作品はすばらしかった。だが、あれから時が経った。わたし自身、若いころのような作品が作れなくなってきたから、彼らに対する嫉妬があったのかもしれない。とにかく、ファング家の作品をみると、なんだかいやな気分がするようになってきたんだ。きみたち子どもに対して、なにか取り返しのつかないことをしているんじゃないか、そう思えてならなかったんだよ。わたしのそんな気持ちはケイレブに伝わっていたんだろうな。わたしが彼らの作品を評価するとき、批判的な言葉が混じるようになってきたからだ。そのうち、ケイレブはわたしに連絡をよこさなくなった。手紙も電話もよこさず、自分たちだけの信念をもとに活動を続けるようになった。きみたちの両親は正しかったよ。わたしの理論をみごとにひっくり返してくれた。子どもがアートを殺すんじゃない。アートが子どもを殺すんだ」

アニーは全身を電流が駆けぬけるのを感じた。ホバートは、きみたちの人生をめちゃくちゃにして申し訳ない、というような目でアニーを見た。どうしてそんな悲しそうな顔をするのか、いまひとつ理解できない。

「そんな言いかたしなくても」アニーは両親の味方をせずにはいられなかった。頭のなかではホバートの言うとおりだと思っている。でも、ホバートに憐れまれるのはいやだし、そんなに簡単に認めたくない。

「ぼくたちはまだ生きてますから」バスターが言うと、ホバートは降参したとばかりに両手を上げた。

「そのとおりだ」ホバートは悲しそうな目でふたりを見た。

「じゃ、行方不明のまま放っておけと?」アニーは言った。「まんまと逃げおおせた両親を責めるなと?」

「どうして黙って出ていったんだ、どうして死んだことにしてほしいんだ、そう思うと腹が立つだろうな」

「腹が立たないほうがおかしいでしょう」バスターが言った。

「あのふたりがとうとう計算違いをしたと思ってみてはどうかね。家族とアートを結びつけていた糸を、とうとううっかりほどいてしまったんだ。きみたちは自由になった」

アニーもバスターも、金縛りにあったように動けなくなった。アニーはホバートの続く言葉を待っていたが、同時に、それを素直に受けとめることができずにいた。

「両親を捜して国じゅうを歩きまわるなんて、そんなことはしなくていい。ふたりはありふれた風景のなかに身を隠して、きみたちに待ちぼうけを食らわせているんだ。そのうち、ふたりの最新の作品が世の中に出るだろう。そのときまで待っていたら、きみたちは人生を無駄にしてしまう。ふたりはきみたちを縛っておく糸から手を離したんだ。だからきみたちは、もう追いかけなくていい。いいことだと思わないか?」

「そんなこと言われても、なかなか……」

「そうだろうな。これまでずっと、両親に縛られて生きてきたんだから」

「自由になってうれしいと思うべきかどうかも、よくわからないんです」バスターも言った。

「じゃあきみたち、もし両親を見つけたらなにをしたい? なにが満たされる?」

アニーはこれまで、精神分析医のカウンセリングを受けたことがなかったが、これがまさにそうなんじゃないかという気がしてきた。もうたくさんだ。長くて細い指がまた丸まって、大きなハンマーのような拳ができあがった。ホバートの問いかけへの答えを必死に探したが、見つからない。ソファの背もたれに体を預け、途方に暮れた。するとバスターが口を開いた。

「両親を見つけたら、言ってやる。やりたいことだからって、なんでもやっていいってわけじゃない。みごとなアートだろうがなんだろうが、やっていいことと悪いことがあるんだ、と」

「わざわざ捜しだして、たったそれだけか？　バスター、アニー、気の毒だが、きみたちがいくらそれを訴えても、あのふたりには通じないよ。ほかのアーティストたちも同じだが、そういう事実を受け入れることができないんだ。ケイレブもカミーユも、これまでずっと、アートがすべてだと思って生きてきたんだからね」

「誰か、わたしたちの力になってくれそうな人を知りませんか？」アニーは言った。まともな人間でありつづけようと必死だった。計画を立てたらそれに沿って行動する。それがまともな人間だ。途中で意味がなくなっても、そんなことは関係ない。

「知らないな。個人的な知り合いも、エージェントも。ご存じかと思うが、わたしはしばらく前に引退したし、他人の作品をわざわざ見にいくこともなくなってしまったからね。ふたりに友だちがいたのかどうかはわからないが、いたとしても、とても少なかっただろう。ああいったアートをやる人間は他にいないからだ。そうだ、きみたち一家のことを本にした人間がいたな。だが、どういう状況であろうと、きみたちの両親がそいつと連絡をとりつづけているとは、到底思えない」

ホバートが言っているのは、アレグザンダー・シェアという作家だ。ファング家の作品『一度噛まれたら――ケイレブ・ファングとカミーユ・ファングが作り出す複雑なアートの概観』という本を書いた。ケイレブとカミーユを説得して、長時間の電話インタビューを何度も繰りかえした。アニーとバスターにはなにも聞かないという約束だった。あとになって、シェアはファング家の作品に否定的な考えをもっているとわかり、ケイレブとカミーユは、彼と連絡をとるのをやめ、出版社に対して本の出版差し止めを訴えた。だが結局は、どうでもいいということになった。本は出版されたがたいして売れなかった。そのころには多くの人々がファング家のアートのことを知っていたし、その芸術的価値を認めていたからだ。

「評論なんて、死んだカエルを解剖するようなものだ」本が出版されたとき、ケイレブはそう言っていた。「いろんなはらわたを引っぱりだして調べてみたって、カエルの体をいきいきと動かしてた原動力はとっくに消えてなくなってる。こんな本、アートの役にもなにも立ちゃしない」

どうしてそもそもインタビューに応じたの、とアニーとバスターが聞いたことがある。すると母親はこう答えた。「なんの価値もないことだって最初からわかってれば別だけど、カエルの解剖だって、やってみれば最初はちょっとおもしろいものでしょ」

ホバートは、ファング夫妻に協力しそうな人物の名前を上げていった。無名の人ばかりだった。

「ファング一家に夢中になっていたアーティストがふたりいた。ひとりはドナルドなんとかっていう男で、アーティストというよりアートの破壊者といったほうがいいだろうな。他人の作品を破壊するっていうのが、そいつの活動なんだ。とことん無知な男だったが、きみたちの両親には心酔してた」

「いまどこに?」アニーが聞いた。

「死んだ。破壊しようとしていた彫刻から落ちて、頭がぱかっと割れた」

「もうひとりは?」アニーは純粋に楽しんでいた。どんなに小さなことでも、両親について知らなかったことがいろいろわかってきた。

「もうひとりは女だ。じつはわたしの教え子で、きみの両親に近づこうとしてがんばってた。若くて美人で、複雑なアートをやる才能があった」

ホバートはいったん言葉を切り、アニーとバスターがこの話をちゃんと理解しているか、確かめようとした。しかしアニーは無表情のままで話を聞いている。ホバートは続けた。

「つまり、きみの両親とセックスしたがってたんだ。だがしばらくしてあきらめた。きみの両親が興味をもつのはアートだけだとわかったんだろうな。しばらく前に同窓会報に彼女のことが出ていた。彼女は結婚し、子どもをもち、ふつうの生活を送っていた。なんだくだらない、といわれるパターンだが、彼女にとってはいちばんいい結果になったと思う。失敗したアーティストにとって、保守的な生活がいちばんの逃げ道になるんだ」

アニーの記憶にはしっかり残っていた。驚くほど若い女性が、両親の初期の作品を手伝っていた。名前はボニーだったか、ベティだったか。バスターとアニーがそこにいないかのように振るまっていたものだ。ファング夫妻に自分をアピールすることに夢中で、ほかの人間は目に入らなかったのだろう。そういうことはよくあった。ケイレブとカミーユに夢中になる人たちにとって、バスターとアニーは透明人間になってしまうのだ。あのふたりのめざすアートに集中しすぎると、そうなってしまうらしい。少なくともアニーは、そうなるのももっともだと思っていた。

「ほかに誰かいませんか?」アニーは聞いた。

ホバートはかぶりを振った。もう遅い時間になっていた。空は魔法にかかったように暗くなりつつある。ホバートは体を起こしているのがつらくなってきたようだ。両肩を落とし手のなかに小さくてデリケートな生き物を包んでいるみたいに、両手をかすかに震わせている。

「ケイレブとカミーユに近づいた人間は、そのほかにいない。きみたち家族は、四人だけの小さな世界に生きていたんだよ。誰も、そこには入っていけなかった」

アニーにはわからなかった。ホバートは、それがいいことだと思っているんだろうか。それとも悪いことだと思っているんだろうか。両親は子どもを愛していたのか。それとも人質のように手元に置いていただけなのか。聞きたいのに、怖くて聞けない。

「そろそろおいとましないと」アニーは言った。「すっかりお邪魔してしまって、すみませんでした」

「帰らないでくれ」ホバートは突然背すじを伸ばした。「もう遅い。今夜は泊まっていってくれ。食事もわたしが作る」

アニーは首を横に振った。バスターが肘で脇腹を突いてくるが、あくまでも固辞した。「帰らなきゃならないので」

「わたしの作品について話す暇もなかったじゃないか」ホバートは本気で引き止めている。体が大きくなったように見えた。できるだけ大きくなって相手の逃げ場をなくそうというつもりだろうか。

「飛行機の時間があるので」アニーは言ったが、帰りの切符なんてとっていないし、ホテルも予約していない。「お話をありがとうございました」

「いや、なんの力にもなれなかった。アドバイスをしただけだ。両親を追うなと」

ホバートはアニーの腕をつかみ、頬にキスした。バスターとも握手する。

「きみたちはすばらしいアーティストだ」レンタカーに戻るふたりの背中に、ホバートは声をかけた。「きみたちは現実とアートを区別できる。それができないアーティストが多い」

「ホバート、さようなら」アニーは車のエンジンをかけた。

「また来てくれよ」ホバートが言う。

アニーはアクセルをそっと踏んで、私道をゆっくり進んだ。バックミラーにホバートの姿が見える。足を引きずるようにして家に入っていった。ドアが閉まる。家全体が闇に包まれた。

サンフランシスコへの道中、バスターが「次はどうする？」と言った。選択肢はごくわずかだ。ここまで来たのはハズレだった、という感覚を無視することができない。家に帰るしかないんだろうか。手がかりはひとつもない。解決につながりそうな道は、ホバートと話したことですべてふさがれた。もう捜しようがない、とアニーは思った。

バスターが助手席で眠りに落ちた。軽くいびきをかいている。アニーはスピードを上げた。ヘッドライトが前方の闇を切りさいていく。もうやることがない。勝負に負けた、という感覚が頭にこびりついて離れない。両親対子どもの対決は、ここまでの流れからすると、どう見ても両親の勝ちだ。両親は姿を消し、いつ帰ってくるかわからない。もしかしたら永遠に帰らないつもりかもしれない。とすると、自分にできるのは家に帰ることだけだ。

もう帰りの飛行機がない。アニーは駐車場の長期間利用エリアに車を停めて、シートを倒した。目を閉じたとき、バスターが半分寝ぼけた声で言った。「どうするの？」

「朝になったらテネシーに帰る」

「父さんと母さんは？」

「ホバートの言うとおりかもしれない」この二時間ほどずっと考えていたことを、アニーはようやく口に出した。「あの人たちはわたしたちを置いて遠くに行ったけど、わたしたちが追いかけるのをあきらめるっていうのは想定外だったんじゃないかしら。ある意味、わたしたちが優位に立ったのよ」

子どもチームと親チームの戦いで子どもチームが勝ちをおさめるには、ここで勝手にゲームを終わらせればいい。

「そうだね」バスターはそう言ったが、心からそう思っているような口調ではなかった。そして、すぐにまた眠ってしまった。アニーは目を閉じた。車の薄っぺらい壁が、ふたりを世界から守ってくれている。アニーはぐっすり眠った。こんなにぐっすり眠ったのは何週間ぶりだろう。アニーとバスターを乗せた車は、そのまま朝まで動かなかった。


アニーとバスターは毎日のように警察に電話をかけ、捜査の状況を聞いている。しかし、クレジットカードは一度も使われないままだし、両親と特徴の一致するふたり連れが奇妙な行動をとっていた、などという通報はまだ入ってこないらしい。「こういうのは、長引けば長引くほど、解決が難しくなるんです」保安官はそう言った。それがどういうことか、ふたりにはよくわかっていた。

アニーは家を掃除し、食事を作り、五キロのジョギングをし、ビデオテープの古い映画を最低一本見るという生活を毎日続けていた。バスターは朝から晩まで部屋にこもり、なにかを書いていた。自分にとってとても大切な仕事だから、内容はまだ話したくない、とアニーには言っていた。一度だけ、アニーがバスターの部屋に入っていって、一枚の紙切れに目を留めたことがある。こんな文章が書いてあった。

〝われわれは放浪者。われわれこそ放浪者。危険はすぐそばにある。危険はすぐそこにある。法は飢えて、われわれを狙っている。法は飢えてやせ細り、われわれを狙っている。町は掘っ建て小屋だらけ。一攫千金めざしてやってきた男たちであふれている。われわれは放浪者。法は飢えてやせ細り、われわれを狙っている。われわれ＝？　危険＝？〟

「バスター」アニーは走り書きの文章を指さした。「これ、なあに？」

バスターは首を振った。「わからない。けど、きっと突きとめる」

パソコンに向かうバスターを置いて、アニーは部屋を出た。すごい勢いでキーボードを叩く音が聞こえる。無からなにかを生みだしているのだ。アニーは軽い嫉妬を感じた。バスターはいとも簡単に、自分のまわりにアートの世界を作り出すことができる。アニーはそうではない。ダニエルのような脚本家に台詞をもらい、フリーマンのような監督に演技を指示され、ミンダのような女優に共演してもらわなければ、なにもできないのだ。バスターはいつもひとりきりで部屋にこもって原稿を書いている。ひとりきりだからこそ、自分の中身をさらけだすことができるのだろう。誰にも干渉されず、自分ひとりで作品を作る――それもおもしろそうだな、とアニーは考えはじめていた。とはいえ、自分には芝居しかできない。感情をこめて台詞を読み、動きを作り、まわりの共演者を愛していると自分に言いきかせるだけだ。

自分の部屋に戻って映画を見た。美しい肉食の女が街灯の下に立って、口にハンカチをくわえている。ついさっきまでパンサーだったのが、人間の姿に戻ったのだ。この時代に女優をやりたかった、とアニーは思った。どんな奇抜なことでも、人々は抵抗なく受けいれてくれた。

ロサンゼルスを脱出してから、電子メールは一度しかチェックしていない。ダニエルから一通届いていたが、読まずに削除した。エージェントからも一通。〈今後のエージェント契約について〉というタイトルだった。これも読まずに削除した。あとはスパムメールばかりだった。

久しぶりにログインすると、ルーシー・ウェインからメールが来ていた。『支払い期日』の監督だ。長いこと連絡をとっていない。フリーマンの映画や、それに続く私生活のごたごたのせいで、なんだか気恥ずかしくて連絡できなかったのだ。あなたには失望したわ、と言われるのが怖かった。届いたメールのタイトルは〈お知らせ〉。アニーはクリックして、本文を読んだ。

アニーへ

百回くらい電話してるのに、つながりません。エージェントに聞いたら、黙っていなくなったとのこと。メールアドレスを教えてくれたので、メールしてみます。

あなたのこと、ずっと気になっていました。そこへご両親のことがあって、とても心配しています。大丈夫？　大丈夫じゃないんじゃないかと思えてなりません。ご両親との関係がとても複雑なものだったと、前に話してくれましたよね。早くまた会いたいです。

さて、用件に入ります。次の映画の脚本を書き終えました。書いているあいだ、あなたのことをしょっちゅう思い出していました。この一年半をかけて書いたこの作品の主人公は、あなた以外の女優がやるところを想像できないの。いろんな意味で、あなたを思いながら作りあげた人物といえるかも。

いま、どんな状況ですか？　女優の仕事に戻りたいと思っていますか？　今度の役は、あなたにぴったりだと思うの。いま、資金を調達中。前作はパラマウントにひどい扱いをされて、殺されたも同然だったから、今度はまたインディーズ系で行ってみようと思います。だから予算は少ないけど、ぜひ考えてみてください。ファイルを添付したので、よかったら読んでみて。そして意見を聞かせてください。あなたと組むことができたら、この作品がもっと好きになれそう。『支払い期日』をやったときと同じくらい、胸がどきどきしています。あのときもあなたはすばらしい演技をしてくれたわね。

お返事をください。

ルーシー・ウェイン

『支払い期日』の脚本と監督を手がける前、ルーシー・ウェインはコンセプチュアルアーティストとして、シカゴのアートシーンでそれなりの名声を得ていた。両親は名前がほとんど知られていないカメラマンだった。ルーシーのやっていたアートはこんなふうだった。黒い糸のクロスステッチで毛布にメッセージを入れる。〝あなたにしてあげられるのは、これが精一杯〟〝海まで裸足で走っていって戻ってきて〟〝手を叩いて雨を降らせて〟といった奇妙なメッセージばかりだ。こうした毛布をホームレスに配る。まもなく、シカゴの街じゅうが毛布のメッセージでいっぱいになった。ルーシーは街を歩きまわって、そのようすをビデオカメラで撮影し、それをまとめたものをあちこちのギャラリーで上映した。やがて、そうした作品にナレーションをつけ、短編映画に作り替えて、さまざまな映画祭に出品した。それをきっかけに、映画監督の仕事をやるようになったというわけだ。アニーが〝子どもA〟だったと知ったときのルーシーの驚いた顔を、アニーはまだ覚えている。「わたし、ご両親のアートが大好きだったわ。子どもAになりたかった」ルーシーはそんなふうに言っていた。当時のアニーは、あのファング夫妻の娘と言われるのがいやでたまらなかったので、「ぼろぼろになるだけよ」としか答えなかった。

＊

ルーシーの新作『火を愛でる人』は、カナダ西部に住む一家の世話係になる女性のストーリーだ。一家には子どもが四人いて、ときどき人体発火を起こす。子ども本人が発火によって怪我をすることはないが、家が燃えるおそれはある。この女性の役目は、家が燃えないように、子どもが発火したらすぐ火を消すことだった。子どもたちの両親は金持ちでインテリだが、きわめて残忍な性格をしている。絶対的な力で屋敷を支配し、世話係の女性がやることなすことに文句をつける日々だ。子どもたちの年齢は六歳から十五歳まで。四人ともかわいらしいが、人体発火のせいで両親から疎まれ、寂しい思いをしている。世話係と遊ぶのが唯一の楽しみであり、外の世界との接点だった。月日が経って仕事に慣れてくると、女性は火、マッチ、火花といったものに執着を感じるようになった。子どもたちが人体発火を起こすよう仕向けたくなるのをこらえなければならない。やがて、ラストシーンで家が焼けおちる。女性は子どもたちを家から助けだすが、両親は逃げおくれて死んでしまう。女性と子どもたちはブリティッシュ・コロンビア州を出て、ユーコンの雪の原野に入っていく。

脚本を読んだアニーは、奇妙な感動を覚えていた。危険な家族との関係を深めていく経緯が不気味でおもしろい。ほとんどのシーンは屋敷内だろう。そのせいで、閉所恐怖症じみた不気味さも加わるし、いまにも火がつくんじゃないかという緊張感が続くところもいい。ただし、あらゆる条件が整ったとしても、撮影は難しく危険なものになるだろう。『支払い期日』と同じく、衝動にかられて過ちをおかしながらも、なんとか試練を乗り越えるという物語だ。ルーシーがアニーをそういう目で見ているということだ。間違った道を選んでは傷ついてばかりいる女——それがアニー・ファングのイメージなんだろう。アニーはフアイルを閉じ、ルーシーに返事を送った。シンプルに「気に入ったわ。やらせて」と書いた。

メールを送ったあと、アニーは自分の将来を描いてみた。まずは、両親を捜しつづけるバージョン。それから、両親がすでに見つかっているバージョン。最後に――頭のなかで考えるだけなら、こんな夢物語も許されるだろう――もともと両親はこの世に存在しなかったというバージョン。しかし最後のバージョンは、目の前にあらわれるとすぐに、ぱっと炎に包まれて消えていった。両親がいなければ、自分もこの世に登場していないのだ。どうがんばっても、両親より前に自分が生まれたと想像することはできない。順序が逆になってしまう。まずは、若くて元気な両親ありきなのだ。両親は昔、想像もしなかっただろう。アニーとバスターがいつか「子どもAと子どもBじゃいやだ」と自分たちに迫ってくるなんて。

ライト、カメラ、アクション！　一九八五年

ケイレブ&カミーユ・ファング

ファング夫妻はスタジオのなかをうろうろ歩きまわっている。ふたりとも、他人の存在など目に入っていないかのように、ただひたすら、次になにかが起こるのを待っている。顔は無表情で、人間ではなくロボットのようだ。やるべきことを正しくやるようにプログラムされたロボット。どんなに過酷な状況であろうと、そのあとにどんな出来事が起ころうとも、ただ任務を果たすだけのロボットだ。すべての準備が整うと、ケイレブがディレクターズ・チェアから腰を上げ、カメラマンのうしろに立った。「アクション！」ケイレブが叫ぶ。

看護師の白衣を汗でじっとり湿らせたボニーは、手の震えを必死に抑えようとしていた。こんなことで、ファング家の役に立てるんだろうか。美しいアートを作る手伝いができるんだろうか。

ファング家のことを知ったのは、その年のはじめだった。ホバート・ワックスマンの〈有意性アート概説〉という授業のなかで、ファング家の初期の作品について研究した。ケイレブ・ファングが、手製の発煙筒のようなものを背中に貼りつけ、生後九ヶ月の息子を抱いて、混雑したショッピングモールのなかを歩きまわるというものだ。発煙筒の炎がコートの上着のすそから噴きだし、ズボンのすそから煙が漏れはじめる。それでもケイレブは赤ん坊を抱いたまま、ショッピングモールのなかを歩きつづける。その一部始終をカミーユがビデオにおさめていた。モールの二階の手すりから身をのりだして撮ったらしい。無表情なケイレブの顔だけでなく、赤ん坊の顔や、驚いて集まってきた買い物客たちの顔もしっかりとらえていた。

「これこそ、伝統に縛られることのない、きわめて原始的な作品だ。アートとはなにかという概念をきわだたせている。ファング家のアートは、自分たちを手榴弾のように群衆のなかに投げこんで、それが引きおこす混乱を待つというものなんだ。狙いは混乱を起こすことだけ。たまたま現場に居合わせた人間はみな度肝を抜かれる。というのも、ファングは、精神的な苦しみや、ときには肉体的な苦しみも度外視してパフォーマンスに当たっているからなんだ」ホバート教授が解説した。

ボニーは映像のなかのケイレブ・ファングをじっくり観察した。ひどい火傷を負っているのは間違いないのに、見ていると催眠術にかかりそうなほど安定した足どりでモールを歩いている。背中に火のついたケイレブ・ファングは、息子を火からかばいながら歩きつづける。なんて無意味なことをしているんだろう。でも、なぜだか目が釘付けになってしまう。このとき以来、ボニーは心を奪われた。ファング家のアートに惚れたのではない。ファング家のふたりに惚れてしまったのだ。

ホバート教授がケイレブ・ファングのメールアドレスを教えてくれた。ちょっとした色仕掛けが功を奏した。自分のずばぬけた容姿をうまく活用する方法を最近覚えたばかりだった。その後、ケイレブとカミーユにメールを送りつづけた。返事が欲しかったが、どんな返事が欲しいのかまでは、自分でもよくわかっていなかった。メールのなかに、こんなアートをやりたいという願望を書いた。それはすなわち、ファング家のアートパフォーマンスに加えてもらうということだった。

返事はこなかった。無理もない、とボニーは思った。家族だけで完璧なアートが作れるというのに、わざわざ他人を——それも、なんのヴィジョンももっていない素人を——仲間にする意味がない。失敗するリスクが生まれるだけだ。

ボニーは何ヶ月も前から、自分ひとりでやるパフォーマンスの構想を練っていた。人生の馬鹿らしさを独特のやりかたで表現したい。しかし、新しい発想が出てこない。既存の作品を見て、それが成功した理由や失敗した理由を分析することはできるのに、そういう知識や応用力をもとに自分のオリジナルを作るということができない。既存の作品を別の視点で解釈して作り替えるというやりかたでもいいのだが、それもできない。ホバート教授が控えめな言葉で指摘してくれたとおり、ボニーはアーティストではなく評論家なのだ。

ホバート教授からファングの作品ビデオをさらにいくつか借りた。画質が悪くて構図も悪いので、なにが起こっているのかわかりにくいところがあった。ちゃんとした照明係とカメラマンを雇って、複数のカメラで撮影すれば、微妙な演出までしっかり記録できるのに。映画みたいにパフォーマンスを制作できれば最高だ。しかし、それは無理だろう。カメラに気づいた人々が「これからなにか撮影するんだな」と思ってしまったら、パフォーマンスの肝心な要素が損なわれてしまう。

そのとき、ファング夫妻に協力する方法を思いついた。それをやればアートのクオリティを高めることができるし、自分の役割もなくてはならないものになる。映画撮影用の本物の機材を使い、ちゃんとした画像を撮りなれている人たちに参加してもらいながらも、とんでもないことが突然起こるというおもしろさを残すことができる、そんな方法だ。完璧なアイデアだった。ボニーはそのときはじめて、自分もアーティストになれるかもしれないと思うことができた。

ボニーとの共同作業のために、ケイレブがロサンゼルスにやってきた。カミーユと子どもたちは準備が整ってから来る予定だという。空港でケイレブを出迎えるとき、ボニーはできるだけ生地の少ないワンピースを着て、髪をくしゃくしゃに逆立てていった。高いところから飛びおりてここに着地したところです、と挨拶してもおかしくないようなヘアスタイルだ。しかしケイレブはボニーと握手をしただけで、さっさと仕事の話を始めた。もっているイメージを現実化するにはどんなものが必要か、という話だ。ボニーはあわててハンドバッグからメモ帳を取り出し、ケイレブのあとにぴったりついて歩きながら、矢継ぎ早に出される指示を書きとめていった。指示どおりにしてくれなきゃ困るよ、と念も押された。

「きみが有能な女性だと信じて、ここまで来たんだ」ようやく車に乗ると、ケイレブはそう言った。車は街のなかを進んでいく。「うちの家族は、有能なのがいちばんのとりえだ。きみにも同じだけの能力があるという前提で進めていくよ」

ボニーはうなずいた。「なんでもやります。ご希望があればなんでもおっしゃってください。そのとおりにします」

ケイレブは微笑んで、指先で自分のひざを叩きはじめた。

「今回のプロジェクトは特別中の特別なんだ。ファング家の歴史に新しい章が加わる」

言葉ではっきり言われたわけではないが、これでファング家の一員になれたのだ、とボニーは思うことにした。

手早くレンタルの手続きをすませた。カメラ、照明、小さめのスタジオ。期間は一週間だ。ショートフィルムを作るための撮影スタッフを三日間の約束で雇った。給料は前払い。そのレギュラークルーとは別に、メイキングフィルムを作るためのドキュメンタリークルーも雇った。ケイレブが脚本を担当する。ボニーは二週間前から大学を休んでいるが、この期間も、毎朝ケイレブのホテルに出向いては、準備の進捗状況を報告した。

「きみを出演させたいな」ケイレブが言った。

セックスしようってことかしら、とボニーは思った。しかしケイレブは一度たりとも、ボニーに肉体的魅力を感じているような素振りを見せたことがない。いまは、すばらしいものを作ることだけで頭がいっぱいなのだ。そう考えるとなおさら、ボニーはケイレブに抱かれたくなった。

ファング家のほかのメンバーも到着した。アニーもバスターも無表情だった。そばにいたくない、とボニーは思った。まだ八歳と六歳の子どもなのに、小さな大人のようだ。自分のほうがよほど子どもに思える。できるだけ避けていることにしよう。そのほうが気が楽だ。ふたりは自分たちでゲームを考えだして、遊びはじめた。ボニーには理解できないような、複雑なゲームだった。しかもそれを何時間もやりつづける。大人たちがスタジオでなにをしているのか、まったく興味がないらしい。しかし、名前を呼ばれたとたん、ふたりはゲームをやめて、急ぎ足で両親のところに行った。

カミーユに対するボニーの思いは複雑だった。とても思いやりのある女性で、なにかと励ましの言葉をかけてくれる。そのうちボニーは、ケイレブではなくカミーユと寝てもいいかも、と思うようになった。ファング家の一員でいられるならどんな手段を使ってもかまわない。とにかく仲間のひとりでいたかった。

とうとうカメラが回りはじめた。看護師役のボニーが子どもたちを連れて部屋に入る。カミーユは子どもたちの母親のジェーン役で、病床についている。弱々しく体を起こすと、もっと近くにおいでと子どもたちに声をかけた。

「わたしのかわいい子どもたち、顔をよく見せてちょうだい」

台詞を言いおわる前に、ケイレブが「カット！」と言った。レギュラークルーが撮りなおしの準備をする。ケイレブがカミーユに言った。「ジェーン、もっと感情をこめてやってくれるか。子どもには何ヶ月も会えなくて、いまようやく会えたんだ。わかるね？」

カミーユはうなずいた。「わかったわ」

ライト、カメラ、アクション。

ボニーがまた子どもたちを連れて病室に入ってきた。カミーユが身をのりだす。「かわいい子どもたち、顔をよく見せてちょうだい」

「カット！　いまのはちょっとやりすぎかな。きみは末期ガン患者だ。いまの二回の中間くらいでやってほしい」

「了解」カミーユは親指を立てた。

ボニーが子どもたちを連れてくる。ケイレブが叫んだ。「カット！」

ライト、カメラ、アクション。

レギュラークルーはセットを急いで整え、ドキュメンタリークルーはケイレブの指示に注目する。

「ボニー、子どもたちを連れて病室に入ってくるとき、ちょっと早足すぎる。母親が死にかけてるんだ。すごく弱ってる。そんな母親のところに子どもたちを連れていく。少し腰が引けてもおかしくないんじゃないか？」

ボニーはうなずいた。緊張しすぎて言葉が出なかった。

ライト、カメラ、アクション。

ボニーが子どもたちを連れてくる。カミーユが身をのりだし、「わたしのかわいい子どもたち、顔をよく見せてちょうだい」と言う。「カット！」ケイレブは額に人さし指を押しあててなにか考えこんでいた。「ジェーン、〝かわいい〟って言葉抜きでやってみようか。ちょっとくどいような気がする」カミーユはまた親指を立てた。

ライト、カメラ、アクション。

ボニーが子どもたちを連れてくる。カミーユが身をのりだす。「わたしの子どもたち、顔を――」ケイレブが叫んだ。「いや、カットだ。すまない、ジェーン。やっぱり〝かわいい〟を入れてくれ。すまない」

ライト、カメラ、アクション。

ボニーが子どもたちを連れてくる。ケイレブが叫んだ。「カット！　子どもたち、歩きかたが変だぞ。腕が動いてなくて不自然だ。ちょっと腕を動かしてくれるか？」バスターとアニーはうなずいた。

ライト、カメラ、アクション。

ボニーが子どもたちを連れてくる。カミーユが身をのりだす。「わたしのかわいい子どもたち、顔をよく見せてちょうだい」「カット！　いや、すまない、〝かわいい〟は入れるんだったな」カミーユは笑顔で言った。「ええ。〝かわいい子どもたち〟になったのよ」

「そうか」ケイレブはごめんというように片手をあげた。「次のテイクで終わりそうだな」

ライト、カメラ、アクション。

ボニーが子どもたちを連れてくる。カミーユが身をのりだす。「カット！　ジェーン、ちょっと身をのりだしすぎだ。そこまで必死にならなくていい。子どもたちのほうにゆっくり引かれていく感じだ。〝かわいい子どもたち〟でよろしく」カミーユの笑顔が少しこわばってきた。「お手本を見せてもらえない？」しかしケイレブを手を振って断った。「きみの演技を見て判断するよ」

ライト、カメラ、アクション。

ボニーが子どもたちを連れてくる。カミーユが身をのりだす。「わたしのかわいい子どもたち、顔をよく見せてちょうだい」予想どおり、ケイレブの声が響く。「カット！　〝わたしの〟をもっと強調してくれ。

何ヶ月も会ってなかったんだぞ」カミーユは困り果てたような顔をしたが、うなずいて答えた。「やってみる」

「次こそ決まりそうだ」

三時間経っても、ケイレブの納得のいくテイクは撮れなかった。ケイレブがどなるのはカミーユばかり。死にかけてベッドにいる女性の役だが、同じ台詞を何度も言いつづけたせいで、声ががらがらに枯れてきていた。しかしときには、バスターとアニーを叱りつけることもある。子どもたちの役は台詞がないが、いまの動きはなっていないと延々説教を続けるのだ。子どもたちが泣きだすと、ケイレブは追い打ちをかける。「それでいい。それくらい感情をこめてやれ」カミーユがベッドで中指を立てる。ケイレブはかまわず撮影を続ける。「アクション！」

しばらくすると、照明やカメラワーク、ブームマイクにまで文句をつけはじめた。「監督」クルーのひとりが言う。「前もって細かい指示をしてくださいよ。そうしたらそのとおりにしますから」ケイレブはあきれたように首を振る。「やってみないと指示なんか出せない」クルーは言う。「それじゃあ仕事が進みません」ケイレブが鼻をふんと鳴らす。「それがわたしのやりかただ。このやりかたで、いろんな映画祭で大きな賞をとってきたんだ」

ライト、カメラ、アクション。

ボニーが子どもたちを連れてくる。カミーユが身をのりだす。「わたしのかわいい子どもたち、顔をよく見せてちょうだい」ケイレブはなにも言わない。腕組みをして見ている。ボニーが子どもたちをベッドの近くに立たせ、カミーユがバスターの頬に触れる。「カット！　男の子じゃなく女の子の顔が先だ」カミーユは枕を殴りつけた。「ケイレブ、いったいどうしたの？　なにが不満なの？」

「完璧にやりたいだけだ」

バスターとアニーが声を上げて泣きだした。カミーユがふたりを抱きかかえる。ボニーには、それが演技なのかリアルなのかわからなくなってきた。レギュラークルーのひとりがケイレブを落ち着かせようとして、肩に手を置いた。ケイレブはその手を払いのけた。「触るな！」ケイレブは叫び、ドキュメンタリークルーを指さして「そっちは撮り続けろ。天才アーティストの仕事ぶりを全部カメラにおさめてくれ」と言うと、椅子に置いてあった脚本をびりびり破りすてた。「これでよし。脚本なんかもういらない。この先はアドリブでいく」レギュラークルーがセットのまわりに集まって、ケイレブをにらみつけている。

「ライト、カメラ、アクション！」

ケイレブが叫んだが、誰も動かない。ケイレブはカメラマンの背中を押してカメラの前に立たせようとした。そのとき、クルーのひとりがケイレブに突進し、ヘッドロックをかけた。もうひとりがケイレブの両脚をつかむ。これで反撃はできない。そのままケイレブをセットの外に連れだした。

五分後、ケイレブはセットに戻ってきて、ディレクターズ・チェアを振りまわした。ドキュメンタリークルーからカメラを奪いとって、全員をクビにした。

「撮影終了！」

クルーはケイレブを口汚く罵りながら、セットから離れていった。残ったのがファング家の四人とボニーだけになると、子どもたちはすぐに泣きやんで、にこにこしはじめた。カミーユは笑い声を上げてゆっくり手を叩いた。ケイレブが深くお辞儀する。

ケイレブは鼻血を出していた。シャツはびりびりに破れている。「どうだった?」

カミーユはうなずいた。「すばらしかったわ」

ボニーは動けなかった。ショックから立ちなおれない。十分ほど経ったとき、ケイレブはボニーが泣いていることに気づいた。すすり泣きが激しくなり、嗚咽が漏れはじめる。

「ボニー、きみはよくやったよ」ケイレブが言って家族に視線を送ると、家族が集まってきて、ボニーの肩に手を置いたり背中をさすったりしはじめた。

「怖かったんです」

「それでいいのよ」カミーユが言った。「それが狙いだったんだから」

セットを片づけ、フィルムを回収する。あとでこれを編集するのだ。撤収作業が終わると、ケイレブが「打ち上げにいこう」と言った。子どもたちが歓声を上げる。

「わたし、帰ります」ボニーは言った。

「せっかくがんばったんじゃないか」ケイレブが言う。「あとはリラックスして撮影を振り返るだけだ」

とても無理、とボニーは思った。この数時間のことなんて、もう思い出したくもない。「いえ、わたし、もうだめです。みなさんにはついていけません。わたしはやっぱりアーティストにはなれないんです」

カミーユはボニーの腕に触れた。「最初はなんだって大変よ。いろんな感情がごちゃまぜになってしまっているんでしょう? 全部お芝居だったっていまならわかるのに、気持ちがついていかないのよね。だから混乱してしまう。そのうち落ち着くわ。大丈夫よ、ボニー」

ボニーはかぶりを振った。「無理です」

「きみは才能があるよ」ケイレブが言った。「きっと立派なアーティストになる。きっと、みんなの度肝を抜くようなものを作る。それを見るのを楽しみにしているよ」

ファング家の四人はボニーをとりかこんでハグした。ボニーは叫びだしたい気分だった。やがて四人は離れていった。すばらしいものを作ったという喜びを全身から放っている。ボニーはそんな四人の後ろ姿を見送った。あの四人の絆はすごい。きっとなにがあっても離れることはないだろう。

10

バスターは落ち着かなかった。家の中にいると、誰かに見られているような気がする。それが誰なのか、はっきりわからない。いや、わかる。両親だ。ある日の夜、バスターは家じゅうの換気口をのぞきこみ、ランプシェードの中を調べ、カーペットをなでまわした。どこかに盗聴器があるかもしれない。

アニーが部屋に入ってきたとき、バスターは床によつんばいになり、点字でも読んでいるかのようにカーペットをなでていた。

「バスター、なにやってるの?」

バスターは顔を上げた。ずっとかがんでいたので耳まで真っ赤になっている。耳鳴りがした。「ちょっと捜しものをね」

「なにをなくしたの？」

バスターはカーペットに視線を戻した。「さあ、わからない」

頭のなかでは確信が強くなる一方だった。これは両親の仕掛けたプロジェクトで、自分たちの反応がキーなのだ。両親が帰ってくるかこないかは、自分たちの行動にかかっている。謎解きのようなものだ。いままでに何度、だだっ広いショッピングモールや、公園や、パーティー会場に置き去りにされたことか。これといった指示はなく、ただ、なにか起きたら自分なりに対処しなさいと言われるだけ。両親は神のような存在で、なにをしでかすかわからなかった。命あるもの、あるいは命のないものを含めて、あらゆるものの皮を一枚めくればカオスがある。自分たちもそのことをよくわかっていたし、それにうまく反応することもできたから、いったんパフォーマンスが始まれば、いつも両親の期待どおりの行動をしてきた。そうして、よりよい――より奇妙な――世界を作りあげてきたのではないか。

アニーには怖くて話せない。こんな考えも、両親を捜しつづけるべきだということも。アニーはきっと反対するだろう。ふたりの求めているものは微妙に食い違っているのかもしれない。こういう状況になったのははじめてだ。そんなわけで、バスターはそのあとも家のなかの気配をさぐりつづけた。壁に耳をあてれば両親の声がするんじゃないか、そう思いつづけていた。


「スピリチュアルな方面は試してみた？」

エンジンをかけたままの車に乗りこむと、原稿の束を手にしたスーザンが言った。

テネシーに帰ってきてから、バスターは一日おきにスーザンに会っていた。スーザンがアルバイトしている〈ソニック・ドライブイン〉の駐車場で待っていると、休憩時間のたびにスーザンがローラースケートでやってきて、車に乗りこむ。ローラースケートの回転が止まるのも待たず、作品についてあれこれ話しあったり、スーザンが店からもってきてくれた料理を食べたりする。肩と肩が触れそうなくらい、ふたりの距離は近い。車のガラスは白く曇っている。

「なんだって？」バスターは原稿をひざに置いた。

「もし亡くなってるなら、降霊術を使ってコミュニケーションがとれるんじゃない？　ウィジャボード（こっくりさんのようなボードゲーム）とか。あれならウォルマートで売ってるわよ」

「それはいまいちだな。ぼくはああいうのは信じない。もしなにか答えが出ても、受けいれられないよ。たとえ両親が死んで、ぼくとのコミュニケーションを求めているとしてもね」

「あたしも信じてないけど。でも、まったく無意味ってことはないんじゃない？　矢印の板に手を置いて、ボードの上を動かすだけよ。そしたらなにかメッセージが伝わってくる。知ってることばっかで、新しい情報はないかもしれないけど。だって、自分で矢印を動かすんだものね。でも、意外な答えが返ってくるかもよ」

「どうかなあ」バスターは話題を変えたかった。

「それにしても、わけがわからないわね」急に恥ずかしくなったみたいに、スーザンの声が小さくなった。

「ご両親、亡くなったと思う？」

「ああ。死んだかもしれない」

「でも、生きてるとも思ってるんでしょ？」

「思ってる。生きてるかもしれない」

「なにか目的があってこういうことをしている、そう思ってるのね？」

「うん」

「だけど、どうやって捜したらわからない」

「そうだ。手は尽くしたが、うまくいかなかった」

「結局、真実がわかるまでは納得できないってことよね。なのに、どうやって捜したらいいかわからない。だったら、どんなばかなことでもやってみればいいじゃない」

「たしかに」バスターは言った。急にスーザンのロジックがおもしろいと思えてきた。

「ばかなこととか、思ってもみなかったことをやってみるといいわ。それがご両親を引き寄せてくれるかもしれないし、あるいは、バスターがご両親に近づくことになるかもしれない」

「そのためにウィジャボードを？」

「もっとばかばかしいことでもいいかも」スーザンはそう言って、目を糸のように細くした。なにか究極にばかばかしいことはないかと、真剣に考えているようだ。なかなか思いつかないらしい。

「なるほどね。悪くないかもしれない」

「バスターはわたしの恩人だから」スーザンは自分の原稿に目をやった。赤ペンの訂正だらけで、もはやスーザンの作品なのかバスターの作品なのかわからないくらいになっている。「恩返しがしたいの」

スーザンはバスターの唇にさっとキスした。マヨネーズとケチャップのにおいを残して、すばやく体を離す。バスターが反応する暇もなかった。スーザンは精巧な機械のように両手を前後に振りながら、ほかの車のライトのほうへ、ローラースケートで滑っていった。

　バスターがリビングに入ると、アニーは本を読んでいた。数少ない両親の蔵書のうちの一冊、政府を転覆させる方法を書いたハウツー本だ。

「ひとつアイデアがあるんだ」バスターは言ったが、すぐに気恥ずかしくなった。アイデアというほどのものでもないのに、大げさな前置きをしてしまった。そもそも、そんな台詞を口にしたこと自体はじめてだ。

「なあに?」

「ぼくたちが自殺する」

「最悪」

「本当に死ぬんじゃないよ。死んだふりをするんだ。そしたら父さんと母さんが出てくるだろう」

「同じ手でやりかえすってわけ?　うまくいくわけないでしょ」

「なんでだよ」

「あの人たちが本当に死んだなら――」

「死んだと思ってないくせに」

「まあね」

「ぼくもだ。だったらやってみようよ」

「そんなことをしたら、わたしたちの生活がめちゃくちゃになる。たかが両親を見つけるだけのために、人生を賭けるの？　肝心の両親は惨殺されたふりをしてわたしたちをだまそうとしてるのよ。割に合わないわよ」

「けど、ぼくたちがなにか反応するのを待ってるはずだ。感じるんだ。絶対間違いない。どこかに隠れて、ぼくたちが次の行動に出るのを待ってる。ぼくたちがばかなことをするのを待ってるんだよ」

「だめよ。忘れたの？　あの人たちに振りまわされるのはもうおしまい、そう決めたでしょ」アニーは怒りで体を震わせていた。「あの人たちはわたしたちの毒。それが悪意のある毒で、まだわたしたちを振り回そうとしているんなら、永遠に行方不明になってればいいんだわ。もう近づきたくもない」そこまで言うと、アニーはソファに体を投げだした。怒りが悲しみに変わっていた。バスターはなにも言えなくなってしまった。

結局いつもこうして袋小路に入ってしまう。両親はぼくたちを愛してくれている、バスターはそう思いたかった。今回のことはすべて、精神的にぼろぼろになっていたぼくたちをしっかりさせるために仕組んだことなのだ、と。しかしアニーは違った。両親は、あくまでも自分たちの目的のためにこんなことをしているのであって、そのために誰かが苦しんでいることなど意に介していない、そう思っていた。

「つらいわね、バスター。もう二度と、あの人たちにこんなことはさせない」アニーは本に視線を戻した。

「たいしたもんだよ」バスターは言った。自分でも意味がわからなかった。そこで、同じことをもう一度言った。さっきよりも大きな声で。アニーが本を置いて、バスターを見た。「たいしたもんだよ」バスターはまた言った。声に力が入らない。両親がどこかの小部屋に閉じこめられている、そんなイメージがあった。白い壁の粉を両手につけたまま、夜になるとふたりで肩を寄せあって、待っている。ばたばたと残してきたヒントを頼りに、子どもたちが謎解きをして、自分たちを見つけてくれるまでは、自分たちの作った小部屋から出ることができないのだ。

アニーが立ちあがり、バスターをぎこちなく抱きしめた。

「たいしたもんだよ」バスターは言った。「ぼくたち、完全に振りまわされてるんだ。なにもしなくたって、なにかしてるのと同じなんだ」

アニーは腕に力をこめた。「そうね、バスター。完全にやられたわ」

「そんなつもりじゃなかったんだろうけど」

「結果は同じよ」

バスターは部屋で座っている。アニーは隣の部屋で寝ている。通気口から空気が出てくる。その音は両親の寝息にそっくりだった。バスターは原稿のようなものを書いていた。それを再び読みあげる。その物語の世界に入っていくたび、まるでお祈りのように、そのくだりを必ず読みあげる。

「危険はすぐそこにある。法は飢えて、ぼくたちを狙っている。法は飢えてやせ細り、ぼくたちを狙っている。町は掘っ建て小屋だらけ。一攫千金めざしてやってきた男たちであふれている。ぼくたちは放浪者。法は飢えてやせ細り、ぼくたちを狙っている」

放浪者が誰のことなのか、もうわかっていた。姉と弟の双子で、みなしごだ。この世界では、みなしごは恐ろしい孤児院に送りこまれ、そこで訓練を受けてから、金と権力をもつ人々の娯楽のために、闘技場でほかのみなしごと戦わされる。双子は孤児院から逃げ出し、ほかのみなしごたちといっしょに、国のはずれで野営する。そのままじっと我慢していれば、おとなになれる。おとなになれば、悪いやつらのターゲットにならずにすむ。

出だしには父親の言葉を借りた。レコーダーに父親の声で入っていた、あの一節だ。奇妙な物語をつづった原稿は、もう九十ページ近くになっている。少しペースをゆるめたほうがいい。ゆっくり書けば、バランスのとれた文章になる。急いで書きすぎると、ぶつ切れの文章をつなぎ合わせたような作品になってしまう。

あらすじはだいたいできている。行き当たりばったりに書いているわけじゃない。双子は自分たち姉弟。双子をのこして死んでしまったのは、ケイレブとカミーユ。闘技場は、すべてを破壊して終わりをもたらす究極の暴力の象徴だ。ハッピーエンドにはならないだろう。それでも物語には結末が必要だ。バスターは何時間も書きつづけ、疲れきってベッドに入った。創作は楽しい。成功しても失敗しても、この二本の手からなにか作り出すことができれば、それでいい。

途中で手が止まり、物語をどう続けたらいいかわからなくなると、バスターは決まって、母親にもらった絵を眺める。絵は、普段はベッドの下に隠してあった。出しておくと、自分の吸う空気が放射能で汚染されてしまう、そんな気がした。絵のなかの少年は、虎と取っ組み合って戦っている。ときどき、これは戦っているのではなく抱きあっているんじゃないか、と思えることもあった。どちらか一方が死ぬことになるのがわかっていて、お互いになぐさめあっているのかもしれない。少年は、両手に有刺鉄線を巻きつけている。拳に食いこむ錆びた金属の刺。その描写があまりにもリアルで、じっと見ていると、手に痛みを感じるほどだった。ただ、自分がその絵のなかの誰なのかはわからない。少年なのか、虎なのか。まわりで見ている子どものひとりなのか。もしかしたら有刺鉄線なのかもしれない。触れるものすべてを傷つける刺。ときには、自分はすでに虎のおなかに飲みこまれていて、少年はそんな自分を助けようとして戦ってくれているのではないか、と思うこともあった。母親はなぜ、たくさんの絵のなかからこれを選んで、この手に渡してくれたんだろう。そのとき——両手に絵を持って床に座りこみ、世界が凍りついて静止したかに思えた、そのとき——両親を自分たちのもとに呼び戻す方法があることに気がついた。

アニーの部屋のドアをあけた。床板をきしませて中に入っていくと、アニーがバネ仕掛けの精密機械みたいに、ぱっと起きあがって目を見ひらいた。いままで眠っていたとは思えない声で言う。「バスター、今度はなんなの？」

バスターは宝物を誰かに見せたくてたまらない、というように絵を差しだした。「これだよ」

「これを使えば見つかるかも」

アニーがマグカップにウオッカを入れてキッチンから戻ってくると、バスターは残りの絵をアニーのクローゼットからすべて出して、床に並べているところだった。

「悪い夢を見そうだわ」

しかしバスターはやめようとしない。意味不明で不気味な作品を並べていく。アニーはウオッカをたっぷりあおって、ベッドに腰をおろした。「どういうことなの。話して」

「これってさ」バスターは並べた絵の上で手を水平に動かした。司祭が祝福を与えているかのようだ。

「母さんは秘密だって言ってたよね。でも、だったらどうしてこんなところに隠したんだろう。見つけてくれって言ってるようなもんじゃないか」

「わたしたちに見つかるのはかまわないってことじゃない？　お父さんに見られたくなかっただけで」

「いや、そうじゃないかもしれないよ」バスターは、しゃべればしゃべるほど気持ちが高ぶっていった。「これだよ。これを待ってるんだよ」

「バスター、どういうこと？」アニーは絵のほうを見ようともせず、指先だけをそちらに向けた。「どれを見ても意味不明だし」

「これはファング家のアートなんだよ。ただし、世間にはまだ知られていない。母さんがこれを廃棄したがってるなんて、ぼくには信じられないな。これを使えば、父さんと母さんは帰ってくる。きっと姿をあらわすよ」

「この絵を使うの？」

「うん。大きなギャラリーで展示会をやってもらうんだ。カミーユ・ファングの隠されていたアート、と銘打ってさ。マスコミにもなるべくたくさん来てもらう。公開討論会でも開けば、それをぶちこわしにするために、ふたりが出てくるんじゃないかな」

「バスター、そんなの単なる思いつきでしょ」

「きっと戻ってくるって」バスターはアニーに反対されてもひるまなかった。

「だめよ」アニーは首を振った。「わたしは気に食わない」

バスターは並べた絵に目をやった。母親は、これを利用してもらいたくて、ここに残していったんだ。

間違いない。一流のギャラリーの壁に、母親の絵が並んだところを想像してみた。たくさんの人々がやってくるだろう。なんの意図があるのか解釈しようとして、キャンヴァスぎりぎりまで顔を近づけるようすが目に浮かぶ。自分は姉といっしょにギャラリーの真んなかにいる。やがて人込みがふたつに分かれて、両親があらわれる。死の淵から生還したかのように。わたしたちの手の届かないところにアートは存在しないのだ、という顔をして。

「じゃあ、こう考えてみてよ」バスターはようやく口を開いた。「父さんと母さんは、ぼくたちのことなんてなにも考えずに家を出たのかもしれない。ぼくたちのことなんてどうでもいいのかもしれない。だったら、ぼくたちがこの絵を武器にすればいい。この絵を使って、ふたりを罠にかけるんだ」

「どういうこと?」アニーの目が光りはじめた。〝武器〟とか〝罠〟とかいう言葉に反応したらしい。

「ぼくたちがこうコメントするんだ。母が本当にやりたかったのは、こういうアートだったんです。ところが、アートとはなにかっていう父の考えを押しつけられていたので、父に隠れてこれらの絵を描いていました、とかね。父さんを怒らせるようなことをどんどん言ってやる。ふたりの生活を根底からゆさぶってやるんだ。そしたらふたりは出てくるしかない。ぼくたちのコメントが嘘か本当か、はっきりさせるために」

「きっと、自分が描いたんじゃないって言うでしょうね」アニーが言った。いいアイデアだということにようやく気づいたようだ。「そうなると、ケイレブはギャラリーに行って確かめずにはいられなくなる。そしたらカミーユも気になってついてくる。それをわたしたちが出迎える」ウオッカを口にする。アルコールが全身にしみわたると、よくないアイデアもいいアイデアに思えてくるようだ。「いいわね、それ、やりましょう」
バスターはうれしかった。両親のイベントに自分たちが参加するのではなく、自分たちがイベントを主催するというのを、アニーが認めてくれたのだ。しかしバスター自身は、両親に命じられたことをやろうとしているにすぎない、と感じていた。両親は、自分たちが死んだとまわりに思わせて、失踪した。ずいぶん手間をかけたものだ。ということは、この世に生き返ってくるのにも、人手を借りる必要があるはずだ。子どもたちがそれをやらなくてどうする？　それが子どもAと子どもBの役割なのだ。バスターは、床に並べた絵に目をやった。タペストリーを見ている気分だ。カオスと謎めいた不気味さでつながった作品群。遠くから見ると、両親の肖像画のように思えてきた。

計画には時間がかかった。アニーもバスターも、この手のアートの扱いには慣れていない。概念と行動が表裏一体になったアートにばかり触れてきたからだ。しかし、いまは両親がいないのだから、自分たちの好きにやっていいはずだ。バスターは張りきっていた。誰かに、両親に、姉に、世界に、自分だって突拍子もないものを作りだすことができるんだ、ということをわからせてやる。

ふたりはまず、ちょっと単調な作業からはじめた。一枚一枚の絵を写真におさめていく。町の広場にある雑貨屋で、黒いベルベットの布見本を買ってきた。これをリビングの床に敷き、絵を一枚ずつもってきては布の上にセットした。リビングのランプからランプシェードをはずし、バスターがそれを絵の上にかざして、アニーが写真を撮る。十五枚くらい撮っただろうか、次の絵を見て、アニーが撮影をいやがった。ラバの死骸にバッタがたかり、ビーチにいる弱った鳥を子どもたちが尖った棒切れでつついている、というものだ。

「こんな絵、まともに見ていられない」カメラをバスターに差しだす。「もっと飲みたくなっちゃう。あるいはまったく飲まないか。でもどっちも無理」

「やらなきゃ前に進めないよ」

バスターはカメラのファインダーごしに絵を見つめた。写真を撮り、デジタルの画像を確認して、次の絵をセットした。これもさっきのと同じくらい不気味な作品だ。

絵を描いたのは自分だと母が言ったとき、バスターは母の孤独な姿を想像したものだ。夫がなにかの用事で出かけている隙をみて娘の部屋に入り、夫にいつ見つかるかとひやひやしながら、これらの絵を描いていたんだろう。夫が眠っているときにも娘の部屋を訪れては、自分はどうしてこんな絵を描かずにいられないんだろうと自問自答したのではないか、と。しかし、いまは違う。これらの絵は、失踪劇というスケールの大きなアートの小道具だったのだ。両親が笑っている姿が目に浮かぶ。あんな絵がいい、こんな絵にしよう、とふたりでアイデアを出しあっているところだ。父は母の肩に手を置き、母はキャンヴァスに注意深く筆を走らせている。父親が励ましの言葉をささやく。完成した作品をふたりでじっくり眺めて満足感に浸ってから、アニーの部屋に隠したのだろう。それが見つかるのを気を長くして待ち、かねてからの計画を実行に移したというわけだ。

絵のカタログは完成したものの、アニーとバスターはだんだん悲観的になっていった。この計画はうまくいかないかもしれない。まず、美術館は狙えない。展示スケジュールがかなり先まで決まっているので、展示してもらえるとしてもどれだけ待たされるかわからない。それに、規模が大きすぎてもいけない。母親の作品を展示してちょうどいっぱいになるくらいの場所がいい。母の作品だけを展示してくれるところ。しかも、いますぐ引き受けてくれるところ。となると、ギャラリーしかない。両親がかつて作品を展示していたようなところだ。

「ニューヨークのアゴラ・ギャラリーはどう?」アニーが言った。チェルシーにあるギャラリーで、昔、ファング家の初期の作品を展示してくれたところだ。デパートの監視カメラのフィルムを盗んできて、ケイレブが隠し撮りしていた映像とミックスした作品だった。試着室に置き去りにされたバスターが、警備員といっしょにデパート内を歩きまわり、見ず知らずのカップルを指さして「パパとママだ」と言う。カップルが否定しても、大声で主張しつづける。

そのギャラリーにメールを送った。JPEGの画像ファイルも添付した。すると、ほんの二時間くらいで、ギャラリーのオーナーであるチャールズ・バクストンから電話がかかってきた。

「Aかい?　Bかい?」

突然聞かれて、バスターは反射的に「B」と答えた。「バスターです」

「バスター、また例のやつかい?」ギャラリーのオーナーが言った。

「え?」

「なにを企んでる?　両親にやらされてるんだろ?」

「両親はいませんよ、バクストンさん」バスターはどきりとした。気をつけて話さないと、計画が台無しになってしまう。

「それは知ってる。新聞に出てたからね。だが、ファング家の人々はけっして正直者とはいえないからなあ」

「今回のはパフォーマンスじゃありません。姉とぼくがまじめにやろうとしていることなんです。母を偲ぶために」

「作品がお母さんのものだという証拠はあるのかい？」

バスターは答えに詰まった。絵にはサインがない。母親が描いたということを示すものがなにもないのだ。もしかしたら、誰かほかのアーティストの作品を両親が買いとっただけなのかもしれない。自分たちの作品に利用するために。

「姉とぼくとで、母と話したことがあるんです。母がいなくなる前に。母は自分が描いたと言っていました」

「あやしいなあ」バクストンは言った。「きみたち家族のことはよく覚えてる。あの展示は大成功だった。きみのご両親の個性が光っていたね。だが、わたしが気に入ったのは作品そのものであって、作品の一部にはなりたくないんだ。すべてはファングの仕掛けたトラップだったとわかったとき、嘲笑されるのはまっぴらごめんだ。こっちにはなんの得にもならない」

「そういうのじゃありません。まじめにやろうとしてるんです」

「きみのお父さんが言いそうな台詞だ。そんなことを言っておいて、大どんでん返しを仕掛けるんだよな」

電話が切れた。ツー、という音しか聞こえなくなった。

＊

「バスター、なにこれ。すごい！　すごく変！」スーザンは、少年と虎の絵を見て言った。「すばらしいわ」

しまった、これはまずい、とバスターは思っていた。アニーにバレたら階段から突きおとされる。スーザンには母親の絵を見せないと約束したのに。部外者には今回の計画を話さないと約束したのに。ただでさえ、アニーはバスターがスーザンと親しすぎるといって、いやな顔をしはじめている。結局アニーもファング家の人間なのだ。家族以外の人間が信用できない。「あの子、そんなに文章がうまいの？」以前、スーザンに会って帰ってきたとき、アニーにそう聞かれたことがある。

「うまいと思うよ」バスターは答えた。「書きたいっていう気力をもってる。だったらいいものを書かせてやりたいじゃないか。それに、ぼくはあの子が好きだよ。あの子もぼくが好きだ。ぼくにとってはめずらしいシチュエーションなんだ」

「なるほどね。わたしがとやかく言うことじゃないとは思うけど」アニーはそれから、ふと思いついたかのように付けたした。「絵のこと、彼女には話しちゃだめよ。あれはわたしたちふたりの秘密。いいわね」バスターはうなずいた。

その後、スーザンとふたりで、お互いの創作の話をしていたときだった。意見を出しあい、単語を入れかえ、完璧な文章を作りあげたとき、ふたりの会話がとぎれた。いつのまにか、ドライブインの駐車場にいたほかの車はみんなどこかへ行ってしまった。駐車場全体が真っ暗になっている。車のなかには、食べ物の包み紙や、くしゃくしゃに丸めた原稿が散らばっていた。この沈黙をどうしたらいいだろう、とバスターは思った。スーザンが今日のデートは終わりだと勘違いして、車からおりていってしまうかもしれない。それでつい、絵を見せてあげると言ってしまった。両親を見つける作戦のことも話してしまった。スーザンにもう少しそばにいてもらう、ただそれだけのために。なにを必死になっているんだと思われてもかまわない。あとでアニーにバレて怒られてもかまわない。とにかく、スーザンともう少しいっしょにいたかった。車の小物入れをあけて絵を取り出すと、スーザンが体を寄せてディープキスをしてきた。歯のないところから舌先をもぐりこませてくる。舌先でその部分の歯茎をなでられると、耳が燃えるように熱くなった。舌の力が抜けてしまった。

「したいの」スーザンはあっというまに店の制服を脱いだ。こんな狭い空間で、よくそんなに素早く服が脱げるものだ。よほど体が柔らかいんだろう。

「あなたもしたい？」

バスターはこういう場面に慣れていなかった。肉体的な欲求はとくに感じていなかった。生まれてからいままでにキスした女性は五人。そのうちのひとりは姉だ。割合で考えると、ちょっとひどい数字かもしれない。セックスをした回数は片手で足りる。残った指で複雑な影絵ができるくらいだ。質問には答えなかった。へたな返事をしたら、こんな男とセックスしてもおもしろくないと思われてしまう。黙ってうなずくと、スーザンの眼鏡をとってダッシュボードに置いてやり、スーザンのあとについて後部座席に移動した。そのあいだにズボンを脱いだ。どういうわけか、靴は履いたままだった。

スーザンの両脚が腰にからみつく。いつのまにか、呼吸が激しくなっていた。燃えている建物から逃げ出してきたばかりのようだ。そう、この感覚だ。

車は広い駐車場に一台だけ。舌が痛くなるほど、スーザンの全身にキスをしつづけながら、バスターはふと思った。どうして母親の絵をまだもっているんだろう。純粋に、誰かに聞いてほしいだけだと思っていた。両親のこと。自分が複雑でスケールの大きなイベントを思いついたこと。それを利用して、〝できる人間〟だという評価を得ようとしていること。しかし、それだけではなかったのかもしれない。母親の奇妙で暴力的な絵を使って両親をおびき寄せようとしている計画じたい、スーザンに魅力をアピールするためのものだったのかもしれない。それはうまくいったといえるんだろうか。

「この絵が解決の手がかりなの？」スーザンが言った。

「ああ。そうだと思う」

「それ以上のものかもよ」

後部座席で不自然に体をよじりながら、バスターは両手でスーザンの腕をなでた。産毛が柔らかくて、触れると気持ちいい。絵を見せるのはあとにすればよかった。あのまま、もっと長く、肩を寄せ合っていたかった。たくさんの指輪が腕に当たる感覚を楽しんでいたかった。

いままで、本物のガールフレンドと呼べる女性はひとりしかいなかった。バスターが『白鳥の家』を出したのと同じ時期に短編集を出した同業者だ。あなたって感情にゆとりがないのね、と言われたことがある。付きあいはじめて一年くらい経ったころ、レストランでデザートをシェアしていたときだった。「あなたってとてもやさしいけど、ファング流のやさしさなのよね。こういうときはこう反応しろ、みたいにご両親に教えられたんでしょうけど、それって、ファング家のアートにしか通用しないのよ。だから、リアルの世界で人々に接するとき、どう反応していいかわからないんじゃない？　あなたの行動を見ていると、すべての会話はなにか恐ろしいイベントの根回しみたいに思えてくる」バスターはそれをいったん認めてから、トイレに行くといって席を立った。そしてレストランから逃げだした。勘定は彼女にまかせた。それ以来一度も会っていない。いろんな欲求はある。しかし、それをどうしたらいいのか、自分でもわからない。だから、人間づきあいを避けてきた。

なのにいま、両親の車の後部座席で、半裸の女性と抱きあっている。母の絵を見せるのは、スーザンと深い関係になったあとにすればよかった。スーザンがセックスを求めてきたのは、絵に感情を刺激されたからなのだ。スーザンは絵を見たいと思って見たわけじゃない。いや、もしかしたら、見たいと思ってくれたんだろうか。そう考えると、スーザンのことがなおさらいとおしくなる。

「ただの手がかりのつもりで描いたにしては、すごく手がこんでると思うの。ものすごく時間をかけて描いたものに見えるわ。思い入れのある作品だと思う。バスターの考えが間違ってるとまでは思わないけど、これは単なる小道具なんかじゃない。アートってそういうものでしょ？　描かれているものはひとつでも、もっといろんなことを表現してる」

「わかった」バスターは言った。「だがとにかく、手がかりであることには間違いないんだ。ほかにどんな意味がこめられているとしても、それがどんなに深いものであっても、ぼくはそれを知りたいとは思わない」

「そうね」スーザンは有刺鉄線のところに触れた。刺がささるんじゃないかというように、こわごわ指をのせる。「どんな意味をこめたのか、お母さん自身もわからないかもしれない」

さらに五つのギャラリーに問い合わせたが、興味がない、あるいは、うちのギャラリーで騒ぎを起こしてもらっては困る、という返事しか来なかった。ここらへんは両親の計算違いだったな、とバスターは思った。絵の展示ができなければ、戻ってくるきっかけもできない。アニーは思い切ってホバートに連絡をとり、ギャラリーを探すのに協力してほしいと頼んだ。ホバートは渋っていたが、何度もメールをやりとりするうちに、ファング姉弟のしつこさに降参したようだ。いずれにしても、バスターは希望を捨てていなかった。ギャラリーはきっと見つかる。ファング家は、アートの世界ではいまも重要な地位を占めているのだ。ファング家本来のアートとは違う種類のアートであっても、どこかのギャラリーが展示したいと言ってくれるはずだ。といっても、何年もかけて探すわけにはいかない。そんなには待てない。この宙ぶらりんの感覚のまま、そんなに長くは生活していられない。アニーもそうだ。こんな状態が長く続いたら、自然発火して燃え尽きてしまう。

ある日の午後、郵便箱に小包が入っていた。見つけた瞬間、バスターは全身の骨がゴムに変わったような気がした。その場にふんばって、宛て名を確かめる。アニーの名前があった。なんでだよ、と思った。こっちはこんなに必死になって両親の帰りを待ちわびてるのに、ターゲットを仕留める絶好の瞬間を辛抱強く待っている熟練した殺し屋みたいに落ち着きはらっている姉さんのところに便りが来るなんて。小包をアニーの部屋にもっていき、それをベッドにぽんと投げた。

「姉さん宛てだよ」

アニーは笑顔になった。「家にある映画は全部見ちゃったから、何枚か注文したの」

バスターは顔をしかめた。「父さんと母さんがなにか送ってきたのかと思ったよ」

今度はアニーが顔をしかめた。「あっちはこっちを求めてなんかいないわよ。こっちがあっちを捜してるだけ」

アニーが小包をあけた。ＤＶＤが何枚か入っている。『ファイブ・イージー・ピーセス』と『オルフェ』がバスターの目に留まった。たしかアニーのお気に入りの映画だ。正直、バスターはおもしろいと思わなかったし、意味もよくわからなかった。ほかには『第三の男』がある。ジャケットはオーソン・ウェルズのモノクロ写真だ。「これ、見たことないな」バスターは言った。「なんでだろ。不思議なくらいだ」

アニーが目を輝かせ、ＤＶＤをバスターの手から奪いとり、ベッドに置いた。それを指でとんとんと叩く。指揮者が交響曲の演奏を始めようとしているみたいだ。

「これ？　ひどい映画よ。主人公は作家。女優も出てくる。誰かが殺されるんだけど、本当は殺されてないの。なにか目的があって姿を隠してたって筋書き」

バスターは首を横に振った。「やめてくれよ、楽しめなくなるだろ」

「本当におもしろい映画は、あらすじを知っていても楽しめるものよ。あらすじより大事なものがたくさんあるんだから」

「で、ぼくたちの境遇と重なる映画だってこと？」

「わたしたちがもっと楽しい暮らしをしていれば、重なるかもね。今夜、いっしょに見ましょうよ」

夜、ふたりはソファに座った。バスターのパソコンがコーヒーテーブルに置いてある。映画が始まり、チターの音楽が流れてきた。無調で混沌とした曲だ。バスターはテレビのスイッチを切りたくてたまらなくなった。主人公のジョゼフ・コットンが、死んだのか死んでいないのかわからない親友のハリー・ライムを捜して、ウィーンじゅうを走りまわる。あやしい雰囲気の人間が街のあちこちにいて、コットンをどんどんあやしい場所に追いたてていく。こんなあやしい雰囲気の人たちが、自分の人生にもあらわれてくれたらよかったのに、とバスターは思った。ライムが生きているのがわかったときは不思議なくらいほっとした。しかし結局、死んでいてくれたほうがみんなは幸せだった。

観覧車のてっぺんで、オーソン・ウェルズがジョゼフ・コットンに言う。イタリアの三十年間の戦争は恐怖と流血に満ちていたが、その結果としてルネサンスが起こり、ミケランジェロが生まれた。スイスでは民主主義と平和が五百年間続いたが、生まれたのは鳩時計だけだった、と。父さんが言いそうなことだ、とバスターは思った。この部分の台詞は脚本にはなくて、オーソン・ウェルズが自分で考えたものなのよ、とアニーが教えてくれた。父さんとオーソン・ウェルズが会っていたら、きっと意気投合していただろうな、とバスターは思った。

映画のラスト。コットンは憲兵とともに地下道でウェルズを追いかけ、とうとうウェルズを射殺する。バスターはアニーを見ていった。

「なんで姉さんがこの映画を選んだか、わかったよ」

アニーは微笑んだ。「わたしたちと共通する部分があるでしょ」

バスターは、もうなにも映っていないスクリーンを指さした。「行方不明の人を捜すには、たとえ他人からやめろと言われたときでも、つねに気を配っていなければならない。ときには死んだ人を生き返らせることもできる」

アニーは首を振った。「そこじゃないわ。誰かを死の世界から呼びもどしたのに、その人を自分で殺さなきゃならないこともある。そこがポイントよ」

アニーは映画のテーマソングを口笛で吹きはじめた。ひどい音程だ。ＤＶＤをパソコンから取り出すと、ケースにしまい、箱をぱちりと閉めた。


電話が鳴った。いま、家にはバスターひとり。アニーは買い物に行っている。食料品の買い出しは、昔は面倒な家事のひとつだったのに、いまは家の外に出る口実になっている。しかしアニーにとってはそれだけではなかった。この町に帰ってきて時間が経つにつれて、人々にサインを求められることが増えてきた。悪い気はしなかった。町の人々はみんな親切で礼儀正しい。あのひどい最新作の映画も見ていないようだ。みんな、アニーのことをスーパーヒーローだと思っている。それはそれでいいことだ。レジの女の子がガムをひとつサービスしてくれることもある。そんなわけで、いま、バスターはひとりで家にいた。電話に近づいていったが、五回鳴るまで待ってから出た。知っている声でありますようにと願いながら。

「Ａ？　Ｂ？」年寄りの声だ。男か女かわからない。しかし、ギャラリーの人間だということはすぐにわかった。あの手の人々はこういう言いかたをする。ファング家のＡとＢ。両親以外の人からそういう呼ばれかたをしたらどうすべきか、バスターは何年も前にアニーから教えられていた。

「バスターです」

「絵を見たの。そのことで」

「どちらさまですか？」バスターは、もしかしたらアニーかもしれないと思った。様子をうかがうために、こんな電話をかけてきたのだろう。バスターは、今日は朝から原稿にかかりっきりだった。とうとうタイトルを決めた。『児童闘技場』だ。双子はつかまり、地下室に閉じこめられている。地下室同士は地下に掘られたトンネルでつながっているが、トンネルには鋼鉄のドアがついていて、自由には行き来できない。とりつけられたスピーカーからは、人殺しのバラードがいつも流されている。双子の名前はマイカとレイチェル。ふたりとも、すぐに荒々しいファイターになった。ほかの子どもたちから一目置かれる存在だ。脱出の計画は何度も立てたが、成功の見込みがなくて実行できない。どんどん力をつけていくふたりは、ほかの子どもたちの怒りがつねに大人たちに向けられるよう、みんなの気持ちをまとめていく。子どもたち同士が憎みあってはならないのだ。バスターは、この闘技場に愛着をおぼえるようになってきた。子どもたちの命が削られていく場所ではあるが、少なくとも、いっしょに苦しむ仲間がいるからだ。

原稿に没頭していたせいで、頭がぼんやりしていた。受話器から聞こえるかすれた声を聞いて、思わず「父さん?」と言ってしまった。「母さん?」

「は?　いえ、こちらはベッツィ・プリングルです。サンフランシスコのアンカー・ギャラリー。どちらかというと実験的なギャラリーで、ずっと夫と経営してきたけど、いまは息子とふたりで経営してます」

そのギャラリーにはメールを送っていないはずだが、とバスターは思った。バスターは気持ちを落ち着けて、冷静に対処することにした。

「なんのご用ですか?」相手の正体を見きわめてやろう、と思った。

「絵のことです。お母さんの絵のこと。Aに代わってもらえます?」

「いま出かけています。ぼくで話はわかります」

「そう、よかった。ご存じだと思いますけど、うちは、ファングの作品を最初に展示したギャラリーなの。

お父さん単独のではなく、お父さんとお母さんの共作を展示したのよ。まだあなたたちが生まれる前だったわ。つまり、ファングのアートを発掘したのはわたしたちという自負があるわけ。だから、ファングの最後の作品も展示させてもらえればと思って」

「アンカー・ギャラリー？」バスターはまだぴんとこなかった。「ご連絡した記憶はありませんが」

「ホバートから聞いたの。古い友だちでね。お姉さんがホバートにメールしたみたいね。それで、ホバートがうちに連絡してきたってわけ。いま、お母さんの絵を見てるところよ。すばらしいわ。そういえば、お母さんはもともと絵描きさんだったのよね。これよりもっと保守的な作風の絵を描いていて、いろんな奨学金をもらっていたわ。だから、お母さんの絵があると聞いても、そんなに驚かなかったの。それに、そちらの状況はよくわからないけど、お母さんの絵を展示する場所を探してるんでしょう？　うちのギャラリー、もうすぐ空きの期間があるの。ちょうどよかったわ。お互いラッキーじゃない？」

アニーがいてくれたらよかったのに、とバスターは思った。手元にペンも紙もない。相手の名前も覚えられなかった。頭のなかで〝アンカー〟という言葉だけを何度も繰りかえしていた。これだけは忘れてはならない。相手の言うことが本当なら、これで壮大な計画が動きだすことになる。

「それはうれしいです」バスターは答えた。「母は単独でも才能あるアーティストだったということを世間に知ってもらいたいんです」

「わたしたちの思いと同じよ。お母さんを偲ぶ展示にしたいわね」

これを聞いて、バスターは「違う！」と言いたくなった。両親は行方不明になっているだけで、死んではいない。少なくとも死亡宣告はまだ出ていない。しかし口はつぐんだままにした。

「詳しいことは息子と話してもらえるかしら。はじめだけはわたしが話したかったの。ギャラリーのオーナーはいまもわたしだし、最終的に決めるのはわたしなのよ。もう若くないし、昔ほどアートに触れていないけど、美しいものより奇妙なもののほうがおもしろいっていう考えかたは、昔と変わっていないの」

「両方を満たすアートもありますよね」

「そうね」女性は息子に電話を代わった。


アニーが買い物から帰ってきたとき、バスターは高波のようになっていた。ものすごい勢いで話しはじめて、見るまにアニーを飲みこんでいく。話が終わったとき、バスターは息を切らしていた。

「とうとう来たよ。始まるんだ」

アニーは微笑んだ。完璧な白い歯が光る。歯磨きのＣＭみたいだ、とバスターは思った。医学的に認められない成分が入った、ちょっとヤバい歯磨きだ。

「ケイレブの顔が見たいわね。絵を見て、どんな顔をするのかしら。ああ、いくら出してもいいから、ケイレブの顔が見てみたい！」

バスターは言いたかった。父さんは絵のことなんかとっくに知ってると思うよ、と。しかし、姉と自分ではこの件のとらえかたが違う。姉は姉で喜んでいるのだから、余計なことは言わないでおこう。なにが違ったってかまわない。ファング家の四人がまた同じ部屋に集まれたら、それだけでいい。


「わたしも行きたい」

サンフランシスコのギャラリーの話をバスターから聞いて、スーザンはそう言った。展示が始まるまで、あと一ヶ月もない。

ふたりはスーザンの住む小さな公営住宅にいた。水道管があと一回破裂したら建物ごと閉鎖されそうな、ぼろアパートだ。いつ来ても、廊下から子どもたちの走りまわる音がする。壁はないも同然。布を一枚つり下げているのと変わらない。

「いや、それはまずい」

バスターは答えた。ファング家の四人が再会し、怒ったりほっとしたりして、これからどうしようと思っているときに、ローラースケートを履いたスーザンが、そのまわりをぐるぐる走りまわっている――そんな光景が頭に浮かぶ。家族にスーザンを見せたくないのか、スーザンに家族を見せたくないのか、どっちだろう。いや、ここぞというときに部外者にいてほしくないというだけかもしれない。自分でも自分の気持ちがよくわからなかった。人生でこれまで出会った人々のことを、化学物質だと考えてみた。どれとどれを混ぜていいのか、わからない。爆発するかもしれないし、劇物になるかもしれない。とはいえ、もっともわかりやすい説明はこうだ。スーザンを大切にしたい。カオスが起こるとしたら、そこに巻きこみたくない。理由はどうあれ、ギャラリーには連れていけない。ただし、両親がここに帰ってきたら、そのときはスーザンにそばにいてほしい。

「べたべたくっついてたりしないから」スーザンは言った。「わたし、役に立つかもよ。バスターは、ご両親がギャラリーのオープニングイベントにやってきて大騒ぎになると思ってるのよね？　でもアニーは、ふたりがこっそりやってきて、こっそりいなくなると思ってる。そうでしょ？　ご両親がどんなふうにあらわれるにしても、わたしのことは知らないわけよね。だったらわたしが向かいのビルかどこかで張り込みをすればいいじゃない。トランシーバーで連絡をとりあうの。双眼鏡を使えば、遠くからでも確認できるわ。相手の動きが早くわかればわかるほど、こっちが有利になる」瞳孔が大きく開いている。スパイごっこを想像して興奮しているらしい。こういう子なら両親は気に入ってくれるだろう。奇妙な状況にもすぐなじめる子だ。

「いや、やっぱりまずいよ。きみをそんな形で両親に会わせたくない」バスターは言った。それとは違う形でスーザンを両親に紹介しようと思っているような言いかただった。みんなでポーチに出てアイスティーを飲みながら、トランプで遊んだり、競馬の話をしたり。どういうわけか、ファング一家のことを知っても動じないスーザンのような女性こそ、あくびが出るほど伝統的なやりかたで両親に紹介するべきだという気がしてならなかった。

ふたりはベッドに横になったままだった。テレビはカンフー映画を次から次に放送している。セックスをしていたときもずっとカンフーだった。シュッ、シュッ、というキックの音が部屋じゅうに響いている。スタッカートのきいた笑い声も。音声は英語に吹き替えられているのに、それでもどこか外国語のように感じられる。

眼鏡をかけていないスーザンの目は、ぼんやりとして焦点が合っていないように見える。がっかりしているようだ。怒っているんだろうか。

「ぼくたち、妙なタイミングで出会ったからね。けど、きみに会えてよかったよ。ぼくたち家族の問題がすっかり落ち着いたら、もっと付きあいやすくなる。ぼくはいつも落ち着かない感じに見えるだろうけど、それもなくなる」

スーザンはバスターに体を寄せて、指先でバスターの額を軽く突いた。バスターはびくりとしたが、その瞬間、スーザンの顔に奇妙な表情が浮かんだのに気がついた。この人はいったいどういう人なんだろう、とでも思っているような顔だった。バスターはなるべく表情を動かさず、呼吸も止めて、スーザンの判定を待った。

「創作クラブの日、あなたが部屋に入ってきたときのこと、覚えてるわ」スーザンが話しはじめた。「素敵な人だなって思った、顔に傷はあるけど。しゃべりはじめたら、なんだかばかみたいなことをもごもご言ってたわね。ガムを嚙みたいとかなんとか。そのとき、歯が一本ないのがわかった。それに、すごく緊張してるのもわかった。それで、とっても変わった人なんだなって思ったの。それでますます興味をもったわ。そしたらそのあと、あの教務課のバイトの子に呼ばれて。出ていったら、そこにあなたが立ってた。わたしの作品が気に入ったって言ってくれた。あんなにうれしい言葉は生まれてはじめてだった。あなたはいきなりわたしの前にあらわれて、わたしを幸せにしてくれたの」

「きみもぼくを幸せにしてくれたよ」

自分のほうが先に言うべきだった、とバスターは思った。こんなふうにおうむ返しに言うべきじゃなかった。しかしスーザンは笑顔を返してくれた。これでよかったんだ、とバスターはほっとした。

「さっきの話だけど、将来はなにもかもまともになる、みたいに思ってるの？　あなたのいままでの人生から考えても、そんなことはあり得ないんじゃないかな。それに、これだけははっきり言っておきたいんだけど、わたしはそんなことどうでもいいの。どんなに奇妙な人生だってかまわない。だって、おもしろいじゃない？」

バスターは、どう答えていいのかわからなかった。何気ないやさしさがうれしかっただけでなく、まともじゃない生きかたを〝おもしろい〟と言われて驚いたからだ。この子も自分と同じくらい変人なのかもしれない。いや、この子のほうが上手《うわて》なんじゃないか。もしファング家に生まれていたら、作品の中心人物になっていただろう。アニーとバスターは両親に使われなくなっていたに違いない。

ファング家の人間の上をいく変人が、こうして目の前にいる。バスターは自分が平気でいられるのが不思議だった。素早くスーザンを抱きよせた。いろんな音が聞こえる。子どもたちが闇さえ恐れずに廊下を走る音。カンフーの達人が悪人と戦う音。スーザンの呼吸の音。とてもおだやかだ。眠っているんだろうか。聞いていると、バスターも眠くなってきた。人はこういうのを安らぎのひとときと呼ぶんだろう。

アニーとバスターは、すべての絵を丁寧に箱詰めした。緩衝材や段ボールや梱包テープの海に浮かんでいるような気分になってきた。アニーが緩衝材を一枚持って、ちょっとねじった。ぷちぷちと音がして、小さな空気の袋がつぶれる。ぱちんと指を鳴らすときの音に似ていた。

アニーの顔が赤くなった。なにかに急に気づいたみたいに、表情がさっと曇る。なにかしゃべろうとしたが、言葉にならないのか、そのせいで余計怒りが増したようだ。緩衝材が花火のようにぱちぱちと音をたてる。

「これがあっちの計画どおりだったとしたら、あのふたりのことだから、全部記録しようとするわよね」

両手を大きく動かして、家全体を指した。バスターはすぐにうなずいた。

「ぼくも、何度もそう思ったよ」

アニーは眉をひそめて窓の外を見た。なにも見えない。

「いやな予感がする」緩衝材を置いて立ちあがった。部屋のいたるところに視線を走らせる。「盗撮や盗聴なんてされてたら、わたし、きっと誰かを殺す」

バスターも立ちあがった。ふたりでゆっくり動きながら、リビング全体を調べた。まずはお互いの背中をくっつけて立ち、そこからだんだん離れていく。アニーはオーディオセットに触れ、盗聴器のシャーッという音がしないかどうか、耳をすませた。電源コードを抜く。突然、もっといい方法を思いついた。電源コードをコンセントに挿しなおして、ふたりの声をかき消すほどのボリュームで音楽をかけた。選んだのは最初に手に触れたレコード、バッド・ブレインズの『ロック・フォー・ライト』。大騒音が響きわたる。アニーの心臓は普段の三倍の速さで動きはじめた。それくらいハイになっていないと、盗聴器探しなんてやっていられない。

バスターは照明をつけたり消したりしてみた。明るさを変えることでなにかに気がつくかもしれないと思った。それから、錫のペーパーウェイトを手にとってみた。これだけがまわりの家具と雰囲気が合っていないと思ったからだ。てのひらに軽く打ちつけてみる。振ってみたが、音はしない。机の引き出しをあけて、それを奥深くにしまいこんだ。

「鏡があやしいわ」アニーが言ったが、リビングに鏡は一枚もなかった。ふたりはあわてて玄関に行った。出かける前に全身をチェックするための姿見が置いてある。バスターはアニーの顔を見てこくりとうなずき、唇に指を当てた。シーツやタオルなどがしまってある棚に近づくと、ペイズリー柄のシーツを一枚取りだした。野生動物をつかまえるネットのようにそれを持って、鏡に近づいていった。自分の姿が映らない方向から、鑑のすぐそばまで近づくと、アニーの顔を見た。アニーがうなずいたのを合図に、鏡にぱっと布をかける。鏡全体が布で隠れた。

「オーケー」アニーが言うと、バスターは笑顔になった。

それから三十分かけて、家じゅうの鏡に布をかけた。これでもう、誰かに姿を見られているという心配はない。次に、コードレス電話機を分解してみた。どんなものを探しているのか、自分たちでもわかっていなかったが、スパイ映画のおかげで、盗聴器を見ればそれだとわかるだろうという自信はあった。しかし、あやしいものはなにも見つからなかった。というより、電話機というのは配線がごちゃごちゃしていて、それ自体があやしいものなのだということがわかっただけだった。バスターは部品を元に戻してネジを締めながら、変なところをいじっていなければいいがと、ちょっと不安になっていた。二度と電話が鳴らなくなったら、心配するべきなのか安心するべきなのかわからなくなる。

「こんなことをやるはめになるなんて!」アニーが突然叫んだ。悔しそうに両手を握りしめている。関節が真っ白だ。「これもあの人たちの策略なの? 人にこんなことをさせて、楽しいの?」ヒステリーを起こす寸前だ。いまにも泣きそうになっている。バスターの腕に手を置いて、気持ちを落ち着けようとした。

「バスター、うまくいくと思う?」

「ぼくにはこれしか考えられなかったんだ。考えついたことがひとつだけなら、うまくいくかどうか考えてもしかたないだろう? やってみるしかないんだ」

「うまくいくって言ってほしいのよ」アニーは言った。バスターにとってはなじみのない状況だった。人から頼りにされている。

「うまくいくよ。うまくいかなきゃ困るんだから」

アニーは肩を少し落としたが、すぐに力がこもるのがわかった。バスターはアニーの横に立った。アニーはトランス状態に陥ってしまったみたいだ。スピーカーから流れてくる大音量の音楽が耳をつんざく。よく響く低音が、カーペットの繊維一本一本までも震わせている。

両親は、あの小説のなかの孤児なのかもしれない、とバスターは思った。この文明の時代にみずから姿を隠し、誰かが近づいてくる足音を待っている。網をかけられて別の場所に連れていかれるのを待っている。それから、ふとあることに気がついて愕然とした。自分たちは両親を追いかけ、追いつめようとしているつもりだったが、そうではなかったのかもしれない。両親は、太陽の動きまでコントロールしてしまうような人間だ。両親こそが、娘と息子を自分たちのほうへおびきよせているのではないだろうか。

最後の晩餐、一九八五年　ケイレブ&カミーユ・ファング

アトランタでいちばん高いレストランに予約を入れた。家族四人は豪華に着飾った。バスターもアニーも、大金持ちのファッションモデルになったような気分だった。

「メニューはフランス語なの？　なにがどういう料理か、ちゃんとわかるの？」アニーが両親に聞いた。

「それもお楽しみのひとつよ」母親が答えた。

アニーもバスターも、新しい服が窮屈でたまらない。両親がなにをやるつもりなのかもはっきり聞かされていない。〝お楽しみ〟というのがどういうことか、さっぱりわからなかった。

「ファング様、四名様ですね」革表紙の予約ノートを開いて、ウェイトレスが言った。「こちらへどうぞ」

両親はにこにこして、ふだん来ないようなところに来ているわりに、リラックスしている。子どもたちも背の高い椅子にきちんと座った。どのテーブルにも客がいる。みな、静かな夜のひとときを楽しみにきたに違いない。アニーとバスターは気が重くなった。これから起こるのは、静かなひとときとは正反対のことに決まっている。

「ねえ、教えてくれないの?」バスターが言った。手に冷汗をかいている。不安でどうしようもなかった。

「ああ。おまえたちは心の準備だけしていればいい。始まればわかる。そしたら流れにそって、自然に振るまえばいい」父親が言う。

「これだけ教えて。食べる前? 食べたあと?」アニーも聞いた。ヒントだけでも欲しかった。

「秘密よ」母親は微笑んでワインを口に含んだ。ものすごく高価なワインだ。食い逃げでもするつもりなんだろうか、とアニーは思った。デザートを食べ終わったとたん、みんなでばらばらに逃げ出すとか。バスターのほうを見た。深呼吸をしている。いつものように、いったん無になってから生まれ変わってくる作戦のようだ。アニーは別のやりかたをしてみた。息を止める。そのうち、キャンドルにぼんやり照らされた部屋がゆがんでぐらぐらしはじめた。我慢しきれず息をすると、全身に電気が走ったようになった。あらゆる感覚が研ぎ澄まされている。フォークとナイフが皿に触れる音があちこちから聞こえてきた。

料理が来た。

「食べなさい」母親がバスターに言った。

「おなかがすいてないよ」バスターの前には、ほんのひと切れのレバーをブルゴーニュソースに浸したものが置かれていた。バスターは店内を見まわした。もう何度見たかわからない。子どもは自分たちだけだった。

「食べなさい。食べなきゃだめだ」父親が言う。

「それも計画のひとつなの？」

バスターが聞いたが、両親は互いに見つめあい、にこにこしながらワイングラスで軽く乾杯すると、声を合わせて言った。

「食べなさい」

バスターはレバーにナイフを入れた。ソースがつやつや光っている。ひと口ぶんを切って、口に入れた。獣くさい味が舌に残る前に、ぐっと飲みこむ。一度も嚙まなかった。両親がじっと見ている。バスターは微笑もうとしたが、額に汗が浮いてきた。「おいしいよ」と言った。

両親はさらにワインを飲んだ。会話はない。どこからか、クラシック音楽が流れてくる。食事が続く。バスターは結局、レバーを一度も嚙まずに完食した。喉が詰まりそうなのを必死にこらえた。これから両親が騒ぎを起こす前に、自分が騒ぎを起こすわけにはいかない。

照明の加減だろうか——アニーはバスターの顔色を見て心配していた。緑がかっているというか、海の色みたいというか、とにかく青ざめている。舌ばかりが大きくなったように見える。アニーはスプーンのへりを指でこすった。何度も何度もこすっていると、鋭くはないが薄いへりが指に食いこんでくる感じがした。指紋の渦が見えなくなる。両親はどうしてあんなにワインを飲みつづけるんだろう。いつもは、反応がにぶくなるからといって、お酒をほとんど飲まないのに。とても楽しそうだ。世界の終わりがどんなふうにやってくるのかを知っていて、それをふたりきりの秘密にしている。ふたりにとっては、わたしたちはここにいないも同然なんだろうか、とアニーは思った。両親の出ている映画を見ているような気分だ。両親は、ふたりして腕時計に目をやった。視線を交わし、さらにワインを飲む。

バスターは天井のシャンデリアをにらみつけた。じっと念をこめていれば、大きくてきらきらした光とガラスの塊を床に落とすことができるかもしれない。なにか起こってほしい。この苦しみを終わらせてほしい。この建物から出て、安全な自分の部屋に戻りたい。電気が走っているみたいな、全身がぴりぴりする感じが止まらない。暑い。寒い。同時に両方感じる。関節が痛い。ふいに、筋肉の緊張がゆるんだ。別のところに圧力がかかる。次の瞬間、自分の体が起こした暴動をコントロールできなくなった。

アニーがバスターのほうを見たのと同時に、バスターの口から吐瀉物が噴きあがった。焦げ茶色と赤茶色の混じったものがテーブルに広がる。動物の肉の残骸だ。両親ははっと息をのんだ。父親がバスターのあごの下に皿を持っていったが、もう遅かった。バスターが妙な音をたてている。苦しくて息ができないようだ。ほかの客がいっせいに振りかえってこちらを見た。ウェイターが駆けつけてきたが、一瞬考えて、キッチンに戻っていった。バスターは両手で顔を隠し、「ごめんなさい、ごめんなさい」とつぶやいた。アニーは両親の顔を見た。両親もどうすることもできないようだ。驚いて、しかしおもしろがって、なりゆきを見守っている。

アニーは椅子をうしろに引いて立ちあがった。テーブルのグラスがかちゃかちゃかちゃ音をたてる。アニーはバスターを椅子から立たせた。どういうわけか、重みをまったく感じなかった。バスターもアニーの首に腕をまわして抱きついてくる。アニーはバスターの体を抱えるようにしてレストランを出た。視界に入るものすべてがぼやけて見えた。ようやく外に出ると、バスターを歩道に座らせ、髪をなでてやった。「ごめんなさい」バスターが言う。アニーはバスターの額にキスした。「帰ろうね」

バンには鍵がかかっていた。アニーは駐車場になにか落ちていないかと探しまわった。鍵をあけるための針金でもいいし、窓を割るための石でもいい。両親はほうっておいても大丈夫だ。なにかやりたいことがあったんだろうから、自分たちでゆっくりやってくればいい。バスターは顔色がよくなってきた。タイヤにもたれかかって、急におなかがすいてきたな、と思っていた。アニーが腕に上着を巻きつけて、ガラスを叩き割ろうとしていたとき、両親がやってきた。

「ごめんなさい」謝るバスターを、両親は前後から抱きしめた。

「謝らなくていいんだよ」父親が言った。「よくやってくれたじゃないか」バスターを抱きあげ、バンの鍵をあけると、バスターを後部座席にのせた。

「あれから、なにかやってきたの？」アニーが聞いた。

「なにもしてないわよ」母親が言った。「あなたたちがやってくれたでしょ。完璧だったわよ」

車はインターステート・ハイウェイに乗り、家に向かっていた。アニーは全身が熱くなるのを感じた。両手を握ったり開いたりしながら言った。「ひどいよ」

バスターはアニーのひざに頭をのせている。アニーは髪をなでてやった。汗でじっとりした額にエアコンの風が当たっている。「ひどいよ」アニーはもう一度言った。

「アニー、いつもと同じじゃないか」父親が言った。「なにか起こるから気持ちの準備をしておけと言っただろう？　なにが起こるかは知らされていなくても、おまえたちはいつもアートに参加してるんだ。ふたりとも、ファング家の子どもだろう？　仲間じゃないか。わたしたちがお膳立てをする。おまえたちは知らないうちになにかを起こす。それだけだ。ふたりとも、今日はみごとだったよ」

「ふたりの本能に刻みこまれているのよね」母親が言った。「わたしたちは世界をゆがめ、世界を震わせる。あなたたちは誰の助けも借りず、なんの合図も受けず、思ったとおりの行動をとってくれる。なにが起こるか全然知らないのに、カオスを起こしてくれるのよ。天賦の才能としか思えないわ」

「でも、バスターをあんなに追いつめるなんて。バスターがどんなにつらかったか」

「ひどいと思うかもしれないが、わたしたちは、ファング家のアートがどういうものかをおまえたちにわかってほしいだけなんだ」父親が言った。「わたしたちが死んだら、おまえとバスターのふたりきりになる。そのときは、ふたりでファング家のアートをやってほしい。おまえたちは本物のアーティストだ。そのつもりじゃなくても、アートが勝手に生まれてくる。遺伝子に組みこまれてるんだ。おまえたちはきっと、これからもアートを生み出しつづける。そうせずにはいられないはずだ」

「そんなの知らない。もうたくさん」アニーは言った。

「ときには腹の立つこともあるでしょうね」母親が言った。「いやな思いをすることもあると思うわ。でも、なんの理由もなくあなたたちにこういうことをさせてるわけじゃない。あなたたちを愛しているからなのよ」

「信じられない」アニーは言った。バスターはもう眠っていた。体をぴくりと動かし、悲鳴のような寝言をもらす。

母親は振りかえり、アニーの手に自分の手を重ねた。「アニー、わかってもらえないかもしれないけど、あなたたちのこと、心から愛してるのよ」そう言って体を元に戻すと、夫と手を重ねた。車は夜のハイウェイを進んでいく。「わかってもらえないかもしれないけど」母親はもう一度言った。

II

アニーはギャラリーの真ん中に立っていた。まわりには母親の描いた絵がずらりと並んでいる。胸がどきどきする。舞台に上がるときの緊張に似ているが、単なる緊張というよりは、もっと明るい気分だ。十分かけて階段をのぼり、信じられないほど高いところにある飛び込み台にようやく立ったような感じだ。板の端に立って、あとは飛びおりるだけ。やっぱり頭がおかしくなったのかもしれない。こんなところにこんなふうに絵を展示したって、死んだ両親が生き返って戻ってくるはずなんかないのに。

今日のドレスは黒。ホルターネックで、首のうしろでリボン結びをするデザインだ。ジーン・セバーグが『悲しみよこんにちは』で着ていたのとよく似ている。ただし、セバーグのドレスはジバンシィ、アニーのはナッシュヴィルのスーパー〈ターゲット〉で買ったものだ。それでも、セバーグと同じベリーショートの髪形のおかげで、同じドレスを着ているつもりになれた。あなたは映画女優なのよ、と自分に言いきかせる。でも、映画女優のはしくれなんかじゃだめだ。トップスターらしく振るまわなければ。

バスターは父親のツイードのスーツを着ていた。少しぶかぶかだ。それでもこれを着るべきだとバスターは考えた。父親がとうとうここにあらわれたとき、父親の目を引くだろうから。

アニーは誰かが渡してくれたワイングラスを口に運んだ。誰かが近づいてくるたび、笑って会釈する。そうしながら、なにかが起こるのを待っていた。

このイベントを成功させるために、ありとあらゆる手を打った。あちこちのマスコミに連絡して、宣伝してほしいと頼んだ。自分からインタビューのオファーも出して、母親の作品について話した。相手は問わず、とにかくいろんな人に話をした。記事が出れば、両親の目に留まるはずだ。展示が始まるまでに、〈ニューヨーク・タイムズ〉〈サンフランシスコ・クロニクル〉〈サンフランシスコ・エグザミナー〉〈ロサンゼルス・タイムズ〉〈アートフォーラム〉〈アート・イン・アメリカ〉〈ボム〉といった新聞や雑誌に記事を書いてもらうことができた。〈ジャクスタポーズ〉と〈ロー・ヴィジョン〉にはエッセイも掲載された。カミーユ・ファングの作品はローブローアートの傑作だと褒めたたえる内容だった。アニーがインタビューで強調したのは、母親はアーティストとして一歩先に進みたいと思っていた、ということだ。ファング家としてやっていた古くさいアートを卒業して、もっと重要で、もっと難しくて、もっとアートらしいアートをやりたいと思っていたのに、それをこれまで世間から隠していなければならなかった。それがとても不憫だ、とも話した。

インタビューでそんな話をしながら、父親がかんしゃくを起こすようすを想像したものだ。どこかで車を盗んで、猛スピードでサンフランシスコにやってきて、ギャラリーの前に車を停めると、ワインやチーズの並んだテーブルをひっくり返し、すごい勢いで母親の作品に傷をつけはじめる。父親がやりそうなことだ。そうなってほしい、とアニーは願っていた。あの人たちだって、感情的になれば判断を誤って、のこのこ顔を出しにくるかもしれない。そうしたら、公衆の面前で親子の縁を切ってやる。二度と会わないと宣言してやる。そして、バスターとふたりで夕陽のなかに出ていくのだ。幕引き。ジ・エンド。

ケイレブとカミーユに出てきてほしい——そのことは、オーナーであるミセス・プリングルの息子チップの願いでもあった。アニーは電話で打ち合わせをするたびに、笑いを押し殺すのに苦労したものだ。チップ・プリングル。どこかのポテトチップスみたいな名前だ。しかし、話しているうちに気がついた。この若者も、展示がきっかけになってケイレブとカミーユが姿を見せることを望んでいる。

チップは何度もアニーにかまをかけてきた。これは策略なんじゃないか、ケイレブとカミーユをおびきだすための罠なんじゃないか、と。チップはバスターの意図を正確に読みとっていたわけだ。しかしアニーの考えは少し違った。自分たちが両親の計画にのせられているのかもしれないと思いはじめていたのだ。そこで、チップには、思いたいように思わせておくことにした。ただし、はっきりと肯定はしない。「アートだね」チップがうっとりして言う。わざと漠然とした言葉を使っているらしい。アニーもシンプルに答えた。「アートよ」秘密クラブの会員同士が合い言葉を確かめているかのようだった。

バスターは誰とも会話を交わそうとせず、ギャラリーの中を歩きまわっていた。壁に並んだ絵を見ては、集まった人々に目をやって、両親の姿を捜す。一方、アニーは、ギャラリーの唯一の入り口がよく見える場所に立ったまま動かず、見張り役をつとめていた。

バスターが、チーズのキューブをいくつかつかんで、アニーに近づいてきた。「まだだね」

アニーはバスターのてのひらのチーズを見た。「これだけ?　もっと持ってきてよ」

バスターは自分の手を見て、驚いた顔をした。「あれっ、いつのまに。無意識に持ってきたみたいだ」

「ひとつちょうだい」アニーはそう言って、チーズをひとつ口に入れた。チーズの風味と刺激が口に広がる。バスターは残りのチーズを上着の内ポケットに入れて、てのひらに残ったくずをぱんぱんと払った。

ギャラリーのいちばん奥に引っこんでてよ、とアニーは言いたくなった。

「さっきから想像ばっかりしててさ」バスターが小声で言う。「これから一時間かそこら経てば、ここはもっと混雑してくる。そのとき、誰かが叫ぶんだ。『ここにあるのは贋作だ！』ってね。声のしたほうをみんなが振りかえったとき、父さんと母さんが入ってくる。そのあとはカオス。そんなふうになるといいな」

「トイレの窓から入ってくるかもよ。ギャラリーが閉まるまでトイレに隠れてて、それから絵を全部盗んで、隠れ家まで持ってかえるの」アニーはそう言ってすぐに後悔した。考えていたことを口にすることで、現実になってしまうんじゃないかと思ったのだ。そんなことにはなってほしくない。両親がこっそりしのびこんで、誰にも見つからないなんて。ギャラリーに入ってきてほしい。みんなの前で対峙したい。それからどうなるかは想像もできないが、とにかくここにあらわれることを願うのみだ。そのあとはどうとでもなれと思う。

「ぼくは引き続き、うろうろし続けるよ。お客さんに紛れてるかもしれないから」バスターはそう言って、まだそれほど多くない客に混じってどこかに行ってしまった。アニーは胸がどきどきしてどうしようもなかった。昔よくやったファング流テクニックを使うことにした。体の感覚を少しずつなくしていって、自分の脳に入りこみ、できるだけ長くそのままじっとしている。頭が空っぽになり、やがて、『サンセット大通り』のラストシーンのように、まわりのものがぼやけて見えてくる。そしてすべてがゆっくりと闇に包まれる。何時間も経ったように思えるが、実際にはほんの数秒しか経っていない。そしてぱっと目をあけると、麻痺していた体の感覚が戻ってきた。そのとき、バスターが小走りでこっちに来るのが見えた。肩をすくめ、奇妙な表情を浮かべている。照れくさそうな顔にも見えた。

アニーの体がこわばった。いつのまに、と思った。体の感覚をすべて呼びもどした。これから起こることに備えなければならない。バスターはもう隣まで来ていた。しかし、なにを言っているのか聞きとれない。耳がまだ麻痺しているらしい。

「なに?」アニーが聞くと、バスターがアニーの腕に触れ、入口を指さした。

「ルーシー」アニーの視線の先に、ルーシー・ウェインがいた。二年ぶりに会う友人が、こっちを見て微笑んでいる。生まれ変わったばかりのアニーは、新鮮な気持ちで笑顔を返した。

ルーシーは小柄な女性だ。身長は百五十センチそこそこ。黒髪をうしろでまとめてお団子にしている。ギャラリーの中を歩いて、アニーとバスターに近づいてきた。ふたりは一歩も動かない。ルーシーは片手を前に出して歩いている。暗闇を手さぐりしているようにも見えるが、そうではないことにアニーは気がついた。ぎこちなく手を振っているのだ。アニーも手を振りかえした。バスターもそれに倣う。ルーシーは白いブラウスのいちばん上のボタンをはずし、角縁の眼鏡を襟元にひっかけている。スカートは黒と白のチェック柄。地球上でもっともクールな図書館司書というイメージだ。書棚のあいだでセックスした回数も、地球上でいちばん多そうだ。

「久しぶり」ルーシーはアニーの肩を叩いた。

「来てくれるなんて思わなかった」アニーは言った。アニーはまだ不思議でならなかった。

「こういうの、大好き」ルーシーは展示された絵を指さした。微笑んだまま、真っ黒といっていい瞳を輝かせる。「奇妙なものを見てると生きがいを感じるわ」

アニーが言葉を失っているので、バスターが言った。「そんな人にもってこいの展示ですよ。壁一面だけで、一年分のエネルギーを貯金できるはずです」

ルーシーは眼鏡をかけると、一枚の絵に近づいた。

「わあーー」声を長く伸ばす。鼻唄を歌っているみたいだ。「これ、素敵」

アニーは母親の絵をまだまともに見られない。ルーシーがどの絵のことをいっているのか、想像するしかなかった。ワインを飲み、空になったグラスも持てあましていると、フォーマルウェアの男性がトレイを持って近づいてきて、アニーの手からグラスを受けとり、そのまま歩いていった。ハリウッドで何年も暮らしたおかげで、こういうのには慣れていた。奇妙なものに囲まれることも、知らない人に世話をされることも。

オープンして二時間経った。ギャラリーは、前衛アーティストの作品展を見にきた人々でいつにない混雑状態になっていた。しかし、両親はあらわれない。アニーは心配していなかった。いつのまにか口に出していた。「大丈夫よ。きっと来る」

これまでだけで、十人以上の人々がアニーに近づいてきて、ファング家のアートを見ていかに感動したか、世の中を見る目がいかに変わったか、という話をしていった。全員が初老といっていい年代だった。アニーはそのたびに微笑んでうなずいたが、頭の中では驚いていた。ファング家のパフォーマンスを目撃して感動するなんて、どういう思考回路をしているんだろう。しかしそれから気がついた。この人たちが言っているのは、ファング家の作品ビデオのことなのではないか。でも、それはそれで不思議でたまらない。これがトラウマというものだろうか。その現場にいなかった人が、あとでビデオを見て、あれはおもしろかったのなんだのと言いあっている。現場にいた当事者が、そのことにいちばん驚いているのだ。四方の壁が迫ってくるような錯覚を覚える。アニーは深呼吸をして、迫ってくるプレッシャーを押しのけようとした。もし両親が来たら——いや、〝もし〟ではなく、両親が来たときには、と言うべきだろうか——すぐに対決しなければならない。ふつうの人にはできないことをやらなければならない。

ワインを何杯飲んだだろう。二杯かもしれないし、十杯かもしれない。グラスがあけばすぐに片づけにきてくれる男性のせいで、数がわからなくなってしまった。トイレに行きたいが、見張りを中断するわけにはいかない。両親が登場する瞬間を見のがしてしまったら——そう考えるだけでも耐えられない。自分がここで待っていなければ、両親もきっとあらわれない。そんな気がする。

ルーシーがバスターといっしょに母の絵を見ている。自分もそこに行って会話に加わったほうがいい。計画どおりにいけば、ルーシーは次の主演作の監督なのだから。ルーシーとはあれからずっとメールで連絡をとりあってきたが、直接会うのはなんだか怖かった。だから展示のことはわざと話さずにいた。ルーシーはきっとなにかの記事で読んだんだろう。アニーと知り合うよりずっと前からファング家のファンだったのだから、けっして不思議ではない。しかし、いまこうしてすぐそばに立っているルーシーを見ていると、会えてよかったとしか思えない。

まもなく、アニーの心を読み取ったかのように、ルーシーが近づいてきた。

「さっきからずっとそこに立ってるのね。ここでなにかパフォーマンスをしてくれるのかと思ってたけど、生きた銅像かなにかを演じてるの？」

アニーはかぶりを振った。「ううん、ただじっとしてるだけよ。ちょっと考えごとをしていて」

「ちょっと聞いていい？」ルーシーが言った。アニーがうなずく。「バスターに聞いたの。ご両親があらわれるのを待ってるんですって？」ルーシー自身がそのことをどう思っているのか、口調からはなにもわからなかった。アニーはバスターを見た。ベンチに座って、高齢のファング・ファンとおしゃべりしている。まったく、口が軽すぎる。「そうなるかもしれないってだけよ」

「でも、なにもわからないんでしょう？　ご両親からなにか聞いてるとかじゃないのよね？」

アニーはうなずいた。ルーシーが目を見ひらいた。唇がゆがみ、微笑みとも戸惑いともつかない表情が浮かんだかと思うと、すぐに消えた。言いたいことがあるのに言わずに我慢しているようだ。アニーはルーシーのかわりに言った。「ばかみたいでしょ？」

「相手はケイレブ・ファングとカミーユ・ファングだもの。ばかみたいってことはないわ」ルーシーはそう言ってから、あたりを見まわした。ファング夫妻がまだあらわれていないかどうか確認したらしい。

「それが実現すれば、一大イベントが繰り広げられるってわけね。わたしはここにいないほうがよさそう。あなたとバスターの邪魔をしたくないから」

「そんなことないわ。帰らないで」アニーは言った。気がつくと、次のワイングラスを手にしていた。手が勝手に手品をやっているみたいだ。「お願い、まだ帰らないで」自分でも意外なほど、必死に頼みこんでいた。ルーシーがいてくれれば、なにかよくない結果になっても、それほど気まずい思いをしなくてすむ。ルーシーがうなずくのを見て、アニーは力がわいてきた。これで少しは動けそうだ。ルーシーにワイングラスを渡す。「トイレに行ってくるわ。すぐ戻るから」

トイレに行く途中、気がついた。客の数が減っている。新たに来る人より、帰る人のほうが増えてきたのだ。もう新たな客は来ないかもしれない。でも、両親は別だ。アニーは自分に言いきかせて、トイレに向かった。ドアをあけようとした瞬間、チップ・プリングルに腕をつかまれた。アニーを軽く引きとめて、チップは言った。「まだ来ないね。こんなことを聞くのは野暮だけど、ご両親がいつ来るか、わかるかな？なにかわかることはない？」

「もうすぐ来るわよ」アニーは答えてから後悔した。訂正しようかと思ったが、結局そのままにした。ある意味、いちばん正しい答えなのだ。「わからない」とか「来ないかも」とか「もう来てる」よりも真実に近い。チップに手を離させると、表情を確かめることもせず、トイレに入った。一瞬、自分がどうしてここに来たのか忘れそうになっていた。

ギャラリーに戻ると、ルーシーはさっきと同じ場所にいた。ワイングラスが空になっている。ルーシーのところへ歩いていこうとすると、バスターに呼びとめられた。

「不安になってきたよ」

「大丈夫よ」

「不安って言葉じゃ足りないな。怖くなってきた」

「大丈夫だってば。不安も恐怖も感じなくていい」

「来ないんじゃないかな」バスターがとうとう口にした。スーツがさっきよりぶかぶかに見える。

「サプライズを信条にしてる人たちよ。わたしたちがあきらめるまではあらわれないのよ、きっと」

バスターはうなずいた。納得したようだ。アニーは絶叫したかった。あれだけ妙なことばかりやってきた人たちだ。子どもたちの心が読めても不思議ではない。腹が立ってきた。怒りの感情は、いとも簡単に心のなかに生まれるものだ。不安定な形になって、血液や筋肉に広がっていく。いまは、その怒りをむやみに発散することのないように気をつけるしかない。だいじにとっておいて、しかるべき相手にぶつけなければならない。ただ、その相手がまだあらわれない。

アニーはルーシーのところに行った。ルーシーは十センチほど横にずれて、アニーを元の場所に立たせてくれた。「アニーはどれがいちばん好きなの？」ルーシーが言った。首を伸ばして、右肩のうしろに掛けられた絵に目をやった。

「どれも嫌い」アニーは答えた。ワインが飲みたい。しかし、手にはグラスがないと気づいて、ひどく落胆した。期待がはずれたときのショックは大きいものだ。

「わたし、そろそろ失礼するわね」ルーシーは腕時計も見ずに言った。用事があるふりをするでもなく、ただ、帰ると言っている。「話したいことがあるんだけど、こんなときにいいかしら。せっかく顔を合わせたんだし、久しぶりだから、ちょっといい？　きっと喜んでもらえると思うわ」

「なあに？」アニーは聞いた。いいニュースなら大歓迎だ。実現しそうな話が聞きたい。体の力を抜いた。それだけで、ぴくぴくしていた筋肉がおとなしくなった。ルーシーに目の焦点を合わせる。なんの話かわからないが、いい話なら早く聞きたい。

「例の映画、ゴーサインが出たの。資金が調達できたし、ロケ地も決まった。これから、ほかの役のオーディションを始めるわ。アニー、あの映画を作るのよ。あなたと一緒に映画を作るの」

アニーは笑顔で手を伸ばした。ルーシーが応え、ふたりはハグをした。「やっと実現するわ、アニー。いろいろあって大変かもしれないけど、あなたにはこの映画がある。わたしもいる。いつでも頼りにしてちょうだい」

「ありがとう。いい映画にしたいわね。わたしもあなたの役に立ちたいわ」

「心配いらないわ」ルーシーは体を離すと、手を振りながら歩きはじめた。「頼りにしてるわね」

バスターがアニーに近づいてきて、がらんとしたギャラリーを振りかえった。「来なかったね」そう言って、歯のないところから空気を吸った。張りつめた空気をまともに吸いこむのが怖いのだろうか。

残った客は十人。閉館まであと十五分。アニーとバスターはうつむき、まばたきもせずに床を見つめていた。床からなにが出てくるわけでもないのに。男性と女性がひとりずつ、帰ろうとしてためらい、許可を求めるようにアニーとバスターを見た。アニーが手を振って「さようなら」と言うと、ふたりはうなずいて出ていった。がっかりしているようだ。アニーやバスターと同じことを期待していたのかもしれない。

その後、残った客もぽつぽつと帰っていった。残ったのは、アニー、バスター、チップ・プリングル、その母親の四人。ケータリングの業者ももういない。あとは照明を落として鍵をかけるだけだ。

チップがアニーに近づいて、首を横に振った。「来なかったね」

アニーはうなずいた。言葉が出てこない。

「もともとそういう可能性もあったんだ」チップが言う。

「なにかが起こると期待していたからよ」ほろ酔いのミセス・プリングルが言った。頬がバラ色になっている。「ケイレブとカミーユが期待に応えるはずがないわ」四人のなかで、ひとりだけうれしそうな顔をしている。彼女はカミーユの作品を本当に気に入っていた。失踪したファング夫妻のかわりにこれらの絵を展示しているのだ、という満足感があるのだろう。

アニーとバスターには、もうすることがなかった。明日から毎日、展示期間が終わるまでここに通いつづけるしかない。もしかしたら、そのうちなにかが起こる。隠れていた人たちが出てくるかもしれない。

バスターが泣きだした。首を横に振りながら、両手を上に上げる。謝っているようにも見えるし、落ち着くまでちょっと待ってくれといっているようにも見える。

「きっと来ないよ」バスターは言った。アニーはバスターの両肩に手を置き、顔をまっすぐ見ると、深呼吸をした。バスターにも同じようにしろという意味だ。体に空気を出し入れすれば生きていられる。

「鍵をかけたよ。出るときに残りの電気を消していって」チップが小声で言い、母親を連れてギャラリーから出ていった。アニーとバスターが残される。それもまた、一種のアートだった。本人たちの望むアートではなかったというだけだ。

バスターが急に泣きだした気持ちを、アニーは理解していた。考えてみれば、泣きだすのが当然だ。絵を展示しようというのは、バスターが出したアイデアだ。この作戦の一から十まで、バスターが考えた。両親が戻ってくるためのお膳立てをすべて整えたというのに、両親はそれに応えてくれなかった。失敗ならいままでにもしてきた。またひとつ失敗を重ねただけだ。しかし、失敗になら慣れっこのバスターでさえ、今回の失敗には耐えきれなかったのだろう。

「もう死んじゃったんだよ、姉さん」バスターはようやく口を開いた。雨などこれまで降ったこともないしこれからも降らないであろう土地で天気予報を読むような、落ち着きはらった口調だった。

「バスター、それは言わないで」アニーは言った。ギャラリーは暗く、がらんとしている。両親はいない。母親の描いた絵が並んでいるだけだ。アニーが受け入れることのできる事実はただひとつ。両親は生きて、どこかに隠れている。このひどい仕打ちには仕返しが必要だ。

「行方不明になったとき、本当に死んじゃったのかもしれないな。ぼくたちが真実を見失ってただけで」バスターが言った。「ぼくたち、策略だとしか思わなかった。あまりにも話ができすぎてて、いつものパフォーマンスにしか見えなかったから」

「そうね。あんなことが偶然起こるなんて、とても信じられなかった」

「でも、偶然じゃなかったとしたら?」

「わたしはずっとそうだって言ってるでしょ」

「そういう意味じゃなくて」バスターは激しく手を振った。「死ぬってことが、父さんと母さんの計画どおりだったとしたら?」

アニーは答えなかった。黙ってバスターを見つめ、続きを待った。

「チキンサンドのイベントで大失敗しただろ。あんな失敗をするなんて、ふたりともすごく落ちこんだだろうな。アートなんかもう無理だと思ったかもしれない。そしたら、もう生きてる意味がないじゃないか。生きてる意味がないなら、死ぬと決めてもおかしくない。どうせ死ぬんだったら奇想天外な死にかたをしてやる、人々の話題にのぼるような謎を残してやる、と思ったのかも。最後のアートをみんなの記憶に残すために」

「やめて、バスター」

「ファングはファングらしく死んだってことだよ。ぼくたちがファングらしさの意味をちゃんとわかってなかっただけなんだ」

アニーのなかで、それまで漠然とした思いだったものが、急に確信に変わった。どうしてこんなに長いこと、気づかないふりをしていたんだろう。あきらめて真実を受け入れるのは、時間の問題にすぎなかったのだ。不安な気持ちがどこから来るのかわからず持てあましてばかりいるうちに、さまざまな感情が心のなかでぶつかりあい、越えられない大きな山をいくつも作ってしまっていた。悲しみにはいくつかの段階がある。はじめは否定。次は怒り。その次はなんだろう。でも、怒りの次の段階には、到底たどりつけそうにない。


ホテルに戻ると、アニーはまずバスターを部屋に連れていき、ベッドに寝かせてやった。バスターが一瞬で眠りに落ちるのを見てから、自分の部屋に入った。ベッドに横になり、両親はもう二度と見つからない、生き返らない、という事実と向きあった。ある意味救われたと思うべきなのかもしれない。なにをやったって、両親と自分たちを結ぶ糸はもう切れてしまったのだから。でも、生きてはいないとしても、死んでいてほしくない。静止画ではなく、動画であってほしい。動きに輝きがなくてもいい。意味がなくてもいい。声のある動画がいい。知らない言語をしゃべっていてもかまわない。ごろりと体をひっくり返して、電話を取った。家の電話番号を押す。呼び出し音が鳴りつづけたあと、やや大きすぎる音で、母親の声が流れてきた。

「ファング家の者はみな亡くなりました。ピーという音のあとにメッセージを残してください。幽霊が折り返しお電話します」

アニーはそのまま待った。家の電話に無言のメッセージが残されているはずだ。結局なにもしゃべらずに受話器を置いた。十分後、また受話器を取ってリダイアルボタンを押した。母の声が聞こえる。非現実的な声。幽霊の幽霊みたいな声だ。

「ファング家の者はみな亡くなりました。ピーという音のあとにメッセージを残してください。幽霊が折り返しお電話します」

母親のメッセージが終わると同時に電話を切った。わずかばかりの悲しみを、電話機なんかに記録されたくなかった。もう電話はかけない。聞くべきものはもう聞いた。ベッドで横になったまま、なにも考えず、体を動かさず、部屋の隅にあるエアコンの音だけを聞いていた。ガタガタと頼りなげな音をたてている。それでも、きっと朝まで動いてくれるだろう。

インフェルノ、一九九六年

ケイレブ&カミーユ・ファング

ファング家は現在三人。マンネリに陥っていた。アニーが映画スターになるためにロサンゼルスに行ってしまってからの半年間、残されたケイレブとカミーユとバスターは、家にこもって沈んでいく一方。どうやって前に進めばいいのか、わからなくなっていた。『ロミオとジュリエット』の事件のあと、アニーは予定を早めて実家を離れてしまったし、バスターも、もうスポットライトを浴びるのはいやだと言いだした。バスターはもともと黙って傍観しているのが好きなタイプだった。目を閉じて音を聞いているだけで満足なのだ。カミーユは、アニーがいなくなった以上はファング家のアートを続けるのは無理だと言った。家族四人の絆があってこそ、自分たちのアートがうまくいくのだ、という理屈だ。しかしケイレブは、アニーはもう必要ない、ファング家は新しいフェーズに入ったのだ、と主張しつづけた。時間さえ経てば方向性が見えてくる、そんなケイレブの言葉にしたがって、一家は待った。そのあいだに、バスターは自分が透明人間になったような気分になっていた。ときどき、両親がキッチンでバスターを見つけてびっくりする。おまえもアニーといっしょに家を出たんじゃなかったのか、と言わんばかりに。バスターにとっては息の詰まる日々だった。両親があまりにもぴりぴりしていたせいだ。いつなにが爆発してもおかしくない、と思えた。足場を失った家族のようだった。ファング家はそんな状況には慣れていない。人々の足場をはずすのがファング家の仕事なのだから。

両親が次の作品についてああでもないこうでもないと話し合っているあいだに――クロスボウという言葉が何度も聞こえてきた――バスターは創作に力を注いだ。アニーは家を出る前にアドバイスしてくれた。なにか芸術的なことをやりなさい、両親とは関係のないことを、と。
「なにか好きなことを見つけなさい。ギターを弾くことでもいいし、小説を書くことでもいいし、フラワーアレンジメントでもいい。やっていれば、なにかを作りだすことはすばらしいことだって思えてくるわ。あの人たちがやってるようなひどいことばかりじゃないってわかってくるはず」

姉があげてくれた選択肢のなかでは、小説を書くことがいちばんよさそうだった。両親から離れて活動できる。まずは鉛筆を用意した。高嶺の花の女の子にプレゼントするブーケのように、鉛筆の束を握りしめた。ノートの白いページをめくりながら、文字がつづられていくようすを想像した。ところが、その先が進まなかった。

どう書き出したらいいかわからない。なにを書いたらいいかわからない。自分には家族以外のなにがあるんだろう。家族のことを書いてもいいんだろうか。いや、それはやめておきたい。でも、どこかの家族のことを書こう。たとえば、ダング家。両親はとても小柄な人たちで、子どもは兄と妹のふたりきょうだい。これで自分の身の上とはまったく違うものになったと、初心者なりに思っていた。まずは、ダング家の人々がいろんなトラブルに遭遇するところを想像してみた。クジラに飲みこまれる。いまにも崖から落ちそうな車のトランクに閉じこめられている。スカイダイビングでパラシュートが開かない。どのケースも、原因は親にある。ダング夫妻が一家をまるごと危険に巻きこんでしまうのだ。冷静で頭のいい子どもたちの判断で助かりそうになったときも、親のどちらかがばかな間違いをおかして、一家は結局死んでしまう。派手な死にかたをしては、また生き返って次のエピソードが始まるという構成だ。この作品の一部をはじめてアニーに読みきかせたとき、アニーは黙りこみ、しばらくしてからこう言った。「ギターを始めてみたら?」いやだ、と答えた。自分にもできることをやっと見つけたのだ。人と人との争いを描きたい。自分で書くんだから、ラストまでしっかり見届けられる。争いが終わっても、自分だけは傷つかずにいられる。バスターは、自称作家になった。

＊

バスターがアニーに電話をかけるのは夜遅くと決めていた。でないと両親にあやしまれる。もっとも、両親がどうこう言うわけではないし、そもそもアニーはこの家から追放されたわけではない。ケイレブもカミーユも、カミーユの両親とは違って、子どもが自分たちの思い通りにならないからといって、その子を絶縁したりはしない。子どもの援助もする。ただし、子どもが自分たちのアートの一部になるのをやめた以上、その子のことを考える時間はぐっと減ることになる。ファング夫妻はアニーにまとまった額の金を渡し、カリフォルニアでがんばりなさいと送り出した。

「すごい大金だったのよ、バスター」アニーが電話で言っていた。「お金持ちって感じの金額」

言われてみれば、両親はお金をもっている。毎年いろんな交付金や奨励金をもらうし、バスターが十歳のときはマッカーサー賞ももらった。これはすごい大金だ。宝くじに当たったみたいなもの。それでも、両親は生活ぶりを変えなかった。ときどき、作品のために高価な小道具を買う程度。そのお金の一部をアニーにあげたんだと思うと、バスターはうれしくなった。家族はいったんばらばらになったけれど、きっとまたひとつになると信じることができたからだ。それに、うまくいけば、自分も次のステップに進むための経済的支援をしてもらえるということでもある。

アニーのルームメイトは、ビアトリスという女性だった。レズビアンで、いかにも違法な感じのするメールオーダー方式のポルノ映画会社を経営している。ある日、バスターが電話をかけるとビアトリスが出た。

「アニー、いますか?」

「いるけど。ねえ、どうして三十ドル送ってくれないの。前に頼んだでしょ?」

「そんなお金、もってません」封筒に入れてベッドの下に隠したお金があるにはあるが、そんなところへは送れない。人をだまそうとしているのが見え見えだ。

「三十ドル送ってくれたら、とってもいいものを送ってあげるのに」

「アニー、いますか」

「わかったわよ。ちょっと待ってて」

アニーが出た。話すことはいつも同じ。アニーのオーディション（「銀行強盗が失敗するっていう話のテレビドラマがあって、その二次面接に残ったの。ばかな犯人に説教するシーンをやったんだけど、結局別の女に仕事をとられちゃった」）。バスターの創作（「そのとき、そいつらは気がつくんだ。手榴弾のピンが一本抜けてることに。次の瞬間、どうなると思う?」）。アニーの将来の夢（「映画が大当たりするとか、そういうことはどうでもいいの。わたしが出てる映画を見て人がわたしを覚えてくれて、ほかの映画にわたしが出てるのを見て、あの映画でもいい演技をしてたなって思い出してくれる、みたいなのが理想かな」）。バスターの胸に突然芽生えた夢（「作家になりたい。なっても、父さんと母さんは作品を読んでくれないだろうけどね」）。

「バスター、わたしたち、すごい大物になりましょうね」アニーはいつもそう言っていた。「ケイレブとカミーユなんかかすんじゃって、アニー・ファングとバスター・ファングの両親だとしか言われなくなるくらいに」

「姉さんがいなくなってから、まだ一度もパフォーマンスをしてないんだよ」バスターは言った。心配しているのが声に出てしまった。

「それならそれでいいじゃない」

「姉さんは離れてるからいいけどさ。そっちはカリフォルニアだろ？　ぼくはいまもこの家にいるんだよ」

「バスターも家を出れば？　ロサンゼルスに来て、ずっとこっちで暮らせばいい」

「ずっと？」

「ええ、ずっとよ」


スーパーマーケットで、バスターの父親がぶざまなダンスをするようにして商品棚につっこんでいき、いきなり床に倒れこんだ。倒れている姿は、殺人事件の被害者そのものだ。バスターも、隣の通路にいた母親も、びっくりしてその場に凍りついた。なんの計画もしていなかったことなので、どうしていいかわからなかった。父親の手からは血が出ている。縫わないといけないくらいの大きな傷だ。買い物客が集まってきた。叫び声が響く。バスターはあわてて父親のそばにかがみこんだ。パスタソースの瓶が割れて、あたりにソースが飛び散っている。そのせいでジーンズのひざが汚れるのもかまわず、パスタソースをすくって口に運んだ。

「違う違う違う」父親が小声で言う。痛そうに顔をしかめていた。バスターは顔を真っ赤にしながら、この状況でなにができるかをあらためて考えた。野次馬が増えてきた。バスターは叫んだ。

「ぼく、足を滑らせるところを見てました。訴えます！　とことん戦います！」

父親がバスターのTシャツをつかんで、よっこらしょと体を起こした。

「いや、ただ転んだだけなんだ」

バスターはがっくりうなだれた。野次馬に顔が向けられない。誰かが事態を収拾してくれるのを待つしかない。口のなかにはソース瓶の粒々のガラス片が残っていた。舌の上にためたままじっとしていたが、しばらくして、全部飲みこんだ。

車に戻ると、車のシートにレジ袋を敷きつめて汚れないようにした。父親がやれやれと首を振る。手の傷はそれほど深くなかった。トマトソースのせいで大怪我に見えただけだったらしい。いまは紙ナプキンで覆っている。

「まったく」父親は母親に言った。「Bときたら。わたしが滑って転ぶわけないのにな」


スーパーマーケットでの事件から三週間ほどたったある日、バスターが学校から帰ってくると、両親がスラッシュメタルの音楽の大音量でかけて激しく踊っているところだった。バスターはなんだか決まりが悪かった。両親のセックスを目撃してしまったのと同じような感じだ。

「バスター！」廊下に立っているバスターを見て、両親は声を張りあげた。母親がバスターの手を引いて、リビングに連れてきた。テーブルにはチョコレート菓子の山。なにかを祝うときは必ずこのパターンだ。大音量の音楽と、甘いもの。これからなにか起こるんだな、とバスターは思った。ようやく両親が計画した危険なイベントのなかで、自分はどんな役目を果たすことになるんだろう。バスターは説明を待った。

「これを見てくれ」少し落ち着いてから、父親が言った。バスターは両親にはさまれる格好でソファに座った。手には三本目のチョコレート菓子。固さの違う二種類のキャラメルが入っている。両親は〈ニューヨーク・タイムズ〉の記事を見せてくれた。『家を燃やすアート』というタイトルだ。記事には写真がついている。家の玄関の前で、火のついたマッチを持つ男の写真だ。男はパフォーマンス・アーティストのダニエル・ハーン。物質主義への批判や自然の過酷さを訴えるために、自分の家を燃やすらしい。なかにある思い出ごと灰にしてしまうというのだ。アートの名のもとに。

「うちも家を燃やすの？」バスターは聞いた。

「まさか」父親が言った。「ほかのアーティストの二番煎じなんかするものか。しかも、こんな趣味の悪いアート、ごめんだね」

「バスター」母親が言った。「このハーンって人はね、派手なパフォーマンスをやろうとしてるの。でも結局はつまんないものにしかならないわね。だって、前もって発表するんだもの。ニューヨーク州北部にある家を燃やすから見物にきてください、ですって。テーマまで先にしゃべっちゃうのよ」

「そんなのはアートじゃない」父親が続ける。「アートに似た見せ物だ。そんなものは新しくもなんともない」

「じゃ、ぼくたちが行って火を消すとか？」

「それも悪くないわね。でも、もっといいアイデアがあるの」

「もっとずっといいアイデアだ」父親は糖分のせいでハイになっているらしく、高笑いした。母親も笑いだす。あまりに楽しそうなので、バスターも笑ってみた。なにがおもしろいのかわからないが、笑いつづけた。こんなにがんばって笑っているんだから、もっと楽しい気分になれたらいいのに、と思いながら。

＊

次にアニーに電話をかけたとき、バスターはそのパフォーマンスの話をした。

「なにかやれって言われても、いやだったらやらなくていいのよ」アニーは言った。

「そりゃ、姉さんはやらなくていいだろうけどさ。ぼくはまだここに住んでるんだ。それに、やりたくないわけじゃない。参加すれば家族の一員でいられる。愛情を感じる。参加しなければ、ただの居候だろ?」

「ふつうの人はそんなふうには思わないものよ。だって、その家の子どもなんだから」

「写真を撮るだけなんだ。逮捕されるとかいうリスクはない」

「気をつけてよ」

「姉さんがいないと寂しいな」

「そのうち慣れるわよ。どうせまたひどいパフォーマンスをするんでしょ。わたしがいてもいなくても同じだわ」ふたりともしばらく黙りこんだが、やがてアニーが口を開いた。「でもわたし、急に家に帰りたくなることがあるの」それだけ言うと、電話を切った。詳しい説明をしたくないということだろう。バスターは受話器を耳にあてたまま離さなかった。じっと耳をすませていれば、ロサンゼルスにいる姉の声が聞こえてきそうだ。いまごろ、台詞をはっきり読む練習をしているだろうか。


三週間後、バスターはニューヨークのウッドストックにいた。もっと分厚いコートを持ってくればよかったと思いながら、まだ使いかたのよくわからないライカR４を構える。もうすぐ男が家を燃やす。野次馬は八十人から百人くらい集まっていた。家からある程度離れた安全な場所に折り畳み椅子が並んでいる。野次馬バスターは野次馬のなかでいちばん年下。それもかなりの年下だった。いかにもニューヨークのアーティストというタイプの人間もいれば、派手なショーが見たいだけの人間もいる。消防士の一団も控えている。この手のイベントには消防署の許可が必要なのだろうし、それは取得済みらしい。そんな書類まで申請して家を燃やそうとしていることを、両親はどう思っているんだろう。尋ねてみたいが、二十分も前から姿が見えなくなっている。計画どおりだ。バスターは家に火がつくのを待って、できるだけたくさんの写真を撮ればいいと言われている。

三列目の端の椅子に座り、カメラを手のなかで転がしはじめた。

「アートを見にきたのかい?」うしろから話しかけられた。振りかえると、蝶ネクタイをして暖かそうなコートを着た年配の男性が微笑んでいた。「それとも火事の見物?」

「両方です」

「わたしはあの愚か者が家を燃やすのを見にきた」男性は言った。少し酔っているのかな、とバスターは思った。いつもこんな状態で日々を過ごしている人なのかもしれない。「妹は有名なアーティストでね。抗議のサインとか、くだらないものばかり作っている。わたしは現代アートってやつがわからんのだよ」

バスターのカメラを指さす。「それはわかる。写真はいい。絵も、彫刻も。たいした作品じゃなくても、理解はできる。だが、家を燃やすってどういうことだ? 自分の大便を食べるとか、三日間立ち続けるとか。そんなばかなことをやってたら、そのうちどこかに閉じこめられる」

バスターはこの会話から逃れたくて、体の向きをできるだけ元に戻そうとした。顔だけはうしろを向けて、男性を見ている。首がよじれて体からちぎれてしまいそうだ。

「だってそうだろう? いま、わたしがきみの顔を殴ったら、それもアートだというのか?」

バスターはカメラを構えて、男性の写真を撮った。

「それもアートか?」男性の顔がどんどん赤くなる。怒りではちきれそうだ。

「いまのは証拠です。殴られたときのための」

「なんでもかんでもアートだ」男性はそう言って、マスターベーションをするときのように手を動かした。

バスターは立ちあがり、一列前の席に移った。寒い。いつになったら火をつけるんだろう。

それから二十分くらいたったとき、ひとりの男が家から出てきた。ガソリンの缶を持っている。見ている人々になにもいわず、ポケットからマッチを取り出し、火をつけると、あけっぱなしだったドアの中に投げこんだ。すぐに炎があがった。しかし、家全体に火がまわるまでには長い時間がかかった。ぱちぱちとはぜる音がする。熱のせいで分子が形を変えていく。しかし、思ったほど派手な感じはしなかった。単なる火というより、爆発のようなものを想像していたのかもしれない。予想とは違うものだったみたいだ。家が燃えている。ほかになにを期待していたんだろう。手でも叩いたほうがいいんだろうか。ここまでやってくれているんだから、その努力を讃えるべきだ。しかし、誰も手を叩かない。そこでバスターは黙って椅子に座り、両親の登場を待つことにした。

窓が割れて、煙が家の外に出てきた。そのとき、バスターの両親があらわれた。手に手を取って、落ち着いた足どりで家から出てくる。煙のせいで姿ははっきり見えないが、まわりで炎が躍っているのはわかる。バスターはカメラのファインダーで両親の姿をとらえると、シャッターを押した。父親の腕に火がついた。父親が手を振る。見物人に挨拶しているんだろうか。それとも火を消そうとしているんだろうか。近づいてくると、母親の背中全体が燃えているのがわかった。ふたりはふらつきはじめた。煙を吸ったせいだろう。それでも歩きつづけている。見物人のあいだを抜けて、バスターの横を通りすぎ、そのまま家まで歩いて帰ろうとしているかのようだ。そのとき、消防士のひとりが駆けよってきて、ふたりに消火器を向けた。ふたりはあっというまに泡だらけ。できそこないの雪だるまのようになってしまった。それから地面に倒れると、激しく咳きこんだ。吸ってしまった煙を体から追い出そうとしている。咳がおさまったときには、バスターを含めた見物人たちに囲まれていた。写真を撮りつづけているバスターのほかは、誰も物音ひとつたてない。みんな、この人たちはなんだろうというふうに、バスターの両親を見ている。その背後では、もう骨組みだけになった家が燃えつづけている。炎がみんなの顔に奇妙な影を投げかけていた。バスターが見ている前で、ふたりは抱き合い、キスをして、そこから離れていった。消防士の手も振りきって、森のほうに走っていく。そこにバンが置いてあるのだ。バスターははっと気がついた。急いで追いかけていかないと、ふたりに置いていかれてしまう。

主役はこっちだよとでも言うように、家のうしろ半分が崩れおちた。みんながそちらを見た隙に、バスターは両親を追いかけて駆けだした。しかし、方向がわからない。カメラも壊さないようにしなければ。名前をつければ大切に扱いたくなるぞという父親の言葉を聞いて、カールと名付けた高価なカメラだ。全然違う方向に走っているような気がしてきた。もしかしたら、煙に巻かれたせいで、両親も間違った方向に走っているかもしれない。イベントのあとにはいつも、このひとときがある。現場を離れてから、家族が無事に一ヶ所に集合するまでの、このひととき。しかし、今回はアニーがいない。両親はいるが、アニーがいないと自分はひとりきりだ。立ちどまり、暗闇の写真を撮り、本能に従ってまた走った。

ようやくバンに戻った。両親は待っていてくれた。バンの後部座席に座り、ドアをあけたまま、鮮やかなピンク色になった体の部分を調べている。どんどん腫れてきた。手を振る両親にうながされ、その写真も撮る。

「バスター、これでわかるだろう」父親が言った。「耐火性って言葉があるが、あれは火を弱めるってだけで、燃えることは燃える。ひどいもんだ」

「でも、すごかったよ」バスターが言うと、父親はうなずいた。

母親の笑みは弱々しい。「バスターが森を抜けてきたとき、アニーも来るような気がしちゃったわ」

バスターは母親の姿を撮った。姿勢を変えるたびに痛そうに顔をゆがめている。焦げた髪の毛のにおいがした。「ぼくも、ひとりで走ってくるのが寂しかったよ」

母親が腕を広げる。バスターが近づくと、抱きしめてくれた。こんなことはめったにない。母親と同じ思いを分かち合う瞬間はなによりも大切にしたい。たとえ、それが悲しみであっても。母親がすすり泣きはじめた。「やっぱりいままでとは違うわ」

「カミーユ」父親はそれ以上なにも言わなかった。妻の絶望的な表情を見たからだろう。崖っぷちにしがみつき、いずれ落ちてしまうのを覚悟している人間の表情だった。

「今回のイベントは、わたしたちが家族でいつづけるためにやったことなの。三人になっても、美しくて愚かなアートは作りだせるはずだと思ったから。ケイレブとわたしはアニーとバスターを作り、四人でアートをやってきた。アニーがいなくなったことで、これからのアートは、なにか大切なものが欠けた作品になるかもしれない」

父親が身をのりだしてきた。「いつかはそういうときが来るとわかっていた。わたしたちが死ぬかもしれないし、子どもたちが家を出ていくかもしれない。いつまでも四人ではいられないんだと。変化に適応するしかない。アートを進化させるんだ。いままでとは違う、よりよいアートにしていこう」

「そんな言いかたしないで」

「言葉が悪かったな。よりよいってのはまずかった。だが、三人でがんばる価値はあるぞ」

「あなたたちのうちどちらかひとりでも欠けたら、もうやっていけないと思うわ」母親が言った。「やりたくもないし」

バスターはもう一度母親を抱きしめた。「寂しいのは一時的なものだよ」

「わたしもそう思わなきゃいけないのかしらね」

「いずれはぼくも家を出ていく。けど姉さんもぼくもいつか戻ってくる。そのときは、ふたりとも、自分になにができるのか、いまよりよくわかってるはずだ。いまより父さんと母さんを助けられるはずだよ」

「戻ってくるのね」母親が言う。

「そのときはまた鍛えなおしだな」父親も言った。

「そしたらすごいものができるよ」

母親は泣きやんで、バスターの頬をなでた。「そうはならないわよね。わかってる。でも、いまはそういうことにしておくわ」

12

両親の死をようやく受け入れたアニーとバスターは、悲しみの過程というものがこんなに地味で退屈なものなのかと驚いていた。葬式は出さないことに決めた。葬式なんてなんの意味もない。しかし、死者を悼む具体的な手段がほかにない。暴力的で突拍子もないイベントを両親の名のもとにやってみようか、とも思ったが、真剣に考えることもなく、アイデアは立ち消えになった。両親がこの世からいなくなったいま、ふたりにできるのは、自分たちの生活を続けることしかなかった。前に進みつづけ、この先にどんな世界が待っているのかを確かめなければならない。

アニーはもうすぐロサンゼルスに戻る。以前の生活に戻って、ルーシーの映画の撮影に入る。いっしょに来ないか、とバスターを誘ってくれた。家は広いからふたりで住んでもまだ余るくらいだという。しかしバスターはすでに今後の計画を立てていた。町にとどまる。大きな間違いをおかしていませんように、とバスターは思っていた。ルーカス・キッザのくだらなくてまとまりのない作品にお世辞を言ったばっかりに、コミュニティカレッジで講義をもってくれと頼まれ、それを受けることにしたのだ。担当するのは作文とテクニカルライティング。これからはファング先生と呼ばれることになる。先生だなんて、ものすごい悪党みたいな響きだ。本当にやっていけるのかどうか、不安でいっぱいだ。

これからはスーザンとふたりで暮らすつもりだ。しばらく前からふたりでそんな話をしている。そうしない理由が見つからない。実家は空き家になってしまう。法律上どうすればいいのか、役所の決定を待つことになる。アニーもバスターも、燃やしてしまいたいとか爆破してしまいたいとかいうささくれた思いがないではなかったが、怒りは悲しみが形を変えたものにすぎなかったし、悲しみはすでに乗り越えていた。家はそのままにしておくが、もう戻ることはない。運がよければ、脳がまともに働いて、人生の記憶からこの部分をすっぱり消し去ってくれるかもしれない。

いまのところ、アニーとバスターは新しい生活パターンで日々をすごしている。バスターは原稿を書き、アニーは台詞の練習をする。ときどき、バスターが両親と暮らし、アニーがロサンゼルスにいたころのように、バスターがアニーの台本読みに付きあうこともある。懸命についていこうとするが、結局はいつもお手上げになる。両親を捜しだすことにあんなに労力をかけ、みっともないくらい必死になっていたが、それはもうやめた。それさえやめてしまえば毎日こんなに自由な時間があるものかと、アニーもバスターも驚いているところだ。

実家ですごす夜もあとわずかになってきた。アニーは部屋にこもり、リサイクルショップで見つけたレッスンビデオを見ながらジャズ体操をやっている。バスターの耳に、スーザンの車のタイヤが私道の砂利をかむ音が聞こえてきた。しかし原稿を打つ手を止めなかった。頭のなかにあるストーリーをできるだけ早く文字にしてしまいたかった。この作品を書いていると、洞窟探検でもしているような気分になる。あるいは、複雑な迷路を歩くのにも似ている。そのなかで、バスターは必死に出口を探していた。入り口とは別の出口を探して闇のなかを進み、やっとのことで、それらしい道を見つけたところだ。マイカとレイチェルも、最後には闘技場を出て日の当たる世界で暮らすことになるだろう。そのためにはまだいくつもの出来事を積み重ねる必要がある。スーザンの声が聞こえる。バスターはようやくパソコンのキーボードから手を離した。

スーザンは店の紙袋をふたつ持っていた。袋の底は脂と蒸気で湿っている。飲み物のトレイには、特大サイズのソーダがふたつ。「夕食よ」スーザンの言葉にバスターはうなずき、リビングのコーヒーテーブルの上を片づけた。床に座り、ハンバーガーを食べる。バスターは朝食のあとなにも食べていなかった。塩と脂がたっぷりのハンバーガーも、舌を刺すようなスパイスも、がんばって原稿を書いたご褒美のように思えた。「今日はどうだった?」バスターはスーザンに聞いた。

スーザンはハンバーガーを食べおえて、アメリカンドッグに塗るマスタードのパックを慎重にあけているところだった。「まあまあかな。チップはそこそこもらえたし、いやな客はいなかったし、一日が早くすぎたし。それに、仕事中にアイデアが浮かんできたの。いま書いてる作品のね。休憩時間中に、紙ナプキンにメモしといたわ」

バスターは微笑んだ。「ぼくもだよ」

スーザンも微笑んで、バスターの頬にキスした。「顔を見ればわかるわ。店で働いてても、バスターが原稿をがんがん書いてるんだと思うとうれしくなるの」

ソーダはすごく甘くて、液体のキャンディを飲んでいるみたいだった。バスターはなんだかわくわくしてきた。ひどいヘマさえしなければ、これからはこんな生活を続けることができるのだ。

「CDを持ってきたの」スーザンがバックパックに手を入れた。「新しいのをと思って、ネットで注文したの。ここんちにあるレコードと似た系統だけど、こっちは出たばっかのやつよ」

ヴェンジフル・ヴァージンズというバンドのCDで、ジャケットデザインは、ギターの弦を何百本も絡みあわせて奇妙な形にまとめたものだった。

「双子の兄弟なんだけど、サヴァン症候群かなにからしいわ。まだ十四歳くらいなんだって。ドラムスとギターを使ってるけど、音楽っていうより動物っぽい感じ」

バスターは肩をすくめた。いまは長いおしゃべりをしたくないので黙っていたが、音楽は両親が聞いていたもの以外聞きたくなかった。それ以外で、自分はこれが好き、という音楽に出会ったことがないからだ。いろいろな音楽を聞いて、いちいち「これは好きになれそうか?」と考えるのが面倒くさい。せっかく両親が選んだそこそこの音楽があるんだから、それを聞いていればいい。

「かけてみて」バスターはそう言って、俵型のフライドポテトをまた食べはじめた。店のコックに頼んで二度揚げしてもらったとかで、ふつうのものよりかりかりしている。

一曲目はバスドラムの音で始まった。リズムがちょっと遅れている。それが一分くらい続いたあと、歌が始まった。声変わりにさしかかったくらいの少年の声。

「すべてが終わるとき、ぼくたちは塵になり、自分の塵に溺れていく。空はゆっくり暗くなる。すべてが腐り、錆びついていく。けど、ぼくたちは死なない。ぼくたちは死なない」

スーザンはステレオを指さし、バスターを肘で突いた。「ね、変わってるでしょ?」

バスターはうなずいた。ギターが――ギターらしきものが――甲高い音を轟かせ、ドラムスが小さな拍を刻みはじめる。鼓動みたいに安定したリズムだ。歌声がうねり、ゆがむ。すばらしい、とバスターは思った。いまにも爆発しそうな音楽だ。二曲目が終わると「いいね」といった。ほっとしたスーザンがボリュームを上げる。家じゅうが振動しはじめた。スーザンがバスターにキスした。「気に入ってくれると思った」

「悲しいね」のどがはりさけそうな声が響く。次の曲がいきなり始まっていた。「世間なんて冷たいばかり！」

バスターははっとして背すじを伸ばした。記憶のどこかにその言葉が引っかかる。コーヒーテーブルに両手を置き、力をこめた。テーブルが小さく振動しはじめた。

「親なんかみんな、殺しちまえ！　生きてくために、殺しちまえ」バスターが歌った。CDの歌声にぴったりかぶる。「親なんかみんな、殺しちまえ」繰りかえした。声がかすれる。「生きてくために、殺しちまえ」

スーザンがバスターの肩に触れた。「この歌、知ってるの？」

バスターはうなずいた。

アニーがリビングにあらわれた。トレーニング中だったのか、ダンベルを手に持ったままだ。わけがわからないというふうに、顔をキュビスムの絵みたいにゆがめている。

「これ、いったいどういうこと？」ダンベルのひとつをステレオのほうに向ける。

バスターはCDケースをアニーに見せた。アニーはダンベルを落とした。床に振動が走る。あいた手でCDケースをつかんだ。

「三曲目だ」バスターはケースの裏のトラックリストを指さした。「三曲目。『K．A．P』か」

「ふたりとも、どうしたの？」スーザンがあとずさりした。ファング姉弟の剣幕に恐れをなしたらしい。

「ファングの歌なんだ」バスターが言い、アニーとふたりでリビングを飛びだした。バスターの部屋でパソコンに向かい、ヴェンジフル・ヴァージンズを検索する。

「どういうこと?」スーザンが聞く。

「あの人たちよ!」アニーが叫んだ。両親の家――ふたりの育った家に、声が響きわたる。「うちの親が生きてる!」


スーザンは遠慮して帰っていった。バスターとアニーはインターネットを徹底的に検索しはじめた。バスターがあわててどんどんクリックするので、アニーはその手を何度も叩いて落ち着かせなければならなかった。ヴェンジフル・ヴァージンズは、ノースウェストにある〈ライト・ノイズ〉という小さなインディーズレーベルと契約している。同じレーベルから、レザーチャンネルというバンドがデビューしているらしい。バスターとアニーにとっては初耳のバンドだが、その後〈インタースコープ・レコード〉で数百万ドルの契約を結んでいるとのこと。

ヴェンジフル・ヴァージンズはルーカス・ボルツとライナス・ボルツの兄弟バンドだ。十三歳の双子で、まだオフィシャルホームページはない。音楽系のSNSにアカウントがあるが、何曲かがエンドレスで流れるようになっているほか、ふたりの写真が何枚か出ているだけだった。ぼさぼさの髪をして、目は黒と言っていいくらい濃い褐色。ひょろりと痩せている。大きく笑った口元を見ると、歯並びが少しゆがんでいる。この少年たちがあのひどい歌を作ったとは思えない。

数えきれないほどのブロガーが、このアルバムを称賛している。この若さでこれだけのものを作るのはすごいとか、そういうコメントばかりだ。この双子の兄弟の個人情報はほとんど書かれていない。それでも、ノースダコタ州のウェイランドに住んでいることはわかった。音楽は独学で、終末論に傾倒しているということも。レーベルのホームページによると、ふたりはいまツアーに出ているらしい。ツアースケジュールを見た。今夜はミズーリ州カンザスシティ。明日はセントルイス。

バスターは感情を大きく揺さぶられていた。自分も姉も、ようやく両親を捜すのをあきらめ、死亡を受け入れたばかりなのに、こんな形で再び両親の情報を検索することになるとは。

すぐに計画を立てた。アニーとふたりでセントルイスに行く。ヴェンジフル・ヴァージンズのライブを見るのだ。なんとかしてバックステージに入りこみ、双子に会う。自分たちがあの曲を知っていることを話し、ふたりの両親について知っていることを話させる。それだけだ。もっとも、落とし穴はいくつかありそうだ。両親の失踪にこの双子が関わっていたとすると、双子は両親の信頼を得ているということだ。そんな双子を問いつめて、どんな答えが返ってくるというのか。逆に、なにも知らないという可能性もある。あるいは、この歌のことは単なる偶然で、両親はやっぱりもう死んでいるのかもしれない。しかし、それはあまり考えないようにした。真実に近づいたという思いが胸をしめつける。その感覚だけを大切にしようと思った。

アニーはバスターのベッドに腰かけた。バスターはダッフルバッグに着替えや洗面道具を詰めている。

「ちょっと考えを聞かせて。その双子がうちの両親を知ってて、この歌を教わった——そう思ってるのね?」

バスターはちょっと考えてうなずいた。

「ってことは」アニーが続ける。「ヴェンジフル・ヴァージンズはファング家のアートのことも知っている」

　バスターがうなずく。

「ってことは、わたしたちのことも知っている。両親が失踪して姿を隠していることまで知ってるなら、そういうことになるわよね。だとしたら、わたしたちを見て、アニーとバスターだって気がつくかもしれないわよね？」

　バスターはそこまでは考えていなかった。「そうかもしれないな」

「絶対気づくわよ」アニーは弟の言葉を訂正した。「この作戦じゃうまくいかない。もっと頭を使わないと。守りの弱いところから攻めこむの」

　バスターは詰めた荷物を出しはじめた。「セントルイスに行くの、やめようか」

　服をクローゼットに戻そうとしたとき、アニーの笑い声が耳に入った。振りかえると、アニーは満足そうに微笑んでいた。世の中の秘密ならなんでも知っている、なんでも教えてあげるわ、というような顔で手招きをしている。

「ふたりとも、だいじなのはアートだけだったわよね。ほかのことはどうでもよかった」

　バスターはうなずいた。どんな話につながるのか、見当もつかなかった。

「でも、この子たちは違う。まだ若いんだもの。欲しくてたまらないものがほかにあるわ」

「お金かな」バスターは言った。姉がなにを言いたいのか、まだわからない。

「有名になることよ」

　アニーは新しい計画のあらましを話しはじめた。リビングからは、ヴェンジフル・ヴァージンズの騒々しい音楽がまだ聞こえてくる。バスターは、それを聞くとはなしに聞きながら、思った。自分の名前をどこかに大きく刻んでみたい。宇宙からでも見えるくらいに大きな文字で。それは自分のものだと、すべての人にわかってもらえるように。

計画を実行するのは明日。今夜はもうすることがない。バスターはリビングのソファに座り、もう一度ヴェンジフル・ヴァージンズのCDを聞いていた。目を閉じていると、耳障りで騒々しい音が、筋肉にじわじわしみてくるような気がした。なんの効き目もない軟膏のようだ。両親がノースダコタのどこかの地下室に隠れてこの音楽を聞いている姿を想像してみた。自分たちの失踪の真実を示すヒントを世間に送り出しながら、町から町へと転々としている。子どもたちに見つかるまで、そうやって移動を続けるのだろう。それともこれは、自分たちに向けて送られたメッセージなんだろうか。いや、両親のジョークという可能性もある。こんなやりかたで、ファングの名前を出さずにアートを作りつづけようとしているのかもしれない。それともうひとつ、考えたくない可能性がある。この双子の少年は、アニーとバスターの代わりなのではないか。ケイレブ・ファングとカミーユ・ファングが名声を残しつづけるために雇った新しい子どもたち。アニーとバスターはもう子どもではなくなってしまったから、用済みなのだ。これからはルーカスとライナスを使っていこうというのだろう。この新しいパートナーシップを宣言するために、もとはファング家のものだったこの歌を、双子に与えた。この双子なら、アニーとバスターがやったよりずっと効果的に、歌を世間に広めてくれる——両親はそう思ったのでは？

音楽を止めた。闇と静寂が、両親のものだった家を包む。氷をなめた。歯茎をなでるように氷を動かしながら、口のなかが氷と同じくらい冷たくなるのを待った。腕も脚も感覚がなくなり、心臓だけが動いて、いまは使うつもりのない四肢へと血液を送りだしている。三十分後、バスターは突然復活して立ちあがった。脚を動かし、パソコンの前に行く。小説の最後の何ページかを削除した。想像力が間違った方向に進んでいたようだ。書きなおしながら考えた。この世界だけは自分でコントロールができる。自分で作りだすことができる。自分の好きなように形を変えても許される。小説のなかなら、なにを主張しようが、他人にどうこう言われることはない。

双子は闘技場から逃げ出し、将来に希望を見いだし、自分たちの世界を見つける。しかし、変わるのはこのふたりの人生だけだ。ほかの子どもたちは相変わらず閉じこめられ、闘技場で戦わされる。ずたずたに折れた手は何年も痛みつづける。しかし、ふたりになにができるというのか。すでに壊れてしまったものを直そうとがんばるより、そんなものは捨ててしまったほうがいい。これはもしかしたら、両親のことでアニーが言っていたのと同じことかもしれない。自分がそれに同意できたのは、この小説のことが頭にあったからだろうか。それとも普遍的な真実だと思ったからだろうか。原稿を書き、読みなおした。エンディングはこれしかない。ようやくコンピュータから離れたとき、時刻は午前一時になっていた。なのにちっとも疲れていない。アニーの部屋のドアをノックすると、アニーはまだ眠っていなかった。目を大きく開いて、壁を見つめていた。

「体が言うことをきかないの。ふたりのことばかり考えちゃう。ばかみたいよね」

バスターは一本のビデオテープを手にした。なんでもいい、最初に手を触れたものを見ようと思った。アニーもバスターも、両手を震わせながらビデオを見た。バスター・キートンの映画だった。キートンが殴られ、投げられる。壁が倒れてくる。どんなにひどい目にあっても、キートンは表情ひとつ変えることなく、また動きはじめる。アニーもバスターも、そんなキートンに感心するばかりだった。

翌日の午後、バスターは助手席にアニーを乗せて、一睡もしないまま車の運転席に座っていた。エンジンを切って窓をあけ、ナッシュヴィルのガソリンスタンドにある公衆電話の前に車を停めていた。午前中には、ヴェンジフル・ヴァージンズがライブを行うセントルイスのクラブに電話をかけ、クラブのオーナーに話を聞いてもらった。バスターは音楽雑誌〈スピン〉の記者を名乗った。ルーカスとライナスが独占インタビューに応じてくれれば、トップの特集記事を組むこともありうる、そう話すと、オーナーはふたりが来たときにそれを伝えると言ってくれた。

そんなわけで、バスターとアニーは、ふたりからの連絡を待っているところだ。車のフロアボードはキャンディの包み紙に覆われている。車内にはピーナツバターとココナツのにおいが充満していた。わざわざナッシュヴィルまでやってきたのは、ルーカスとライナスの目をあざむくためだ。ふたりが両親の失踪に関与している可能性を考えると、折り返しの連絡先として実家の電話番号を教えるわけにはいかない。あやしまれないようにするためには、局番も違うほうがいい。ナッシュヴィルはアメリカを代表するミュージックシティだ。ヴェンジフル・ヴァージンズの音楽ジャンルからして、カントリーミュージック中心のナッシュヴィルとはあまり関係ないかもしれないが、フリーランスの音楽ジャーナリストがナッシュヴィルに住んでいるという設定は無理がないだろう。

もっとも、ここまで来てから気づいたこともあった。プリペイドの携帯電話を買って、家から電話をかければすむ話だったのではないか。しかし、計画はむやみに変えないほうがいい。計画を変えるよりは、公衆電話の前で何時間も待っていたほうがいい。もちろん、電話がかかってこない可能性があるのはわかっている。ろくに下準備もせずに始めた作戦だからしかたがないが、こういうことにはある程度の運が必要だ。時計の針が進むにつれて、いままでの運のなさを思いかえさずにはいられなかった。まさに不運の象徴みたいな人間なのだ。

公衆電話に「故障」という紙を貼っておきたかったが、アニーが反対した。「いまどき、公衆電話なんて誰も使わないでしょ。まだあることが不思議なくらいよ。余計な細工をしてややこしいことになるとまずいわ」

ナッシュヴィルに来る車のなかで、アニーはヴェンジフル・ヴァージンズへの質問リストを考えた。なるべく漠然とした質問がいい。どうやってデビューしてどうやってここまで売れるようになったか、自分たちの言葉で話してもらいたいからだ。十の質問のうち九番目が、本当に聞きたい質問だった。「『K.A.P』はなにから発想を得たの?」というもの。これだけは、答えをしっかり録音しておきたい。十番目の質問は、必要なら聞くという程度。どうでもいい質問だ。「もしも木になるとしたら、どんな木になりたい?」

やがて、公衆電話が鳴りはじめた。一度、二度。バスターは車から飛びだしていって、受話器を取った。

「もしもし」

「〈スピン〉の記者さん?」

「はい、そうです」

肩を叩かれて振りむくと、アニーがいた。質問のリストを持っている。バスターはそれを受けとった。アニーはそのままそばに立ち、受話器から漏れる音声を聞きとろうとして、バスターにぴったりくっついた。

「ルーカス？　ライナス？　どっちかな」

「ルーカスだよ。ライナスはドラムス担当で、しゃべるのが苦手なんだ。代わりにでっかい音を出す。だからしゃべるのはいつもおれ。なにをしゃべってもOKって言われてんだ。それでいいかな？」

「了解。それでかまわないよ。では、最初の質問だ。きみたちのサウンドはとてもおもしろいね。完全にオリジナルだと思うけど、影響を受けたミュージシャンはいる？」

「うーん、いないなあ。スピードメタルが好きだけど、まだそこまでうまくできないし。ラップはよく聞くよ。けど、ぼくたちがやる音楽とは関係ない。むしろ、映画や本からヒントをもらうほうが多いかな。『マッドマックス』や『博士の異常な愛情』、『恐怖の足跡』、あとはヴィンセント・プライスの映画が好きだよ。本は『ドラゴンランス』のシリーズ。あと、ゾンビの出てくるマンガとか。それと、終末論がテーマのものならなんでも。『アンダーグラウンド』っていう小説があって、お気に入りなんだ。記者さん、読んだことある？」

バスターは頭がくらくらした。セントルイスでルーカスに直接会い、この質問をしてみたかった。どんな顔をして答えてくれるんだろう。それとも、この電話が嘘だということが、早くもバレてしまったんだろうか。

「ぼくも読んだよ」

「おもしろいよね。アルバムの一曲目は、あの本を読んだあとに作ったんだ。このこと、人に話すのははじめてだな」

「ギターはどんな楽器を使ってる？」バスターはあわてて次の質問をした。話題を変えたかった。本当は、あの小説のどこがそんなにおもしろかったのか尋ねてみたい。しかしそんな話をしていたら、インタビューが本筋からそれていってしまう。

「どんなって……カタログを見て買ったんだ。楽器のことはよくわかんない。高いやつは使えない。だって、うまく弾けないと楽器に申し訳ないからね。それに、音が違うから。おれたち、安物のギターのサウンドが好きなんだ」

質問を重ねるにつれて、答えが短くなってきた。〈スピン〉で特集記事を組んでもらえるのはうれしいが、集中力がもたないのはどうしようもないのだろう。指先でギターの弦をなでている音がする。キーキーという甲高い音は、小屋にとじこめられた動物の鳴き声のようだ。アニーがバスターの脇腹を突く。バスターも集中力が切れそうになっていたらしい。いよいよ肝心の質問だ。バスターは勇気を振りしぼった。両親を見つけようという試みは失敗続きだった。今回はどうだろう。

「『K．A．P』はなにから発想を得たの？」

ルーカスが黙りこんだ。ゆっくりとした深い呼吸の音だけが聞こえる。このまま電話を切られてしまうんだろうか。バスターがそう思ったとき、ルーカスが答えた。「なんとなく思いついただけだよ」

「なにかきっかけになるようなことがあったんじゃないかい？」

「べつに。しっかり生きていこうと思ったら親を殺さなきゃいけないこともあるかなと思って。変な質問だね、こう言っちゃ悪いけど」

「ルーカス、あれを書いたのはきみじゃないんだろう?」

「おれだよ」

「いや、きみじゃない。正直に答えてくれなかったら、このことを大きな記事にするよ。いいのかい?」

「電話、切るよ」

「ルーカス、誰が書いたんだ? アルバムのなかではあれがベストってわけじゃないよな? ほかの八曲のほうがいい曲だと思う。そう、ずっといいよ。あの曲だけは歌詞が雑だし、陳腐な感じがするんだ。きみが書いた曲のほうがずっと深みがあるよ。だからわかるんだ。あの曲はきみの作品じゃない」

「でも、あれはきっと売れるから」

「けど、ほかの曲があるじゃないか。ほかの曲のほうがずっといいよ」

「あれは……おれの作品じゃない」ルーカスが言った。

「やっぱりな。きみらしくない」

「けど、みんながいい曲だって言うんだ。おれが書いたんじゃないのに」半分泣き声になっている。

「誰が書いたの?」

「ほかの人」ルーカスが言う。バスターは、受話器を壁に叩きつけてやりたい衝動をぐっとこらえた。

「ほかの人って?」

「パパ」

「え?」バスターの足元がぐらぐら揺れはじめた。

「パパが書いた。で、これを使えって。はじめて演奏したのがあの曲だったから、アルバムを作るとき、入れちゃったんだ」

「お父さん？」

アニーが眉をひそめてバスターの脇腹を突いた。しかしバスターは首を横に振り、アニーから少し離れた。

「っていうか、義理のお父さんだけどね。パパって呼んでる。もう長いからさ、本当のパパだと思ってるんだ」

電話のむこうで別の声がした。女性の声だ。

「ママが来た。話がしたいって」

バスターはその女性とはしゃべりたくなかった。「待って」ルーカスに言った。「質問がもうひとつあるんだ」

「いいけど、でも、ママが早く代わってほしいって」

「きみが木になるとしたら、なんの木になりたい？」

ルーカスはためらうことなく答えた。「雷に打たれたばかりの木」そして電話を代わった。

「もしもし、どちらさま？」女性が言う。

「そちらは？」

「いったいなんの話をしてたんです？」

「ケイレブ・ファングをご存じですか？」バスターは聞いた。

「放っといてちょうだい。なんで夫のことなんか」

どういうことだろう。受話器を持つ腕が痛くなってきた。「母さん?」

「え、あなた、バスターなの? いえ、違うわ。わたしはあなたのお母さんじゃない」

「どういうことだよ?」赤の他人を母親と間違えるのは恥ずかしいものだ。そのせいで怒りがわいてきた。

「バスター、もう放っておいて。あのふたりにかまわないで」

「どういうことなんだよ?」バスターが声を荒らげたとき、電話が切れた。

受話器を置くことができなかった。電話を置けば、姉のほうを向いて、いまの会話についてできるだけ詳しく説明しなければならない。そして姉の判断を仰ぐことになる。しばらくのあいだ、バスターはじっとしてダイヤルトーンを聞いていた。途切れることなく続く音を聞いていると、自分が電話の配線のなかに入り込んだような気がしてきた。そういえば、あのときの牙はどこにいったんだろう。子どものころにつけた、作り物の牙。あれをつけたい。なんでも嚙みちぎることのできそうなあの牙を。あの牙が、命を持ったやわらかいものに突きたてられるようすが目にうかんだ。痕は永遠に消えないだろう。

13

ノースダコタに着くとすぐ、アニーはなるほどと思った。ノースダコタは、この世に終末がやってくるなら、その瞬間をこんな場所で迎えたい、と思わせるようなところだった。肌を刺すようなきりりとした空気。色のない景色。氷河期のまま今日を迎え、世界がどんなに大切なものを失おうと、今後も変わらない場所。空港のまわりには荒野が広がっている。本当に州最大の都市なんだろうか。空港から一歩足を踏み出したとき、アニーは戦慄をおぼえた。両親はこの荒野に住み慣れて、すでに順応している。アニーとバスターは、いまにも野生の猛獣にかみ殺されてしまうかもしれない。

片側一車線のハイウェイを走りだした。カーラジオからは雑音とヘビーメタル。アニーは覚悟を決めた。両親はここにもいないかもしれない。電話の女性が言っていたことが本当だとすると、あの女性は父親のもうひとりの妻ということになる。子どもたちが簡単に見つかってしまったことに驚いて、両親に連絡した可能性が高い。とすると、両親はいまも逃げつづけているということになる。次の隠れ家をめざして移動中だろうか。

両親が姿を消したのには、そうしなければならない大きな理由があったということだ。アニーとバスターは、それを実行するための手助けをしたことになる。両親はなにか大きな作品を作りあげた。それを守るために、失踪という手段をとったのではないか。とくに、実の子どもたちにそれを傷つけられるのだけは避けたかったのだろう。

双子の家はすぐに見つかった。ネットでざっと調べただけで、ノースダコタ州ウェイランドで唯一のボルツ家の住所を割り出すことができた。夫婦の名前はジム・ボルツとボニー・ボルツ。

「見つけたらどうする?」バスターがアニーに聞いた。

きっぱり答えよう、とアニーは思った。選択肢はふたつ。暴力か許容のどちらかだ。つまり、答えはひとつということになる。両親の弁明によっては三つ目の選択肢も出てくるかもしれない。しぶしぶながらも現状を受け入れる。

「なにもしないわ。どうすればいいか、自然に答えが出てくるのを待つだけ。答えが出たら、そのとおりにする」

テネシーの自宅とそっくり同じ家だった。一階建てのランチハウスで、無駄な装飾もないし、手入れもあまりしていない。長い砂利敷きの私道を入っていくと、セミトラックが一台停められていた。ドアになにか書いてある。〈アートのトラック――そこにあるアートを運びます〉

「間違いないわ」アニーは車のエンジンを切り、家の窓を見た。なにも動きがない。

「ぼくたち、招かれざる客なんだろうな」バスターは言った。いやな結果になるのを予期してか、表情がこわばっている。

「わたしたちだって、こんなことしたくてしてるんじゃないわ」アニーはそう言って車から降りた。ポーチに上がる。ドアマットに〝我が家へようこそ〟のひと言はない。

バスターはアニーの隣に立った。

アニーは呼び鈴を押さず、拳でドア枠を叩いた。コツコツ、コツコツ。リズミカルに鳴らしつづける。家のなかからはなんの音も聞こえない。三十秒経ち、一分経った。バスターとアニーが同時にノックをしたとき、なかから物音が聞こえた。誰かがフローリングの床を歩いてくる。ドアノブが回り、ドアが開いた。そこに立っているのは、間違いなくふたりの父親、ケイレブ・ファングだった。

「AとBか」その声にはまったく感情がこもっていなかった。生物の種類を口にする科学者みたいな口調だった。

「見つけた」アニーが言った。顔の筋肉がかすかに痙攣する。

父親はうなずいた。「ああ。そのうち来るだろうと思っていた。ボニーから連絡があったんだ。バスターから電話があった、近いうちにそっちに行くかもしれない、と。きっと来るだろうと思っていた。来なかったらがっかりするところだった」

「母さんは？」バスターは聞いた。ボニーという女性のことは頭にはあったが、いまは父親と結びつけて考えることができなかった。

父親は肩をすくめた。「ここにはいない」

「え？」アニーが聞いた。

「別のところに住んでいる」

アニーは父親を押しのけるようにして家に入った。バスターも続く。「ねえ、わたしたちのほうが立場が上だってこと、わかる？」父親はうなずいた。「あなたたちがなにを企んでるのか知らないけど、わたしたちはそれをぶっつぶすことができる。困るでしょ？　これだけ大がかりなことをやってきたんだものね。でも、バスターもわたしも、それをぶっつぶしたくてたまらない。あなたの目の前でぶち壊したい。そうされたくなかったら、なにもかも話してちょうだい」

「いいだろう」父親が言った。「基本的なところだけ話せば、おまえたちふたりならすべてわかってくれるだろうし、満足してくれるだろう」

「全部話して」アニーは言った。「全部よ。細部にいたるまで、全部。満足するかどうかはわたしたちが決める」

「全部話すと長くなるな」

「かまわないわ」

「アニー」バスターが声をかけてきた。アニーが振りかえると、バスターはリビングにいて、額に入った写真を見ていた。アニーもそばに行き、写真を見た。父親がいる。いまより若い。女性は、昔、ファング家の作品に参加したことのある人だ。そして双子の少年。七歳か八歳といったところか。家族の写真だ。

「これ、なに?」アニーが聞いた。

「わたしの家族だ」

「いつ撮ったの?」バスターが聞いた。

「六年前かな。それくらいだ」

「誰?」アニーは女性を指さした。

「妻だ」

「え?」

「こみいった話なんだ」

「待って、そこでストップ」アニーは言って、写真を床に投げた。「カミーユがここに来るまで、その先は話さないで。四人揃ったら話してちょうだい」

「やってみるよ」

父親は電話に近づき、ある番号を押した。「わたしだ」

「母さんなのか?」バスターが言うと、父親は静かにというように手を上げた。

「問題が起きた。話しあいたい」長い沈黙が続いた。父親は相手の話をじっと聞きながら、アニーとバスターをまっすぐ見つめていた。「AとBだ」最後にそう言って、電話を切った。

「いまの、母さんなのか？」バスターが聞くと、父親はうなずいた。

「待ちあわせ場所を決めた。そこまで行こう。わたしの車についてきてくれ。四十五分くらいかかる」

「一台で行きましょう」アニーが言った。

「いいだろう」父親はコートラックから野球帽をとって外に出た。アニーとバスターも外に出る。父親を先頭に、三人は歩きだした。


運転席にはアニーが座った。父親が助手席。バスターは後部座席に座って身をのりだし、姉と父親のあいだの空間に首をつきだす格好になった。

「死んだって、本気で信じはじめたところだったよ」

バスターが言うと、父親が小さく笑った。声は出さない。息を吸う音がしただけだ。「それが狙いだったんだが」

アニーはヴェンジフル・ヴァージンズのCDをプレイヤーに入れた。父親がいやそうな顔をする。「どうしてもそれをかけるのか？」

「わたしたちは気に入ってるの」アニーはそう言ってボリュームを上げた。

行き先は、三つ離れた町のショッピングモールだった。一階建ての小さなモールで、メインの店舗がどれも閉店して、長いことそのままになっているようだ。

「ここだ」父親が言った。「話すときは、わたしをジムと呼んでくれ。ケイレブなんて名前は使わないでほしい」

「なるべくそうするわ」

「母さんの名前は?」バスターが聞いた。

「パトリシアだ」

「ジム・ファングとパトリシア・ファングか」

三人はモールに入っていった。三人の姿が、はじめて訪れるモールの風景になじんでいく。

母親はフードコートにいた。アメリカンドッグとレモネードを売る店のそばのテーブルに、ひとりでついている。バスターとアニーを見て困ったような顔をしたが、それがすぐに険しい表情に変わった。こっちよと手を振り、「バスター、久しぶりね」と言った。

「こんにちは、パトリシア」バスターは答えた。

母親はすぐに父親に目をやって聞いた。「どれくらい知ってるの?」

「まだなにも知らない」アニーが答えた。「これから話してもらうのよ」

母親はうなずいて、好きにしてと言うように肩をすくめた。「わかったわ。とにかく座って」

母親は周囲に目をやった。「どう話せばいい? こっちが勝手に話していけばいいの? それとも質問形式にする?」

父親が、まずはひととおり話をして、それから質問に答えるのがいいだろう、と言った。

アニーがかぶりを振る。「いますぐ聞きたいことがあるの」

「いいだろう」父親が言った。子どもたちのほうが立場が上なのだと、ようやくわかったようだ。

「どうして失踪したの？」アニーは聞いた。

両親は顔を見あわせて微笑んだ。「アートのため」同時に答える。

「ケイレブ・ファングとカミーユ・ファング。これがわたしたちの代表作だってことはわかってるわよね？　その代表作のために姿を消したの。でも、それも、もっと大きなイベントというか、もっと大きな主張の一部にすぎないわね。とてもスケールが大きくて、大切なものの一部と言ったらいいかしら」

「いつから計画を？」バスターが聞いた。

「何年も前からね。そう、ずいぶん前からだわ」

「おまえたちに、もうファングの作品に関わりたくないと言われたときから、計画は始まった」父親が続けた。「アニーが家を出て、バスターもそのあと出ていった。わたしたちはおまえたちとひとつになって、アートを作り上げていきたかった。おまえたちはファング家のアートになくてはならないものだと思っていた。なのにおまえたちはいなくなった。だから最初からやり直さなきゃならなかったんだ」

「わたしたちのせいにするわけ？」

「アニー、そうじゃないわ」母親は強く否定した。父親は不服そうだ。眉をつりあげ、目を見ひらいている。「あなたたちのおかげで、わたしたちはアートの作りかたを考えなおすことができた。あなたたちがいたからこそ、わたしたちはいま、この一大プロジェクトに取り組んでいられるのよ」

「まずは基本的な手続きをした」父親が言った。「新しい身分証、新しい社会保険番号、新しいパスポート、新しい納税履歴、そういったものをすべて整えた。そしてジム・ボルツとパトリシア・ハウリットになった」

「いつ？」バスターが聞く。

「バスターが大学生になって家を出てすぐね。十年か十一年になるわ」

「別人になってから十一年も経つっていうの？　なのに失踪は去年」

「それなりに手順を踏まなきゃならなかった」父親が言った。「新しい人物像をしっかり作りあげておきたかった。それからカミーユとケイレブが死ねば、簡単に切り替えられる」

「ボニーのこと、覚えてる？　あの子は昔から、ファングの熱心なファンだった。だから、彼女に協力を求めたの。失踪したいと訴えたら、協力してくれたわ。ご主人がアートに理解のない人で、家を出ていってしまったばかりだった。彼女と、まだ二歳にもならない双子の息子たちを残してね。だから、この人が彼女と結婚した。ジムとボニーは、法律で認められた本物の夫婦よ」

「わたしはトラックを買って、長距離トラックドライバーを演じることにした。普段はテネシー州の家でおまえたちの母さんと暮らすが、二カ月か三カ月に一回、ここに戻ってきた。ボニーとルーカスとライナスと四人で一週間か二週間すごし、またテネシーに行くという繰りかえしだった。うまくいっていた」

「そっちは？」アニーは母親に聞いた。

「ボニーの実家が所有してる広い土地があってね。そこに小さな小屋が建ってた。夏になるとそこに行って暮らして、町の人と仲良くなった。それらしい身の上話もしておいた。だからこっちに本格的に住むことになっても、誰にもあやしまれなかったし、よそ者だとかなんとか言われることもなかったわ」

「それを十年も？」

「悪くなかったわ。ここが気に入ってたし。静かで、人がやさしいの。すぐになじめたわ」

「テネシーの銀行から少しずつお金をおろしてはノースダコタの銀行に預けなおして、生活できるだけの資金を確保した。すべてが完全に整ったわけではないが、だいたい整ってくると、実際に失踪したらどうなるかっていうのも予測できるようになってきた」

「そんな生活のなかに、あなたたちが帰ってきた」母親が言って微笑んだ。

「計画を実行するときが来たと思った」父親が続けた。話しぶりにどんどん熱がこもってくる。「おまえたちが帰ってきたのはまったく想定外だった。だが、これこそチャンスだと思ったよ。わたしたちが失踪すれば、おまえたちがそのことを知り、そのぶん大きな騒ぎになる。しかも、わたしたちの計算と準備が正しければ、おまえたちはわたしたちを捜すはずだと思った。そうなればますます話に重みが加わる。わたしたちが死んだというニュースが勝手に大きくなってくれる」

「血は?」バスターが聞いた。「警察は、父さんの血だと断定していたよ」

母親があきれたような顔をした。「この人が最後の最後に思いついたの」

「ボニーがノースダコタから車で迎えにきてくれた。車を乗り換える直前、これを凶悪事件にしてやろうと考えた。誰かと争ったように見せてやろうとね。そこで、ナイフで自分を刺した。あんなに血が出るとは思わなかったが」

「そうなのよ」母親は当時のことを思い出して微笑んだ。「すごい出血でね。そのまま出血多量で死んでしまうんじゃないかと思ったわ。ボニーがドラッグストアに寄って応急セットを買ってきてくれた。後部座席に新聞紙を広げて、シートに血がつかないようにしたわ。本当におそろしかった」

「だが、うまくいったな」父親が母親に言った。

母親は笑った。「昔から派手なことが好きなんだから」

アニーとバスターは両親のようすを黙って見ていた。いまも愛し合って、自分たちのなしとげた共同作業がいかにすばらしかったかと讃えあっている。自分たちが優位に立っているつもりが、いつのまにか圧倒されていた。

「絵のことは?」アニーが聞いた。「あれはどういうつもりだったの?」

父親の顔が曇った。母親が目をそらす。「あれは……。あなたたち、よくやったわね。長いこと、騒ぎは自分が起こすほうだったから、騒ぎに巻きこまれるのがどんな気分だか、すっかり忘れてた。あのときは本当に気まずい思いをしたわ。あなたたちのせいで」

「うれしい」アニーが言った。

「はじめはでたらめだって言ってたんだぞ。子どもたちのでっちあげだとね。ギャラリーの展示初日、見にいきたくてたまらなかったよ。だが、もっと大切なことがあるんだと思いなおした。そして、ギャラリーではなく、カミーユの家に行ってみた。留守中に調べてみると……」父親は顔を青くして爪に針でも刺されたみたいに身を縮めた。「絵がたくさん隠してあった」

「あれは本当に秘密だったのよ」母親は言って微笑もうとした。「あれを知ってたのはあなたたちだけ」

「だが、そんなことも乗り越えた」父親はそう言ったが、アニーとバスターの目には、父親の顔がショックを引きずっているように見えた。「おまえたちのお母さんは、ファングのアートに全身全霊を傾けてきた。そのことは少しも疑っていない。いまも愛しているし、愛されている。そしてなにより、わたしたちは本物のアートを愛して、それをいっしょに作り出しているんだ」

「今後は？」バスターが聞いた。恐れていたとおり、しかし予想どおり、アニーと自分は、両親が愛するもののリストに含まれていなかった。

「死亡宣告が出されたら、姿をあらわすわ」母親が言った。

「こっちのことは？」アニーは空を指さしてみせた。ノースダコタの生活のことを言ったつもりだった。

「別れを告げることになるだろうな」

「ボニーとも？　ルーカスとライナスとも？」

「ああ、そうだ」

「電話でルーカスと話したんだ。パパって呼んでたよ」

「それはそうだ。だが、このままではいられない」

「あの子たちはこのことを知ってるの？」

「まさか」父親の声が大きくなった。「考えてもみてくれ。あのふたりはおまえたちとは違う。本物のアーティストじゃない。真実を伝えても持てあますだけだろう。そしてすべてを壊してしまう。実際、もうやられたな。あの歌だよ」

「だから、あんな歌教えちゃだめだって言ったのに」母親が言う。

「どういうこと？」アニーが聞いた。

「あの子たちは小さいころから楽器が大好きだった。だが、騒々しいばかりで曲にもなにもなりゃしない。だからあの歌を教えてやったんだ。そうしたら思いがけなくうまくなって、アルバムを出し、レコード会社と契約し、ライブツアーまでやることになった。まったく予想外だった。あの曲がおまえたちの耳に入ることになるとはね。わたしのミスだった。不注意の代償がこれだ」

「イカレてる」アニーが言った。

「怒らないで」母親が言った。「なにも知らされなかったから怒ってるのよね。でも、すごい作品ができたと思わない？」

アニーは両親の顔を見つめた。フードコートに入ってきたときとは表情がまるで違っている。種明かしをすっかり楽しんでいるのだ。まわりの人々の生活をめちゃめちゃにしておいて、自分たちの理想のアートを完成させることだけを追求し、それがいかにすばらしいことかと自画自賛している。

「わたしたちの気持ちなんてどうでもよかったのね。自分たちのことしか考えてなくて」アニーは言った。「あなたたちのせいで、わたしたちの人生はめちゃくちゃよ。わたしたちを好きなだけ利用しておいて、思いどおりにならなくなったら、わたしたちを捨てて離れていった」

「おまえたちがわたしたちを捨てたんじゃないか」父親が言った。声に怒りがこもっている。「おまえたちがいなくなったせいで、わたしたちのアートに限界が生まれてしまった。がっかりしたよ。それまで積み重ねてきたこともすべて、おまえたちは踏みにじろうとしたんだ。だからおまえたち抜きのアートを計画した。そして、いままでにないほどすばらしいものを作ることができた。おまえたちはもう関係ない」

「関係ないってどういうことだよ。ぼくたちは家族じゃないか」

「家族がどうした。そんなもの、なんの意味もない」

「あなた」母親が言った。「それは違うわ」

「ああ、わかった」父親は怒りを鎮めて訂正した。「家族は大切だ。だが、アートはそれよりずっと大切だ」

「あなたたちが失踪したことにわたしたちが気づかなければ、ほかの誰にも知られないままだったのよ。わたしたちがいなければ、あなたたちが死んだかどうかなんて、まったく注目されなかった」アニーが言った。

「それは感謝している。さっきも言ったように、おまえたちがこの作品に深みを加えてくれることを期待していたのは事実だ。ただ、実際に見つけられるとまでは思わなかった。ここまでやってくれなくてもよかったんだ。願わくば、このままそれぞれの生活に戻って、今日のことを忘れて、いままでどおりわたしたちを捜しつづけてほしい。そうすれば、おまえたちはこの作品にとってなくてはならない要素になるわけだ」

アニーは片手を上げて頭を横に振った。「わたしたちはこんなことに関わりたくない。むしろ、こんなのおしまいにしたい。ぶち壊してやりたくてたまらない」

「どうして?」母親が言った。「どうしてそんなふうに思うの?」

「あなたたちに傷つけられたから」

「十年以上かけたこの大作を、心が傷ついたくらいの理由でぶち壊しにするというのか」父親が言う。

「わからないわ」母親が言う。「わたしたちと暮らすのがいやになったんでしょう? 自分から離れていったんじゃないの」

「父さんと母さんのアートに付きあうのがいやになっただけだよ」バスターが言った。「家族でいるのがいやになったわけじゃない」

「わたしたちとアートを切り離すことはできないんだ」父親が答えた。「わたしたちは、わたしたちのアートそのものだ。それはわかってもらわないとな」

「そんなこと、わかってたわよ。だから離れたんでしょ」

「じゃあどうして戻ってきたの？」母親が聞いた。さっきまでの落ち着きが失われつつある。目に涙がたまりはじめた。

「助けてほしかったからだよ」バスターが言った。

「助けてやったじゃないか」

「全然。わたしたちを捨てていったじゃない」

「そうするしかなかったの」母親が言う。

「ばかばかしい」父親が言った。「わたしは六十五歳だ。もうこれが最後だ。これが最後の大作なんだ。どうかわたしからこの作品を取り上げないでくれ」

「州が死亡宣告を出すまであと六年も、こんなふうに暮らすつもり？　これはアートでしたと発表するだけのために？」

「ああ」父親が言った。アニーが視線を移すと、母親もうなずいた。

アニーはテーブルから椅子を引き、立ちあがった。バスターも立つ。ふたりは両親を見おろした。両親は答えを求めて子どもたちを見あげている。

「誰にも言わないわ」アニーが言った。

「ありがとう」

「そのかわり、あなたたちには二度と会わない」

「ああ」父親が言った。「わかった。そうしよう」

　母親は迷っていたが、やがてうなずいた。「そうするしかないのね」

「これが最後だね。もう会わない」バスターが言った。一語一語を強調するように宣言しながら、両親は本当にその意味がわかっているんだろうか、と思った。両親の表情をうかがったが、決定的な宣言を受けいれた顔には見えなかった。助かった、これでこれまでどおり生きていける、と思っているだけだろう。同じことをもう一度言ってやろうか。しかし、言ったところでなにも変わらない。あとは黙っていた。

　四人は客のまばらなモールを見わたした。

「こういうところはもう流行らないのね」カミーユが言った。「寂しいことだわ」

「昔はわたしたちのアートにぴったりの場所だったんだけどな」ケイレブが応じる。「アートのためにあるような場所だった」

「楽しかったわね。どこかのモールに入っていって、四人ばらばらになって。まわりの人たちは誰も、これからなにが起こるか知らないのよね。あんなに楽しいことはなかったわ。アニー、バスター、あなたたちの姿は見えたけど、手を振ることもできなかった。そんなことをしたら、全部ぶちこわしになってしまうから。そして、すばらしい瞬間を待つの。まわりの通行人を眺めながら」

「ああ、あれはすばらしかった」

「そして事件が起こる。いろんなことをやったけど、いつも、事件が起きたあとの大騒ぎが楽しかったわ。

わたしたち以外のみんなが目を丸くしているの。なにが起きたのか、わかってるのはわたしたちだけ。四人集まる瞬間が待ちきれなかった。全員集まったときにようやく、すごいものができたねって喜びあうことができたのよね」

「ああ、最高だった」

ジムとパトリシアになったことを忘れてしまったのか、ケイレブとカミーユは手を取り合ってキスした。バスターとアニーは両親を置いて歩きだした。アニーは騒ぎを起こすこと自体は好きだったので、いまこの瞬間に叫び声を上げたくてたまらなかった。派手に騒いで警察が来れば、両親の計画はすべて粉々に打ち砕かれるだろう。その怒りを感じとったバスターは、アニーの肩にそっと手を置くと、頬にキスした。

「行こう。早く離れよう」

アニーの怒りはおさまらなかった。両親が同じ状況に置かれたら、誰かを傷つけることなんて気にもしないで、なにもかもぶち壊すに決まっている。自分も同じことをしてやりたい。でも、バスターと自分はもう卒業したのだ。両親に押しつけられてきた人生から、ようやく一歩外に踏みだすことができた。いまはとにかく前に進むだけ。弟の顔を見てうなずくと、体から余分な力が抜けるのがわかった。両親との距離が広がっていく。アニーもバスターも、振りかえりたい気持ちをこらえた。最後にもっとましな両親の姿を見ておきたかったが、しかたがない。大切なのは自分たちのアートだけで、ほかのものはどうなってもかまわないと思っている、おめでたい人々――それが自分たちの両親なのだから。

モールの外に出た。レンタカーに乗り、ハイウェイを走る。会話はなかった。感じていることをあらわす言葉が見つからない。両親を死の世界から生き返らせることができた。ふたりは、ほかの人にはない奇妙な魔力をもっているのかもしれない。アニーが手を伸ばすと、バスターが握ってくれた。この手をつないでいれば、地球は回りつづけてくれる。タイヤが路面をかむ音に耳をすませながら、次にたどりつく場所がいい場所でありますようにと願った。他人ではなく自分が作る世界であってほしい。生まれてはじめて、そうなる予感がしていた。

火を愛でる人、二〇〇九年

アニー・ファング

アニーは洞窟みたいな部屋の真んなかに座っていた。西の壁ぎわには小さなベッドが四つ並んでいる。子どもが四人――男の子ふたりと女の子ふたり――がアニーを取りかこんでいる。

「髪が短くて男みたいだね」いちばん年下、七歳のジェイクが言った。人形みたいにきれいな顔をした子どもだ。

「そうね、とっても短いわよね」アニーは答えた。

「でもすごく似合っててきれいよ」いちばん年上、十五歳のイザベルが言った。大きな青い目をした、歯並びの悪い女の子だ。

もうひとりの男の子は、十二歳のトーマス。そろそろ思春期にさしかかっている。「髪の毛、いいにおいだね」

アニーはうなずいた。子どもたちがさっきより近づいてきたようだ。

「キスしていい？」そばかすの目立つ十歳のケイトリンが言った。

アニーはすぐには答えなかった。うつむき、閉じたドアを見て、それから言った。「いいわよ」

「ケイトリンがキスするなら、ぼくたちみんなキスするよ」トーマスが言う。

子どもたちは手をつないで輪を作り、アニーのまわりをぐるぐるまわりはじめた。「キス、キス、キス、キス」と叫びつづける。

アニーはもう一度ドアを見た。「わかったわ、ひとりずつ順番ね」

子どもたちは首を振る。「みんないっぺんにする」

アニーはうなずいて目を閉じた。ちょっと湿った小さな唇が、左右の頬とおでこと唇に触れる。それぞれが「ちゅっ」という小さな音をたてた。そのとき、煙のにおいがした。子どもたちの体から煙が出ているのだ。アニーは子どもたちを押しやった。「だめよ、早く消して」

子どもだちは笑い声を上げて、煙をなびかせながら部屋じゅうを駆けまわりはじめた。小さな足で煙を蹴り、奇妙な形にして遊んでいる。

「カット！」ルーシーが叫んだ。それまで姿を隠していた十人ほどのスタッフが、部屋じゅうに散った。照明をセットしなおしたり、煙に似せた霧を消したりする。

スタッフのひとりが手をさしのべてくれた。アニーはそれを握って立ちあがった。「よかったよ」スタッフに言われて、アニーは微笑んだ。今日は撮影初日。しかしアニーは撮影が始まるだいぶ前からルーシーによく会っていたので、もう何ヶ月も撮影を続けているような気がしていた。

ルーシーが近づいてきた。アニーを抱きしめる。「アニー、すごくいいわ」いまのシーンがあまりに奇妙だったのでアニーはなにも言えず、黙ってうなずいた。

このシーンを撮る前に、ルーシーはアニーに、子どもたちとできるだけ長くいっしょにいるようにしてみて、と言った。「子どもたちはあなたのことが大好きっていう設定なの。本当に好かれれば、演技も自然になるわ」

アニーはかぶりを振った。「それは無理かも」リハーサルのとき、アニーは大人の俳優に接するのと同じように子どもたちに接した。礼儀正しく、相手のプライバシーを尊重するのがアニー流だ。しかし、撮影前夜には、勇気を振りしぼって子どもたちの部屋のドアをノックした。部屋に入り、プレイステーションで遊んでいる子どもたちに近づいていくと、「これ、なんのゲーム？」と聞いた。聞かれた子どもは画面から目を離そうともせず、「空飛ぶギロチンⅢだよ」と言った。アニーは微笑んで「熊人間みたいなのが出てくるやつ？」と聞いた。答えはわかっていた。「うん、アーサ少佐。大ぐま座の名前なんだよ」トーマスが言った。「代わって」アニーはコントローラーを握ると、およそ一時間かけて、四人の子どもたちを次々に打ち負かしていった。「うまいのね」イザベルが言う。アニーはうなずいた。「でしょ。こういうの、得意なの」

最初のシーンを撮った日の夜、ルーシーはアニーのホテルの部屋に電話をかけてきた。「こっちに来ない？」

アニーはパジャマのまま廊下に出て、ルーシーの部屋に行った。スクリーンがたくさん並んでいる。同じシーンをさまざまな角度から撮影したものだ。アニーの体は子どもたちに隠れてほとんど見えない。子どもたちはみな、首から床ぎりぎりまでの真っ白なナイトガウン姿だ。

ルーシーの隣に座り、ヘッドフォンをつける。スクリーンにアニーの顔が映り、だんだんズームしていく。目を閉じたアニーの顔に子どもたちの顔が近づき、唇をつける。撮影のときに思っていたよりずっとセクシーな印象を受ける。同時に、ぞっとするような恐ろしさも感じる。カメラが離れてアニーの姿が小さくなったと思ったら、子どもたちの体から煙が出て、あたりを包みこんでいく。

「すごいわね」アニーは言った。ルーシーはまばたきもせずに、シーンのラストで床に倒れたアニーの姿を見つめている。ヘッドフォンからは子どもたちの笑い声。高い天井からもそのこだまが返ってくる。

バスターが、最新作の原稿を送ってくれた。アニーはそれを夜の空き時間に読んでいた。ある日の午後、撮影の休憩中に、イザベルがアニーのバッグに入った原稿に目を止めた。

「これ、なに？」

アニーは、お話よ、と答えた。

「なんのお話？」

「誘拐された子どもたちが、闘技場で戦わされるの。それをしないと生きていけないのよ」

あっというまに子ども全員が集まってきた。

「そのお話、聞かせてよ」トーマスが言った。

「子どもが読むお話じゃないと思うわ」

「そういうふうに言われるの、すごくいや」ケイトリンが言った。「子どもに読ませたくないお話に、どうして子どもが出てくるの?」

しつこくせがまれて、アニーは中ほどの適当なページを開いた。

「子どもたちは、闘技場にいるときのほうが気持ちが落ち着くようになっていった。闘技場にいないときは、いらいらする気持ちを自分の体にぶつける。火のついたマッチを肌に押しつけたり、檻のドアの角張ったところを体にこすりつけたり。そうやって、つねに怒りの炎を消さないようにしている。それがなければ生き残ることができないからだ」

トーマスが手を叩いた。「ねえ、全部読んでよ」

勉強時間は別として、撮影の合間は読みきかせの時間になった。セットのそばで撮影が始まるのを待っているあいだ、子どもたちはアニーのまわりに集まり、バスターが書いた物語を読んでもらう。子どもたちがおとなしくなったのは、バスターの隠れた功績と言えるだろう。

あるとき、ルーシーがアニーの部屋を訪れると、アニーはちょうど読みきかせの最中だった。

人さらいが辺境の町に出向き、子どもたちをさらおうとしている。狙われるのは、向こうみずで愚かな子ども。夜だというのに家を出てふらふらしているような子どもたちだ。ひとりの少女が網にかかった。ロープを引きちぎろうとするが、手の皮膚がぼろぼろになるばかり。人さらいは、悲鳴を上げながらじたばたもがいている少女を岩場に連れていく。

聞いている子どもたちの顔は恐怖でいっぱいだ。それでも、アニーが言葉を切るたびにうなずいて、次の恐ろしいシーンを待っている。アニーはバスターに早くこのことを話したくてたまらなかった。この作品はすごいわよと言ってやりたかった。

「子どもたちになにをしているの？」ルーシーが聞いた。

「みんな、すごく喜んでるの」アニーは言った。「すごく楽しみにしてるのよ」


小さな部屋。寝心地の悪いベッドと小さなナイトスタンド、机、安っぽくてぐらぐらした椅子がひとつあるだけだ。窓がひとつあるが、高いところにあるので外は見えない。ナイトスタンドの引き出しをあけてみた。小さなマッチ箱が入っている。箱をあけて、木軸のマッチを一本取り出す。こするとぱっと火花が出て、火がついた。部屋の空気が動いているせいで炎が踊り、いまにも消えてしまいそうだ。それでも炎は木軸を少しずつ焼き、黒い灰に変えていく。灰になってもまだマッチ棒の形をしているのがおもしろい。炎が指先に近づいた。炎のキスを受けると同時に、アニーはそれを吹き消した。

「すごくいいわよ、アニー」ルーシーが言った。「いまのでオーケー」

「もう一回やらせて」アニーは言った。ルーシーはちょっと考えてからうなずいた。撮影クルーがセットを元に戻す。アニーはさっきと同じ動きを繰りかえした。マッチに火をつける。炎がさっきと同じところまで近づいてきた。体が動かないよう、細心の注意を払う。ぴくりとでも動いたら、小さな炎が消えてしまう。炎の熱が痛みになって指先を刺す。皮膚がわずかに赤みを帯びる。もうこれ以上は耐えられない。

アニーはマッチの火を吹き消した。

「もっとよくなったわ」ルーシーが言った。「こっちを使いましょう」

「もう一度」アニーは言った。永遠にやれそうな気がする。炎は少しずつ指に近づき、やがて皮膚を破り、全身を焼き、体の内側からアニーを照らしてくれるかもしれない。

イザベルはマニキュアを塗っていた。乾いたらすぐに落とさなければならないのはわかっている。次のシーンが控えているのだ。

「ルーシーってアニーのことが好きなのね」イザベルはアニーに言った。

アニーはチョコレートがけのプレッツェルをジェイクといっしょに食べながら、テレビアニメを見ている。エイリアンがスケートボードのコンテストに出場するというストーリーだ。

「どうしてそう思うの?」

「だって、見てればわかるもん。アニーにすごくやさしいよ」

「みんなにやさしいのよ。ルーシーはそういう人よ」

イザベルはにっこり笑った。大人の暗号はもう解読済みなのよ、とでも言いたそうだ。どうして大人はだいじなことを子どもから隠したがるの、と。「でも、アニーには特別やさしいよ」

「ふたりが結婚したら」ジェイクがプレッツェルで口をいっぱいにしながら言った。「子どもを四人産んで、ぼくたちの名前をつけてよ」

＊

アニーはミスター・マーベリーの机の前に立っていた。ミスター・マーベリーは特殊な病気に苦しむ子どもたちの父親だ。アニーが見ているのは、奇妙なデザインの設計図の束。物理の法則など無視しているかのようなデザインばかりだ。ミスター・マーベリーは、かつては有名な建築士だった。この家も彼の設計だ。しかしいまは、一日に何時間もこの部屋に閉じこもっては、別の世界にしか存在しないような建物の設計図ばかり描いている。

背後でドアが閉まる音がした。アニーはびくりとして、あわてて机から一歩さがった。

「ウェルズさん、かけたまえ」ミスター・マーベリーがアニーに言った。アニーは言われたとおり、椅子に座った。アニーがこの部屋に来るのは二回目。一回目はいまの仕事につくための面接のときだった。ミスター・マーベリーはあのときと同じ表情をしている。なんでわたしがこんな面倒なことを、と言わんばかりの表情だ。それに、こんな卑しい仕事にもおまえは向いていないぞ、と言いたそうな表情。ミセス・マーベリーは、いつものように口をつぐんだまま夫の隣に立っている。

「もうやめていただいてけっこうだよ」ミスター・マーベリーはアニーに言った。

「どうしてですか?」

「考えればわかるだろうに。この数ヶ月間、例の〝事件〟が多すぎる。きみの力では子どもたちの〝発作〟を止められないということだ」

「ひどい。そんなことありません」

「なにがひどいのか、わたしにはわからんがね」

「お子さんたちのことはどうなさるんですか」

「アラスカの病院で面倒を見てくれるそうだ。あの子たちのようなケースを専門にしているところでね。子どもたちを別々に見てくれる。そうすると集団ヒステリーの発作も起こりにくくなるそうだ。科学的な方法もとりいれているそうだよ。きみの力がそれにかなうと思うかね」

「でも、あの子たちは――」アニーは、忘れてやしませんかというふうに指摘した。「あなたのお子さんですよ」

「子どもだからといって、親と同じ素養に恵まれているとは限らない。親の用意した環境で満足に暮らしていけない子どもなど、息子だ娘だと名乗る権利はない」

アニーは体のなかが熱くなるのを感じた。このままだと怒りを抑えきれなくなってしまう。履歴書にはあえて書かなかった能力を、この男の目の前で披露してやろうか。この父親と母親は、自分たちに絶対的な力があると信じているくせに、子どもたちの特殊な能力をおそれている。自分たちの生活を乱すものを排除することしか考えていない。そんな人間に親の資格なんかない。そんな欺瞞を許してはならない。ふさわしい罰を与えてやる。

両手をぎゅっと握り、拳を作った。爪の先が皮膚に食いこむ。その拳で、ミスター・マーベリーを殴った。床に倒れた男をさらに殴りつづける。男は意識を失った。両脚がぴくぴくと痙攣している。恐怖で動けず、倒れた夫に近づくこともできないミセス・マーベリーを放置して、アニーは書斎を出た。

「カット!」ルーシーの合図が飛ぶと、アニーは急いでスティーヴンのようすを見にいった。ミスター・マーベリー役の俳優だ。「痛かった?」アニーが聞くと、スティーヴンはふらつきながら立ちあがった。

「あれくらいやってもらわないとね。だが、撮りなおしは少ないほうがありがたいな」

ルーシーは笑顔でアニーを見た。「完璧よ。期待どおりだったわ」

アニーはルーシーと目を合わさず、楽屋に戻った。撮影クルーのあいだを歩きながら、手を握ったり開いたりする。こんなふうに簡単に自分の人生をぶち壊せたら、どんなにいいだろう。

＊

バスターに電話をかけた。

「撮影、どう?」バスターが聞いてくれた。

「うまくいってる。すごく乗ってるから、本能のままにやってる感じよ。そういうときは決まってうまくいくの。小説のほうはどう?」

「エージェントに送ったよ。まだ生きてたのかって驚かれた。まだ小説を書いてることもね。今度の作品、当たるんじゃないかって言われた」

バスターが興奮しているのが伝わってきた。うまくいっているんだろう。ふたりとも、あの苦しみを乗り越えることができたのだ。

「わたしもそう思うわ」

「スーザンの作品も〈ミズーリ・レヴュー〉って雑誌に売れたんだ。採用通知を額に入れて飾るって言ってる」

アニーはうれしかった。昔から、ファング家のなかでいちばんデリケートで傷つきやすかったバスターが、いまはこんなにしっかりと暮らしている。バスターの心が壊れないように守ってやるのがアニーの役目だったが、いまは違う。バスターは幸せで、愛情に満たされている。自分は……どうしたらいいかわからない。自分でも自分のことがわからない。

「ひとつ聞いていい?」アニーは言った。バスターは、なんでも聞いてくれと言った。「スーザンのこと、付きあってよかったと思ってる?」

「なんだかおかしな質問だなあ」

「だって、はじめは勇気がいったでしょ？　たまたま知り合った女の子だったわけだし、あなただってそんなに大胆な性格じゃないし、あのころは、ほら、いろいろあったわけだし」

「楽しいだろうなと思ったけど、最初は怖かったな。ぼくは昔から、間違った判断ばかりしていたような気がしてね。結果もいつも最悪だったし。けど、それは父さんと母さんの影響だったのかもしれない。アートのために、やっちゃいけないってわかってることをやらされてばかりだったよね。それが諸悪の根源だ。悪いほうに悪いほうに進んでいく癖がついていたんだと思うよ」

「いいことだと思っていようと悪いことだと思っていようと、なにかが起こるときは恐ろしいっていうことね。いいことだったか悪いことだったかは、そのあとなにが起こるかで決まるんだわ」

「そうだね。自分で話していてもよくわからないけどさ。壊れた熊手で殴りあったあげく、意識不明になる子どもたちの話を書いたことがある。ぼくの作品ってそんなのばっかりだよね」

「ルーシーがわたしのことを好きみたいなの」

「ふうん」バスターはそう言って、しばらく無言になった。「だからぼくにスーザンのことを聞いたの？　ぼくが恋人とうまくいってるから、ファング家の一員として参考にしたってこと？」

「まあね」

「姉さん、レズビアンなの？」

「そうかもしれない。わからない」

ミンダ・ロートンとの関係は大失敗だった。女同士で交際したのが間違いだったと思っていたが、ミンダみたいに頭のイカレた女との付きあいは、同性愛のサンプルとしてふさわしくない。あんなのは前例としてカウントしないほうがいい。

「監督とセックスする前に、よく考えたほうがよさそうだね」

「そうね」

「でも、かっこいい女性だよね。きれいだし」

「わたし、どんな答えを出すと思う?」

「どんな答えを出すとしても、行動するときは怖いよね。けど、怯えないで前に進むべきだ」


凍えそうに寒い。外は雪がちらついている。アニーと四人の子どもたちはトレーラーのなかでストーブにあたりながら、抱きあってお互いを暖めていた。これからラストシーンの撮影だ。

「アニー、大好きだよ」ジェイクが言った。

「撮影が終わらなきゃいいのに。終わったら学校に行かなきゃだけど、学校の先生たちって、アニーみたいにおもしろくないの」イザベルは泣きそうになっている。

アニーはイザベルの髪をなでながら言った。「まだ終わってないわよ。ラストシーン、がんばりましょ。最高の映画になるわよ」

イザベルは涙をふいた。「そうね、すごくいい映画になると思う」

本当に家を一軒燃やすわけにはいかない。そこまでの予算がないのだ。ルーシー、撮影監督、セットデザイナー、特殊効果のスタッフなどが集まって、どうするかを決めた。巨大なたき火をする。木立を前景にして、火がぼんやり見えるようにしてやればいい。アニーが子どもたちを連れてハイウェイを歩いていくラストシーンでも、火の映像を重ねて映す。アニーと子どもたちが残してきたものがすべて燃えているような印象を残せるはずだ。

スタッフのひとりにトレーラーをノックされて、アニーと子どもたちは外に出た。冷気が肌にしみてくる。子どもたちは使い捨てカイロをいくつも持って、ジャグリングのように投げて遊んでいる。素足に履いた靴は、動物の足を表裏ひっくり返したみたいに、内側に分厚い毛皮がついている。ルーシーが子どもたちの前にしゃがみ、このシーンの説明をする。どんなふうにアニーに絡むかという指示を出していた。

「アニーになるべくくっついて、離れないで。あなたたちを心から愛してるのはアニーだけなの。アニーを失ったら、あなたたちを助けてくれる人はひとりもいないのよ」

ルーシーはそれからアニーのほうに身をのりだした。「炎を背にしてまっすぐ歩いていって。うしろを振りかえらないで」

森のはずれからだと、薪の山はあまりよく見えなかった。しかし、ガソリンをかけられた薪が一気に燃えあがったとき、アニーと子どもたちの体に緊張が走った。火花が空中に散っている。森をとおしてでも、炎の熱が伝わってきた。

「うわあ、すごい」ケイトリンが言った。

スタッフから合図があった。アニーは子どもたちがコートとブーツを脱ぐのを手伝った。

「アクション！」

アニーはケイトリンを抱きかかえて歩きはじめた。ほかの子どもたちはアニーの服にしがみつくようにしてついてくる。深い森を抜けて、ハイウェイに出てきた。うしろで火が燃えさかっている気配がした。

薪がはぜる音がする。燃えて崩れて、真っ白な灰になっていくのだろう。一歩ずつ足を踏みしめて、前に進む。ケイトリンが首にしがみついてきた。道路はどこまでも続いているかのようだ。まっすぐ前を見て歩きつづける五人に、風が雪を吹きつける。しかし五人は歩みをゆるめない。一歩、また一歩と、すべてを飲みこもうとした炎から遠ざかっていく。

メガフォンを持ったルーシーが叫んだ。「カット!」

子どもたちはアニーから離れ、暖かいトレーラーをめざして一目散に駆けだした。アニーは道路に立ったまま、ルーシーが足早に歩いてくるのを見ていた。自分の顔が炎に照らされているのがわかる。ルーシーが両手を前に出し、一歩ずつ近づいてくる。アニーを抱きしめた。そのまま顔だけをうしろに向ける。燃えさかる炎を見ながら「きれいね」と言うと、アニーの肩に頭を預けた。アニーは揺れる炎をじっと見つめた。まわりにはこんなにもカオスがあふれている。でも、もう怖くない。どんなことがあっても飲みこまれずに生きていける。すべてを受け入れるって、なんてすばらしいことなんだろう。ようやく両親のことが理解できたような気がする。遠くに目をやり、微笑んだ。ルーシーと抱きあい、炎を見つめる。あの炎はいつまでも消えないのかもしれない。どんなにがんばって消そうとしても。

訳者あとがき

パフォーマンス・アートをご存じだろうか。ひとことで言うと、アーティスト自身の身体を用いた芸術表現。ただ、アーティスト本人だけで成り立つものでもない。公共の場でアーティストが行動を起こし、まわりの人々の反応によってなにかの意味を作り出していくもの、とでも言えばいいだろうか。

ジョン・レノンとオノ・ヨーコの有名なパフォーマンス『ベッドイン』も、そのひとつだ。

本書に登場するファング夫妻は、このパフォーマンス・アートを生業とするアーティストだ。ふたりの子どもたちも、「子どもA」「子どもB」として、作品に参加している。たとえば――

母親が菓子屋でジェリービーンズを山ほど万引きし、店員にわざと見つかって派手に泣きわめき、ショッピングモールを騒然とさせる。

楽器を弾けもしない子どもたち（子どもA、子どもB）にめちゃくちゃなストリートライブをやらせておいて、他人のふりをした両親が「へたくそ、やめろ！」と野次を飛ばし、同情心で集まっている人々を怒らせる。

女装した男の子（子どもB）が美少女コンテストに出場し、優勝が決まった瞬間、ウィッグをとって正体をあらわし、審査員や観客を唖然とさせる。

これらは、ファング夫妻にとってはれっきとしたアートだ。しかし子どもたちにとっては、趣味の悪いいたずらでしかなかった。子どもたちは、自分たちがアートの道具にされ、両親に振りまわされていることに、次第に反発を覚えていく。

やがて、その子どもたちも成長し、親元を離れる。「子どもA」だった長女のアニーはハリウッドに行き、女優になった。Aクラス入り目前、オスカーにもノミネートされて順風満帆……と言いたいところだが、ヌード写真が流出したり、レズビアンの噂が出たりと、不本意なスキャンダルに巻きこまれつづけて、いまや仕事を干され気味。

「子どもB」だった長男のバスターは小説家になった。が、デビュー作は好評を得たものの、次作はいまひとつ。その後は小説を半ば諦めたかのように、自分でもくだらないと思っている雑誌のライター稼業で糊口をしのいでいる。そのうち、取材の最中にジャガイモバズーカを顔面に受け、大怪我を負ってしまう。

行き詰まった姉弟が頼ったのは、いちばん頼りたくない相手――両親だった。

両親は「また家族四人でアートができる」と喜んだ。しかしそれからまもなく、両親は思いがけない失踪をとげる。一見事件や事故に巻きこまれたようではあるが、これもまたアートの一環なのかもしれない。捜すべきか諦めるべきか、悩む姉弟。どっちにしても、相変わらず両親に振りまわされているのだと気づいて怒りを覚えるが、その怒りをどこにぶつけたらいいのかもわからない。

人間は、家族の一員である前に、独立した一個人であるべきなのか。それとも、その逆なのか。親にとって子は、子にとって親は、互いにとってどこまで絶対的な存在なのか。深く考えさせられる物語だ。

作者ケヴィン・ウィルソンはテネシー州出身、本書のほかに『地球の中心までトンネルを掘る』という短編集を出している。また、本書はニコール・キッドマン、ジェイソン・ベイトマン主演で映画化もされている（邦題『ファング一家の奇想天外な秘密』）。
なお、タイトルの一部にもなっている、この一家の名前〝ファング〟には〝牙〟という意味がある。ファング家の四人がそれぞれどんな牙を持っているかというのも、本書を読む上での注目ポイントだ。奇想天外で謎めいた一家の物語、ぜひともご一読を！

西田佳子

二〇一七年　十月

〔著者〕ケヴィン・ウィルソン（Kevin Wilson）
アメリカの小説家。『地球の中心までトンネルを掘る』（2009年、東京創元社）でデビュー。この第一短編集でシャーリイ・ジャクスン賞、全米図書館協会アレックス賞を受賞する。また、本書『ファング一家の奇想天外な謎めいた生活』はニューヨーク・タイムズ・ベストセラーのほか、タイム、ピープル、エスクァイアの年間ベストに選ばれている。
最新刊は、本書と同様、家族のありかたを問う『Perfect Little World』（2017年）。

〔訳者〕西田 佳子（にしだ・よしこ）
英米文学翻訳家。東京外国語大学英米語学科卒業。おもな訳書に、「警視シリーズ」（講談社）、『赤毛のアン』『マララさん こんにちは』『すごいね！ みんなの通学路』（すべて西村書店）、『ホートン・ミア館の怖い話』（理論社）、『わたしはマララ』（共訳・学研パブリッシング）、『僕には世界がふたつある』（共訳・集英社）などがある。

ファング一家の奇想天外な謎めいた生活
2017年12月1日 初版第1刷発行

著 者＊ケヴィン・ウィルソン
訳 者＊西田佳子
発行者＊西村正徳
発行所＊西村書店 東京出版編集部
〒102-0071 東京都千代田区富士見2-4-6
TEL 03-3239-7671 FAX 03-3239-7622
www.nishimurashoten.co.jp

印刷・製本＊中央精版印刷株式会社
ISBN978-4-89013-779-4 C0097 NDC933

スウェーデン発、映画化された大ベストセラー！

窓から逃げた100歳老人

J・ヨナソン［著］ 柳瀬尚紀［訳］ 四六判・416頁●1500円

100歳の誕生日に老人ホームからスリッパで逃げ出したアランの珍道中と100年の世界史が交差するアドベンチャー・コメディ。

◆2015年**本屋大賞** 翻訳小説部門 **第3位！**

鬼才ヨナソンが放つ個性的キャラクター満載の大活劇！

国を救った数学少女

J・ヨナソン［著］ 中村久里子［訳］

四六判・488頁 ●1500円

余った爆弾は誰のもの――？ けなげで皮肉屋、天才数学少女ノンベコが、奇天烈な仲間といっしょにモサドやスウェーデン国王を巻きこんで大暴れ。爆笑コメディ第2弾！

◆2016年**本屋大賞** 翻訳小説部門 **第2位！**

天国に行きたかったヒットマン

J・ヨナソン［著］ 中村久里子［訳］

四六判・312頁 ●1500円

ムショ帰りの殺し屋アンデシュは、女牧師、ホテルの受付係とつるんで暴力代行ビジネスでひと儲け！ ジェットコースター的展開の第3弾は、まさかのハートフル・コメディ!?

法医学教室のアリーチェ 残酷な偶然

A・ガッゾーラ［著］ 越前貴美子［訳］ 四六判・428頁●1500円

ローマの法医学研究所で働く研修医アリーチェは、ある夜、現場検証に行き、女性の死体を見て衝撃を受ける。法医学女医でもある著者によるミステリー・ロマンシリーズ第一弾！

長い眠り

S・P・キールナン［著］ 川野太郎［訳］ 四六判・480頁●1500円

氷山の奥深くから発見された氷漬けの男。時を超えて氷の中から甦った彼を待ち受けていたものとは…?。エドワード・ウィリス・スクリプス賞受賞作家の初の小説。

ナミコとささやき声

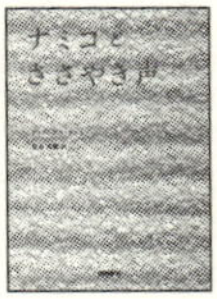

A・セシェ［著］ 松永美穂［訳］ 四六判・256頁 ●1500円

日本の庭園を取材するため、ドイツからやってきたぼくは、京都の禅寺でナミコに出会う。ぼくの人生に、ナミコは一つの謎という形で無言の挑戦とともにはいりこんできた。 語り部シャミ絶賛！ 金沢に留学していたセシェの第2弾！

囀《さえず》る魚

A・セシェ［著］ 酒寄進一［訳］ 四六判・232頁 ●1500円

アテネ旧市街の古びた書店に迷い込んだヤニスは、神秘的な女主人リオに出会う。読む者を不思議な読後感に誘い込むエブリデイ・ファンタジー。哲学的かつ魔術的な本好きのための物語！

価格表示はすべて本体〈税別〉です